古典文獻研究輯刊

二九編

第 9 冊

話本小說與中國 17 世紀通俗文學思潮研究

王委豔 著

國家圖書館出版品預行編目資料

話本小說與中國 17 世紀通俗文學思潮研究／王委豔 著 -- 初
版 -- 新北市：花木蘭文化事業有限公司，2024〔民 113〕
目 4+268 面；19×26 公分
（古典文學研究輯刊 二九編；第 9 冊）
ISBN 978-626-344-559-8（精裝）
1.CST：話本 2.CST：中國小說 3.CST：通俗文學
4.CST：文學評論
820.8   112022457

ISBN-978-626-344-559-8

9 786263 445598

古典文學研究輯刊
二九編 第 九 冊   ISBN：978-626-344-559-8

話本小說與中國 17 世紀通俗文學思潮研究

作 者 王委豔
總 編 輯 杜潔祥
副總編輯 楊嘉樂
編輯主任 許郁翎
編 輯 潘玟靜、蔡正宣 美術編輯 陳逸婷
出 版 花木蘭文化事業有限公司
發 行 人 高小娟
聯絡地址 235 新北市中和區中安街七二號十三樓
        電話：02-2923-1455／傳真：02-2923-1452
網 址 http://www.huamulan.tw 信箱 service@huamulans.com
印 刷 普羅文化出版廣告事業
初 版 2024 年 3 月
定 價 二九編 21 冊（精裝）新台幣 56,000 元 版權所有・請勿翻印

話本小說與中國 17 世紀通俗文學思潮研究

王委豔 著

作者簡介

王委豔，河南內黃縣人，文學博士，博士後，信陽師範大學文學院教授，碩士生導師。河南省教育廳學術技術帶頭人（2015）。信陽市優秀青年社科人才（2018）。已出版學術著作有《交流詩學——話本小說藝術與審美特性研究》《交流敘述學》等 3 部，出版詩集《半耕堂詩集》1 部。發表論文 70 餘篇。主持國家社科基金後期資助項目 1 項、教育部人文社科項目 1 項、河南省哲學社會科學規劃項目 2 項。研究方向：當代文藝理論與批評、敘述學。

提　　要

　　話本小說的盛衰貫穿整個 17 世紀，是 17 世紀通俗文學思潮的主要表現形式。本書以話本小說為視角，考察 17 世紀通俗文學思潮的主要表現，從通俗文學思潮的歷史前提、通俗小說理論的形成、話本小說「交流詩學系統」的內涵、城市小說的興起、通俗小說的易代心態、人物形象、價值系統等方面系統論述了以話本小說為核心的 17 世紀通俗文學思潮的表達方式及意義。本書認為，話本小說從理論倡導、創作實踐、作家隊伍、讀者群體等各方面，全面建構了 17 世紀通俗文學思潮。以通俗小說——話本小說為代表的 17 世紀通俗文學思潮的形成不是一種偶然現象，而是集合多方面因素綜合形成的一種文學潮流。

教育部人文社會科學研究青年基金項目
（項目批准號：16YJC751027）成果

目次

導論：17世紀中國通俗文學思潮的形成

一、17世紀：作為一種研究視角

在中國古代小說研究史上，明清小說研究一般作為一個整體概念被廣泛採用，以「明清之際」、「明末清初」「明清時期」「明清」等概念命名的研究著作非常多。之所以會出現如此集中的研究範圍，是因為在這一時間範圍內，中國古代通俗小說達到了前所未有的繁榮，類型多樣，異彩紛呈，並且中國通俗小說在這一時期經歷了從巔峰走向衰落的過程，儘管這一過程並非呈現出規範幾何形滑落，但其由盛而衰的過程還是能夠引起學者們的多樣興趣。同時，在這一時期，一些小說類型，如歷史演義、話本小說、時事小說、才子佳人小說等，其演變軌跡顯示了來自政治、經濟、文化、思想、社會等多方面的制約和影響。因此，以「明清」概念為研究範圍，為研究者提供了多向思考和可能性。但，應當指出，「明清之際」「明末清初」「明清時期」等概念，在學者們的研究中，並非是一個確定的時間範疇，不同的人根據各自不同的研究目標對此進行了不同的理解和界定，使這一模糊的概念呈現出歧義叢生、各取所需局面。如：

（1）朱萍在對「歷史上的『明清之際』」和「小說史上的『明清之際』」進行詳細討論之後，指出，「筆者認為，在這個小說史上，明清之際這一時間段的上限和下限，應當定位在從明朝崇禎元年（1628）到清朝順治十八年（1661）這三十四年之間。」她給出的理由是，「在這三十四年間，幾乎每當

有重大事件發生，就會馬上出現描述這一事件的小說。」「這些小說創作的特徵性標誌，一直持續到順治十八年。」〔註1〕

（2）宋若雲在其著作《逡巡於雅俗之間：明末清初擬話本研究》「中文摘要」中指出，「本文主要以明清之際，即天啟元年（1621）至康熙六十年（1721）時期約一百年間產生、刊刻的擬話本小說集作為研究對象。」〔註2〕與宋若雲一樣，張永葳在《稗史文心：明末清初白話小說的文章化現象研究》中，將明末清初定位在 1621～1721 的一百年間。〔註3〕

（3）許軍在其著作《明末清初時事小說研究》中，對明末清初的概念進行了考辯，指出，「萬曆二十五年（1597），明王朝在經濟、軍事、政治、文化各方面都出現了走向衰亡的重大轉折，可明確定為明末起始年份；康熙二十年（1681），清王朝在鞏固政治、文化專制、消弭異己等方面都出現了有利於王朝統治的大轉折，可定為清初下限。」〔註4〕

筆者不想列舉更多例子來說明「明末清初」或者「明清之際」概念在實際研究中的混亂，並無意對此做出價值判斷。筆者想說明的是，這是一個充滿研究魅力的時間節點，無論史學、政治學、倫理學、文學等多種學科，都可以在這個時間節點找到自己的興趣點。在此，筆者想提出另一種對這一時間段的提法，即「十七世紀」，相對於「明末清初」和「明清之際」的模糊提法，17 世紀是一個清晰的時間概念。著名學者謝國楨先生指出：「我所說的明末清初學者所處的時期，是指公元十七世紀，即明萬曆三十年以後到清康熙四十年左右（1602～1701）這百年中，在這個時期學術著作和文藝作品非常眾多，有的已是家弦戶誦，有的是經過清朝統治者的禁燬，是否尚在天壤間，正在於發掘和整理。」〔註5〕謝國楨先生的觀點至少有如下幾種含義：其一，所謂「明清之際」就是指公元 17 世紀；其二，在這一時間段內，中國文化，包括文學，繁榮發展，且有些已經是家喻戶曉的經典著作；其三，有部分著作顯然不符合清朝統治者的口味而被禁燬，以至於湮沒不聞，這其中就包括通俗小說。

〔註1〕朱萍《明清之際小說作家研究》，中國傳媒大學出版社 2009 年版，第 13～14 頁。

〔註2〕宋若雲《逡巡於雅俗之間：明末清初擬話本研究》，「中文摘要」，中國社會科學出版社 2006 年版。

〔註3〕張永葳《稗史文心：明末清初白話小說的文章化現象研究》，上海三聯書店 2013 年版，第 3～4 頁。

〔註4〕許軍《明末清初時事小說研究》，復旦大學出版社 2015 年版，第 13 頁。

〔註5〕謝國楨《明末清初的學風》，上海書店出版社 2006 年版，第 2 頁。

　　著名哲學家和歷史學家嵇文甫先生在其《十七世紀中國思想史概論》開篇指出，「十七世紀——籠統說明末清初——是中國近古思想史上一個重要關鍵。從縱的方面看，宋明道學和清代樸學正在過渡；從橫的方面看，中國文化和西洋文化開始接觸。這期間蛻變演變參互錯綜的情形，直牽涉中國近古思想史乃至社會史的全部。」〔註6〕嵇文甫先生從思想史的角度發現 17 世紀的意義，不但從縱的方面關注中國的思想史，而且從橫的方面關注中西思想文化交流。如果考慮到 17 世紀對於以歐洲為主體的西方社會的意義，我們不得不承認嵇文甫先生的宏闊視野，他使我們把中國放在了一個世界性的視野之內，中國的歷史是世界史的有機組成部分。如果再深入橫向比較，就是 17 世紀，中國在政治思想、經濟社會等方面已經與西方社會站在了幾乎相似的十字路口，民主思想、新的經濟模式（所謂的資本主義萌芽）等都出現了具有轉型意義的變化，但此後，中國與西方卻走向了不同的發展道路，並產生不同的結果。回顧 17 世紀中西社會所走的不同方向，近代以來中國所遭受的百年苦痛，就無不使人思考 17 世紀對於中國文化的意義。當然包括本書關注的通俗文學思潮和話本小說。

　　嵇文甫先生的《十七世紀中國思想史概論》是 1931 年為北京大學編寫的講義稿；謝國楨先生的《明末清初的學風》緣起於 20 世紀 60 年代，並於 20 世紀 80 年代出版。可見，中國學者很早就以「17 世紀」作為研究視角了。

　　在西方歷史學界，以「17 世紀」為視角的研究由來已久。1954 年霍布斯鮑姆發表《17 世紀危機》，使「17 世紀危機」正式作為歷史性研究命題。1973 年，阿謝德發表《17 世紀中國的普遍性危機》，率先將 17 世紀危機引入中國研究。〔註7〕正是這些把中國放在世界範圍內，以全球視野觀照中國研究，使我們看到中國與世界方方面面的聯繫。同樣，在西方漢學界，也出現 17 世紀作為研究視角的研究論著。美國漢學家何谷里（Robert E.Hegel）1981 年出版《中國 17 世紀小說》（The Novel In Seventeenth Century China）。〔註8〕另一位美國漢學家韓南（Patrick Hanan）1985 年發表《道德責任小說：17 世紀 40 年

〔註6〕嵇文甫《十七世紀中國思想史概論》，《晚明思想史論》，北京出版社 2016 年版，第 237 頁。

〔註7〕《清史譯叢》第十一輯《中國與十七世紀危機》，前言（董建中），商務印書館 2013 年版，第 1 頁。

〔註8〕Robert E.Hegel. *The Novel In Seventeenth Century China*. New York. Columbia University Press 1981.

代的中國白話故事》（The Fiction of Moral Duty: The Vernacular Story in the 1640s），〔註9〕其中的「白話故事」也可翻譯成「話本小說」。德國學者薛鳳《工開萬物：17 世紀中國的知識與技術》〔註10〕、美國學者高居翰（James Cahill）《氣勢撼人：十七世紀中國繪畫中的自然與風格》〔註 11〕、美國學者鄧爾麟《嘉定忠臣：17 世紀中國士大夫之統治與社會變遷》〔註 12〕、美國學者 Judith T.Zeitlin. The phantom heroine: ghosts and gender in seventeenth-century Chinese literature.（《女鬼：17 世紀中國文學中的鬼魂與性別》）〔註 13〕，關注 17 世紀中國文學中的一個特殊現象：女鬼，以性別視角關注女鬼的身體、聲音、歷史等等。西方學界對中國 17 世紀的研究從歷史、科技、繪畫到文學，內容涉及方方面面，他們對中國 17 世紀的興趣值得我們認真思考。

近些年來，以「17 世紀」為視角研究中國文化方方面面的論著逐漸增多。書法研究如白謙慎《傅山的世界：十七世紀中國書法的嬗變》〔註14〕、小說研究如許振東《17 世紀白話小說的創作與傳播——以蘇州地區為中心的研究》〔註 15〕《十七世紀白話小說編年敘錄》〔註 16〕、李忠明《17 世紀中國通俗小說編年史》〔註 17〕、彭體春《性別與陰陽：中國十七世紀人情小說性屬主題研究》〔註 18〕、高健龍《天道與政道：17 世紀中國儒家思想與清教主義對比研

〔註 9〕Patrick Hanan. The Fiction of Moral Duty: The Vernacular Story in the 1640s. Expressions of Self in Chinese Literature. New York. Columbia University Press 1985.中譯本收入韓南《韓南中國小說論集》，王秋桂譯，北京大學出版社，2008 年版。

〔註10〕〔德國〕薛鳳《工開萬物：17 世紀中國的知識與技術》吳秀傑，白嵐玲譯，江蘇人民出版社 2015 年版。

〔註11〕〔美國〕高居翰（James Cahill）《氣勢撼人：十七世紀中國繪畫中的自然與風格》三聯書店 2009 年版。

〔註12〕〔美國〕鄧爾麟（Jerry Dennerline）《嘉定忠臣：17 世紀中國士大夫之統治與社會變遷》宋華麗譯，中央編譯出版社 2012 年版。

〔註13〕Judith T.Zeitlin. *The phantom heroine: ghosts and gender in seventeenth-century Chinese literature*. University of Hawai'I Press. Honolulu. 2007.

〔註14〕白謙慎《傅山的世界：十七世紀中國書法的嬗變》生活·讀書·新知三聯書店 2015 年版。

〔註15〕許振東《17 世紀白話小說的創作與傳播——以蘇州地區為中心的研究》，中國社會科學出版社 2005 年版。

〔註16〕許振東《十七世紀白話小說編年敘錄》中國文聯出版社 2003 年版。

〔註17〕李忠明《17 世紀中國通俗小說編年史》安徽大學出版社 2003 年版。

〔註18〕彭體春《性別與陰陽：中國十七世紀人情小說性屬主題研究》巴蜀書社 2009 年版。

究》〔註 19〕等。

新世紀以來，出現了一批以 17 世紀為研究視野的期刊論文和學位論文，如期刊論文李振綱《17 世紀中國哲學的空谷絕響——王船山哲學論要》〔註20〕、趙伯陶《17 世紀：小品精神的末路》〔註21〕、美國學者古柏《向世界打開中國：17 世紀兩部荷蘭戲劇中的明朝之亡》〔註22〕、宋清秀《十七世紀江南才女文學交遊網絡及其意義》〔註23〕等等；博士論文如王濤鍇《西湖夢尋：17 世紀杭州士人的社會網絡與文化生活》（南開大學 2012 年）、沈葉娟《十七世紀世情小說的倫理研究》（蘇州大學 2014 年）等等。

由此可見，無論中國還是西方，「17 世紀」作為一種研究視野，均具有非常重要的意義。西方人對 17 世紀的熱情更多源於「17 世紀危機」，「表現為經濟衰退、人口減少、社會動盪、政權更迭等等。」〔註24〕這些表現也是當時中國的實際狀況。除了這些方面外，17 世紀中國思想界陽明心學影響下人本主義思潮盛行，重商主義抬頭，市民階層開始壯大，商品經濟發展迅速。17 世紀中國歷史的重大事件是明清易代，這對於中國士人產生強烈衝擊。所有這一切都為「17 世紀」研究視野增添了多向思考和可能性。本論題選擇「17 世紀」作為考察中國通俗小說的研究視野，除了上述原因外，還有如下考慮：

其一，超越具體時代。之所以不選擇「明末清初」或者「明清之際」作為研究視野，而選擇「17 世紀」，一是因為前者是一個模糊時間概念，一是因為筆者更願意將 17 世紀通俗文學思潮作為一個整體的現象來考查，而不受制於某個朝代或者政治思維。

其二，17 世紀對於中國小說來說是一個獨特百年，這百年之中，並未產

〔註19〕高健龍《天道與政道：17 世紀中國儒家思想與清教主義對比研究》中國社會科學出版社 2014 年版。

〔註20〕李振綱《17 世紀中國哲學的空谷絕響——王船山哲學論要》《河北大學學報》（哲社版）第 25 卷第一期，2000 年 2 月。

〔註21〕趙伯陶《17 世紀：小品精神的末路》《武漢大學學報》（人文科學版），第 56 卷第 5 期，2003 年 9 月。

〔註22〕〔美國〕古柏《向世界打開中國：17 世紀兩部荷蘭戲劇中的明朝之亡》《復旦學報》（社會科學版）2013 年第 3 期。

〔註23〕宋清秀《十七世紀江南才女文學交遊網絡及其意義》，《浙江社會科學》2011 年第 1 期。

〔註24〕《清史譯叢》第十一輯《中國與十七世紀危機》，前言（董建中），商務印書館 2013 年版，第 1 頁。

生有影響的長篇小說，由於前有《金瓶梅》、《三國演義》、《西遊記》、《水滸傳》，後有《歧路燈》和影響巨大的《紅樓夢》，17 世紀這一百年顯得「微不足道」。其實並非如此，雖然此前就產生了幾部偉大的長篇小說，但這些小說的刊刻、發行和影響均在 17 世紀完成，同時，通俗短篇小說出現前所未有的繁榮局面，並出現了多種小說類型，如話本小說、時事小說、才子佳人小說等等，這些都共同構成 17 世紀通俗文學思潮的重要部分。

其三，17 世紀是中國思想、文化出現近代型轉型的時期，這幾乎與西方同步，但此後中國卻走向了與西方不同的發展道路。與西方相比，中國在政治、經濟、思想、文化等方面的轉型並不成功，或者說轉型中斷。清朝並非建立在新的經濟、思想、文化之上，而是以對封建集權制度的修復和維護告終，並伴隨著對新思潮的打壓。表現在文學領域，即是對通俗小說的封禁。17 世紀中國文化的微妙變化均體現在了通俗文學之中。以「17 世紀」為研究視野，可以使我們站在世界性角度思考中國文化。

二、17 世紀通俗文學思潮

梁啟超在《清代學術概論》中對「時代思潮」進行了精彩論述：

> 凡文化發展之國，其國民於一時期中，因環境之變遷，與夫心理之感召，不期而思想之進路，同趨於一方向，於是相與呼應淘湧，如潮然。始焉其勢甚微，幾莫之覺；寖假而漲——漲——漲，而達於滿度，過時焉則落，以漸至於衰熄。凡「思」非皆能成「潮」；能成「潮」者，則其「思」必有相當之價值，而又適合於其時代之要求也。

> 凡時代思潮，無不由「繼續的群眾運動」而成。所謂運動者，非必有意識、有計劃、有組織，不能分為誰主動，誰被動。其參加運動之人員，每各不相謀，各不相知。其從事運動時所任之職役，各各不同，所採之手段亦互異。於同一運動之下，往往分無數小支派，甚且相嫉視相排擊。雖然，其中必有一種或數種之共通觀念焉，同根據之為思想之出發點。此種觀念之勢力，初時本甚微弱，愈運動則愈擴大，久之則成為一種權威。……

> 佛說一切流轉相，例分四期。曰生、住、異、滅。思潮之流轉也正然，例分四期：一、啟蒙期（生），二、全盛期（住），三、蛻分

期（異），四、衰落期（滅）。無論何國何時代之思潮，其發展變遷，

多循斯軌。〔註25〕

梁啟超把時代思潮分為四個階段：「一、啟蒙期（生），二、全盛期（住），三、蛻分期（異），四、衰落期（滅）」，這符合事物發展的一般規律。同時指出時代思潮是一種「群眾運動」，是在特定時代語境下的一種共同的社會文化心理，此種心理具有某種不約而同的趨同走向，此種心理繼而成為一種有聲勢、有規模、有權威、有影響的思想潮流。

盧鐵澎指出，「文學思潮涉及的不只是創作活動，還表現於理論、批評、鑒賞（接受）活動的過程，並制約和支配這方面的實踐活動。也就是說，它貫穿於整個文學活動各領域。」〔註26〕

席揚指出，文學思潮的結構性因素應包含如下幾個方面：

其一，時代哲學—文化背景。它「決定著一個時代文學的想像方式和想像呈現（語言）的可能性，決定著言說空間和言說方式以及言說合理性與合法性」。

其二，特定時代大多數人所面臨的特殊現實「及其為生存、為發展而產生的利益追求」。

其三，特定時代的審美態度、闡釋方式。

其四，文學內部那些具有發展潛力因素的影響。

其五，接受者的審美反饋。〔註27〕

盧鐵澎、席揚的觀點是一種綜合性的思想，與梁啟超的觀點有某些一致之處。筆者認同他們的觀點，認為，文學思潮是一種綜合性思想潮流，是包括時代、思想、作家、作品、接受者多種因素在內有聲勢、有規模、有影響的文學思想潮流。

縱觀 17 世紀通俗小說的發展歷程，完全符合這上述特徵。雖然這 17 世紀之前，通俗小說已經很有成就，產生了《金瓶梅》《三國演義》《西遊記》《水滸傳》，但這並未形成一種規模、形成一種社會氛圍，換句話說，17 世紀之前，通俗小說並未形成一種思潮，而是相當於通俗文學思潮的預備期，為 17 世紀

〔註25〕梁啟超《清代學術概論》，上海古籍出版社 2011 年版，第 1～2 頁。

〔註26〕盧鐵澎《文學思潮的系統構成》，《人文雜誌》1999 年第三期，第 130 頁。

〔註27〕席揚《文學思潮：理論、方法、視野——兼論 20 世紀中國文學思潮的若干問題》，上海：三聯書店 2009 年版，第 20 頁。

通俗文學思潮的產生奠定了基礎。

縱觀 17 世紀通俗文學思潮的發展歷程，可以分為如下一些方面，正是這些方面的共同作用，形成了中國 17 世紀通俗文學思潮的宏大潮流。

第一，時代語境與陽明心學。17 世紀前半期，整個明代社會處於一種焦躁期，國家內憂外患，社會風氣酒色財氣橫行，明朝政府處於風雨飄搖之中，統治者腐化墮落、爭權奪利，社會禮崩樂壞。同時，江南商品經濟發展迅速，商業貿易繁榮，在江南地區和東南沿海商業活動活躍，工商市民階層壯大，這對於以科舉為業的士人有很大衝擊，放棄舉業投身商業的士人越來越多，重農抑商思想動搖，逐利心態蔓延。一些傳統士人也逐漸轉變對商業的看法，認為經商也是正當職業。晚明人本主義思想與王陽明有著密切關係。王陽明心學的要義有三個方面：「致良知」、「親民」和「知行合一」。王陽明改程朱理學之「理」本體為「人」本體，倡導自然人性，肯定人的情感和欲望：

> 耳目、口鼻、四肢，身也，安能視聽言動？心欲視聽言動，無耳目、口鼻、四肢亦不能。故無心則無身，無身則無心。但指其充塞處言之為之身，指其主宰出言之為之心，指心志發動處謂之意。指意之靈明處謂之知，指意之涉著處謂之物，只是一件。意未有懸空的，必著事物，故欲誠意則隨意所在某事物而格之，去其人慾而歸於天理，則良知之在此事者無蔽而得致矣。此便是誠意的工夫。〔註28〕

這裡指出了身與心的相互依存關係，即無身即無心，反之亦然。王陽明「心學」即建立在這個基礎之上。王陽明肯定人慾，指出人的「七情之樂」的合理性，指出「良知」乃人之心，「致良知」即是人的主體德性，是人的自然天性而無需受外界影響：

> 知是心之本體，心自然會知。見父自然知孝，見兄自然知弟，見孺子入井自然知惻隱。此便是良知，不假外求。若良知之發，更無私意障礙，即所謂「充其惻隱之心，而仁不可勝用矣」。〔註29〕

王陽明「心學」標誌著人的主體意識的覺醒，這和程朱理學之「存天理、滅人慾」對比鮮明。王陽明「心學」之「明德親民」的民本思想體現了一種平民意識，所謂「滿街都是聖人」（王陽明弟子王艮語），人若「致良知」即達「聖境」。

〔註28〕王陽明《王陽明全集·傳習錄》上海古籍出版社 1992 年版，第 90～91 頁。
〔註29〕王陽明《王陽明全集·傳習錄》，6 頁。

　　王陽明之後有一大批追隨者，其中諸如王龍溪、泰州學派王艮、何心隱、李贄、以及公安派袁宏道、馮夢龍等等。李贄倡導自然人性論，指出人的「穿衣吃飯，即是人倫物理」，即是人之常情，物之常理。同時，李贄肯定人的私欲，指出：

　　　　夫私者，人之心也。人必有私，而後其心乃見；若無私，則無心矣。如服田者，私其秋之獲，而後治田必力；居家者，私積倉之獲，而後治家必力；為學者，私進取之獲，而後舉業之治必力。故官人而不私以祿，則雖招之必不來矣；苟無高爵，則雖權之必不至矣。〔註30〕

李贄針對文學提出「童心說」指出：

　　　　夫童心者，真心也，若以童心為不可，是以真心為不可也。夫童心者，絕假純真，最初一念之本心也。若失卻童心，便失卻真心；失卻真心，便失卻真人。人而非真，全不復有初矣。

　　　　天下之至文，未有不出於童心焉者也。苟童心長存，則道理不行，聞見不立，無時不文，無人不文，無一樣創制體格文字而非文者。詩何必古《選》，文何必先秦！降而為六朝，變而為近體，又變而為傳奇，變而為院本，為雜居，為《西廂》曲，為《水滸傳》，為今之舉子業，大賢言聖人之道皆古今至文，不可得而時勢先後論也。故吾因是而有感於童心者之自文也，更說甚麼六經，更說甚麼《語》《孟》乎！〔註31〕

　　李贄「童心說」倡導自然人性，反對道學、名教，主張言由心發為真，張揚個性，無疑對於虛假文風當頭棒喝。童心，即人的自然真心，只要文出真心，即為「至文」。李贄充分肯定了《西廂記》、《水滸傳》的價值，這對於當時的通俗小說、文藝的發展無疑具有張目價值。

　　李贄之後，公安派以袁宏道為首，主張「獨抒性靈，不拘格套」，與王陽明、李贄的張揚自然人性一脈相承。袁宏道反對復古派「詩必盛唐、文必秦漢」的主張，認為，「獨抒性靈，不拘格套，非從自己胸臆流出，不肯下筆。」「唯夫代有升降、而法不相沿，各極其變，各窮其趣，所以可貴，原不可以優劣論

〔註30〕李贄《藏書》（第十冊）中華書局1974年版，第1827～1828頁。
〔註31〕張建業主編《李贄全集》（第一冊，焚書注一）社會科學文獻出版社2010年版，第276頁。

也。」「今閭閻婦人孺子所唱『擘破玉』、『打草竿』之類，獨是無聞無識真人所作，故多真聲，不效顰於漢、魏，不學步於盛唐，任性而發，尚能通於人之喜怒哀樂嗜好情慾，是可喜也。」〔註32〕袁宏道之「性靈」，直至人的真性情，是人之喜怒哀樂，而這些是所有人皆有。

話本小說奠基人之一馮夢龍，主張「情教」：「天地若無情，不生一切物。一切物無情，不能環相生。生生而不滅，由情不滅故。四大皆幻設，惟情不虛假。有情疏者親，無情親則疏。無情與有情，相去不可量。我欲立情教，教誨諸眾生。子有情於父，臣有情於君。推之種種相，俱作如是觀。」〔註33〕馮夢龍主張，「情」為人之根本，人人皆有情，上至君王，下至平民。這無疑與王陽明「良知」、李贄「童心」、袁宏道「性靈」一脈相承。

明中後期個性思潮對於儒家「存天理、滅人慾」的思想構成了巨大衝擊，在思想界出現了多元並存的局面。對於人性的覺醒和發現，對於自然人性的倡導無疑極大地影響了明朝中後期的思想潮流。出現於話本小說中大量反映市民階層的故事，以及對商人逐利的肯定，先進的婦女觀念無不受到來自這股思想潮流的影響。說到底，明末民本思想崛起，與明末士人對時局的憂慮分不開。正如嵇文甫所說：「我們說明清間──十七世紀──思想變動是由明中葉以降種種社會條件所形成，是當時地主階級自救運動的反映。」〔註34〕十七世紀通俗文學思潮的興起與此具有直接關係。

第二，參與者。自嘉靖朝開始，一些官僚、名士開始參與通俗文學活動，政府機構開始參與刊刻通俗小說，據陳大康考證，嘉靖時期，文人官吏參與通俗小說主要採取讚揚、作序、文章論及、藏書、閱讀等形式，〔註35〕參與程度較淺。但明朝中後期，尤其是天啟、崇禎年間，情況有了很大變化，「與通俗小說有關的 66 位文人的簡況，其中進士 40 人，舉人 6 人，即有舉人以上功名之占 70%，有官職者 50 人，占 76%」，「明中後葉的那些官員或名士不只是讚賞通俗小說，其中有些人還直接動手編纂了通俗小說或與通俗小說相

〔註32〕袁宏道《袁宏道集箋校》，錢伯城箋校，上海古籍出版社 1981 年版，第 187～188 頁。

〔註33〕馮夢龍《情史》序，浙江古籍出版社 2011 年版，第 3 頁。

〔註34〕嵇文甫《十七世紀中國思想史概論》，《晚明思想史論》，北京出版社 2016 年版，第 259 頁。

〔註35〕陳大康《通俗小說的歷史軌跡》，湖南出版社 1993 年版，第 148～152 頁。陳大康以表格形式對明嘉靖、萬曆年間官僚、文人參與通俗小說進行了列舉，並指出他們與小說的關係。

類的讀物。」〔註36〕他們的參與為 17 世紀通俗文學思潮的形成和通俗小說創作的崛起起到了非常重要的作用，至少從官府層面為通俗小說的發展提供了某種支持。

17 世紀初，通俗文學（小說）的參與者多是下層文人，「所謂下層，並非是指其政治地位，而是指文化素質比較低下，他們並不能算是優秀的小說家或者文學家，只能說是一些寫手，能夠跟在流行之後，迅速模仿出相類似的作品，以滿足市場的需要。包括一些書坊主人及其親戚朋友與幕客，比如余象斗、鄧志謨、吳遷等人，小說作品比較多。」〔註37〕隨著通俗小說的發展，一些著名文人開始參與其中，如李卓吾評點《水滸傳》、《西遊記》、《三國志》等，其他如湯顯祖、陳繼儒、鍾惺、馮夢龍等參與評點、創作。文人湧入通俗文學有多種原因，對於通俗文學來說，最直接的原因是對其發展的推動作用，而且形成巨大聲勢。起初，通俗文學的刊刻、創作中心是福建建陽，這有兩方面因素，其一，福建建陽刊刻業發達由來已久，加上造紙工藝改進，紙價降低，刊刻成本降低，直接刺激了刊刻業的發展；其二，通俗文學發展之初，參與者多是下層文人，多圍繞刊刻主形成創作隊伍，因此刊刻中心同時也是創作中心。但隨著通俗文學的發展，大批名士文人參與其中，創作中心逐漸由福建建陽轉移到了蘇州、杭州、南京一帶，福建建陽作為刊刻中心的地位開始滑落，通俗文學的創作中心轉向蘇杭一帶。創作中心的轉移並非是一個簡單的現象，它標誌著通俗文學開始形成有創作、有規模、有影響、有聲勢的文學運動。

第三，理論倡導與創作觀念的變化。任何文學思潮都不是一種無意識的運動，之所以能夠形成一種思想潮流，最關鍵的是參與者的思想及其影響。也就是說，參與者通過理論著述，自覺踐行並影響他人，形成統一的、有規模、有實績、有影響的思想潮流和創作實踐，才能形成文學思潮。同時，社會語境也會為這種文學思潮的形成提供條件，有時候，這些條件並非完全是一種「順勢」，有可能存在「逆勢」。17 世紀通俗文學思潮的形成就是既有「順勢」也有「逆勢」。

明末社會動盪、內憂外患，社會風氣奢靡，酒色財氣橫行，這已然形成彌漫整個社會的焦慮心態，封建文人以儒家的入世精神尋找拯救之法，正如上面提到竑文甫先生觀點，從事通俗文學也應該被看作，至少部分被看作是

〔註36〕陳大康《明代小說史》，人民文學出版社 2007 年版，第 498 頁。
〔註37〕李忠明《17 世紀中國通俗小說編年史》，安徽大學出版社 2003 年版，第 40 頁。

地主階級的一種「自救運動」。因為，縱觀通俗文學的發展歷程，偶一個核心觀念是，通俗文學的「教化」功能。石昌渝認為，通俗文學屬於「小傳統」，之所以封建文人參與通俗文學，其中飽含深意，「話本小說本屬文化小傳統，也因為時代觀念的演變，士人對通俗文化突然特別關注起來，他們想利用這些通俗的文學形式教化庶民，把儒家思想推進到庶民的日常生活中去。士人的參與固然提高了話本小說的地位，也提高了話本小說的藝術水平，但其內容卻也悄悄變化著，它逐漸脫離小傳統而向大傳統靠攏，這就是雅化現象。」〔註38〕文人參與通俗文學與明末社會語境和儒家文化衝突密不可分。文人參與可以提升通俗文學的質量，提高社會影響力，同時也在小說理論方面取得非常重要的進展。

　　如果說明末社會語境使封建文人看到通俗文學的教化作用是通俗文學發展的「順勢」的話，那麼，中國的文學傳統對通俗文學，尤其是通俗小說的態度則為通俗文學發展的「逆勢」，即不能夠受到正統文學的承認。小說，歷來被看成「小道」，不登大雅之堂，為封建正統文人不恥。因此，通俗文學發展首先要解決的是通俗小說的地位問題。李贄、李開先、胡應麟、陳繼儒、袁宏道、馮夢龍、凌濛初、李漁、金聖歎、袁于令等等，從為通俗小說正名、到提出一系列的創作方法，如虛構、奇幻、結構等等，從而形成了思想較為統一的通俗小說理論系統，並通過創作實踐進行貫徹，為 17 世紀通俗文學思潮的形成提供了理論支撐。對此，筆者將有專章論述。

　　第四，創作隊伍與創作實績。明末人本主義思潮、文人參與和通俗文學的理論探索為 17 世紀通俗文學思潮的形成提供了一種大的框架,最重要的還是通俗文學的創作隊伍和創作實績。明萬曆中後期，在江浙一帶，從事通俗小說或者愛好通俗小說的文人交往密切，逐漸形成一些鬆散的文人團體，據陳大康先生考證，圍繞《水滸傳》、《金瓶梅》等通俗小說，這些文人之間密切往來、切磋，諸如李贄、焦竑、袁中道、袁宏道、凌濛初、沈德符、馮夢龍、謝肇淛、董其昌、湯顯祖、丁耀亢、陳繼儒、胡應麟、天然癡叟、袁于令、抱翁老人等等，從陳大康的考證可知，雖然沒有證據證明他們之間是否聚集，但至少圍繞通俗小說有密切交往，其活動對通俗小說的發展有著巨大促進作用，此其一。其二，崇禎時期，《禪真逸史》作者方汝浩與陸雲龍、陸人龍、徐良輔等人關係密切，

〔註38〕石昌渝《中國小說源流論》，生活‧讀書‧新知三聯書店 1994 年版，第 269 頁。

形成小團體，又與上述文學團體有交往。〔註39〕其三，以馮夢龍為中心的蘇州作家群，包括凌濛初、席浪仙、抱瓮老人等。〔註40〕這些作家由於相似的文學主張、形式、風格接近的小說創作，已經形成了通俗小說的創作流派。陳大康認為：「以擬話本為形式的短篇小說的出現，打破了長期以來長篇小說在通俗小說創作中占絕對壟斷地位的格局，而馮夢龍有意識的積極推動，又使得擬話本迅速地發展成為一個重要的小說流派」〔註41〕。據寧宗一先生觀點，從宋元話本開始就已經形成了流派，而且論述了他劃分流派的理論依據，寧先生指出：

> 竊以為，流派是一種分類、一種概括，作為複雜的社會的和心理的、時代的及個人的精神產品，它既無法按生物分類那樣理出綱門種屬，又沒有為研究者提供所公認的流派取捨標準。那麼，《都城紀勝》、《夢梁錄》、《醉翁談錄》諸書對小說的分類和概括，就有著流派的性質，體現了一種流派觀念的覺醒意識。事實上，流派的劃分標準，從來就是多元的……〔註42〕

在小說史上，把同一歷史時期具有相似文學形式和風格的作家劃為某種流派，是一種常見的研究方式，儘管有時這些作家之間聯繫不多甚至毫無聯繫。17 世紀通俗文學的現實狀況是，這些作家之間是有聯繫的，而且其文學活動是有意識、有原則的。創作隊伍與流派風格的形成、大量作品問世，標誌著 17 世紀通俗文學潮流的形成。

第五，出版刊刻與讀者群。17 世紀中國文學史上一個重要的現象是圍繞通俗小說的刊刻出版，並由此形成中國文學歷史上第一個市場化模式：作家創作——坊刻主出版——讀者購買閱讀。這個市場化模式的形成有多方面原因，比如明末商品經濟的繁榮、造紙術的改進、市民階層的形成、明代發達的教育系統對讀者階層的培養等等。通俗小說的出版和對讀者階層的培養，極大促進了 17 世紀通俗文學場的形成。同時，由於時局動盪，整個社會處於焦慮狀態，通俗小說正好可以起到調節精神的作用，17 世紀通俗小說的繁榮與此有極大關係。同時，這種對時局的焦慮還體現在一些應時的小說類型，如時事小說。出版業的發達使這一小說類型的形成成為可能。「讀者市場的擴大，又刺激著傳播市場的興盛。當大量下層讀者出現的時候，特別是通俗小說大量聚攏起來

〔註39〕陳大康《通俗小說的歷史軌跡》湖南出版社 1993 年版，第 171～174 頁。
〔註40〕傅承洲《明清文人話本研究》人民文學出版社 2009 年版，第 52 頁。
〔註41〕陳大康《明代小說史》人民文學出版社 2007 年版，第 556 頁。
〔註42〕寧宗一《傾聽民間心靈回聲》山西古籍出版社 2003 年版，第 37 頁。

的讀者人氣，使得書商迅速意識到時事讀者群發生巨大變化，因而時事報導本身有著可供操作的撰寫空間和較大的利潤空間。無論出於射利目的、政治訴求，時事作品都已經呼之欲出了。」〔註43〕

綜上所述，五個方面的因素構成了 17 世紀通俗文學思潮重要組成部分，就我們今天所見的大量通俗小說看，17 世紀通俗文學作品數量巨大，形成了中國古代文學史上前所未有的通俗化浪潮。更別說，由於明清兩朝對通俗小說均施行嚴格禁燬措施，清朝尤甚，甚至到清康熙中後期，通俗小說的創作、刊刻逐漸走入低谷，雖未絕跡，但已經很難恢復元氣，直至清末又一撥通俗小說創作浪潮的出現。

三、話本小說與 17 世紀通俗文學思潮

如上所述，17 世紀產生了大量通俗小說，是 17 世紀通俗文學思潮的核心組成部分，其中，話本小說又是本世紀最為成熟的小說類型，它在 17 世紀初醞釀產生，伴隨 17 世紀通俗小說浪潮發展壯大，然後，在 17 世紀末逐漸衰落。也就是說，話本小說是 17 世紀通俗文學思潮的主要體現者。話本小說見證了 17 世紀通俗文學思潮的盛衰過程。話本小說從如下幾個方面全面參與了 17 世紀通俗文學思潮的整個過程：

其一，成熟的創作。第一部成熟的話本小說集是刊刻於明泰昌天啟間（1620～1621）馮夢龍《古今小說》，但在此之前，已經有話本小說存在，如「敦煌話本」，主要有：《廬山遠公話》、《韓擒虎話本》、《葉淨能詩（話）》、《唐太宗入冥記》、《秋胡變文》等唐代作品，宋代作品如《醉翁談錄》中收錄的一些話本小說，以及《六家小說》（即《清平山堂話本》）收錄的作品等等，這些作品無論是文本形式還是藝術性方面遠不如馮夢龍《古今小說》成熟，但作為話本小說的早期形態，為話本小說的發展提供了一種借鑒模式。馮夢龍出版《古今小說》後，連續出版《警世通言》、《醒世恒言》，《古今小說》隨之更名《喻世明言》，三言的出版影響很大。馮夢龍創作的意義在於確定了話本小說作為古代通俗白話短篇小說的文本形式，雖然此前也有話本，但形式遠未成熟，馮夢龍將流傳於藝人口頭的「說話」藝術程序進行了書面化改造，並將之固定為一種可以複製的藝術形式，這對於 17 世紀白話短篇小說的發展意義重大。而且，馮夢龍的創作直接面向市場，是經坊刻主之約而作，因此收到了良

〔註43〕許軍《明末清初時事小說研究》，復旦大學出版社 2015 年版，第 93 頁。

好的市場效果，正因為馮夢龍「三言」「頗存雅道」、「行銷頗捷」，凌濛初仿而傚之，「二拍」問世，然後話本小說如雨後春筍，形成一股強大創作潮流。據統計，僅明末最後 25 年，能夠明確斷代的話本小說作品就達 50～60 種之多，〔註 44〕清初繼續延續這種發展勢頭直到清康熙後期來自官方的禁燬和話本小說自身發展遭遇到創作瓶頸，話本小說隨後衰落，這已經是 17 世紀末了。也就是說，話本小說的創作成熟、發展、衰落延續了整個 17 世紀，是 17 世紀通俗文學思潮的見證者和重要組成部分。

其二，通俗小說理論的倡導。17 世紀通俗小說理論有幾個重要來源：一是來自名家評點；二是小說作品的序跋、識語；三是散見於文人著作的散論。這其中又以序跋為核心。話本小說以序跋、識語的形式對通俗小說的地位、藝術真實、價值追求、寫作方法等方面進行了獨到論述，而且這些論述隨著話本小說的發展具有連續性，形成了通俗小說系統性的理論表述，對此，筆者將專章論述。也就是說，話本小說從業者對 17 世紀通俗小說理論的形成作出了巨大貢獻，參與了中國古代通俗小說理論的建構，是 17 世紀通俗文學思潮在理論方面的重要來源。

其三，高度市場化。把話本小說看作 17 世紀通俗文學市場化的探路者一點不為過。17 世紀以話本小說為代表的通俗文學的繁榮決非是一個偶然現象，這也許包含讀書人的一種生存方式，而造紙業、印刷業的發達，市民階層的壯大，識文斷字的人口數量的增加等等這些客觀因素為明末清初話本小說等通俗文學的發展製造了非常有利的社會背景。以「作者——作品——出版商——讀者」的關係鏈條為基礎的文學場，在古代中國第一次出現在江浙一帶，形成了話本小說運作的市場化模式，這種模式將對話本小說的文本形式和價值追求產生很大影響。話本小說作為一種被稱為「亞文化」〔註 45〕的小說類型，作為被歷代正統文人所不齒的「小道」，從事話本小說的創作，其本身並不能作為一種迂迴的「進取」之道，也不能為作者帶來名聲。即使如馮夢龍、凌濛初這樣的大家，在補貢之後即不再涉足話本小說，而且在記錄其生平的縣志、墓誌銘中已難尋為他們帶來聲譽的話本小說——「三言」和「兩拍」。而一個客觀情況是，話本小說大都不署真名，有的更是沒有署名，導致現在大多話本小說不知道作者是何人。所有這些說明，從事通俗小說創作並不能夠為作者帶來

〔註 44〕陳大康《通俗小說的歷史軌跡》，湖南出版社 1993 年版，第 104 頁。
〔註 45〕趙毅衡《苦惱的敘述者》，四川文藝出版社 2013 年版，第 170 頁。

聲譽上的好處，以及對於這些封建文人孜孜以求的科考事業亦無任何幫助，甚至會帶來麻煩。那麼，唯一的合理解釋是創作小說是為生計所迫的有償勞動。因此，小說作者和書坊主之間的關係即類似於今天作者和出版商的關係。這就導致一些職業、半職業作家的出現。比如江西文人鄧志謨長期受雇於福建建陽書坊，編撰了大量通俗小說；廣州庠生朱鼎臣長期服務於福建書坊，編撰了多種通俗小說等。〔註46〕馮夢龍和淩濛初和一些書坊主來往密切。作家和出版商的這種關係成為明清之際江浙一帶文學場生成的基礎。以話本小說為代表的通俗文學的市場化，以及由此形成的文學場有如下幾方面內容：

一、社會客觀條件。江南造紙業和印刷業的發達，造紙工藝的改進和成本的降低為書籍的印行提供了物質基礎，於是，以坊刻為主的圖書市場形成了。坊刻最初以盛產質優價廉的竹紙的福建為中心，坊刻主為謀取利益，刻印通俗讀物以滿足普通百姓的閱讀需求，後來便涉足通俗小說的印行。科舉考試的副產品——大量教育機構的出現使培養出了越來越多的讀書人，這樣便客觀上提高了人們的文化水平、培育了廣大的讀者市場。但科舉窄途無法給更多人提供出路，雖然很多人皓首窮經，但也會有很多人由於生計所迫從事科考以外的事業，參與通俗文學創作、參與書坊的編輯和經營或受雇於書坊就是他們的謀生手段之一，因此便出現了具有一定創作才華和編撰才能的書坊主，比如淩濛初就出身於烏程淩氏刻書世家，陸文龍、陸人龍兄弟不但是書坊主還是話本小說著名作家等等。明清易代，使很多讀書人在生活，但更多的是在心理上難以適應，絕意科考選擇創作也是出路之一。所有這些客觀條件表明，話本小說創作繁榮出現在明清之際並非偶然。

二、書坊主的經營與作家群的出現。書坊主為謀取經濟利益會根據他們瞭解的讀者市場需求進行出版，話本小說的繁榮與此有不可分割的關係。馮夢龍《古今小說》一開始並非能夠保證一定能為書坊主帶來利益，其最初也是一種商業性的實驗。馮夢龍在《古今小說敘》中寫道：「茂苑野史氏，家藏古今通俗小說甚富。因賈人之請，抽其可以嘉惠里耳者，凡四十種，畀為一刻。」明天許齋（應為刻坊之名——引者）在《古今小說識語》中說：「本坊購得古今名人演義一百二十種，先以三分之一為初刻云。」〔註47〕對於這兩篇敘和識

〔註46〕宋莉華《明清時期的小說傳播》，中國社會科學出版社 2004 年版，第 40 頁。
〔註47〕丁錫根編著《中國歷代小說序跋集》（中），人民文學出版社 1996 年版，第 774 頁。

語，起碼包含如下意思：其一，馮夢龍是應書坊主之請而編撰《古今小說》，這不會是一種義務勞動，這在天許齋識語中說得很清楚，即「購得」；其二，天許齋以三分之一初刻，有一種市場實驗性質；其三，取名《古今小說》而非後來的《喻世明言》說明一開始並沒有一下子出版「三言」的計劃，這說明《古今小說》刊刻的實驗性質。這從後來的衍慶堂《喻世明言識語》中可得到答案：「綠天館初刻古今小說四十種，見者侈為奇觀，聞者爭為擊節，而流傳未廣，擱置可惜。今版歸本坊，重加校訂，刊誤補遺，題曰《喻世明言》……」。〔註48〕而在衍慶堂《醒世恒言識語》中說：「本坊重價購求古今通俗演義一百二十種，初刻為《喻世明言》，二刻為《警世通言》，海內均奉為鄴架玩奇矣。茲三刻《醒世恒言》，種種典實，事事奇觀。」〔註49〕市場的暢銷使話本小說在讀者之中取得最初的成功。後來的凌濛初「兩拍」也有同樣的情況，即一開始並非計劃「兩拍」，而是在《拍案驚奇》取得成功的基礎上有了《二刻拍案驚奇》，那麼《拍案驚奇》就叫做「初刻」了。這裡我們可以看出，商業成功對於話本小說的發展的決定作用。試想，如果《古今小說》市場反應冷淡，那麼以後的話本小說創作就會受到很大的限制，就根本不會出現後來的繁榮局面。這樣，由於書坊主和作家的成功合作，培育了最初了讀者市場，接下來導致的直接結果使大批書坊主參與到話本小說刊刻中來，也使大批文人參與到話本小說的創作中來。如果以現在流傳下來的話本小說數量來看，筆者認為，無法完全體現當初的繁榮程度，因為清朝禁書令的下達、小說自身不被看做嚴肅文學等各種因素，導致大批話本小說沒有流傳下來，這從「三言二拍」這些話本小說精品的命運就可看出能夠流傳下來是多麼不易。

　　三、由於話本小說「行世頗捷」，導致大量書坊主從業其中，競爭在所難免，而競爭的結果不但影響話本小說的文本形式也影響話本小說作家地位、作家群體的形成。競爭手段各種各樣，（1），做廣告，話本小說作品中的「序」、「識語」等都具有廣告作用。比如出版商安少雲在《初刻拍案驚奇》的封面就做這樣的宣傳：「本坊購求，不啻於拱璧；覽者賞鑒，何異藏珠」〔註50〕。（2），在書籍裝幀上下工夫，使用「繡像」，「三言二拍」等許多話本小說都有繡像插圖。（3），利用名人評點。比如李贄、金聖歎等的評點來吸引顧客。馮夢龍不

〔註48〕丁錫根編著《中國歷代小說序跋集》（中），第775頁。
〔註49〕丁錫根編著《中國歷代小說序跋集》（中），第780頁。
〔註50〕宋莉華《明清時期的小說傳播》，中國社會科學出版社2004年版，第39頁。

但編撰話本小說,也點評話本小說。更有書坊主為吸引顧客而「假託」名人評點等現象。〔註51〕從某種意義上來說,書坊主的市場經營行為使古代小說批評形式——「評點」得以發展:市場行為影響了文學批評形式。正因為話本小說的市場化運作,使一些話本小說作者在文學場中獲得了巨大的「象徵資本」,比如馮夢龍、凌濛初、煙水散人等等,他們甚至可以影響書坊主的出版和經營。比如,《石點頭》就請馮夢龍作序;煙水散人編輯出版了許多才子佳人小說,從而成為影響才子佳人小說類型的關鍵人物。這樣,在江浙地區,以蘇州和杭州為中心,形成了以著名作家為中心的作家群體,構成了明清之際通俗文學場的創作隊伍。

四、話本小說市場化運作不得不考慮消費者——讀者對話本小說的影響。事實上,話本小說從一開始就有明確的讀者定位,即馮夢龍所謂「里耳」,因此,從話本小說的語言來說,採用白話即符合大眾的閱讀口味;從文本藝術形式來說,長期的「說話」藝術對大眾欣賞習慣有一個塑形作用,話本小說的「擬書場格局」無疑更符合大眾的欣賞習慣;對於題材的選擇也是受到來自讀者的影響,即一些身邊瑣事、新聞、政治事件等等成為話本小說的敘事對象,中國古代文學作品第一次姿態下移,第一次以平民為主角(包括當時主流話語權力下地位低下的商人)等等,所有這些表現了話本小說的讀者塑形作用。讀者的反向塑造對於話本小說的文本形態、價值追求有著不可忽視的作用,「毋庸諱言,世俗文化對文人精神的裹挾,有時就是文人向世俗的屈從。尤其是當商業化已經頑強左右小說創作時,趨俗媚俗差不多成了小說的普遍特點,區別只在多少而已」〔註52〕。

綜上所述,話本小說從產生到衰亡貫穿了整個 17 世紀,是 17 世紀通俗文學思潮的重要組成部分和重要承載者,以話本小說為對象考查 17 世紀中國通俗文學思潮的運行過程,無論是從宏觀上還是從文本形態等微觀層面,都是一個理想的對象。

四、17 世紀通俗文學思潮研究狀況

對於中國 17 世紀的關注並非是一個新鮮話題,因為以「明末清初」、「明清之際」等概念進行研究的著作有許多種,內容涵蓋史學、政治學、倫理學、

〔註51〕 宋莉華《明清時期的小說傳播》,中國社會科學出版社 2004 年版,第 113～128 頁有詳細論述。
〔註52〕 劉勇強《中國古代小說史敘論》北京大學出版社 2007 年版,第 368 頁。

藝術學等多種學科。為何學術界對這一時間段投入如此高的熱情，最關鍵的原因是，在 17 世紀中葉的明清鼎革，中國社會由前半世紀的亂世到世紀末清政府的統治鞏固，社會基本趨於穩定。由於時代鼎革，亂治更替，加之清代為少數民族政權，如此帶給人們的思考是多方面的，因此，17 世紀（明末清初或明清之際）歷來是研究明清各種問題的時間段。

從文學領域的研究看，情況類似，即以「明末清初」、「明清之際」等概念進行明清文學研究的著作也是非常多的。較早以 17 世紀為研究的世紀範圍對文學進行關注的，如謝國楨《明末清初的學風》，在「自序」中，謝國楨提出「明末清初的學風」論題的時間是 1963 年，然後，直到上世紀 80 年代初出版《明末清初的學風》一書。在此書裏，謝國楨明確其「明末清初」的時間範圍為：1602～1701 年之間，〔註 53〕其研究主要涉及文學方面的是詩歌，小說涉及《聊齋誌異》，但其落腳點是歷史。

上世紀 80 年代初，何谷里出版 The Novel In Seventeenth Century China.〔註 54〕一書，將研究的時間範圍定為 17 世紀，研究的內容為中國通俗白話小說。1985 年韓南發表 The Fiction of Moral Duty: The Vernacular Story in the 1640s.〔註 55〕研究對象為 17 世紀 40 年代的幾部小說，如《西湖二集》、《醉醒石》、《鴛鴦針》、《清夜鐘》等。為何外國人能夠明確提出 17 世紀這一時間概念，而中國人常常以明末清初等概念代替呢？筆者認為，中國人在研究中國古典文學的時候，有一個習慣，即以朝代為時間範疇，這是自魯迅《中國小說史略》始而形成的研究傳統。同時，明末清初或者明清之際對於中國人來說比 17 世紀在理解上更加清晰。西方人則沒有如此情況，他們更注重把一種文學現象作為一個整體來研究，17 世紀正好是中國通俗小說發展的完整時間範疇。本課題，筆者之所以會以「17 世紀」而不以「明末清初」等概念，主要也是把考慮的重點放在文學方面，而不是時代政治方面。當然，筆者會借鑒中西兩種研究方式的優點，適當考慮明清易代對於文學的影響，筆者將有專章論述存在於通俗小說中的「易代心態」問題。

〔註 53〕謝國楨《明末清初的學風》，上海書店出版社 2006，第 1 頁。

〔註 54〕Robert E.Hegel. *The Novel In Seventeenth Century China*. New York. Columbia University Press 1981.

〔註 55〕Patrick Hanan. The Fiction of Moral Duty: The Vernacular Story in the 1640s. Expressions of Self in Chinese Literature. New York. Columbia University Press 1985.

　　進入 20 世紀 90 年代，從文學思潮的角度研究 17 世紀中國文學的專著出現，即陳伯海主編《近四百年中國文學思潮史》，〔註56〕該書第一編，專門論述「17 世紀中國文學思潮」，其中提到「晚明個性思潮」就包括本課題研究的通俗文學思潮。進入新世紀以來，研究明代或者清代文學思潮、思想的論著雖有所增加，但數量也很有限，如羅宗強《明代文學思想史》〔註57〕，左東嶺《李贄與晚明文學思想》〔註58〕《明代文學思想研究》〔註59〕，這三部著作不同程度涉及晚明人本主義文學思想，其中羅宗強的論著論述晚明的小說觀念及其適俗小說思潮。

　　2001 年，吳承學、李光摩主編《晚明文學思潮研究》出版，〔註60〕該書是一本書集，選取「五四」以來的主要學者論述晚明文學思想的論文，對明末通俗小說多有論及。尤其是附錄部分，提供了較為詳細的晚明文學思潮方面的論文。

　　2004 年，董國炎《明清小說思潮》出版，這是一部全面論述明清小說思潮的著作，論述了通俗白話小說和文言小說在內的明清小說的興盛、演變的內在理路。著作並沒有刻意強調明清之際的通俗小說思潮，研究的時間範圍也涵蓋整個明清時期。

　　2004 年，王汎森《晚明清初思想十論》出版，在「序」中，作者指出，「我在選題時，往往迴避一般所熟悉的大論題，而較常從一些被各種思想史、學術史著作所忽略的問題、文獻、人物著手」。〔註61〕

　　2005 年龔鵬程《晚明思潮》出版，但此書以「泰州學派」和「公安派」為主，在「自序」中，龔鵬程說，其目的「挑選一些晚明思潮中值得討論的問題，以見思潮之動向。」〔註62〕書中論及李贄、公安派及馮夢龍等人的思想，但主要以傳統雅文學為主，論及馮夢龍也是研究其「春秋學」而非通俗小說思想。任何研究都有其範圍和興趣點，無可厚非，但對於晚明人本主義和文學方面的俗化的選擇性忽略確為遺憾。

〔註56〕陳伯海主編《近四百年中國文學思潮》，東方出版中心 1997 年版。
〔註57〕羅宗強《明代文學思想史》，中華書局 2013。
〔註58〕左東嶺《李贄與晚明文學思想》，人民文學出版社 2010 年版。
〔註59〕左東嶺《明代文學思想研究》，商務印書館 2013 年版。
〔註60〕吳承學、李光摩主編《晚明文學思潮研究》，湖北教育出版社 2001 年版。
〔註61〕王汎森《晚明清初思想十論》，復旦大學出版社 2004 年版，第 1 頁。
〔註62〕龔鵬程《晚明思潮》，商務印書館 2005 年版，第 1 頁。

　　2015 年，張獻忠《從精英文化到大眾傳播——明代商業出版研究》出版，在第七章第三節論述商業出版與明末人文主義思潮的關係，指出：「晚明人文主義思潮是以李贄、袁宏道、湯顯祖、馮夢龍和凌濛初等為代表在思想界及文學領域尤其是通俗文學（如戲劇、小說、民歌等）領域中掀起的一股較為廣泛的新的社會思想潮流。」〔註63〕張獻忠同時指出，明中後期商業出版對於這股人文主義思潮的密切關係，正是商業出版的興盛，促進了這種思潮的廣泛傳播和影響，「如果沒有發達的商業出版，或許也會出現李贄、袁宏道等之類的人文主義思想家，但其思想很難實現大範圍、快速度的傳播，更不可能形成一股思潮，從這個意義上講，商業出版是晚明人文主義思潮的催生婆。」〔註64〕張獻忠的這種看法是有道理的，可以這樣說，沒有明末商品經濟的發展，並同時催生坊刻業的繁榮，就不會有 17 世紀通俗小說的繁榮局面。儘管在此之前，《三國演義》《水滸傳》、《金瓶梅》等長篇通俗小說已經產生，但真正使其大規模傳播並形成巨大的社會影響還是在 17 世紀。

　　2016 年廖可斌《明代文學思潮史》出版〔註65〕，以傳統「正統」文學詩、文為對象，對明代文學思潮進行研究，而對於明中後期以後的通俗文學思潮採取的是選擇性忽略，這與本書的標題極不相稱，對明中期以後以通俗小說為主體的通俗文學思潮的忽略，意味著失去明代文學思潮研究的半壁江山。

　　筆者不想再舉出更多與本課題相關的 17 世紀文學思潮的論著，以上頗具有代表性，從上述論著顯示，學界對於 17 世紀通俗文學思潮的研究並不充分，雖然看到了、也論及 17 世紀通俗小說的一些方面，但作為一種客觀存在的文學思想潮流，並沒有得到應有的重視和研究。因此，本研究的意義在於，一方面明確 17 世紀通俗文學思潮的客觀存在；一方面以話本小說為對象，研究 17 世紀通俗文學思潮的宏觀與微觀狀況，探索其運行狀態和運作機制。並同時兼顧其他通俗小說類型。

〔註63〕張獻忠《從精英文化到大眾傳播——明代商業出版研究》，廣西師範大學出版社 2015 年版，第 288 頁。
〔註64〕張獻忠《從精英文化到大眾傳播——明代商業出版研究》，廣西師範大學出版社 2015 年版，第 296 頁。
〔註65〕廖可斌《明代文學思潮史》，人民文學出版社 2016 年版。

第一章　17 世紀通俗文學思潮
產生的歷史前提

第一節　明末社會經濟狀況

　　明末社會的經濟狀況可從下面幾方面進行考察：城市發展、商業繁榮、以及早期的新經濟形式（即所謂資本主義萌芽）。

　　明朝中後期的江浙閩一帶，以手工業、商業為代表的經濟繁榮發展，出現了中國早期的資本主義萌芽，尤其是絲織業，大量機房的出現、雇傭勞動關係產生了；製造業的繁榮直接刺激了商業的繁榮，城市在手工業和商業繁榮的背景下，出現了一些現代城市的特徵。這種新的生產關係不但產生在製造業，而且這文化領域也出現了。如明代中後期，造紙業的繁榮促進了坊刻業的發展，並進而出現以坊刻主為中心的雇傭文人群體，他們為坊刻主創作各種通俗暢銷讀物，同時，坊刻主也邀請文人參與通俗小說的創作，購買他們的作品。在中國文學史上，第一次出現了規模可觀的出版市場，中國文人第一次拿到勞動所得：稿費。這種文化領域的新現象極大促進了文學市場化浪潮，刺激了明清之際的 17 世紀通俗文學思潮的形成。

　　此時，出現了以王陽明、李贄等為代表的張揚人性的新的思想思潮，極大的影響了明末清初的社會生活和文人的思想。此時，造紙業和印刷業的發展直接推動了書坊的出現，這種具有現代出版特徵的書坊為話本小說的產生和繁榮提供了很好的物質基礎。在明末清初，各種形式的官辦、民辦教育機構大量

湧現,科舉的窄途已經無法適應大量文人追求前途的要求,文人開始從書齋走出來從事商業活動,比如商品買賣、書坊經營、職業創作等等。同時,教育業的發達提高了國人的文化素養,識文斷字已經不是小部分人的專利,教育開始走向大眾化,這就客觀上製造了一大批的文化消費者,話本小說的繁榮就有了讀者基礎。下面,筆者具體描述明後期的時代經濟、思想潮流以及文人的生存狀況,以期還原話本小說產生的時代背景。

一、明末清初的城市經濟

17 世紀通俗小說的繁榮與當時的經濟狀況和造紙業、坊刻業的繁榮密切相關。以話本小說為例,作為書面通俗小說,其傳播受到各方面的限制,比如經濟狀況、造紙業和印刷業的發展以及大眾文化水平等等,因此,話本小說在明清之際的繁榮有著客觀原因。瞭解明清之際的經濟等狀況,對於理解「說話」藝術何以在宋代就已經成熟而只有到了明末才出現話本小說繁榮發展的原因,而且,對於理解話本小說的藝術和思想也是一種重要的參照。明朝的城市較宋代更加繁榮,尤其是在江南,市鎮的數量、人口大幅增加,商業繁盛,人員流動規模很大。尤其明中葉以後,江南出現了許多工商業發達的大城市,比如蘇州、杭州、湖州等等,其中蘇州最為繁華,出現了大量的手工業絲織工廠,資本主義萌芽開始出現,這在話本小說中也有表現。明人莫照有《蘇州賦》云:

> 列巷通衢,華區錦肆;坊市櫜列,橋樑櫛比,梵宮蓮宇,高門甲地。貨財所居,珍奇所聚,歌臺舞榭,春船夜市;遠土巨商,它方流妓,千金一笑,萬錢一箸。所謂海內繁華,江南佳麗者。〔註1〕

城市的繁榮興盛的重要條件之一就是城市人口的大量增加,這樣就形成了城市的市民階層,他們多以商為業,商業文化和市民的逐利心態逐漸成為江南社會思潮的新動向。明中期以後商業貿易的另一個重要組成部分是海外貿易。17 世紀,由於地理大發現推進了西方海外殖民,中國與日本、西班牙的海外貿易基本上是白銀貿易,比如西班牙人通過菲律賓輸入來自美洲大陸的白銀與中國人貿易,其基本格局是自海外來的商船基本上運載的是白銀,從中

〔註 1〕同治《蘇州府志》卷二,清李銘皖、譚均培修,清馮桂芬纂,《中國地方志集成·江蘇府縣志輯》,江蘇古籍出版社 1991 影印本。轉引自宋莉華《明清時期的小說傳播》中國社會科學出版社 2004 年版,21 頁。

國運走的是各種貨物，如瓷器、絲綢、茶葉等。〔註2〕白銀貿易對中國社會、經濟的作用是一個複雜的話題，但對於中國東南沿海的城市商業的興起具有推波助瀾的作用。話本小說雖然對此表現不多，但在凌濛初《初刻拍案驚奇》卷一「轉運漢巧遇洞庭紅　波斯胡指破鼉龍殼」寫了中國商人的海外貿易以及對白銀的追逐，海外源源不斷的白銀貿易給國人無限的想像空間。

　　城市經濟的繁榮使得城市成為文人的聚集地，因此而形成的作家團體就成為17世紀通俗小說發展中的一大景觀。「就小說而言，明清時代是城市形態成熟進而發生變異的時期，也是通俗小說的成熟期。城市與小說（主要是通俗小說）保持著千絲萬縷的聯繫，隨著小說創作成為更加自覺的商業活動，城市時刻影響著創作者的生活環境和寫作心態，小說的創作、傳播、接受，構成一種文化活動的系列，它融入城市生活，成為城市文化的組成部分。小說中摹寫城市景象的同時，也在營構新的城市空間，開掘典型的城市心理，表達某種城市情結。」〔註3〕

　　17世紀通俗小說刊刻中心從福建建陽到蘇州、杭州的轉移，其最主要的原因是作家群體的匯聚和創作中心的形成。城市的繁榮為文學，尤其是以市場為導向的通俗小說的發展提供了便利條件。同時，城市生活也成為通俗小說表現的對象，如在話本小說中，有不少篇目都是以城市市民為對象的，《蔣興哥重會珍珠衫》、《賣油郎獨佔花魁》等等。可以說，城市經濟對於通俗小說來說有如下幾個匯聚效應：（1）作家匯聚；（2）坊刻主匯聚（出版匯聚）；（3）讀者匯聚；（4）創作素材匯聚（來源）。這些匯聚綜合起來就會形成通俗小說的文學場域，對通俗文學思潮的形成具有強大推動作用。

二、造紙業、坊刻業的繁榮

　　作為明末商品經濟和製造業的重要部分，江南的造紙業和印刷業也在此時進入了繁盛時期。造紙業是中國古代四大發明之一，至宋元時期，活字印刷術的發明大大推進了造紙業的發展，尤其是江南竹紙的發明使造紙成本大大降低，17世紀科技巨著宋應星的《天工開物·殺青》中詳細記載了紙的兩種製作工藝和流程，即竹紙和皮紙，指出，「凡造竹紙，事出南方，而閩省獨專

〔註2〕〔美〕艾維四《1530～1650年前後國際白銀流通與中國經濟》，《中國與十七世紀危機》，商務印書館2013年版，第78～103頁。
〔註3〕萬永海《古代小說與城市文化研究》，復旦大學出版社2004年版，第10頁。

其盛。」宋應星還記載了不同品質的紙的不同用處：

> 盛唐時鬼神事繁，以紙錢代焚帛，（北方用切條，名曰板錢。）
> 故造此者名曰火紙。荊楚近俗有一焚侈至千斤者。此紙十七供冥燒，
> 十三供日用。其最粗而厚者曰包裹紙，則竹麻和宿田晚稻稿所為也。
> 若鉛山諸邑所造柬紙，則全用細竹料厚質蕩成，以射重價。最上者
> 曰官柬，富貴之家通刺用之。其紙敦厚而無筋膜，染紅為吉柬，則
> 先以白礬水染過，後上紅花汁云。〔註4〕

宋應星的記載除了造紙工藝外，至少有如下信息：其一，紙因質量不同有
不同用處且價格不同；其二，福建為竹紙盛產地；其三，柬紙品質最好最貴，
這與胡應麟記載同。

明代胡應麟在《少室山房筆叢》中詳細記載了各地的紙張和印刷情況：

> 凡刻之地有三：吳也，越也，閩也。蜀本，宋最善，近世甚希。
> 燕、粵、秦、楚，今皆有刻，類自可觀，而不若三方之盛。其精，吳
> 為最；其多，閩為最；越皆次之。其直重，吳為最；其直輕，閩為
> 最；越皆次之。凡印書，永豐綿紙上，常山柬紙次之，順昌書紙又
> 次之，福建竹紙為下。棉貴其白且堅，柬貴其潤且厚。順昌堅不如
> 棉，厚不如柬，直以價廉取稱。閩中紙短窄黧脆，刻又舛偽，品最
> 下而直最廉。余框篋所收，什九此物，即稍有力者弗屑也。近閩中
> 則不然，以素所造法，演而精之，其厚不異於常，而其堅數倍於昔。
> 其邊幅寬廣，亦遠勝之，價值即廉，而卷帙輕省，海內利之，順昌
> 廢不書矣。〔註5〕

胡應麟生活在 1551～1602 年間，其記載基本還原了當時的造紙印刷業的
如下情況：其一，當時造紙業和印刷業已經比較發達，形成了全國幾個主要的
造紙、印刷基地；其二，各地紙質不一，印刷質量參差不齊，且相互之間有競
爭；其三，在造紙、印刷業者中，福建竹紙質低價廉，但銷路很廣，即如胡應
麟本人「余框篋所收，什九此物」，但閩中經過改進造紙工藝，終使價廉物美
的竹紙獲得競爭力，「價值即廉，而卷帙輕省，海內利之」，使別的競爭對手逐
漸喪失市場，「順昌廢不書矣」。

在明代的刻書業主要有三種形式，即官刻、私刻和坊刻，其中坊刻直接

〔註 4〕宋應星《天工開物》，上海古籍出版社 2013 年版，第 172 頁。
〔註 5〕胡應麟《少室山房筆叢》，中華書局 1958 年版，56～57 頁。

面對市場，明清之際的話本小說等通俗文學作品大都出自坊刻。亦如胡應麟記載，由於福建竹紙的工藝改進和價錢降低，坊刻在福建建陽地區興盛是自然的事：

> 自宋以來，福建建陽一直是全國最大的坊刻中心之一。入明以後，建陽刻書持續發展，嘉靖、隆慶間刻書漸趨豐富，萬曆達到高峰，天啟、崇禎餘波未平。據統計，明代建陽有名可考的書坊有64家，刻書計655種。刻書內容充分顯示了坊刻的實用性特點，大致可分為科舉應試、醫書、民間日用、通俗文學四類，而在通俗文學類中又以白話小說為多。1987年，韓錫鐸、王清原匯綜各名家所著書目提要寫成《小說書坊錄》，是迄今為止較全面的中國通俗小說書目。該書所錄明代小說有225部，其中建本小說66種，占明代現存小說的29.3%。而據現存作品統計，自嘉靖至泰昌（1522～1620）九十年間，建刻白話小說共23種，占整個明代通俗小說總存量的近20%，高居江浙地區刻本數之上，居全國第一位。〔註6〕

　　福建坊刻的繁榮不是一個偶然現象，這和福建的造紙業的發達有很大關係。福建坊刻的發達還和出現了一批有名的坊刻經營者有密切關係，比如建陽余氏家族之余象斗，坊刻劉氏家族之劉求茂安正堂、劉氏喬山堂，建陽熊氏坊刻之熊龍峰忠正堂（話本小說的最早刊本之一《熊龍峰刊刻小說四種》即出自此坊）等等。余象斗是其中最著名的出版家兼作家，「萬曆十九年，余象斗『棄儒家業』，專心刻書，從而標誌了通俗小說史上的一個轉折。余象斗書坊規模大，據自列萬曆十九年書單，一年之內就能刊刻數十種，書肆也有三臺館、雙峰堂兩個名稱；從事刻書時間長，從萬曆十六年到崇禎元年，凡五十年。刊刻書多，小說尤多，約有十六七部，並親自編撰了神魔小說《南遊記》、《北遊記》與《廉明公案》、《續廉明公案》四種。書上的題署也令人眼花繚亂，除名、字、號外，又有化稱余文臺、余元素、余世騰、余象烏等等十餘種。」〔註7〕余象斗是建陽坊刻業的代表人物，是16世紀末17世紀初最主要通俗小說的刊刻者。

　　這些書坊主不但是白話小說的出版家，有的還是小說的編撰家，他們瞭解

〔註6〕李玉蓮《中國古代白話小說戲曲傳播論》，山西教育出版社2005年版，第219頁。

〔註7〕李舜華《明代書賈與通俗小說的繁興》，《中國典籍與文化》1999年04期，第26頁。

市場需要,運用多種方式進行促銷,比如增加小說評點、增加繡像插圖、請名人寫序、甚至冒充名人或以名人的名義為其小說尋求銷路。但福建建陽地區的坊刻業隨著小說創作中心向江浙一帶轉移,在白話小說尤其是話本小說的刊刻方面逐漸向江浙一帶轉移〔註8〕,出現了蘇州、杭州、金陵等以刊刻通俗文學為主的書坊中心,話本小說的代表作「三言二拍」、《石點頭》、《今古奇觀》等等都出自蘇州坊刻。這一方面說明純粹的商業運作無法完全決定通俗文學的發展走向,一方面說明以話本小說為代表的通俗文學的運行有其自身的內在邏輯。由刊刻中心向創作中心的轉移其實完成了 17 世紀通俗小說的一個重要轉折,即標誌著通俗小說強大的社會影響力和凝聚力,及彼時通俗文學思潮對文學場的影響。

三、圖書市場與讀者市場的繁榮

與明末坊刻業繁榮密切相關的還有圖書市場的繁榮。圖書進入流通渠道是讀者獲取圖書的基本途徑,明末圖書市場形式多樣,有的刻書坊兼職營銷,另有書店、書市、書攤、租賃等形式。甚至全國形成幾個圖書市場,這些圖書市場賣書的形式也多種多樣,批發、零售、租賃兼具。胡應麟記載全國幾個主要的圖書市場情況:「今海內書,凡聚之地有四,燕市也、金陵也、閶闔也、臨安也。」〔註9〕胡應麟還記載了幾個書肆的詳細情況,以燕市為例:

> 凡燕中書肆,多種大明門之右及禮部門之外,及拱宸門之西,每會試舉子則書肆列於場前,每花朝後三日則移於燈市,每朔望並下澣五日則徙於城隍廟中。燈市極東,城隍廟極西,皆日中貿易所也,燈市歲三日、城隍廟月三日,至期百貨萃焉,書其一也。凡徙,非徙其肆也,輂肆中所有,稅地張幕,列架而書置焉,若纂繡錯也,日晸復歸肆中。惟會試則稅民舍於場前,月餘試畢賈歸,地可羅雀矣。〔註10〕

北京書肆繁榮,光顧者各尋所需,明遺民談遷為撰寫《國榷》在 1653～

〔註 8〕 參考李忠明《17 世紀中國通俗小說編年史》安徽大學出版社 2003 年版,該書以編年的方式描述了白話小說出版中心由福建向江浙轉移的過程及其原因;同樣可參考許振東《17 世紀白話小說的創作於傳播——以蘇州地區為中心的研究》中國社會科學出版社 2005 年版,該書以蘇州地區白話小說的創作和刊刻為對象,描述了蘇州地區話本小說創作、刊刻、傳播的關係。

〔註 9〕 胡應麟《少室山房筆叢》,中華書局 1958 年版,第 55 頁。

〔註 10〕 胡應麟《少室山房筆叢》,中華書局 1958 年版,第 56 頁。

1656的四年半時間去北京收集資料，記載了他在書肆遇到周清源一事：「壬辰。觀西河堰書肆。值杭人周清源。云虞德園先生門人也。嘗撰西湖小說。噫。施耐庵豈足法哉。」〔註11〕談遷的記載至少提供如下信息：一是書肆是文人經常光顧之地；二是通俗小說作者對書肆應該非常瞭解，這對於他們的創作構成一定影響；三是通俗小說作者已經因作品得名，談遷遇到周清源，則提起他的「西湖小說」。

坊刻主配合市場，採取多種營銷手段，以吸引買主，如繡像、廣告語（識語）、名人評點、圖書名稱等，如《清平山堂話本》原本分為六集：《雨窗》、《長燈》、《隨航》、《欹枕》、《解閒》、《醒夢》，這種名字適合商人旅途閱讀，或者市民閑暇閱讀。同時，以「奇書」、「拍案驚奇」等命名也頗具吸引力。但並非所有人都能買得起，圖書租賃就成為另一種銷售方式。〔註12〕

明代通俗小說的讀者群體廣泛，上至帝王將相、王公貴族，中至各級官吏、士人，下至市井細民、商販等等，通俗小說的傳播首先是來自官方，如《三國演義》、《水滸傳》都曾首先出自官刻，《金瓶梅》、《水滸傳》、《三國演義》等通俗小說首先在官員及上層士大夫中間流傳。通俗小說對官員言行的影響由明神宗朝萬曆三十年（1602年）禮部奏議，禁止以小說語如奏議：「……臣等以為皆宜禁，如作字必以正韻，不得間寫古字，用語必出經史，不得引用子書，及雜以小說俚語。」〔註13〕可見，通俗小說已經影響到官員的奏章，影響不可謂不深。對於明清時期讀者市場的繁榮及其對於通俗小說創作和刊刻的影響，學者蔡亞平有專著對此進行了專門研究，其著作內有豐富的資料可資借鑒。〔註14〕實際上，從明末清初坊刻業的繁榮、通俗小說的大量創作等方面即可判斷，沒有成熟、廣泛的讀者市場，通俗小說的繁榮則無從談起。凌濛初創作《拍案驚奇》正是書商看到了馮夢龍三言的「行世頗捷」，受書商慫恿而成。〔註15〕可以說，沒有讀者市場就不會有17世紀通俗小說的繁榮。

〔註11〕談遷《北遊錄》，中華書局1960年版，第65頁。

〔註12〕宋莉華《明清時期的小說傳播》第四章第三節對明清通俗小說的流通渠道之「小說租賃」有詳細論述。中國社會科學出版社2004年版，第147～149頁。

〔註13〕王利器輯錄《元明清三代禁燬小說戲曲史料》，上海古籍出版社1981年版，第16頁。

〔註14〕蔡亞平《讀者與明清時期通俗小說創作、傳播的關係研究》，暨南大學出版社2013年版。

〔註15〕黃霖、韓同文選注《中國歷代小說論著選》，江西人民出版社2000年版，第263頁。

明中期以後城市商業的繁榮、市民階層的形成、造紙業、坊刻業、圖書市場、讀者市場的發展為通俗小說的市場化提供了必要的條件，更為重要的是，商品經濟的發展對人的思想行為的影響。這是 17 世紀通俗文學思潮形成的基礎性條件。從話本小說以大量的商人為描寫對象即可看到這種情況。這就可以理解，為何 17 世紀之前就已經創作完成的長篇通俗小說《三國演義》、《水滸傳》、《金瓶梅》等，只有到了 17 世紀才被大量刊刻並產生巨大影響。沒有明末商品經濟和製造業的繁榮，以及通俗小說市場化的培養，通俗小說即使已經創作出來也難以形成社會性影響。

第二節　17 世紀思想狀況與話本小說「寫—讀」群體

17 世紀通俗文學思潮的形成與本世紀的思想潮流是分不開的。自明中期以來，陽明心學影響逐漸加深，逐漸形成人本主義的思想潮流，李贄、袁宏道、馮夢龍等人直接受其影響。這些影響奠定了馮夢龍話本小說創作的基本思想並影響到其後繼者。這樣，17 世紀通俗小說的創作與思想界的潮流步調一致。話本小說創作的繁榮離不開作者和讀者群體的壯大，明代的教育制度培養了大批讀書人，這些讀書人在 17 世紀逐漸從舉業中脫離出來從事商業活動，話本小說市場化就是這種商業的表現之一。這些都是通俗小說思潮形成的重要前提條件。

一、17 世紀思想狀況

17 世紀的中國是一個多事之秋，明清易代，政治動亂，民不聊生。而造成明代政權垮臺的原因除了統治集團的腐敗等「人禍」外，另一重要原因來自「天災」，二者相互加強，使得明朝政權萬劫不復。「天災」造成流民四起，「人禍」使得民怨沸騰。以中原地區為例，河南省內黃縣井店鎮蘇王尉村有塊《荒年志碑》，碑文記載了崇禎十二年至十七年，河南地區連年災害，民不聊生的悲慘情景，同時也反映了李自成起義軍在河南得到發展壯大的情況：

> 記崇禎十二年春，旱風相仍，麥減收。至六月，大旱，蝗蟲遍殘，五穀減收。至冬月，不降片雪。此雖荒年，而人未死。記十三年春，紅風大作，麥死無遺。□家□食野菜樹皮，受餓者面身黃腫，生瘟病死者有半。至五月二十二日方雨。棉花、高粱、穀、豆，一時播種。至六月三日伏無雨，旱蝗殘食，五穀不收。至八月二十四

日降霜，蕎麥不收。當時斗麥價錢六百文，斗米價七百文，斗豆價四百文。民流為盜，蜂擁蟻聚，無不被害之家。窮者餓極，凡遇死人，爭剜肉以充腹，甚至活人亦殺而食。垣頹屋破，野煙空鎖，子母分離，赤地千里，誠可憐也。

面對如此亂局，明朝士人階層追隨時代發展節奏，不同階段都有表現。17世紀從世紀初明末亂局到世紀末易代之後清廷政權的穩固，時代發展瞬息萬變，世人的心態和行為方式也隨之變化。正如嵇文甫論及這一時期各種思想流派均出現的「捨虛就實」：「這種捨虛就實的傾向，初表現為道學內部的變化，再發展為經世致用的一大潮流，最後轉入專門學者窄而深的研究，恰形成十七世紀中國思想轉變的三個階段。」〔註16〕這裡的第二階段，即「再發展為經世致用的一大潮流」就在易代前後。因為此時時局已經到關鍵時刻，思想界追求更加實用的救國之道。

17世紀的這種思想潮流表現在通俗小說——話本小說上，則可以看到，話本小說在發展階段上可分為初期的「勸懲」，中期的「焦慮」和後期的「易代心態」三個時期。馮夢龍在《古今小說敘》中倡導「勸懲」，這一思想被其後凌濛初、陸人龍、天然癡叟等人繼承，並形成初期話本小說的「勸懲」主題；其後，隨著時局的進一步惡化，話本小說越來越關注現實，如《清夜鐘》《醉醒石》《雲仙嘯》等表達了時代焦慮，迫在眉睫的危機以及人心波動都有表現；易代之後，話本小說開始反思，《豆棚閒話》高舉懷疑與批判大旗，李漁作品表現的「中間人」心態等等都是易代之後，由明入清的士人的自我反思與調整，形成這一時期話本小說獨特的「易代心態」。這些基本與17世紀的思想狀況重合。可以這樣認為，正是明末清初思想大潮的變化塑造了話本小說不同的思想表現。換句話說，話本小說在發展中表現的這種思想波動正是17世紀思想變化在小說領域的投射。17世紀通俗小說的創作潮流無疑也是文學「經世致用」的具體表現。正如馮夢龍所言，通俗小說的藝術形式比《論語》《孝經》感人更「捷且深」，通俗小說具有實用性。

縱觀明末清初思想狀況，其發展脈絡其實非常清晰，前有陽明心學，然後李贄「童心說」繼之，後公安三袁之「性靈說」，然後有馮夢龍「情教」思想。這是人本主義思潮在明中期至清初的基本發展脈絡。這種思想潮流為話本小說的發展提供了非常有利的條件。也同時影響了話本小說從選材到思想等各

〔註16〕嵇文甫《晚明思想史論》，北京出版社2016年版，第266～267頁。

個方面的文學成就。

二、17 世紀的話本小說「寫─讀」群體

造就 17 世紀通俗文學思潮形成的一個重要方面是大量有閒文人階層的出現，和大量讀者的出現。這與明代教育制度、官僚制度，和明清易代時期文人的生活境遇有密切關係。

明代有較為發達的教育體系，明朝統治者重視教育，興辦國子監、府學、州學、縣學、社學等各級學校。明代讀書人待遇很高，縣學以上生員給提供食宿。明初提出學校、科舉、雜流三途並用，但發展到後來，只科舉一途興盛，科舉支配了教育，讀書人出路變得狹窄。到了明末，有大批讀書人放棄舉業，另謀生路。因此，此時棄儒經商被看作正當，使得商人的文化水平提高。出現了具有一定文化水準的市民階層。讀書人職業出現多元化，從事通俗小說創作也是其中之一。

讀書人從事多種職業：經商、被雇傭、私塾先生等等，《歧路燈》中譚紹聞的表弟選擇經商，《清平山堂話本》原本分為六集：雨窗、長燈、隨航、欹枕、解閒、醒夢，這些篇目很明顯針對讀者的各種狀況而專門設計的。同時說明讀者有著各種職業和習慣。這種分類有一個共同目的：消閒娛樂。

因此，可以說，明代教育制度培養了大批讀書人，對於通俗小說的發展來說，這些人中兩類人至關重要，即從事通俗小說創作的文人和從事各種職業的讀者群。同時，還有一類是從事出版（坊刻）業的文人。這樣就形成了以文人為主體的作者、出版、讀者相互關聯的市場結構。這是通俗小說產生的必備條件。由於這些從事通俗小說生產的文人群體來自正統的封建教育，雖然他們的創作採取民間化的藝術形式，但其追求具有傳統文人的特點，同時又具有通俗小說市場化特色。他們遵從傳統文人「立言」傳統，用教化方式以「載道」，這些都使得通俗小說在思想性和藝術性等方面具有了較高的基礎。

明清易代，更使得大批文人對清廷採取了不合作態度，其中很多人加入了通俗小說的創作隊伍以維持生計。即使有影響的文人如王夫之，這個時候也開始創作俗文學，如雜劇《龍舟會》就是這個時候創作的。《龍舟會》在王夫之著作中並不顯眼，但卻留下了明清易代之際文人的思想和心態。李漁也是不與清廷合作，但他走的是另一條道路：遊戲人生。明清易代，話本小說作者各有表現，之所以如此，就是因為其作者來自文人集團，其價值追求具有儒家的入

世與擔當。

　　總之，17 世紀通俗文學思潮的形成離不開以文人為主體的作者和讀者群體，這是通俗文學思潮形成的必備條件。

第二章　17世紀通俗小說理論的形成

　　17世紀通俗小說創作潮流的出現不是一個偶然的現象，而是一個綜合各方面因素而出現的文學現象。首先，明中期以後，江浙一帶經濟繁榮，出現了資本主義的萌芽，印刷業、造紙業的發達為通俗小說的創作和印行提供了物質條件；工商業的發展形成了廣大的市民階層；其次，新興階層的出現表現在思想上出現了張揚個性的王陽明「心學」，其「格物致知」學說打破了儒家「存天理、滅人慾」禁錮人的欲望的思想，倡導自然人性，肯定人的情感和欲望。王陽明之後，有一大批追隨者，其中諸如王龍溪、泰州學派王艮、何心隱、李贄、以及公安派袁宏道、馮夢龍等等形成了明中後期的張揚個性的思想潮流。其三，教育制度高度成熟，官私學校、書院林立培養了大批的讀書人，形成了廣大的讀者群。科舉的窄途無法滿足文人的生存需要而使他們參與到小說創作中來，或者參與到印刷出版行業之中，有的直接受雇於書坊成職業作家，有的書坊主本人即是小說編撰者。其四，有意識的通俗小說的理論倡導和創作。通俗小說作家有很多同時也是理論家，比如馮夢龍、凌濛初；有的是專業批評家，比如李卓吾、金聖歎、毛宗崗等等，他們的理論倡導使明清之際的通俗小說成為一種自覺的創作行為和理論行為，而且這些理論行為經過長期的、多人的發展形成了明清之際系統的通俗小說理論系統。

　　17世紀通俗小說理論主要表現為三種形態：一是序跋，這是17世紀通俗小說理論的主體，是通俗小說宣揚自己理論主張的主要形式；二是評點，這是明清小說理論，尤其是文本理論的重要表現形式；三是文本自攜，是指通過大量的創作實踐，雖未形成理論表述，但已經存在於小說之中，被大量小說遵循

的理論原則。對於文本自攜的小說理論規律，筆者將在第三章重點討論。17 世紀通俗小說理論的傳播方式主要依附於小說文本傳播，這一方面說明，小說理論並未形成一定的理論規模，一方面說明古代小說理論的探索性質。但這種傳播方式也有好處：一是可以與小說文本形成互動關係，促進小說的創作與傳播；二是可以與小說一起形成有利於小說發展的輿論環境；三是可以形成連帶效應，即可以對小說的寫作和閱讀構成提醒或暗示。

第一節　小說地位之辯

　　17 世紀通俗小說理論首要解決的問題是通俗小說的地位問題和與之相關的存在價值問題，這是通俗小說存在合法性的根本問題。由於小說在中國古代文類序列中地位低下，因此，通過序跋等形式為通俗小說正名是必須要做的首要工作，事實也是如此。也就是說，通俗小說通過雅俗之辯、文白之辯和價值之辯為自己的存在和發展創造了有利的內部和外部環境。事實上，這是一種非常有效的途徑，它直接促使 17 世紀通俗小說創作和傳播的繁榮。

　　中國古代歷來把小說斥為「小道」，使其在兩千多年的封建社會終未獲正統地位。古代最早對小說正面論述的當屬兩漢著名思想家桓譚，他在其《新論》中寫道：「若其小說家，合叢殘小語，近取譬論，以作短書，治身理家，有可觀之辭。」〔註1〕而影響最大應該是班固《漢書・藝文志》：「小說家者流，蓋出於稗官，街談巷語，道聽途說者之所造也。孔子曰：『雖小道，必有可觀者焉，致遠恐泥。是以君子弗為也。』」〔註2〕班固以正統史學觀念來看待小說，雖然肯定了小說的價值，但是也固定了人們對小說的理解，在其正面評價的背後傳達出更多的是對小說的不齒。「小說」在中國古代往往包羅萬象，那些不認為是嚴肅的文類，被列為殘叢小語，一股腦歸入「小說」一門，因此「小說」概念至少在唐代以前並非專指一個文學類型，歷代史書、文選之所以保留它，是因為這些「小說」中還存在一些「可觀之辭」以備參考。

　　因此，到了明代，隨著文學重心向小說傾斜，對小說觀念的更新、對小說地位的重新評價等便擺在了從事小說創作、研究、閱讀等人的面前，為小說正

〔註1〕黃霖、韓同文選注《中國歷代小說論著選》，江西人民出版社 2000 年版，第 1頁。

〔註2〕黃霖、韓同文選注《中國歷代小說論著選》，江西人民出版社 2000 年版，第 3～4 頁。

名，為小說創作和個人生存的地位，贏得更多、更大空間成了他們的迫切任務。

白話小說以序跋的形式在多處對此做出了努力。

首先，為「通俗」正名。所謂「名不正則言不順」，明清通俗小說首先從歷史演義開始，即「通俗演義」，陳繼儒《唐書演義序》中，對此做了這樣的解釋：「演義，以通俗為義也者。……載攬演義，亦頗能得意。獨其文詞，時傳正史，於流俗或不盡通。其事實，時採譎詆，與正史或不盡合。」〔註3〕這裡明顯是以正史為參照，相對於文言正史來說的。酉陽野史《新刻續編三國志引》指出：「夫小說者，乃坊間通俗之說，固非國史正綱，無過消遣於長夜永畫，或解悶於煩劇憂愁，以豁一時之情懷耳。」〔註4〕這也是相對於正史來說的，並同時指出，通俗小說是用來消愁解悶、「豁一時之情懷」的。袁宏道《東西漢通俗演義序》中說的更明白：「文不能通而俗可通，則又通俗演義之所由名也。」〔註5〕這些對「通俗演義」、「通俗小說」的一個論述有一個共同點，即都是站在正史的對立面來說的，就是說，文言正史對於下層百姓來說是不通的，即「文不能通」，要想獲得普通百姓認同，必須「俗」的方式，這裡，「俗」的方式很多，語言、取材、文本形式等等。

很明顯，所謂通俗，其實存在兩方面內涵：一是語言俗化，即用白話，這與文言相對；二是趣味俗化，這與雅相對。上述幾個方面，實際上解決了通俗小說的基本理論問題。

其次，關於通俗小說地位和作用，即價值問題。明嘉靖壬午年（1522年）刊刻的《三國志通俗演義》之庸愚子「序」中論述經史的「理微義奧」而使其「不通乎眾人，而歷代之事愈久愈失其傳」的毛病，肯定了《三國志通俗演義》「文不甚深，言不甚俗」而使「人人得而知之，若詩所謂里巷歌謠之義也。」〔註6〕這裡很明顯在論述經史之弊的同時肯定了通俗小說的社會意義。這裡有兩點值得重視：1. 肯定通俗小說有著經史沒有的優點，並在其影響中肯定了通俗小說的地位；2. 肯定了語言的通俗性，即在與經史語言「理微義奧」的對

〔註3〕黃霖、韓同文選注《中國歷代小說論著選》，江西人民出版社 2000 年版，第 138 頁。

〔註4〕黃霖、韓同文選注《中國歷代小說論著選》，江西人民出版社 2000 年版，第 179 頁。

〔註5〕黃霖、韓同文選注《中國歷代小說論著選》，江西人民出版社 2000 年版，第 184 頁。

〔註6〕曾祖蔭、黃清泉等編著《中國歷代小說序跋選注》，長江文藝出版社 1982 年版，第 16～17 頁。

比中來說明通俗語言,即白話的意義。這一思想為以後的論者進一步發揚。

李贄《忠義水滸傳敘》指出,「《水滸傳》者,發憤之所作也。」李贄還指出為何不可以不讀《水滸傳》:「故有國者不可以不讀,一讀此傳,則忠義不在水滸,而皆在於君側矣。賢宰相不可以不讀,一讀此傳,則忠義不在水滸,而皆在於朝廷矣。……此傳之所為發憤矣。」〔註7〕李贄直接把《水滸傳》提高到聖人發憤之作,而其作用有益於朝、有益於君、有益於干城。李贄的論述提高了《水滸傳》的地位,將通俗小說的作用提高到了很高的層次,影響深遠。

袁宏道在《東西漢通俗演義序》中指出「予每檢《十三經》或《二十一史》,一展卷,即忽忽欲睡去,未若《水滸》之明白曉暢,語語家常,使我捧玩不能釋手者也,若無卓老揭出一段精神,則作者與讀者千古俱成夢境。」〔註8〕這裡很明顯把通俗小說的地位和經史的地位相較,指出通俗小說的作用非經史所比,同時指出「俗」與「文」比的優勢,而「俗」即為白話。同時也可以看出如「卓老」即李卓吾、袁宏道這些有影響的思想界、文學家對通俗小說的倡導在當時的重要影響。

甄偉在《西漢通俗演義序》指出,「予為通俗演義者,非敢傳遠示後,補史所未盡也」,「言雖俗而不失其正,義雖淺而不乖於理。」〔註9〕把通俗的作用看作「補史」。

馮夢龍繼續發揚了上述論者的倡導通俗的思想,並對此進行了發揮,其在《古今小說序》中勾列了中國古代小說發展的大致脈絡:「始乎周季,盛於唐,而浸淫於宋」,「皇明文治既郁,靡流不波;即演義一斑,往往有遠過宋人者。」同時,馮夢龍還對小說的發展源流進行了概括,在此基礎上對話本小說倡導的「通俗」進行了辯護:「大抵唐人選言,入於文心;宋人通俗,諧於里耳。天下之文心少而里耳多,則小說之資於選言者少,而資於通俗者多。試今說話人當場描寫,可喜可愕,可悲可涕,可歌可舞;再欲捉刀,再欲下拜,再欲決脰,再欲捐金。怯者勇,淫者貞,薄者敦,頑鈍者汗下。雖小誦《孝經》、《論語》,其感人未必如是之捷且深也。噫,不通俗而能之乎?」〔註10〕這裡明確了通俗

〔註 7〕丁錫根編著《中國歷代小說序跋集》,人民文學出版社 1996 年版,第 1466 頁。
〔註 8〕曾祖蔭、黃清泉等編著《中國歷代小說序跋選注》,長江文藝出版社 1982 年版,第 16～17 頁。
〔註 9〕丁錫根編著《中國歷代小說序跋集》,人民文學出版社 1996 年版,第 878 頁。
〔註10〕丁錫根編著《中國歷代小說序跋集》,人民文學出版社 1996 年版,第 773～774 頁。

小說與文言小說的不同的地方,即「文心」、「里耳」之辯,並彰明通俗小說在「感人」方面比之於《孝經》、《論語》的優勢。顯然,馮夢龍此序明顯具有為通俗小說的「正名」目的。在《警世通言敘》中,五礙居士更是把通俗話本小說提高到了與「經書史傳」同等的地位:「《六經》《語》《孟》,譚者紛如,歸於令人為忠臣,為孝子,為賢牧,為良友,為義夫,為節婦,為樹德之士,為積善之家,如是而已矣。經書著其理,史傳述其事,其揆一也。理著而世不皆切磋之彥,事述而世不皆博雅之儒。於是乎村夫稚子,里婦估兒,以甲是乙非為喜怒,以前因後果為勸懲,以道聽途說為學問,而通俗演義一種遂足以佐經書史傳之窮。」〔註11〕在《醒世恒言敘》中,馮夢龍更是高揚「里耳」精神,倡通俗、白話而對艱深的文言予以貶斥:「六經國史而外,凡著述結小說也。而尚理或病於艱深,修詞或喪於藻繪,則不足以觸里耳而振恒心。此《醒世恒言》四十種所以繼《明言》、《通言》而刻也。」〔註12〕這裡馮夢龍起碼有如下幾方面思想:1. 何為小說;2. 文言小說弊病:艱深、藻繪不足以震動普通人;3. 刻「三言」目的:改變如此局面。

馮夢龍「三言」的這三篇序言可以看做通俗白話小說的宣言書,它們在提高白話通俗小說的歷史地位方面對通俗小說的發展產生了深遠影響。古代白話短篇小說——話本小說自馮夢龍始形成了雨後春筍般的繁榮局面,儘管這種繁榮有很多因素,但這種為白話小說贏取地位的論述和創作實績則是重要的方面。馮夢龍之後,許多白話小說論者對白話小說的地位進行了辯護,從而形成了白話小說理論的一貫性,這對當時的文壇是一個巨大的衝擊。而且這些為小說「正名」的論述是一種有意識的理論行為,這在中國小說理論史上有著重大的意義。

夢覺道人在《三刻拍案驚奇序》中,以對話的形式回答了人們對於寫作通俗小說「無補於世」的指責,指出通俗小說「可以理順,可以正情,可以悟真;覺君父師友自有定分,富貴利達自有大義。今者敘說古人,雖屬影響,以之喻俗,實獲我心;孰謂無補於世哉!」〔註13〕

笑花主人在「三言二拍」選本《今古奇觀序》中指出:「小說者,正史之

〔註11〕丁錫根編著《中國歷代小說序跋集》,人民文學出版社 1996 年版,第 776 頁。

〔註12〕丁錫根編著《中國歷代小說序跋集》,人民文學出版社 1996 年版,第 776、779 頁。

〔註13〕夢覺道人、西湖浪子輯《三刻拍案驚奇》,北京大學出版社 1987 年版,第 353～354 頁。

餘也。……至所纂《喻世》、《警世》、《醒世》三言，極摹人情世態之歧，備寫悲歡離合之致，可謂欽異拔新，洞心駴目，而曲終奏雅，歸於厚俗。」〔註14〕《今古奇觀序》從小說史高度對文言小說與白話小說予以區分並甄別優劣，對「三言二拍」不吝讚揚之詞。在指出文言小說「雅」之弊端的同時，從「厚俗」角度為通俗小說張目。無獨有偶，管窺子在《今古奇觀》的另一序中指出：「小說之傳，由來久矣。自漢迄明，代有作者。遐搜博採，摛藻揚華，各有專門，以成一家之說。雖屬稗官野史，不無貫穿經典，馳騁古今，洋洋大觀，足與班、馬媲美者。」〔註15〕從歷史的角度說明小說的淵源，並把小說抬高到可「與班、馬媲美」的地位，可以看出與馮夢龍等人的倡導一脈相承。

　　小說在中國古代文學的序列中是以「小道」而被排擠在文學正統之外，要想提高小說的地位，必須把小說抬高到正統文學，即詩、論、經史等的位置，這樣才能夠為小說贏得一席之地。小說在中國歷來地位低下，因此，古代小說家在創作的時候總是憂心忡忡，其擔心之處並非是小說本身，恰恰相反，而是小說能否承載更多的道德責任。「如果小說在事物的序列中（order of things）找到自己的位置，它必須被社會性、功能性和制度性地界定。它存在的權利取決於它對社會等級制可能施加的影響。」〔註16〕因此我們發現，通俗白話小說的小說觀念，在為通俗小說正名的時候無不在雅俗、文白、經史餘補等角度論述，為通俗白話小說的製造「名正言順」的理論環境。「三言」以後論者不斷對此予以強化。比如：《五色石序》中，作者更是把通俗小說提高到「補天道」的地位：「女媧所補之天，有形之天也；吾今日所補之天，無形之天也。有形之天曰天象，無形之天曰天道。天象之闕不必補，天道之闕則深有待於補。」〔註17〕《飛花豔想序》指出：「四書五經如人間家常茶飯，日用不可缺；稗官野史如世上山海珍饈，爽口亦不可少。」〔註18〕《玉蟾記序》：「思何靈歟！識何精歟！學何博歟！褒貶嚴於《春秋》，詞旨潔於《史記》。」〔註19〕其他諸如《今古奇聞序》、《珍珠舶自序》等多有論述，此處不贅。有些論述雖有溢美之嫌但對於提高通俗白話小說的地位卻是很有幫助的。

〔註14〕（明）抱甕老人輯《繪圖今古奇觀》，齊魯書社 1985 年版，第 1 頁。
〔註15〕丁錫根編著《中國歷代小說序跋集》，人民文學出版社 1996 年版，第 794 頁。
〔註16〕〔美〕魯曉鵬《從史實性到虛構性：中國敘事詩學》，王瑋譯，北京大學出版社 2012 年版，第 46 頁。
〔註17〕丁錫根編著《中國歷代小說序跋集》，人民文學出版社 1996 年版，第 838 頁。
〔註18〕《中國古代珍稀本小說·3》，春風文藝出版社 1994 年版，第 300 頁。
〔註19〕《中國古代珍稀本小說·7》，春風文藝出版社 1994 年版，第 582 頁。

從上述論述可知，17世紀通俗小說理論對於通俗小說的地位和作用認識非常深入，從補經史、娛樂、教化、發憤等角度全面闡述了通俗小說的地位和作用，這非常有利於影響更多的文人參與其中，並形成社會性的影響。

第三，文本實踐。如果只有理論表述而沒有創作，那麼很難形成通俗小說的創作潮流。事實上，17世紀通俗文學思潮的形成是多方面的。通俗小說的理論思想往往依附於小說文本，都是作為序跋、評點的方式存在，因此與創作聯繫緊密。可以說，沒有通俗小說的創作，就不會有通俗小說理論的形成。換句話說，正是17世紀通俗小說創作潮流的形成推動了通俗小說理論的發展，二者相輔相成。正是理論和創作的這種緊密關係才逐步確立了17世紀明清通俗小說在整個中國古代文學序列中的地位。

17世紀通俗小說的創作，開拓了多樣化的文本形式，形成了富有特徵性的創作流派，如歷史演義、話本小說、才子佳人、時事小說、地域小說等。其中話本小說文本形式的開拓確立的中國古代白話小說基本的敘述方式，這種來自民間「說話」藝術的文本形式影響深遠，直到「五四運動」之前也沒有被打破。事實上，17世紀明清易代，時局動盪，文人階層希望找到一種表達方式，小說則是其最主要的形式。

以上論述可知，通俗小說作者或序者從對「通俗小說」、「演義」的內涵闡述，到從文白、雅俗和價值的角度對於通俗小說的歷史地位與作用給予了相繼論述，在與經史的對比中、在文白之辯、雅俗之辯和價值之辯中對通俗白話小說的優點給予了充分的肯定和讚揚。為提高古代通俗小說的地位和影響起到了關鍵作用。他們的論述起到了為小說「正名」的作用，這為17世紀明清易代之際中國古代通俗小說的繁榮提供了理論支持。同時，通俗小說理論的繁榮直接依附於小說創作的繁榮，沒有創作就不會有理論。也就是說，正是通俗小說的大量創作和多元化文本形式的開拓為通俗小說理論的形成奠定了基礎。

第二節　小說藝術論

17世紀對通俗小說藝術規律的總結主要通過小說評點、序跋等來完成。探索通俗小說的藝術規律，並初步形成一系列概念和理論思想，是17世紀通俗小說思潮重要收穫。尤其是小說評點對通俗小說藝術性的總結，是中國古代通俗小說理論的重要來源。這裡有幾個關鍵性的人物：金聖歎、毛宗崗、張竹坡、馮夢龍、凌濛初、李漁等。

　　首先，在與經史的比較中確立小說的藝術地位。金聖歎、毛宗崗、張竹坡、馮夢龍都曾討論過小說與《史記》、《論語》的不同，這種不同源於小說自身的藝術特性。這裡，且不說小說與經史屬於不同的文類，其比較本身很難說具有合法性，但是，由於小說之於經史，地位天壤，以小說比之於經史，也有抬高小說地位的意思。同時，由於中國古代小說的「史傳」傳統，小說與歷史之間具有千絲萬縷的聯繫，因此，不同文類之間也就具有了「可比性」。在與經史的比較中，這些理論家們往往以揚小說抑經史的方式來樹立小說的地位。這客觀上對於小說藝術的發展具有推進作用。

　　金聖歎談到《水滸傳》的方法時指出：「《水滸傳》方法，都從《史記》出來，卻又許多勝似《史記》處。若《史記》妙處，《水滸》已是件件有。」同時，金聖歎明確指出小說與歷史的不同：

　　　　某嘗道：《水滸》勝似看《史記》，人都不肯信，殊不知某卻不是亂說。其實《史記》是以文運事，《水滸》是因文生事。以文運事，是先有事生成如此如此，卻要算計出一篇文字來，雖史公高才，也畢竟是吃苦事。因文生事即不然，只是順著筆性去，削高補低都由我。〔註20〕

　　歷史是對過去事件的一種再現，而小說則是虛構，這是歷史著作與小說最大的不同之處。在此，金聖歎並沒有貶低《史記》的價值，而是明確區分了小說與歷史在敘述上的不同，小說的「因文生事」中，「生事」是一種虛構，是「文」的需要，這種需要可以「順著筆性」，可以「削高補低」，即剪裁、修飾。也就是說，小說有自己的藝術原則。

　　毛宗崗也從《三國演義》與《史記》、《列國志》、《左傳》、《國語》的比較中確立前者的藝術地位：

　　　　《三國》敘事之佳，直與《史記》彷彿；而其敘事之難，則有倍於《史記》者。《史記》各國分書，各人分載，於是有本紀、世家、列傳之別。今《三國》則不然，殆合本紀、世家、列傳而總成一篇。分則文短而易工，合則文長而難好也。

　　　　讀《三國》勝讀《列國志》。夫《左傳》、《國語》，誠文章之最佳者，然左氏依經而立傳，經既逐段各自成文，傳亦逐段各自成文，

〔註20〕金聖歎《讀第五才子書法》，《奇書四評》，湖北辭書出版社 1997 年版，第 290 頁。

不相聯屬也。《國語》則離經而自為一書，可以聯屬矣；究竟周語、
魯語、晉語、鄭語，齊語、楚語、吳語，越語八國分作八篇，亦不相
聯屬也。後人合《左傳》,《國語》而為《列國志》。因國事多煩，其
段落處，到底不能貫串。今《三國演義》，自首至尾讀之，無一處可
斷，其書又在《列國志》之上。〔註21〕

　　毛宗崗肯定了《三國演義》與《史記》在敘事方面都非常之佳，但前者優
於後者處，則是其「殆合本紀、世家、列傳而總成一篇」，即站在長篇小說的
角度肯定了小說敘事的貫通、聯屬，在與《列國志》、《左傳》、《國語》的比較
中，也強調了《三國演義》「貫串」、「無一處可斷」。即《三國演義》的一種大
手筆、大結構，是前後連貫、整一的宏大布局。很顯然，毛宗崗看到了長篇小
說的藝術獨特性，正是這種獨特性，使其區別於史書。

　　無獨有偶，張竹坡在論及《金瓶梅》與《史記》的不同時，也有類似觀點：

　　　《金瓶梅》是一部《史記》。然而《史記》有獨傳·有合傳，卻
是分開做的。《金瓶梅》卻是一百回共成一傳，而千百人總合一傳，
內卻又斷斷續續，各人自有一傳，固知作《金瓶》者必能作《史記》
也。何則？既已為其難，又何難為其易。

　　　每見批此書者，必貶他書以褒此書。不知文章乃公共之物，此
文妙，何妨彼文亦妙？我偶就此文之妙者而評之，而彼文之妙，固
不掩此文之妙者也。即我自作一文，亦不得謂我之文出，而天下之
文皆不妙，且不得謂天下更無妙文妙於此者。奈之何批此人之文，
即若據為己有，而必使凡天下之文皆不如之。此其同心偏私狹隘，
決做不出好文。夫做不出好文，又何能批人之好文哉！吾所謂《史
記》易於《金瓶》，蓋謂《史記》分做，而《金瓶》全做。即使龍門
復生，亦必不謂予左袒《金瓶》。而予亦並非謂《史記》反不妙於《金
瓶》，然而《金瓶》卻全得《史記》之妙也。文章得失，惟有心者知
之。我止賞其文之妙，何暇論其人之為古人，為後古之人，而代彼
爭論，代彼廉讓也哉？〔註22〕

　　張竹坡肯定《金瓶梅》的藝術特性之一便是其「千百人總合一傳」的敘

〔註21〕毛宗崗《讀〈三國志〉法》,《奇書四評》，湖北辭書出版社 1997 年版，第 185
　　　　頁。
〔註22〕張竹坡《批評第一奇書〈金瓶梅〉讀法》,《奇書四評》，湖北辭書出版社 1997
　　　　年版，第 398 頁。

述格局,這與毛宗崗觀點同。張竹坡同時批評「必貶他書以褒此書」的狹隘觀念,指出不同文類具有不同特性,均自有其妙。無疑,張竹坡的觀點是客觀的。他肯定《金瓶梅》的藝術特色,但並不貶抑《史記》,但他還是指出作《金瓶梅》難於《史記》,原因是前者「全做」即貫穿性整一布局,而後者「分做」。這就明確了長篇小說的藝術特性:結構完整統一,前後貫穿成一個整體。

馮夢龍肯定通俗小說的藝術地位時,則從肯定「通俗」方面來說的:

> 大抵唐人選言,入於文心;宋人通俗,諧於里耳。天下之文心少而里耳多,則小說之資於選言者少,而資於通俗者多。試今說話人當場描寫,可喜可愕,可悲可涕,可歌可舞;再欲捉刀,再欲下拜,再欲決脰,再欲捐金;怯者勇,淫者貞,薄者敦,頑鈍者汗下。雖小誦《孝經》、《論語》,其感人未必如是之捷且深也。噫,不通俗而能之乎?〔註23〕

馮夢龍在與《孝經》、《論語》的比較中確立通俗小說的地位,這裡對通俗的肯定主要從其效果方面,也就是說,對於大多數「里耳」,即普通百姓來說,那些佶屈聱牙的儒家經典並不能起到應有效果,反而,通俗小說能夠做到,因此是不能偏廢的。

其次,小說人物論。對於人物的論述金聖歎在《讀第五才子書法》中有精彩論述,對於《水滸傳》人物塑造,「一樣人,便還他一樣說話」,「別一部書,看過一遍即休,獨有《水滸傳》,只是看不厭,無非為他把一百八人性格都寫出來。」人各有其聲口,說明《水滸傳》寫人達到了很高的水平。金聖歎把《水滸傳》的人物描寫分為幾個層次:上上人物、上中人物、中下人物、中中人物、中下人物。在中國古代小說理論史上,這是第一次非常詳細的人物分類,這種分類的依據是根據人物性格描寫的複雜程度和人物本身的人格魅力兩方面來說的。

比如在人物性格複雜程度方面:寫魯達,「魯達自然是上上人物,寫得心底厚實,體格闊大。論粗鹵處,他也有些粗鹵;論精細處,他亦甚是精細。」寫盧俊義、柴進:「只是上中人物。盧俊義傳,也算極力將英雄員外寫出來了,然終覺不免帶些呆氣。比如畫駱駝,雖是龐然大物,卻到底看來,覺道不俊。

〔註23〕馮夢龍《古今小說序》,黃霖、韓同文選注《中國歷代小說論著選》,江西人民出版社 2000 年版,第 225 頁。

柴進無他長，只有好客一節。」

在人物仍魅力方面如寫李逵：「是上上人物，寫得真是一片天真爛漫到底。看他意思，便是山泊一百七人，無一人入得他眼」，「寫李逵色色絕倒，真是化工肖物之筆。」寫阮小七：「阮小七是上上人物，寫得另是一樣氣色。一百八人中，真要算做一個快人，心快口快，使人對之，齷齪都銷盡。」等等。

魏曹丕《典論‧論文》以詩文品評人物，而人物皆真實人物，至金聖歎品評《水滸傳》人物，而人物皆為文學虛構。可以說，金聖歎對《水滸傳》人物的分類與評價開小說人物論先河。

第三，最為重要的還是對小說敘事規律的總結，即所謂的「讀法」或者「文法」。自金聖歎《讀第五才子書法》而後，所謂「讀法」即是對小說藝術規律的一種概念化表述，「讀法」概念至今沒有被列入中國古代小說理論的核心概念。金聖歎總結的小說藝術規律不能以西方理論作為判斷標準，用金聖歎自己的話說：「凡人讀一部書，須要把眼光放得長。如《水滸傳》七十回，只用一日俱下，便知其二千餘紙，只是一篇文字；中間許多事體，便是文字起承轉合之法。若是拖長看去，卻都不見。」〔註24〕這裡有幾層意思：一是《水滸傳》是一個完美整體；二是《水滸傳》的藝術手法嫻熟，起承轉合天衣無縫；三是正因為藝術手法嫻熟，渾然一體，所以拖長看去，不露痕跡。金聖歎對《水滸傳》藝術規律的總結，大致可分為幾個方面：

（1）小說時間安排：預敘「倒插法」。

（2）情節安排：場面化「大落筆墨法」；人物性格多面性「綿針泥刺法」；人物性格反襯「背面鋪粉法」；開頭「弄引法」，結尾「獺尾法」；雷同情節的重複「正犯法」、部分重複「略犯法」；情節節奏放慢「極不省法」、加快「極省法」；情節線索「草蛇灰線法」；人物搶話「夾敘法」；情節波瀾「欲合故縱法」等等。

（3）空間安排：空間隔斷「橫雲斷山法」；不同空間接續「鸞膠續弦法」等。

這些「文法」可以用「起承轉合」進行分類：

起：開頭「弄引法」。

承：預敘「倒插法」；場面化「大落筆墨法」；人物性格多面性「綿針泥刺

〔註24〕金聖歎《讀第五才子書法》，《奇書四評》，湖北辭書出版社1997，第290～291頁。

法」；人物性格反襯「背面鋪粉法」；雷同情節的重複「正犯法」、部分重複「略犯法」；情節節奏放慢「極不省法」、加快「極省法」；情節線索「草蛇灰線法」；人物搶話「夾敘法」；情節波瀾「欲合故縱法」。

轉：空間隔斷「橫雲斷山法」；不同空間接續「鸞膠續弦法」。

合：結尾「獺尾法」。

當然，上述分類是比較粗略的，如情節安排中也包含時間安排和空間安排，空間安排中也包含情節安排和時間安排。因為事件是在一定的時間和空間中運行的，沒有一定的時間和空間背景，事件就會毫無依託。

毛宗崗評點《三國演義》也總結了各種「文法」：

情節安排有「巧收幻結之妙」，「幻既出人意外，巧複雜人意中，造物者可謂善作文矣。」〔註25〕這裡的「巧」與「幻」，毛宗崗解釋道：「設令蜀亡而魏得一統，此人心之所大不平也。乃彼蒼之意不從人心所甚願，而亦不出於人心之所大不平，特假手於晉以一之，此造物者之幻也。」「魏以臣弒君，而晉即如其事以報之，可以為戒於天下後世，則使魏而見並於其敵，不若使之見並於其臣之為快也，是造物者之巧也。」

情節的重複與部分重複：「《三國》一書，有同樹異枝、同枝異葉，同葉異花、同花異果之妙。作文者以善避為能，又以善犯為能。不犯之而求避之，無所見其避也；惟犯之而後避之，乃見其能避也。」

故事的開頭：「有將雪見霰、將雨聞雷之妙。將有一段正文在後，必先有一段閒文以為之引；將有一段大文在後，必先有一段小文以為之端。」

故事結尾：「有浪後波紋、雨後霹霖之妙。凡文之奇者，文前必有先聲，文後亦必有餘勢。」

人物性格刻畫有「以賓襯主之妙」，「如將敘桃園兄弟三人，先敘黃巾兄弟三人：桃園其主也，黃巾其賓也。將敘中山靖王之後，先敘魯恭王之後：中山靖王其主也，魯恭王其賓也。」等等。

空間布局有「橫雲斷嶺、橫橋鎖溪之妙。文有宜於連者，有宜於斷者」，所謂宜連和宜斷則是根據情節需要進行安排。

故事節奏：「有寒冰破熱，涼風掃塵之妙」；「有笙簫夾鼓、琴瑟間鐘之妙」、「有隔年下種、先時伏著之妙」；「有添絲補錦、移針勻繡之妙。凡敘事之法，

〔註25〕毛宗崗《讀〈三國志〉法》，《奇書四評》，湖北辭書出版社 1997 年版，第 173～186 頁。以下引用毛宗崗觀點均來自此書，恕不一一注出。

此篇所闕者補之於彼篇，上卷所多者勻之於下卷，不但使前文不拖沓，而亦使後文不寂寞；不但使前事無遺漏，而又使後事增渲染，此史家妙品也」。

敘述詳略：「有近山濃抹、遠樹輕描之妙。畫家之法，於山與樹之近者，則濃之重之；於山與樹之遠者，則輕之淡之。不然，林麓迢遙，峰嵐層疊，豈能於尺幅之中一一而詳繪之乎？作文亦猶是已。」

情節照應：「有奇峰對插、錦屏對峙之妙。其對之法，有正對者，有反對者，有一卷之中自為對者，有隔數十卷而遙為對者。」「《三國》一書，有首尾大照應、中間人關鎖處。」

李漁《閒情偶寄》雖然針對戲劇，但李漁把小說看成是「無聲戲」，因此，他的戲劇理論很多適用於小說，或者反過來說，李漁經過大量的戲劇與小說創作實踐，總結出一系列的規律。如《閒情偶寄》卷一「結構第一」中提到的一些原則：戒諷刺、立主腦、脫窠臼、密針線、減頭緒、戒荒唐、審虛實，都可以作為小說理論而成為其藝術原則。如「立主腦」：「古人作文一篇，定有一篇之主腦，主腦非他，即作者立言之本意。」〔註26〕李漁強調，一篇作品應圍繞「一人一事」，其他皆為此服務而不可喧賓奪主。再如「脫窠臼」：「新也者，天下事物之美稱也。而文章一道，較之他物，尤加倍焉，……新即奇之別名也，若此等情節業已見之戲場，則千人共見，萬人共見，絕無奇矣，焉用傳之？」〔註27〕李漁對「傳奇」的理解非常精彩，新即奇，奇即新，唯此而傳。這也是17世紀通俗小說追求「奇」的一種理論表述，與凌濛初形成呼應關係。李漁在《閒情偶寄》「凡例七則」中為避免讀者按圖索驥，特別告誡：「觀者於諸項之中，幸勿事事求全，言言責備。此新耳目之書，非備考核之書也。」也就是說，儘管理論上說如此，但如果求全責備，則很可能陷入誤區。李漁是非常清醒的，創作沒有法律式文法，一切在於創作者的實際狀況。

金聖歎、毛宗崗的「讀法」理論、李漁的創作理論非常準確地概括了中國古代通俗小說的敘述規律，是17世紀通俗小說理論的重要收穫。雖然其評點式的理論表述不能形成邏輯嚴密的理論體系，但，在中國古代小說史上已經是非常可貴了，因為能夠有勇氣評點被視為「小道」的小說，且署真名，在古代是需要勇氣的。

〔註26〕李漁《閒情偶寄》，陝西人民出版社1998年版，第8頁。
〔註27〕李漁《閒情偶寄》，陝西人民出版社1998年版，第9頁。

第三節　慕史・虛構・幻化：17 世紀通俗小說 理論的幾個面向

由於歷史在中國古代文類中的崇高地位，中國古代小說歷來有一種「慕史」傾向，這構成了古代小說敘事的「史傳範型」，因此，17 世紀通俗小說理論的「史真」思想獲得突破經歷曲折過程。「史真」觀念獲得突破的關鍵是對歷史與小說的體裁區分，即歷史講求「真」，而小說更強調「虛構」。因此，17 世紀小說觀念突破「史傳範型」是從承認小說「虛實相半、事膺理真」開始。「幻化敘事」是中國古代小說的敘事傳統，但「幻化」一直與虛構混同，區分二者異同，並將「幻化」與「真」進行了辯證分析，總結出「事幻理真」思想，這樣，「史真」與「理真」的區分也就明晰起來，使古代小說觀念真正與小說體裁匹配，這是 17 世紀通俗小說理論中最重要的理論思想之一。

一、史傳範型

講史，是宋代「說話」藝術非常重要的一家，宋羅燁《新編醉翁談錄・小說開闢》記載講史：「講歷代年載廢興，記歲月英雄文武。」「史書講晉、宋、齊、梁。《三國志》諸葛雄材；《收西夏》說狄青大略。」〔註28〕宋吳自牧《夢粱錄・小說講經史》：「講史書者，為講說《通鑑》、漢唐歷代書史文傳興廢爭戰之事，有戴書生、周進士、張小娘子、宋小娘子、邱機山、徐宣教。又有王六大夫，元係御前供話，為幕士請給，講諸史俱通，於咸淳年間，敷演《復華篇》及《中興名將錄》，聽者紛紛。蓋講得字真不俗記問淵源甚廣耳。但最畏小說人。蓋小說者，能講一朝一代事，頃刻間捏合。」〔註29〕這裡有幾個重要的信息，一是宋代講史非常興盛，其範圍涵蓋「歷代書史」，「講諸史俱通」；二是講史的「說話人」男女都有，且有的人可能有很高的文化素質，如「戴書生、周進士」等，還有的「說話人」專門給皇帝講史，如「王六大夫」；三是講史頗受歡迎，上至皇帝，即「御前」、幕士等官僚階層，下至平民百姓均非常喜歡。宋代的講史為明清演義小說的形成提供了非常好的基礎。元明之際的《三國演義》、《水滸傳》等均長期流傳於「說話人」口頭。宋代講史和明清演義小說的出現是中國古代白話通俗小說，包括短篇小說，如話本小說在內的白

〔註28〕羅燁《新編醉翁談錄》，遼寧教育出版社 1998 年版，第 4 頁。
〔註29〕黃霖、韓同文選注《中國歷代小說論著選》，江西人民出版社 2000 年版，第 84 頁。

話小說產生和發展的重要基礎。這一基礎有兩方面的含義，其一是小說內容取材於歷史；二是小說形式採用「紀傳體」模式，即趙毅衡先生所說的「史傳範型」和陳平原先生所謂「史傳模式」。同時，這種「史傳範型」還帶來一個複雜的理論問題：小說的「真實」與「虛構」問題。這個問題一直困擾中國古代小說的發展，無論從小說創作還是小說理論，均受其影響。「史傳在文體上孕育了小說，換句話說，小說來源於史傳；但是史傳在精神上阻滯了小說的發展，小說克服了『史統』的強大阻力之後才走上康莊大道。」〔註30〕

由於歷史在中國古代文化中的崇高地位，「慕史」文化一直是中國文化的主導性因素之一。章學誠更是直接提出「六經皆史」，〔註31〕將歷史提高到無所不包的程度。「慕史」文化影響深遠，對中國古代文學影響極深，以歷史為文類主導，文本內容、文本形式皆遵從史書範式。但歷史也是一種選擇和編排，《春秋》「微言大義」就是一種表達觀念的寫作模式；司馬遷《史記》的互見法，以及人物描寫的溯源範型，尾評模式，以及虛構（比如私密狀態下的人物心理、對話、帝王出生時的非自然現象等）都對後世產生影響，「無韻之離騷、史家之絕唱」說的是《史記》兩方面的偉大成就：文學和歷史。從「慕史」文化到「慕史」心態，歷史的崇高地位給文學構成文類壓力，小說尤其表現明顯，以至於影響早期的小說創作，包括內容，也包括形式。以歷史責任要求小說，強加給小說以不相稱的道德責任，並影響小說的文本敘述方式。

長期以來，中國古代把小說看成是「史之餘」、「補史」等，認為小說有「客觀之辭」，有「一言可採」，而不把小說同「虛構」等同起來。對此筆者在第一節有詳細論述。在此筆者想強調的是，「史傳範型」的內涵是什麼？如上所述，「史傳範型」可有兩方面內涵：（1）內容，（2）形式。歷史是古代歷史演義小說的主要取材對象，但歷史小說也遵循小說的「史傳」形式，這與非歷史題材的白話小說如出一轍，那麼這些形式是什麼呢？

其一，主題強勢化。這裡有兩方面內涵，一是宏觀政治主題，如《三國演義》所謂的「分久必合，合久必分」；《水滸傳》引首大宋開天闢地及其神話色彩；《西遊記》那種「盤古開天、三皇治世、五帝定倫」的恢宏場面等等。二是，道德主題，這是以話本小說為代表的白話短篇小說的主要表達形式，對此筆者在下文將詳細論述。主題的強勢化勢必會影響小說的結構和敘述方式。同

〔註30〕石昌渝《中國小說源流論》，生活·讀書·新知三聯書店1994年版，第81頁。
〔註31〕章學誠《文史通義》，中華書局2014年版，第1頁。

時，白話小說結尾的評論也受史傳影響，一般是揭示故事主題的道德評判。很明顯是受到「太史公曰」模式的影響。

其二，時間的「編年化」和「無縫化」。受歷史編年的影響，通俗小說往往在時間上極其精細，時間的連續性極強，可以說做到了「無縫化」敘述。受人物傳記影響，小說敘述中對人物往往採取「尋根問祖」方式，姓甚名誰、籍貫家世、甚至性格特徵等都會首先交代。在敘述之中，往往採取線性敘述，對時間的連續性交代的很清楚，避免因時間缺失造成釋義分歧。正如趙毅衡所說：

> 敘述者追慕史家，他就對敘述時間的整飭性非常注意，準確指出事件發生的時間，並注意交代時間鏈上的每個環節。只有在情節線索交叉而不得已時才使用倒敘。為了維持必要的懸疑，他只能經常使用提前敘述。提前敘述能維持時間的線性，本是史家常用方法。此外，他常用「從頭說起」的辦法，使敘述安穩地錨定在歷史語境上。白話小說追慕史書，敘述文本中的主要意元鏈必然是動力性的，其結果是敘述因果分明，描寫簡略，速度較快。
>
> 實際上中國白話小說的敘述者對敘述採取的姿態，比起文言小說敘述者來說，更像一個歷史家。〔註32〕

對於中國古代白話小說的這種「時間滿格」現象，韓南指出：「在許多白話作品中，除非另有說明，都有把所有時間交代清楚的做法，有時甚至是計時敘事。如果某一段時間必須略過，常以『不提』一類字眼表示；除此之外，總讓人覺得所有時間都已交代清楚了。」〔註33〕白話小說結尾一般交代人物的後續故事，比如人物的歸宿、生死、子孫情況等等，從生到死、從哪裏來到哪裏去，時間完整，給人一種「真實」印象。這些都是典型的「編年史」敘述模式。

第三，全知敘述視角。中國古代白話小說往往虛構一個「說話人」，說話人的特點是可以隨時進行「角色跳躍」、「代理敘述」。〔註34〕「角色跳躍」保證了敘述者能夠站在人物的視角進行敘述，給人一種客觀化印象，同時可以

〔註32〕趙毅衡《苦惱的敘述者》，四川文藝出版社 2013 年版，第 204 頁。
〔註33〕〔美〕韓南《韓南中國小說論集》，王秋桂等譯，北京大學出版社 2008 年版，第 9 頁。
〔註34〕王委豔《論話本小說之敘述特性：敘述代理和角色跳躍》，《河南師範大學學報》2013 年第二期。

避免因敘述者個人經驗而影響故事的客觀化。全知視角、角色跳躍可以隨時轉換敘述方式，由人物迅速轉換為敘述者對故事進行評判和道德干預，或者進行預敘、解疑釋惑等。但需要指出，古代白話小說並非一味全是全知敘述視角，偶而也採用限制視角，因此顯得格外珍貴，「中國古代白話小說的敘述大都是借用一個全知全能的說書人口吻。小說評論家們憑直覺意識到小說中某些限制敘事章節段落的價值，並給予高度評價。」〔註35〕比如金聖歎評《水滸傳》第九回：「『看時』二字妙，是李小二眼中事。」〔註36〕脂硯齋評《紅樓夢》第三回：「從黛玉眼中寫三人。」「總為黛玉眼中寫出。」「又從寶玉目中細寫一黛玉，直畫一美人圖」〔註37〕等等。但這些局部的限制視角對於17世紀中國白話小說來說，鳳毛麟角，中國古代白話小說的「史傳」傳統使敘述者擁有強大的話語權，由此產生的評判優勢使敘述視角、主題傾向均受其影響。這種敘述視角上的「史傳範型」只有受到「五四」新文化運動時期，西方小說大量譯介影響之後才得以根本改變。換句話說，由「說話人」代理的白話小說敘述方式，其實是歷史敘述中「史家」的一種變相存在，敘述方式革命的根本在於根除「史傳範型」敘述方式的影響。這背後有中國歷史強大的權力關係，即史統觀念的巨大作用。雖然馮夢龍很早就喊出「史統散而小說興」〔註38〕的口號，但真正把歷史降格為一種非統治性的文類，還是在「五四」新文化運動之後。

二、虛構歷史與「事贗理真」

今人謂《山海經》為「小說」，在古人那裏並非如此認為，漢劉秀在《上山海經奏》中指出：「著《山海經》，皆聖賢之遺事，古文之著明者也。其事質明有信。」〔註39〕也就是說，古人並不把《山海經》看作虛妄之事，而是看作上古歷史。中國古代小說源於經史，這與西方文學源於希臘神話和史詩有本質不同，因為經史講究載道和真實，而神話和史詩講究虛構和想像。「子不語怪力亂神」，（《論語·述而》）反對虛妄杜撰，是儒家重要思想。干寶《搜神

〔註35〕陳平原《中國小說敘事模式的轉變》，上海人民出版社1988年版，第67頁。
〔註36〕金聖歎《金聖歎全集（修訂版）》（三），陸林輯校整理，鳳凰出版社2016年版，第211頁。
〔註37〕曹雪芹著，脂硯齋評《〈紅樓夢〉脂匯本》，嶽麓書社2011年版，第28～44頁。
〔註38〕黃霖、韓同文選注《中國歷代小說論著選》江西人民出版社2000年版，第225頁。
〔註39〕丁錫根編著《中國歷代小說序跋集》，人民文學出版社1996年版，第4頁。

記》宣稱：「雖考先志於載籍，收遺逸於當時，蓋非一耳一目之所親聞睹也，又安敢謂無失實者哉！」然後「訪行事於故老」，「然後為信者」。〔註40〕以書寫歷史的精神寫志怪，其核心思想是相信所述為真。儘管志怪小說在中國小說史上源遠流長，但為何虛構觀念並未形成小說創作的主導思想卻值得深思。文言志怪小說直到蒲松齡《聊齋誌異》依然非常認真，蒲松齡把其著作看作「孤憤之書」，有所寄託。也就是說，古代文人對於創作志怪、志人、筆記等小說都持非常認真態度，是以「虛」為「真」，或者說，他們是在虛構「真實」。古代白話小說作者出自文人階層，儘管他們與文言小說作者的寫作方式不同，但思想觀念卻是一致的。因此，中國古代文言小說與白話小說在創作思想上均有慕史傾向。對於虛構文本而言，其文本形式是一種非常認真的史傳模式，即至少在外形上維持一種「史真」形態。對此，筆者在本節第一部分已經詳細論述。

　　明清歷史演義小說以尊重史實為寫作原則，從史真到虛構，經歷了漫長過程。由於中國古代小說觀念中將「小說」看成一種除經史之外許多文類的統稱，因此，並不把它和「虛構」進行一種天然聯繫。加上歷史在中國文化中崇高的文類地位，慕史一直是中國文學的基本表意姿態，因此，導致明清時期，雖然小說逐漸進入文學的中心，但「慕史」觀念和小說的「史傳範型」一直是中國小說的表達方式。林翰在《隋唐志傳通俗演義序》中直接說小說是「正史之補」，「補史」觀念深入人心，這一方面因為小說對文類等級高的歷史靠攏，可以贏得一定的生存空間；一方面源於中國傳統文人的淑世心態，即借小說以成「孤憤之書」。明代歷史演義小說觀念基本有兩種流派：「一派是強調崇實翼史，另一派則提倡真幻相混。」〔註41〕且這兩種流派有一個發展趨勢，即前者逐漸讓位於後者，強調「真幻相混」使歷史小說逐漸走出「史真」藩籬，真正形成一個獨立文體。

　　不少人持小說「補史」觀念。修髯子指出：「史氏所志，事詳而文古，義微而旨深，非通儒夙學，展卷間，鮮不便思困睡。故好事者以俗近語，檃括成編，欲天下之人，入耳而通其事，因事而悟其義，因義而興乎感……」，修髯子強調通俗的作用，同時也指出通俗演義「羽翼信史而不違者」。也就是說，

〔註40〕黃霖、韓同文選注《中國歷代小說論著選》，江西人民出版社 2000 年版，第20 頁。

〔註41〕黃霖、韓同文選注《中國歷代小說論著選》，江西人民出版社 2000 年版，第116 頁。

歷史演義必須是「羽翼信史」方可「裨益風教」。〔註42〕高儒也強調《三國志通俗演義》「非俗非虛，易觀易入」〔註43〕的特點。胡應麟指出，「小說，唐人以前，紀述多虛，而藻繪可觀。宋人以後，論次多實，而彩豔殊乏。蓋唐以前出文人之手，而宋以後率俚儒野老之談故也。」需要指出，胡應麟的小說觀念較為寬泛，按照他的小說分類，傳奇、雜錄、叢談、辯訂、箴規等，可見除了前兩種與當今小說觀念接近外，其餘則並非小說。胡應麟對於小說的作用，指出「其善者足以備經解之異同，存史官之討覈，總之有補於世，無害於時。」〔註44〕可見，胡應麟對敘述的肯定的前提是其為經解和史官提供參考。

　　雖然小說「補史」觀念對於小說的生存是有利的，因為作為文類低級的文本，只有靠近高級文類，如經、史，才能獲得存在的理由。但隨著小說的發展，很多人認識到，小說畢竟不同於歷史，如果一味要求「羽翼信史」，那麼必然會失去小說自身的特性淪為歷史的附庸。熊大木在《新刊大宋演義中興英烈傳序》中指出：「或謂小說不可紊之以正史，余深服其論」，「質是而論之，則史書小說有不同者，無足怪矣。」〔註45〕謝肇淛直接指出：「凡為小說集雜劇戲文，須虛實相半，方為遊戲三昧之筆。亦要情景造極而止不必問其有無也。……必事事考之正史，年月不合，姓字不同，不敢作也。如此，則看史傳足矣，何名為戲？」〔註46〕謝肇淛一針見血指出文學藝術與歷史的不同在於其遊戲筆墨，不必事事考之正史。這裡有兩方面含義，一是文學藝術的虛構性，二是不能以讀史的心態去閱讀文學作品，文學作品提供給人的是遊戲筆墨，是娛樂。對此，酉陽野史在《新刻續編三國志引》中也指出，「夫小說者，乃坊間通俗之說，固非國史正綱，無過消遣於長夜永晝，或解悶於煩劇憂愁，以豁一時之情懷耳」，「大抵觀是書者，宜作小說而覽，毋執正史而觀，雖不能比翼奇書，亦有感追蹤前傳，以解頤世間一時之通暢，並豁人世之感懷君子云。」〔註47〕

〔註42〕黃霖、韓同文選注《中國歷代小說論著選》，江西人民出版社 2000 年版，第115 頁。

〔註43〕黃霖、韓同文選注《中國歷代小說論著選》，江西人民出版社 2000 年版，第117 頁。

〔註44〕〔明〕胡應麟《少室山房筆叢》，上海書店出版社 2001 年版，第 283 頁。

〔註45〕黃霖、韓同文選注《中國歷代小說論著選》，江西人民出版社 2000 年版，第121 頁。

〔註46〕〔明〕謝肇淛《五雜俎》，上海書店出版社 2001 年版，第 313 頁。

〔註47〕黃霖、韓同文選注《中國歷代小說論著選》，江西人民出版社 2000 年版，第179～180 頁。

這就不但認識到小說與歷史之不同，而且也在讀者閱讀方面提供了一種思想：娛樂、解頤、「豁一時之情懷」，而不必作正史觀。這與傳統把小說看作「羽翼信史」有根本不同。標誌著對小說本質的認識有了飛躍式發展，並給讀者提供閱讀小說的方法。這些認識對於 17 世紀通俗小說的創作、傳播均具有重要意義。

葉晝託名李贄在《容與堂本李卓吾先生批評忠義水滸傳》的回評中指出，「《水滸傳》文字原是假的，只為他描寫得真情出，所以便可以與天地相始終。」〔註48〕這裡辯證地提出小說的真假問題，藝術真實不同於現實真實，藝術虛構完全可以表達真情。對小說藝術真實的理解基本上與當今相同。甄偉在《西漢通俗演義序》中指出，「若謂字字句句與史盡合，則此書又不必作矣。」〔註49〕對於小說「真假」問題，到馮夢龍已經有了質的飛躍：

> 人不必有其事，事不必麗其人。其真者可以補金匱石室之遺，而贗者亦必有一番激昂勸誘，悲歌感慨之意。事真而理不贗，即事贗而理亦真，不害風化，不謬於聖賢，不戾於詩書經史，若此者其可廢乎！〔註50〕

話本小說一開始就遵從馮夢龍「事贗理真」的創作指導思想，比歷史演義探索虛構創作方法顯得直接多了。但沒有歷史演義小說的大量鋪墊，馮夢龍的創作思想就不會表述的那樣直接。

袁于令（吉衣主人）在《隋史遺文序》中直接區分了正史和遺史的區別：「正史以紀事；紀事者何，傳信也。遺史以蒐逸；蒐逸者何，傳奇也。傳信者貴真：為子死孝，為臣死忠，摹聖賢心事，如道子寫生，面面逼肖。傳奇者貴幻，忽焉怒發，忽焉嬉笑，英雄本色，如陽羨書生，恍惚不可方物。」〔註51〕自古至袁于令止，對於歷史演義小說與歷史關係的認識上，實際上已經完成了把演義還原為小說的任務，即把演義視為文學作品，肯定虛構。小說不同於歷史，不能以歷史的方式看待小說。對歷史的合理虛構成為一種共識。

〔註48〕黃霖、韓同文選注《中國歷代小說論著選》，江西人民出版社 2000 年版，第196 頁。
〔註49〕黃霖、韓同文選注《中國歷代小說論著選》，江西人民出版社 2000 年版，第207 頁。
〔註50〕丁錫根編著《中國歷代小說序跋集》，人民文學出版社 1996 年版，第 777 頁。
〔註51〕黃霖、韓同文選注《中國歷代小說論著選》，江西人民出版社 2000 年版，第274 頁。

　　17 世紀小說理論中，還有關於奇書文體、幻化敘事的論述，筆者將在下一節集中討論。上述以歷史演義小說理論為主的論述看起來有些混亂。這源於中國古代小說理論的特點，以序跋、評點等形式出現的小說理論不可能對一些理論問題進行清晰的分類，各種理論思想摻雜一處，形成中國古代小說理論獨特的表達式。但綜合以上並不全面的討論，可見其基本上圍繞如下幾方面展開：其一，小說與歷史的關係問題，從補史到合理虛構歷史是這一觀念發展的基本脈絡；其二，關於真實與虛構問題，正因為傳統小說觀念並不把小說等同於虛構，以及受小說補史觀念影響，虛構一直不能作為一種創作和接受原則，正式承認小說虛構的合理性歷經了漫長的歷史過程；其三，生活真實和藝術真實問題，補史觀念對小說發展的嚴重制約，使藝術真實問題一值得不到正確認識，直到馮夢龍「事贗理真」觀念的提出；其四，虛構常常與「幻化」混合一處，許多論者在提到虛構的時候往往同時提出「幻化」問題，這是兩個層面的問題，虛構可以不是「幻化」，但「幻化」必然是虛構，對於此問題筆者將在下文討論；其五，對於小說虛構、真假觀念的認識伴隨著 17 世紀通俗小說的發展而發展，也就是說，隨著小說地位的不斷提升，以及小說自身的發展，對小說的認識也不斷加深，並逐漸接近現代小說觀念。

　　綜上所述，17 世紀中國古代通俗小說理論基本圍繞虛構與真實問題展開，並與小說的創作、傳播同步進行，即以序跋、評點的形式依附於小說文本。其作用是同時培養了作家和讀者的小說觀念，是 17 世紀通俗文學思潮的重要組成部分。

三、幻化敘事與虛構

　　17 世紀通俗小說理論的「虛構」思想，還和另一個重要概念相關聯：幻化。很多情況下，幻化常常和虛構相提並論，或者說，把虛構與幻化等同。這裡需要澄清一個重要的理論問題，即幻化絕不能等同於虛構。

　　中國有源遠流長的幻化敘事傳統，從《山海經》到六朝志怪，從唐傳奇到蒲松齡《聊齋誌異》，一直作為中國古代小說非常重要的一種類型存在。然而，正如魯迅所言：六朝志怪「文人之作，雖非如釋道二家，意在自神其教，然亦非有意為小說，蓋當時以為幽明雖殊途，而人鬼乃皆實有，故其敘述異事，與記載人間常事，自視固無誠妄之別矣。」〔註52〕這裡有一個重要現象，即唐代

────────────
〔註52〕魯迅《中國小說史略》，上海古籍出版社 1998 年版，第 24 頁。

之前，幻化敘事雖是文學作品的表現形態之一，但在作者觀念中並不與虛構相聯繫，其創作態度極其認真，並認為其作品所述為真。這一方面與儒家主流思想「子不語怪力亂神」思想相一致，以使其作品進入以儒家思想為主導的主流價值序列之中；一方面也說明古代小說觀念與當今有巨大差異，換句話說，古代小說觀念自有其一套規範，小說並未形成一種獨立的文體規範。

而到了唐傳奇，情況有了根本不同，胡應麟指出，「凡變異之談，盛於六朝，然多是傳錄舛訛，未必盡設幻語，至唐人乃作意好奇，假小說以寄筆端。」〔註53〕正因為寫作目的不同，因此，唐前之志怪小說「寓言為本，文詞為末……而無涉於傳奇」。而「傳奇者流，源蓋出於志怪，然施之藻繪，擴其波瀾，故所成就乃特異，其間雖亦或託諷喻以紓牢愁，談禍福以寓懲勸，而大歸則究在文采與意想，與昔之傳鬼神明因果而外無他意者，甚異其趣矣。」〔註54〕這裡有一個重要思想：作意幻設。唐傳奇即為「作意幻奇」，標誌著中國古代小說觀念的革命性變化。幻化敘事，正式成為中國古代小說的敘事傳統。

所謂「幻化敘事」，即取材鬼神、仙境、夢境等非自然、非現實素材，或以之為敘述主體或輔助其他主體來達到某種敘述目的，而採取的一種敘述策略。其主要特徵表現為「事幻理真」。「幻化敘事」常常與虛構混同，但「幻化敘事」不與虛構對等，即虛構並非都是「幻化敘事」，但「幻化敘事」一定是虛構。17 世紀通俗小說理論對「幻化敘事」多有論述，但往往與虛構相混。

李日華《廣諧史序》中推崇「幻化」，即無中生有，「借形以託」，「若天然造，是則反若有可按者」，將現實中不存在的事情寫得宛若實在。指出「虛則實之，實者虛之。實者虛之故不繫，實者虛之故不脫，不脫不繫，生機靈趣潑潑然。」〔註55〕所謂「幻化」，即是虛實配合，相得益彰，然後才能使作品充滿活潑生機。雖然李日華準確闡述了「幻化」的內涵，但他直接把幻化等同於虛構，並與「實」相對。他說「幻化」是「借形以託」，但又指出「借形以託者，虛也；而反若一一可按者，不能不屬之實」，很明顯沒有區分「幻化」與虛構的異同。但能夠指出「幻化」內涵已經很有價值了。

謝肇淛在《五雜組》中說，「小說野俚諸書，稗官所不載者，雖極幻妄無當，然亦有至理存焉。如《水滸傳》無論已，《西遊記》曼衍虛誕，其縱橫變

〔註53〕胡應麟《少室山房筆叢》，上海書店出版社 2001 年版，第 371 頁。
〔註54〕魯迅《中國小說史略》，上海古籍出版社 1998 年版，第 44～45 頁。
〔註55〕黃霖、韓同文選注《中國歷代小說論著選》，江西人民出版社 2000 年版，第 176 頁。

化，以猿為心之神，以豬為意之馳……非浪作也。惟《三國演義》與《錢唐記》、《宣和遺事》、《楊六郎》等書，俚而無味矣。何則？事太實則近腐。」因此，謝肇淛主張，小說「須是虛實相半」。〔註56〕很明顯，謝肇淛並沒有嚴格區分「幻化」與虛構，他把幻妄與虛誕等同，並將之與「實」相對。因此把《水滸傳》和《西遊記》並提，與《三國演義》等相對。

張無咎在《批評北宋三遂平妖傳敘》中對「幻化敘事」有精彩論述：「小說家以真為正，以幻為奇。然語有之：『畫鬼易，畫人難。』《西遊》幻極矣，所以不逮《水滸》者，人鬼之分也。鬼而不人，第可資齒牙，不可動肝肺。《三國志》，人矣，描寫亦工；所不足者幻耳。然勢不得幻，非才不能幻。」〔註57〕很明顯，真幻、奇正相對，不可極幻，也不可無幻，真幻相間，「兼真幻之長」才是最好。張無咎非常準確界定了真幻的關係和區分，也非常明確了幻的真正含義。

凌濛初在《拍案驚奇序》中區分了「牛鬼蛇神」之奇與「日用起居」之奇，指出「耳目之內，日用起居，其為譎詭幻怪，非可以常理測者故多也」。幻化敘事不能以常理來判斷。在《二刻拍案驚奇序》中繼續闡述幻化敘事理論，提出「幻中有真」〔註58〕理論思想，這裡真正把幻和真的含義準確表述出來，即所謂幻，是指幻事，所謂真，是指理真。這樣，就和馮夢龍倡導的「事贗理真」含義基本一致了。

袁于令在《隋史遺文序》中區分了「傳信」和「傳奇」，指出「傳信者貴真」和「傳奇者貴幻」觀點，打破歷來歷史演義不能虛構的局限，指出「奇幻足快俗人，而不必根於理」的主張，倡導歷史演義的幻化與虛構。在《西遊記題辭》中指出：「文不幻不文，幻不極不幻，是知天下極幻之事，乃極真之事；極幻之理，乃極真之理。故言真不如言幻，言佛不如言魔。」〔註59〕顯然對「幻化敘事」有種矯枉過正之嫌。但能夠大膽宣揚幻化，並闡明幻與真的辯證關係，在 17 世紀通俗小說理論形成過程中具有非常重要的意義。

在具體的小說文本中，幻化敘事有多種表現形態，時間幻化、空間幻化、

〔註56〕謝肇淛《五雜組》，上海書店出版社 2001 年版，第 312～313 頁。

〔註57〕黃霖、韓同文選注《中國歷代小說論著選》，江西人民出版社 2000 年版，第 242 頁。

〔註58〕黃霖、韓同文選注《中國歷代小說論著選》，江西人民出版社 2000 年版，第 263～266 頁。

〔註59〕黃霖、韓同文選注《中國歷代小說論著選》，江西人民出版社 2000 年版，第 274～278 頁。

人物幻化、理念幻化等等不一而足。無論哪種幻化方式，均遵循「幻化敘事」的基本內涵和原則。

從遠古神話到六朝志怪，再到唐傳奇，直到明清通俗小說，幻化敘事理論一直依附於虛構思想，直到張無咎、凌濛初和袁于令才進行了明確區分，並將幻化敘事與「真」的關係進行了準確表述，形成了 17 世紀通俗小說理論中「幻化敘事」的理論思想。中國古代有源遠流長的幻化敘事傳統，但一直沒有形成理論思想，長期以來，幻化和虛構一直混同一處沒有準確區分，同時，幻化敘事與「真」之間的關係也不明確。17 世紀通俗小說通過序跋等理論形式完滿解決了這些問題，在中國古代小說理論史上具有重要意義。

第四節 「奇書」觀念與「奇書文體」理論思想

晚明「尚奇」之風表現在多種領域，形成晚明特有的「尚奇」美學思想。中國古代小說本來就有「奇」的觀念，到晚明尤甚，這與晚明社會語境和人本主義思潮有著很大關係。「尚奇」美學直接影響了「奇書文體」的出現。但晚明「奇書」觀念與以前不同的是其餘世俗性相聯繫，倡導「耳目之內、日用起居」之「奇」，這種思想對話本小說影響很大，並形成了話本小說獨特的「奇書」觀念。「奇書」觀念和「奇書文體」理論思想是 17 世紀中國古代通俗小說理論的重要收穫。

一、晚明「尚奇」美學與「奇書」觀念

晚明出現了一股「尚奇」潮流，「奇」構成了晚明美學的一個獨特特徵，同時也是 17 世紀通俗文學思潮的重要組成部分。這種「尚奇」思潮遍布哲學思想、小說、戲曲、園林、書法繪畫等多個領域。尚奇之風與晚明個性解放有很大關係，同時也是晚明時局焦躁、讀書人人性壓抑的一種反映，且與城市文化聯繫緊密。1600 年之後，萬曆皇帝開始了長達 20 年的怠政，中央政府幾乎陷於癱瘓，官位空缺長期不補，讀書人看不到希望，黨爭激烈，很多讀書人參與其中以獲取晉升機會，浦安迪指出：「制度的崩潰產生了兩種截然不同的作用：一方面，它造成許多混亂，引起士氣低落；另一方面，它也為發揮個人主動性創造機會，打開方便之門。」〔註60〕因此，讀書人各謀出路。政府控制力

〔註60〕浦安迪《明代小說四大奇書》，生活・讀書・新知三聯書店 2006 年版，第 6頁。

減弱，商業因此繁榮，整個社會充滿奢靡、躁動、光怪陸離的末世之象。同時，由於晚明社會生活奢靡，政治動盪，內憂外患，整個社會充滿一種不平之氣，學者趙園指出：「我注意到了王夫之對『戾氣』以及對士的『躁競』、『氣矜』、『氣激』的反覆批評。以『戾氣』概括明代尤其是明末的時代氛圍，有它異常的準確性。而『躁競』等等，則是士處此時代的普遍姿態，又參與構成著『時代氛圍』。」〔註61〕士大夫的「躁競」心態，構成了明末讀書人一種普遍的心理狀態，追新求異、抗爭時代賦予個人的窘迫處境、同時標出自己成為很多士人的追求。曾婷婷將明中後期文人生活中「奇」的特點概括為三個方面：

> 一是世俗性，表現為對「時尚」和新奇事物的追逐；二是抗爭性，表現為奇人、奇事、奇言、奇行，以狂放不羈的生活方式來標舉不俗，挑戰儒家的倫理模式；三是獨創性，標新立異，突出個人風格，宣揚主體的自我價值。晚明之「奇」，與前代相比最大的特點是突破了儒家的中和雅正之美，大肆地追新求奇蔚然成風，而長期缺席的自我感性生命成為了「奇」的出發點與最終目的。〔註62〕

誠如斯言，晚明社會思潮在陽明學說影響下，高揚人本主義旗幟，世俗性、自然人性等深刻影響士人的行為方式。王陽明的追隨者李贄倡導「童心說」，「夫童心者，真心也。若以童心為不可，是以真心為不可也。夫童心者，絕假純真，最初一念之本心也。若失卻童心，便失卻真心；失卻真心，便失卻真人。人而非真，全不復有初矣。」〔註63〕還原人本心、初心，反對道學的泯滅人性的虛偽，提出傳奇、院本、雜劇、《西廂》、《水滸》皆古今至文。李贄評點《水滸傳》，開小說評點先河，影響很大。李贄以特立獨行、奇聞異說著名，袁宏道深受李贄影響，高度評價《水滸傳》：「後來讀《水滸》，文字益奇變。」李贄追隨者湯顯祖指出：「予謂文章之妙不在步趨形似之間，自然靈氣，恍惚而來，不思而至。怪怪奇奇，莫可名狀。」〔註64〕對文章之「奇」的追求直接與人的「自然靈氣」相關。袁宏道指出：「文章新奇，無定格式，只要發人所不能發，句法字法調法，一一從自己胸中流出，此真新奇也。」〔註65〕對文章的

〔註61〕趙園《明清之際士大夫研究》，北京大學出版社 2014 年版，第 3 頁。

〔註62〕曾婷婷《晚明文人日常生活美學觀念研究》，中山大學 2012 年度博士論文，第 122～123 頁。

〔註63〕〔明〕李贄《焚書‧續焚書》，中華書局 1975 年版，第 98 頁。

〔註64〕〔明〕湯顯祖《湯顯祖全集》，北京古籍出版社 1998 年版，第 1138 頁。

〔註65〕〔明〕袁宏道《袁宏道集箋校》，上海古籍出版社 1979 年版，第 786 頁。

「奇變」、「新奇」均以追求自然人性為基礎，李贄所謂「童心」、湯顯祖所謂「自然靈氣」、袁宏道所謂「胸中流出」是也。因此，晚明「尚奇」之風與晚明人本主義哲學具有密切關係。晚明「尚奇」美學思潮直接影響了 17 世紀小說領域「奇書」思想和「奇書文體」的形成。

　　「奇書」概念很早就被提了出來，毛宗崗把《三國演義》稱為「第一奇書」，張竹坡把《金瓶梅》稱為「第一奇書」。至清代李漁提出「四大奇書」（即《金瓶梅》、《三國演義》、《水滸傳》、《西遊記》）影響甚大。其後，「奇書」作為中國古代幾部長篇小說的代名詞已經為研究者接受。以此為基礎，美國浦安迪教授研究中國明清「五大奇書」（《金瓶梅》、《三國演義》、《水滸傳》、《西遊記》和《紅樓夢》）提出了「奇書文體」這一基本敘事概念：「『奇書文體』有一整套固定而成熟的文體慣例，無論是就這套慣例的美學手法，還是就它的思想抱負而言，都反映了明清讀書人的文學修養和趣味。它的美學模型可以從結構、修辭和思想內涵等各個方面進行探討。」〔註66〕這一概念的提出雖然針對的是「五大奇書」，但它同時明確了一個基本的事實，即中國古典小說（包括文言小說和白話小說）普遍存在的一個文本現象：「尚奇」體。浦安迪教授的研究雖然針對的是他所謂的「文人小說」，即已經經典化的明清「五大奇書」，但是「奇書文體」並非「五大奇書」所獨有，考察話本小說我們會發現，「奇書文體」同樣普遍存在於其中。因此，浦安迪的研究對於研究話本小說無不具有啟發意義。「尚奇」作為話本小說作者普遍的敘事追求，經過長期的發展已經形成一套成熟的敘事策略和文本特徵，其重要表現就是「奇書文體」。「奇書文體」的形成有一個基本的結構模式：「轉折性結構」。即小說常常在出現絕境的情況下柳暗花明，採用引入法，把某個情節引入故事，使故事的絕境出現轉機。引入的故事便成為「奇」的重要來源。

　　如《八洞天》卷一「補南陔」《收父骨千里遇生父，裹兒屍七年逢活兒》，寫宋仁宗時河北秀士魯翔十六畢姻十七生子三十登第在京候選，在京期間娶一妾楚娘。及至選官後歸家，楚娘有孕，其妻石氏不悅。在魯翔離家赴官之際，石氏對楚娘百般刁難，多虧其子魯惠周全方生下魯意，而魯意又因出痘花昏厥，被以為死了，楚娘用半條繡裙裹了遺棄，並為避石氏而出家為尼。而魯翔也因赴官途中遇亂，讓隨從吳成帶自己信歸家養病。而吳成在回家之前得到魯翔已死的噩耗並將此噩耗告知魯翔家人。至此，故事的進程似乎到了山窮水盡

〔註66〕〔美〕浦安迪《中國敘事學》，北京大學出版社 1996 年版，第 24 頁。

的地步。此間，魯惠仕途順利，在剿除亂賊時忽然得到其父魯翔未死的消息，才知道原來死的是魯翔家人，因其保管上任文憑而被錯認。石氏自兒子離家後因遭禍亂被楚娘收留庵中得以幸免。魯翔同兒子魯惠尋著石氏與楚娘歸家，楚娘的半條繡裙被魯惠媳婦月仙認得並拿出了另一半，自此，魯意就有了下落。原來魯意生痘花是「紫金痘」遇風而愈，並被人送與月仙家抱養。以上簡略的敘述無法還原故事複雜的人物關係和曲折的情節，但我們依然可以發現，故事有兩處戲劇性轉折：1. 魯翔的死而復活；2. 魯意的死而復活。這兩處轉折突出了故事的「奇」，同時，前者的轉折推進了故事並使第二處轉折得以實現。這種轉折把故事分成前後不同情形的兩部分，以「轉折」為支點使故事結構呈現前後的平衡關係。無論是人物命運還是故事進程都因這種轉折獲得了「奇異」的特性，該小說的「奇書文體」由此得到確立。

　　再如《八洞天》卷七「勸匪躬」《忠格天幻出男人乳，義感神夢賜內官鬚》，寫南宋高宗時北朝金國書生李真博學誌高，因寫為岳飛被害鳴冤詩被同窗米家石告發下獄遭處決，家人株連。家人王保為保李真襁褓之子喬裝出逃，在窮途末路、小兒哇哇待哺之際向天禱告，忽口中生津、兩乳脹起生乳。從此男扮女裝、隱姓埋名、乳兒度日。一日，一道人見狀給他們一廟安身並贈銀母丹盒日生三分銀兩，從此衣食無憂。後王保與孩子女裝度日，並再次受道人指點得到女扮男裝、能寫會畫的妻子。後經官場中人幫助，又歷經國家政治變動，沉冤方雪。該故事曲折離奇讀來引人入勝，其中有 2 處轉折根本改變了故事的走向：1. 王保男人生乳；2. 王保兩遇道人幫助渡過難關。這種轉折出於想像之外又處於情理之中。兩處轉折構成故事結構兩次調整，把故事結構分為三個階段，而每個階段都是人物命運產生戲劇性突轉造成。「奇書文體」在這種轉折性結構中得到呈現。

　　類似這樣故事出現轉折的情況在話本小說中經常出現，成為話本小說基本的敘述程序。可以想見，口頭藝人在說書過程中為了敷衍長久，不得不使故事枝蔓迭出，曲折通幽。設置絕境可以增加聽眾的緊張感，增強故事的吸引力，這對於書場穩定觀眾會起到很好效果。尤其是在故事緊張、絕境處設扣，突然打住，這時往往是收取觀賞費用的最佳時機。但故事絕境也給說書人一種考驗，即如何使故事擺脫這種局面，同時又使觀眾不失望，這是他們必須考慮的事情。因此，故事之「奇」往往體現在故事的轉折性情節中。話本小說大量採用這種藝術手法並且比說書藝人描繪更加精彩。從而形成了話本小說獨特的

「奇書」文體模式。

　　而通過大量的文本細讀，筆者發現，在「奇書文體」與其賴以形成的「轉折性結構」背後有一個更深層次的主題結構——「勸諭圖式」。也就是說，由於話本小說強勢化的主題設置，其由「轉折性結構」所形成的「奇書文體」模式還有另一種功能，即宣揚主題。轉折性結構可以使故事走向發生改變，也就是說，故事的發展不一定會按照預先設定的主題要求進行，而是會偏離。如《滕大尹鬼斷家私》中，為了宣揚「孝悌」主題，那麼就不得不讓滕大尹裝神弄鬼並私自改動倪太守的遺囑，多占倪家金銀。而該故事的原型《扯畫軸》中的包公是分文不取的。滕大尹改動遺囑構成了故事的重要轉折，使故事主題發生了徹底轉向，使預設「孝悌」主題得以完成。

　　話本小說雖以「奇」制勝，但並沒有完全擺脫「說話」藝術的說教色彩，甚至更加精緻。以轉折性結構促成小說主題的完成可以說很高明，也具有相當的藝術技巧，其主要目的是獲取讀者對主題的認同，從這個意義上講，以轉折性結構獲取「奇」的話本小說，不過是完成了「作者—文本—讀者」之間的交流過程，是一種具有交流性的藝術技巧。

二、話本小說與奇書文體

　　「奇書」理論並非是靠通俗小說作者或者評點家論述而得，其理論的形成是靠通俗小說作者的文本實踐總結出來。這種總結連同通俗小說參與者零星的理論表述，而成為一種具有邏輯統一性的通俗小說理論思想。下面筆者試著描述這一理論思想的內在邏輯。

　　話本小說奇書文體的形成與作者的小說觀念有著不可分割的關係。宋耐得翁《都城紀勝·瓦舍眾伎》：「最畏小說人，蓋小說者能以一朝一代故事，頃刻間提破」。〔註67〕宋吳自枚《夢粱錄·小說講經史》：「但最畏小說人，蓋小說者，能以一朝一代故事，頃刻間捏合，與起令隨令相似，各占一事也。」〔註68〕筆者認為，這裡最關鍵的不是「一朝一代故事」，而在於「頃刻間」的「提破」或「捏合」。如何「提破」或「捏合」則是每一位小說作者自覺的藝術追求。無論是兩宋的「說話」還是明清擬話本小說，它們都要面對一個接受者市場，迎合聽眾／讀者的欣賞口味，想方設法吸引顧客是關乎作者們生計的，因

〔註67〕孟元老等《東京夢華錄（外四種）》，遠方出版社 2001 年版，第 84 頁。
〔註68〕孟元老等《東京夢華錄（外四種）》，第 310 頁。

此，對「奇聞異事」的追求就成了話本小說共同的敘事手段之一，並且形成了
獨特的「奇書文體」。

　　馮夢龍在其《古今小說敘》中對於文本敘事和接受者有著明確的定位：「大
抵唐人選言，入於文心；宋人通俗，諧於里耳。天下之文心少而里耳多，則小
說之資於選言者少，而資於通俗者多。試令說話人當場描寫，可喜可愕，可悲
可涕，可歌可舞。再欲捉刀，再欲下拜，再於決胭，再欲捐金。怯者勇，淫者
貞，薄者敦，頑鈍者汗下。」〔註69〕這裡有一個明確的敘事定位，即敘事必須
使人感同身受而且具有教化作用；一個明確的接受者定位，即「諧於里耳」。
而作品的刊刻者更加明確地指出了馮夢龍所謂的「可喜可愕，可悲可涕，可歌
可舞」之所在：明衍慶堂《喻世明言識語》：「綠天館初刻古今小說四十種，見
者侈為奇觀，聞者爭為擊節。」〔註70〕又，衍慶堂《醒世恒言識語》：「本坊重
價購求古今通俗演義一百二十種，初刻為《喻世明言》，二刻為《警世通言》，
海內均奉為鄴架玩奇矣。茲三刻《醒世恒言》，種種曲實，事事奇觀。」〔註71〕
雖然刊刻者有做廣告吸引買者的目的，但道出了話本小說敘事一個重要的追
求：奇。

　　凌濛初則直接把其作品命名為《拍案驚奇》，在《拍案驚奇自序》中，凌
濛初寫道：「今之人但知耳目之外牛鬼蛇神之為奇，而不知耳目之內日用起
居，其為譎詭幻怪，非可以常理測者固多也。」〔註72〕由此我們看出，凌濛
初對「奇書文體」有著自覺的追求，「奇」不僅僅是敘述一些怪異之事，如「牛
鬼蛇神」，而是把「奇」寓於「耳目之內日用起居」，即平常中見奇崛。這裡
已經不是簡單的述奇異之事，而是在文體形制、敘事策略上突出「非可以常
理測者」。

　　無疑，馮夢龍、凌濛初的思想受到了晚明人本主義思潮的極大影響，他們
把目光下移，關注普通人的生活，體現在創作上則強調「諧於里耳」、「耳目之
內日用起居」之「奇」，這種思想與晚明「尚奇」美學思想一脈相承。

　　明清易代，隨著清代統治者一道道禁書令的頒布，絕大多數話本小說湮沒
不聞，而「三言二拍」選本《今古奇觀》能夠通過重重關卡得以行世，其重要
原因之一筆者認為就是突出了凌濛初「平常見奇」的理念，這裡的「平常」即

〔註69〕丁錫根編《中國歷代小說序跋集》，人民文學出版社1996年版，第774頁。
〔註70〕丁錫根編《中國歷代小說序跋集》，第775頁。
〔註71〕丁錫根編《中國歷代小說序跋集》，第780頁。
〔註72〕丁錫根編《中國歷代小說序跋集》，人民文學出版社1996年版，第785頁。

為日常之事,而「奇」就是「奇書文體」。抱甕老人在《今古奇觀‧序》中寫道:「(三言)極摹人情世態,可謂欽異拔新,洞心駭目,而曲終奏雅,歸於厚俗。」又云:「故夫天下之真奇者,未有不出於庸常者也。……則夫動人以至奇者,乃訓人以至常者也。」〔註73〕這其實延續了凌濛初「奇」中寓於「教化」的思想。這種對「奇書文體」與「勸諭教化」的雙重追求反映了話本小說一個普遍的敘事策略。

上述話本小說序跋中對於「奇」的論述有一個基本是理論轉向,即前此關於「奇」的觀念中,往往與牛鬼蛇神相聯繫,即所謂「奇」是指小說取材,雖至唐傳奇也無突破,誠如魯迅所言,「小說亦如詩,至唐代而一變,雖尚不離於搜奇記逸,然敘述宛轉,文辭華豔……」〔註74〕凌濛初徹底改變了這種觀念,提出「耳目之內日用起居」之「奇」,直接影響了後來作家的「奇書」觀念。不以故事內容見「奇」,那麼就會將作家的注意力轉移到寫作技巧上來。因此,話本小說倡導的「奇書」觀念構成了 17 世紀通俗小說理論的最具原創性、開拓性的一個方面。凌濛初「奇書」觀念至少有如下幾方面意義:一是使小說取材姿態下移,在中國古代小說史上第一次把平民百姓作為描寫對象,而不以牛鬼蛇神為奇;二是使小說作者把注意力轉移到敘述方式上,對小說藝術的發展具有促進作用;三是有利於世情小說中短篇小說領域的發展,後來的才子佳人小說無不受此影響。

話本小說對於「奇」的追求原因是多方面的:

其一,已如上述,話本小說對於「奇」的表述與明末人本主義思想和「尚奇」美學思潮息息相關,從王陽明到李贄、湯顯祖、袁宏道、馮夢龍、凌濛初,以至於後來的王船山,思想脈絡的承續較為清晰的。

其二,與話本小說的市場化分不開。話本小說的主要讀者群是市民階層,獵奇是市民階層心理的一個重要特徵,市場化的運作使話本小說必須對這種獵奇心理予以迎合。《拍案驚奇》、《二奇合傳》、《今古奇觀》等以「奇」標榜的小說名稱即可看出出版者對讀者獵奇的迎合心理。

其三,凌濛初由牛鬼蛇神之「奇」轉變為耳目之內之「奇」,迎合了讀者的獵奇心理和話本小說取材自日常生活的雙重需要,而取材於日常生活同時也是讀者的需要,因為日常所見的奇聞奇事更能激發其閱讀欲望。同時,耳目

〔註73〕抱甕老人輯《繪圖今古奇觀》,齊魯書社 1985 年版,第 1～2 頁。
〔註74〕魯迅《中國小說史略》,上海古籍出版社 1998 年版,第 44 頁。

之內之奇的另一含義應該是小說所描寫的奇事有些即出自當時的日常生活。

其四，寓教化於「奇」。話本小說作者始終把教化作為創作目的，一方面由於話本小說作為底層文類，需要獲得更高層次的道德安全感，一方面由於話本小說作者均來自下層文人，中國傳統的「載道」觀念和文人「立言不朽」思想或者「澆心中塊壘」思想等均會對他們的創作思想產生影響，因此，寓教化於「奇」可以有雙重目的：吸引讀者和成就自我。

對於話本小說而言，奇書文體的形成要靠幾方面的因素：

其一，故事本身的「新奇」，即故事本身必須曲折、引人入勝，甚至聞所未聞，這樣才有足夠的吸引力。按照李漁的理解：「新即奇之別名也，若此等情節業已見之戲場，則千人共見，萬人共見，絕無奇矣，焉用傳之？」〔註75〕因此，新是奇的前提，如果故事太過熟悉，則無新意，何談奇？故事新奇，曲折婉轉，方能獲取讀者青睞。正因為曲折，所以不可能三言兩語講完，因此話本小說中敘述方面講究騰挪跌宕，描寫細緻，引人入勝，隨著話本小說的發展，故事長度也在增加，從而演化為中篇小說。

其二，靠「轉折性結構」獲取。所謂轉折性結構，是指話本小說「奇幻」效果的獲得，除了故事本身外，還有一些技巧因素，即採取故事進程的突然轉折來獲取「柳暗花明」的效果。宋吳自枚《夢粱錄·小說講經史》中提出「捏合」概念，很少有人將之提高到敘述技巧層面，其實，這是說話人的一種技巧，即將兩個以上線索靠某種手段捏合起來使故事具有連貫統一的效果，即聽起來是一個故事。這種情況在長篇故事中尤其常見，並在長期的實踐中成為說話人的一種敘述技巧。

其三，提破與捏合。《都城紀勝·瓦舍眾伎》中還提到另一個概念：提破。從筆者上引的原文來看，似乎與《夢粱錄·小說講經史》中的說法如出一轍，只不過將「捏合」換成了「提破」，但筆者認為這是兩種不同的情況，即二者並非同義。「提破」更多的是指對主題的突然揭示。這就是筆者要表達的：轉折性結構的目的就是要使故事的發展走向所要表達的主題，因此，主題的提破，要靠轉折性結構來獲取。提破常有「奇異」效果，可以使故事一下子具備某種意義，使接受者猛然醒悟，然後對故事嘖嘖稱奇。捏合則屬於另一種敘述技巧，傳統說話人往往臨場發揮，故事講述蔓延以拖延時間，但這會造成一種結果，即各種線索往往難以聚合。因此，說話人往往運用一系列敘述技

〔註75〕李漁《閒情偶寄》，陝西人民出版社1998年版，第9頁。

巧將多條線索進行「捏合」，但捏合方式往往多種，很多情況下，線索聚合的方式採取「非自然化」方法，即發生一些非常規的事情來聚攏線索，這往往使故事太過離奇、太過巧合，或者太過荒誕。這種敘事技巧在書面化的話本小說中多有體現，但書面文本的故事敘述更為嚴謹細緻一些，比口頭藝術精緻許多。

總之，話本小說「奇書文體」的形成具有一套複雜的程序，取材、技巧、寫作觀念等等因素均構成奇書文體思想的重要組成部分。話本小說能夠繼承中國傳統小說的「奇書」思想，又能有自己的追求，如不追求故事取材的「幻怪」色彩，主張「耳目之內，日常起居」，追求用敘述技巧獲取「奇」，同時又把這種「奇」歸攏於其強勢化主題。雖不能說這是一種多麼高超的寫作方式，就其一套「奇書」主張來看，已經形成了話本小說獨特的文體追求。而且這種追求是自覺的，一貫的，這在中國古代小說史上具有獨特意義。畢竟在中國古代小說史上，形成流派特色，有理論、有追求、有技巧、有文體特色、有作家隊伍和創作實績的小說創作潮流，尚屬首次。因此，17 世紀話本小說所形成的創作潮流是通俗文學思潮的重要組成部分和表現方式。

三、「奇書文體」形成的思想背景

雖然馮夢龍沒有直接論述「奇書」觀念，但在其「三言」的識語中，均以「奇」標榜，雖然識語是坊刻主為吸引讀者的廣告語，但至少包含兩方面的含義，一是「三言」故事本身之「奇」；二是說明當時讀者的欣賞趣味。馮夢龍「諧於里耳」的觀念與凌濛初「耳目之內」、「日用起居」之「奇」，有著深厚的思想背景，即晚明人本主義思潮。王陽明心學高揚人本主義旗幟，肯定人的欲望，認為「滿街都是聖人」，姿態下移是晚明普遍的美學追求。凌濛初強調「奇」出自耳目之內，而非傳統的牛鬼蛇神，其本身就是對傳統「傳奇」思想的反動。也就是說，中國古典小說的「傳奇」思想在話本小說這裡發生了一個重要轉折，奇不是來自牛鬼蛇神而是來自日常生活。這是人本主義思潮在小說領域的反映。

晚明社會是一個全面世俗化的社會，上層社會奢靡腐敗，下層社會追逐金錢享樂，大批文人因看不到出路而放棄科舉從事他業。如參與經商、私塾、講學、出版。有的更是直接混跡於歌樓酒館。著名作家馮夢龍也是如此，他與名妓侯慧卿之間的感情糾葛更是文人耽於聲色的一個縮影。同時，馮夢龍與坊刻

主來往密切，他不但在坊刻主的鼓動下寫出「三言」名篇，還編寫科舉考試的輔導書，以及娛人耳目的笑話、民歌等。馮夢龍的活動不是一種簡單的愛好，其追求利益也應該是題中之義。

面對晚明社會的世俗化浪潮，中國哲學以王陽明心學為代表對此進行了回應。強調人慾的合理性，強調心即理，肯定人的個體私欲等觀念，無疑與晚明的社會思潮有著密切關係。話本小說以小說的方式踐行了這種思想，如在取材方面，話本小說素材絕大多數取自日常生活，平民百姓、販夫走卒、五行八作等等下層人第一次大規模走進小說家視野，描寫他們的喜怒哀樂。妓女、商販、農夫、小偷等等成為被描寫的對象。同時，不迴避人們對金錢、玩樂甚至性等的追逐。從文學史角度來說，話本小說所追求的「奇」也許就和這些有關，因為，以往的文學作品中，難見如此多的下層百姓，對於中國傳統文學來說，也許這本身就是一個奇異景觀。

晚明文學，以小說為代表，追新逐異，尋求奇聞異說，但推崇耳目之內之「奇」，既貼近大眾又製造新奇效果。這就徹底改變了中國古代小說以幻怪為奇的思想，把奇的觀念融入對世俗生活的描繪之中。話本小說所追求的「奇」，不惟講述一個曲折故事，也許更為重要的是從講述一個奇異故事到一個故事的奇異講述的轉變，這是話本小說在藝術上追求「奇」而出現的另一效果。這種拋棄故事的幻怪之奇向故事的「奇異講述」轉變，代表了小說藝術的成熟，這是以話本小說為代表的17世紀通俗文學思潮最為核心的部分。

第五節　「史真」與虛構的界限：17世紀小說觀念之變

本節從另外一個角度來看文學虛構與歷史「史真」的界限。即對謝小娥故事的「文學—歷史」流轉來進行細緻文本分析。

謝小娥故事的最初版本是唐李公佐的傳奇小說《謝小娥傳》，在流傳中，有多個版本，歷史、小說、雜劇均有改編。在故事的流轉中，文學版本與歷史版本顯然屬於不同的文類系統，其「文學—歷史」流轉，及故事在不同版本中的細節變動，正好可以為我們理解中國古代「虛構」與「史真」小說觀念提供例證。從對謝小娥故事文學與歷史版本的流轉的分析中發現，中國古代的歷史觀念與中國文化有著深厚的關聯，揭示這種關聯可以找到中國小說的深層結構圖式。這是明清通俗小說共同擁有的一種深層結構。也是17世紀通俗小說理論的主要支點。

一、謝小娥故事的流轉與演變

謝小娥故事首先出自唐李公佐《謝小娥傳》,唐牛僧孺《玄怪錄》卷二《尼妙寂》,〔註76〕與此故事略同,但主人公改為葉氏。宋《太平廣記》卷 128、491 分別收錄「尼妙寂」和「謝小娥傳」。後收入《新唐書》卷 250「列女傳」第 130。〔註77〕明代凌濛初改編為話本小說《初刻拍案驚奇》卷十九《李公佐巧解夢中言 謝小娥智擒船上盜》。清代王夫之改編為雜劇《龍舟會》。

謝小娥故事流轉最多的是在「小說」序列中,《新唐書》歸入列女傳時做了大面積修改,從文本形式分析,敘述視角更加客觀,並同時刪除一些明顯虛構因素,使一篇傳奇轉變為歷史。謝小娥故事收入《新唐書》「段居貞妻謝」條。全文簡略直陳,只有 364 字,照錄如下:

> 段居貞妻謝,字小娥,洪州豫章人。居貞本歷陽俠少年,重氣決,娶歲餘,與謝父同賈江湖上,並為盜所殺。小娥赴江流,傷腦折足,人救以免。轉側丐食至上元,夢父及夫告所殺主名,離析其文為十二言,持問內外姻,莫能曉。隴西李公佐隱占得其意,曰:「殺若父者必申蘭,若夫必申春,試以是求之。」小娥泣謝。諸申,乃名盜亡命者也。小娥詭服為男子,與傭保雜。物色歲餘,得蘭於江州,春於獨樹浦。蘭與春,從兄弟也。小娥託傭蘭家,日以謹信自効,蘭寖倚之,雖包苴無不委。小娥見所盜段、謝服用故在,益知所夢不疑。出入二稌,伺其便。它日蘭盡集群偷釃酒,蘭與春醉,臥廬。小娥閉戶,拔佩刀斬蘭首,因大呼捕賊。鄉人牆救,禽春,得贓千萬,其黨數十。小娥悉疏其人上之官,皆抵死,乃始自言狀。刺史張錫嘉其烈,白觀察使,使不為請。還豫章,人爭聘之,不許。祝髮事浮屠道,垢衣糲飯終身。

下面從敘述視角、敘述時間和情節改編、敘述主題幾個方面對謝小娥故事的幾個不同版本進行分析。

其一,敘述視角。

在李公佐《謝小娥傳》中,作者採用的是全知視角,史傳筆法來敘述故事。故事開頭即介紹謝小娥姓氏、籍貫、家庭情況,以及故事的發生情況。然後再介紹「余」的情況,即以第一人稱敘述其幫助謝小娥解謎的過程,然後以全知

〔註76〕〔唐〕牛僧孺、李復言《玄怪錄・續玄怪錄》,中華書局 1982 年版,第 23 頁。
〔註77〕〔宋〕歐陽修、宋祁《新唐書》,中華書局 1975 年版,第 5827 頁。

視角介紹謝小娥復仇經過，然後再轉入第一人稱敘述「余」和謝小娥的邂逅，最後運用史傳筆法「君子曰……」來對故事進行道德總結。可以說，全知視角和第一人稱敘述是李公佐版本的主要敘述特徵。這種敘述視角更容易宣揚既定主題。值得注意的是，作者李公佐，在小說中以「余」的身份成為一種「戲劇化」的存在。它給人一種逼真幻覺。

《新唐書》之「段居貞妻謝」，則採取第三人稱全知視角，非常簡明扼要敘述一個孝婦節婦的故事，甚至省去了故事的主要情節，如謝小娥父、夫託夢情節，因為這一情節很明顯虛妄不實，不符合史書體例，但作為一個孝婦節婦卻符合主流價值規範。

在《玄怪錄》之「尼妙寂」中，採取的是第三人稱限知視角，在介紹完託夢、解謎後，敘述者並沒有接著敘述妙寂的復仇過程，而是寫在泗州普光王寺，妙寂與李公佐的偶然邂逅，借妙寂之口，將她的復仇過程講給李公佐聽。這是一種難得的敘述方式，在古代小說中非常具有價值。這種限制敘述使故事更具有傳奇色彩，同時，也更具有主觀性。

凌濛初《李公佐巧解夢中言　謝小娥智擒船上盜》是第三人稱全知視角，且敘述者表現出對故事比較強的控制力，使故事的運行服務於「奇」的創作理念和孝婦節婦的主題。王夫之《龍舟會》是雜劇，視角因舞臺角色變化而更加游移多變。

其二，敘述時間、敘述情節改編。

李公佐《謝小娥傳》的敘述時間採取的是順時序，即按照故事發生的先後順序進行敘述。《新唐書》也是按照順時序敘述。這種敘述時間給人一種自然感覺，對於追求真實性文本來說是必要的。《尼妙寂》採取順序+倒敘的敘述時間，時序安排比較精心別致，這與故事的限制視角有關。凌濛初《李公佐巧解夢中言　謝小娥智擒船上盜》也是按照順時序敘述故事的。

王夫之《龍舟會》也是按照順時序進行敘述的。

在情節改編方面，《新唐書》「段居貞妻謝」對謝小娥故事進行了大量刪節，甚至對託夢、解謎、復仇的關鍵情節也惜墨如金，這符合史書客觀化敘述要求，客觀化可產生真實效果。

凌濛初《李公佐巧解夢中言　謝小娥智擒船上盜》的改編較為充分，細節豐滿，增加了人物的心理活動和對話。從李公佐《謝小娥傳》可以看出，有李公佐參與的故事情節的篇幅佔據全文字數的一半，而在凌濛初版本中，李公佐

進一步退居次要角色，李的出現是為推進故事進程服務，其參與的情節字數比例大幅度降低，而對謝小娥復仇經過大肆渲染，使故事開篇宣揚的「千古罕聞」在故事中有一個充分的展開。

王夫之《龍舟會》情節更為豐滿，因為要舞臺演出，設計了更多適合舞臺表演的情節，如託夢一折，增加了小孤神女這一角色，使謝小娥父、夫託夢更具有戲劇性，更適合舞臺表演。且可藉此抒發王夫之的易代的悲憤心態。

其三，主題傾向。

關鍵之處在於，視角、時間、情節的改編均以主題為中心，也就是說，主題決定了改編的方向。

下面對於一處細節在不同版本中的不同表現來說明主題傾向對改編的影響，即謝小娥之父、之夫為何不直接託夢說出強盜姓名，而是只留下啞謎？在李公佐《謝小娥傳》和《新唐書·段居貞妻謝》中，作者均沒有說明原因。在李公佐版本中，敘述非常簡潔：「初父之死也，小娥夢父謂曰：『殺我者，車中猴，門東草』。又數日，復夢其夫謂曰：『殺我者，禾中走，一日夫』。」〔註 78〕而《新唐書》中更為簡單：「轉側丐食至上元，夢父及夫告所殺主名，離析其文為十二言，持問內外姻，莫能曉。」〔註 79〕但這兩個版本有一個共同特點，即宣揚孝婦、貞節。《新唐書》把這一故事歸入「烈女傳」中。也就是說，李公佐版本和《新唐書》版本，並不借某一細節來傳達主題，而是直接宣揚這一故事是何種主題。

對於為何謝小娥之父、之夫子託夢的時候不直接說出強盜姓名，在《尼妙寂》、《龍舟會》中均有不同說明，這種不同說明體現了二者不同的主旨。

《尼妙寂》雖然把故事的主角由謝小娥改名為姓葉，在報仇之後，遁入空門，法名妙寂。除了姓名改變外，其餘皆與謝小娥故事同，因此為同一故事。在《尼妙寂》中，妙寂之父自己說出為何不直接說出強盜姓名的原因：「吾與汝夫，湖中遇盜，皆已死矣。以汝心似有志者，天許復仇，但幽冥之意，不欲顯言，故吾隱語報汝，誠能思而復之，吾亦何恨！」〔註 80〕很顯然，《尼妙寂》中給出的理由更富神秘色彩。這與志怪小說集《玄怪錄》主旨無不相關。

〔註 78〕 李劍國主編《唐宋傳奇品讀辭典》，新世界出版社 2007 年版，第 287 頁。
〔註 79〕 〔宋〕歐陽修、宋祁《新唐書》，中華書局 1975 年版，第 5827 頁。
〔註 80〕 〔唐〕牛僧孺、李復言《玄怪錄·續玄怪錄》，中華書局 1982 年版，第 23 頁。

在凌濛初小說中卻沒有對謝小娥之父、夫為何不直接說出強盜姓名的原因不置一詞。很顯然，凌濛初並沒有想在這一細節上做文章。在小說入話中，有這樣一段話：「而今更說一個遭遇大難、女扮男身、用盡心機、受盡苦楚、又能報仇、又能守志、一個絕奇的女人，真個是千古罕聞。」這是凌濛初改編謝小娥故事的根本所在，即「報仇」、「守志」、「絕奇」，前兩者是宣揚道德，後一個是讚揚女子謝小娥，也同時宣揚故事的奇書特點。

《龍舟會》中這一情節更富有戲劇性，且託名小孤神女讓其父、夫託夢給謝小娥，因謝小娥「雖巾幗之流，有丈夫之氣，不似大唐國一夥騙紗帽的小乞兒」。當謝小娥父、夫問小孤神女為何不直接說出強盜姓名時，小孤神女給出了兩個原因：「一則未能明正天誅，一刀還他一刀；一則顯不得你女兒謝小娥孝烈，替大唐國留一點生人之氣。」然後王夫之還不忘借小孤神女之口對時局和依附清廷的明臣進行旁敲側擊：「做賊稱雄也枉然，不見安祿山建國號稱天，只羞殺王維與鄭虔（此二人均被安祿山授偽職—原注）。」〔註81〕王夫之的改編改變了謝小娥故事的走向，使其融入了更多的家國情懷，並寄託其在明清易代之際對國家某些事、某些人的看法。可以說寄意深遠，這與其他謝小娥故事宣揚孝、節有很大不同。

根據上述謝小娥故事幾個版本的分析，可以發現，文學類版本與歷史版本之間基於敘述目的不同而採取的不同敘述策略，也就是說，文學版本中更加注意敘述視角、時間、情節的布局安排，並使之服務於不同的主題。而歷史版本《新唐書·段居貞妻謝》中收錄謝小娥故事之前，主題已定，即「烈女」，因此對於影響烈女的一些虛構性情節進行了大面積刪減，尤其是為了使故事更具史實性，還將李公佐《謝小娥傳》中上旌表免謝小娥死罪的潯陽太守張公改做張錫，張錫在《舊唐書》有傳，且官至宰相，「張錫的仕宦生涯主要在武后、中宗兩朝，《謝小娥傳》的故事發生在憲宗元和年間，兩者一相差近百年，張錫怎麼能夠嘉獎謝小娥呢？」〔註82〕也就是說，《新唐書·段居貞妻謝》將影響真實的故事成分減到了最低，甚至對託夢、解謎的具體細節進行了刪減以服務於史書對真實性的要求。但這裡依然有一些重要的問題：小說文本《謝小娥傳》如何堂而皇之地進入歷史《新唐書》的？文學「虛構」如何成為「歷史」

〔註81〕王永寬、楊海中、么書儀選注《清代雜劇選》，中州古籍出版社1991年版，第120～121頁。

〔註82〕唐旭波、周遠力《小說、虛構與史實——以〈新唐書·謝小娥傳〉為例》，《黔南民族師範學院學報》2013年第5期，第32頁。

及在何種條件下可以成為歷史？而《謝小娥傳》的改編進入 17 世紀又有了新的變化，凌濛初《李公佐巧解夢中言 謝小娥智擒船上盜》與王夫之《龍舟會》中，虛構成分更多，且在故事的傳奇色彩上下足工夫。在凌濛初時代，小說觀念已經發生了巨大變化，馮夢龍「事贋理真」和凌濛初「耳目之內、日用起居」之「奇」的倡導，已經明確了小說的虛構特性，這與《新唐書・段居貞妻謝》及之前的時代小說觀念有了巨大變化，謝小娥故事最終回歸文學。

二、「虛構」成為「歷史」的可能性

中國古代的「小說」觀念與今天有著巨大不同。漢代思想家桓譚在其論著《新論》中指出，「若其小說家，合叢殘小語，近取譬論，以作短書，治身理家，有可觀之辭。」〔註 83〕這應該是我國最早、最切近今天小說含義的、對小說的正面評價。《漢書・藝文志》將「小說」列為一家，指出：

> 小說家者流，蓋出於稗官。街談巷語，道聽途說者之所造也。
>
> 孔子曰：「雖小道，必有可觀者焉，致遠恐泥，是以君子弗為也。」
>
> 然亦弗滅也。閭里小知者之所及，亦使綴而不忘。如或一言可採，
>
> 此亦芻蕘狂夫之議也。〔註 84〕

這裡的「小說」是指稗官採集的「街談巷語，道聽途說」，很顯然，「小說」之「小」是和正史相對，並不含貶義，而且有「一言可採」，即作為正史的補充而存在。很明顯，這裡「小說」概念並不與「虛構」相連，這與西方的「fiction」有本質不同。班固以後直到清代，都把「小說」列為「子部」或者「史部」，這都與虛構沒有關係。

唐劉知幾認為，小說「自成一家。而能與正史參行，其所由來尚矣。」〔註 85〕即把「小說」的功能列為正史的參考。「國史之任，記事記言，視聽不該，必有遺逸。於是好奇之士，補其所亡……街談巷議，時有可觀，小說卮言，猶賢於己。」〔註 86〕這裡已經很明確了，即「小說」即為「補史」。「逸事者，皆前史所遺，後人所記，求諸異說，為益實多。」〔註 87〕即使「小說」也應該「紀

〔註 83〕黃霖、韓同文選注《中國歷代小說論著選》江西人民出版社 2000 年版，第 1 頁。
〔註 84〕班固《漢書》，中華書局 2007 年版，第 338 頁。
〔註 85〕〔唐〕劉知幾《史通》，上海古籍出版社 2015 年版，第 246 頁。
〔註 86〕〔唐〕劉知幾《史通》，上海古籍出版社 2015 年版，第 246 頁。
〔註 87〕〔唐〕劉知幾《史通》，上海古籍出版社 2015 年版，第 247 頁。

實」。即使到明清時期，小說作者依然延續「補史」觀念：

　　　　予為通俗演義者，非敢傳遠示後，補史所未盡也。——明，甄
　　偉《西漢通俗演義序》。〔註 88〕

　　　　若余之所好在文字，固非博弈技藝之比。後之君子，能體予此
　　意，以是編為正史之補，勿第以稗官野乘目之，是蓋予之至願也夫。
　　——明，林翰《隋唐志傳通俗演義序》。〔註 89〕

　　「補史說」一直困擾中國古代小說作者，直到馮夢龍「事贋理真」、袁于
令「傳奇貴幻」，才打破此觀念，使「虛構」堂而皇之進入小說創作。在此，
筆者並不想延伸此話題，對此筆者已有另論。筆者欲強調的是，由於古代「小
說」觀念與虛構並不構成對等關係，因此，就為「虛構」進入歷史提供了可能
性。事實上，古代史書採用野史資料並不鮮見，「是知史文有闕，其來尚矣。
自非博雅君子，何以補其遺逸者哉？蓋珍裘以眾腋成溫，廣廈以群材合構。自
古探穴藏山之士，懷鉛握槧之客，何嘗不徵求異說，採摭群言，然後能成一家，
傳諸不朽。」〔註 90〕

　　清代章學誠提出「六經皆史」，而六經之首《詩經》卻為文學作品。章學
誠提出史家所具備的素質：才、學、識，具備三者即為良史，「史所貴者，義
也；而所具者，事也；所憑者，文也」，「非識無以斷其義，非才無以善其文，
非學無以練其事。」〔註 91〕很明顯，章學誠把「義」看作史之首，「事」以彰
「義」，「文」以紀事。這是一種典型的演繹式史觀。章學誠還提出，「至文」
在於「氣」、「情」：「凡文不足以動人，所以動人者，氣也。凡文不足以入人，
所以入人者，情也。氣積而文昌，情深而文摯；氣昌而情摯，天下之至文也。」
「史之義出於天，而史之文，不能不藉人力以成之。」〔註 92〕章學誠把人之
「氣」、「情」看成是史之「至文」的關鍵因素。既然如此，那麼就很難排除主
觀性。

　　事實上，中國古代正史除從「小說」中採集材料外，合理虛構也是極其常
見，尤其是人物傳記。《史記》對於五帝記載，基本來自傳說。在《殷本紀》

〔註 88〕丁錫根編著《中國歷代小說序跋集》人民文學出版社 1996 年版，第 878 頁。
〔註 89〕黃霖、韓同文選注《中國歷代小說論著選》江西人民出版社 2000 年版，第 109
　　　　頁。
〔註 90〕〔唐〕劉知幾《史通》，上海古籍出版社 2015 年版，第 108 頁。
〔註 91〕章學誠《文史通義》，北京：中華書局 2014 年版，第 205 頁。
〔註 92〕章學誠《文史通義》，北京：中華書局 2014 年版，第 206 頁。

中，這樣描述契的出生：「殷契，母曰簡狄，有娀氏之女，為帝嚳次妃。三人行浴，見玄鳥墮其卵，簡狄取吞之，因孕生契。」〔註93〕《秦本紀》：「秦之先，帝顓頊之苗裔孫曰女脩。女脩織，玄鳥隕卵，女脩吞之，生子大業。」〔註94〕《高祖本紀》：「高祖，沛豐邑中陽里人，姓劉氏，字季。父曰太公，母曰劉媼。其先劉媼嘗息大澤之陂，夢與神遇。是時雷電晦冥，太公往視，則見蛟龍於其上。已而有身，遂產高祖。」〔註95〕即使到清代張廷玉修《明史》亦如此，如《明史·本紀第一·太祖一》：「太祖開天行道肇紀立極大聖至神仁文義武俊德成功高皇帝，諱元璋，字國瑞，姓朱氏。先世家沛，徙句容，再徙泗州。父世珍，始徙濠州之鍾離。生四子，太祖其季也。母陳氏。方娠，夢神授藥一丸，置掌中有光，吞之寤，口餘香氣。及產，紅光滿室。自是，夜數有光起。鄰里望見，驚以為火，輒奔救，至則無有。」〔註96〕如此描述與志怪無異。不但如此，人物傳記中的一些對話等多數情況下是一種合理虛構。因此，可以說，歷史雖以「真實」為主，但不乏虛構，中國古代文學的一些虛構思想即直接來源於歷史。這裡有一個問題：虛構在何種情況下才能成為歷史呢？「從敘事學的角度來看，中國歷史寫作和小說寫作可以被視為兩種不同的敘事話語，但劃分二者的界限有時很難找到。一個非官方的事件記錄會顯得如此『真實』，如此有道德意義，它因此會被吸收進官史之中。反之，官史中的人物和事件也會變成虛構的通俗敘事中的材料。」〔註97〕中國歷史和「小說」之間長期以來形成了這種互動關係。

決定歷史的不光是歷史本身，還包括政治和道德。「歷史研究最終是由政治、道德、『非歷史』的標準所決定。史家的最高藝術來自於『筆削』，那是孔子在公元前 6 世紀時編訂《春秋》時所採用的方法。後代史家的任務就是模仿這一最初的被用以編輯過去事件的『歷史—政治』行為。」〔註98〕章學誠把「義」放在「事」之前，是中國傳統哲學思想在歷史領域的反映。《易經》：言、象、意系統是中國符號學思想的起源，「書不盡言，言不盡意」，「聖人立

〔註93〕 司馬遷《史記》，中華書局 2006 年版，第 12 頁。
〔註94〕 司馬遷《史記》，中華書局 2006 年版，第 29 頁。
〔註95〕 司馬遷《史記》，中華書局 2006 年版，第 71 頁。
〔註96〕 張廷玉等《明史》，中華書局 1974 年版，第 1 頁。
〔註97〕 〔美〕魯曉鵬《從史實性到虛構性：中國敘事詩學》，王瑋譯，北京大學出版社 2012 年版，第 151 頁。
〔註98〕 〔美〕魯曉鵬《從史實性到虛構性：中國敘事詩學》，王瑋譯，北京大學出版社 2012 年版，第 67 頁。

象以盡意」。所謂得意忘言、得魚忘筌，其核心指向為「意」，這是中國哲學的核心。也就是說，中國傳統哲學所追求的「意」是其核心，其表達「意」的過程則可以忽略不計。換句話說，所有的「過程」均是「意」的演繹。古代歷史演義小說的關鍵是「義」，故事只不過是「義」的一種演繹。《春秋》微言大義，所謂春秋筆法，即以表「意」為核心。因此，在中國古典小說中，開篇往往展現一種宏闊的歷史畫面和所要表達的「大義」，然後才因文成事、以事表意。這種思想直接影響了古典小說的深層結構和情節布局。如話本小說，其強勢化主題直接影響其故事走向，有時候為了控制故事走向和故事進程，不惜採取非現實事件來改變故事運行方向。可以說，以表意為核心的哲學傳統對於中國古代小說敘事的合法性提供了合理框架。

　　虛構成為歷史，可滿足有如下條件：其一，政治等級極高、不容置疑，如帝王將相；其二，道義不疑；其三，形式「史真」：史書文體，它可以決定寫作，也可以決定閱讀；其四，合理虛構。很明顯，謝小娥故事能夠被正史採信，滿足了第二、三、四三個條件。

　　總之，中國正史不乏虛構，滿足一定條件，虛構就會成為歷史真實。西方荷馬史詩的歷史化也是如此。虛構和史真在某些條件下是可以相互轉換的。就是說，中國正史本身已經包含了其一貫反對的虛構因子。17世紀通俗小說理論的發展基本是在虛構和史真之間搖擺，並最終走向「事贗理真」的藝術真實。這是17世紀通俗小說的基本理論走向。

三、寫作與閱讀：意義建構的多重文化範式

　　司馬遷《史記》所形成的「史傳」敘述傳統一直影響古代小說的敘述方式。無論是文言小說系統還是白話小說系統，以「紀傳體」模式進入敘述，使故事至少從形式層面呈現「史傳」效果，並因此獲得某種「真實」幻覺是小說作者的追求。從上述對謝小娥故事文學與歷史差異的分析可以看出，李公佐《謝小娥傳》之所以能夠進入正史，首先源於其「紀傳體」文本形式，以及以「余」第一人稱親歷敘述所帶來的真實感覺。我們無法考證謝小娥故事是否真有其事，但裏面的兩個關鍵情節卻是毋庸置疑的虛構，即託夢和解謎，正是這2個關鍵情節推進了故事進程，謝小娥的孝婦節操均來自這關鍵情節。其次，《謝小娥傳》還傳達一種準確無誤的正統道德，即孝婦節婦。這也是凌濛初改編後宣揚的最主要的觀念。第三，由於《謝小娥傳》對於女性孝道節操宣揚，使託

夢、解謎這些明顯的虛構變得合情合理，或者說可以忽略不計。《新唐書》正是以選擇性忽略的方式把這兩個關鍵情節進行了閃爍其詞的壓縮，但並未迴避，因為沒有它們即無法完成孝婦節操的道德行為。《謝小娥傳》因為具備了「紀傳體」幾個關鍵要素，使其穿越「虛構」與「史真」的界限而進入歷史。「這篇故事看起來是真實的，敘事者調動起了有力的證據來支持這篇小故事。本文提供了許多『準確性材料』：具體的時間、真實的地點、主人公家庭背景的細節、敘事者作為參與者和見證人等。另一個支持它成為歷史真實記錄的事實是結尾的評論。」「通過編入正史，小說實現了它所能扮演的最高角色。經由選擇和編輯的程序，小說從卑微的『小家之言』、非官方歷史、補史史料成為歷史本身。」〔註99〕

　　事實上，作為最高文類規範的「紀傳體」文體模式是多種文類的追慕目標，離文類中心越遠，其慕史傾向就會表現越強烈。「在文類等級森嚴的文化中，這種文類模仿，會延續很長時期。某些文類等級低，是文化結構決定的，長期難以變動。因此對某種高級文類的企慕最後成為這種文類中一種必要的表意範型，用以在文化中取得存在的資格。」〔註100〕中國小說歷來地位低下，但一直徘徊於「補史」、「史之餘」、「有可觀之辭」、「有一言可採」的邊緣地位，作為歷史的補充獲得存在資格。詩、文如此，文言小說如此，白話小說更是如此。「如果高級文類都受到史書模式的偌大壓力，白話小說那樣的低級文類，追慕史書範型幾乎是強制性的了。」〔註101〕並且慕史成為小說家的自覺追求，如褚人獲《隋唐演義序》中指出，「昔人以通鑒為古今大賬薄，斯固然矣。第既有總記之大賬薄，又當有雜記之小帳簿。此歷朝演義諸書所以不廢於世也。」〔註102〕所謂「大賬薄」、「小帳簿」，即把歷史演義直接作為史書看待。趙毅衡總結了中國古代小說追慕史書範型的幾個敘述學特徵：其一是非人格化超客觀敘述；其二是全知敘述角度；其三是時間的整飭性。〔註103〕趙毅衡先生是站在文本形式的角度總結的，從內涵角度來說，還應該包括：道德正確性、意識形態的正統性。

〔註99〕〔美〕魯曉鵬《從史實性到虛構性：中國敘事詩學》，王瑋譯，北京大學出版社2012，第99頁。
〔註100〕趙毅衡《苦惱的敘述者》，四川文藝出版社2013，第194頁。
〔註101〕趙毅衡《苦惱的敘述者》，四川文藝出版社2013，第195頁。
〔註102〕丁錫根編著《中國歷代小說序跋集》人民文學出版社1996年版，第958頁。
〔註103〕趙毅衡《苦惱的敘述者》，四川文藝出版社2013，第203～204頁。

　　《謝小娥傳》的歷史化過程說明，小說文本的慕史傾向和體裁的史傳範型
為這種轉變提供了一種可能性。但一種體裁的形成既作用於作者，也作用於讀
者。只有這種雙向限制作用才使交流的有效性成為可能。中國古代小說長期維
持小說文體的「史傳範型」，使小說形成一種「似真」敘述效果，雖然這種效
果隨著小說的發展已經逐漸形成寫作和閱讀的「虛構事實」，但不可否認，這
種範型帶來的「史真」效應，並使其長期影響小說虛構寫作的發展，以及影響
讀者的閱讀心理，即他們總是追求一種「真實」效果。這已經形成中國文學的
表達方式和接受方式，並直接影響中國古代小說的發展。「史傳範型」已經構
成中國小說的「順從規範」：

　　　　順從規範迫使敘述穩定其各種程序，以保證讀者也加入順從規
　　範。因此，規範順從模式也必然是意義的社會共有模式。

　　　　這樣的敘述文本，追慕特權文類範型，與文化的意義等級保持
　　一致，從而加強了這個文化結構。特殊的是，白話小說從文化的下
　　方加強文化結構，它們使社會的下層共享這個文化的意義規範，從
　　而保證了集體化的釋義。用這種方式，中國傳統小說的敘述者有效
　　地把本屬亞文化歧異的中國小說置於中國主流文化意識形態的控制
　　之下。〔註104〕

　　魯曉鵬將對中國古代小說的閱讀分為兩種模式：歷史模式和寓言模式。
〔註105〕所謂歷史模式和寓言模式，包含兩方面內涵：其一，作者在何種體裁
序列中組織文本；其二，接受者在何種體裁規範下接受文本。也就是說，任何
文本都會遵循一定的規範邏輯，這是保證寫作與閱讀符碼和釋義方向的關鍵
問題。《謝小娥傳》為何被寫入信史，這與其本身的「史傳範型」的文體和中
國古代的小說觀念是分不開的，雖然不可排除寫作和閱讀的「寓言模式」，但
紀傳體文體規範和小說的「補史」、「一言可採」等觀念也起到了關鍵作用。魯
曉鵬也承認：「中國敘事確實是一種由歷史、意識形態和形式因素多元決定的
文本。人們會注意到在中國小說中，或多或少都有以下現象：故事框架與故事
本身的不協調，幾種不同語言（文言、白話、方言）的並存，情節的章節構成，
不同宗教和意識形態的雜糅，以及由於不同歷史時期的編寫、採納和雜交所造

〔註104〕趙毅衡《苦惱的敘述者》，四川文藝出版社 2013 年版，第 206～207 頁。
〔註105〕〔美〕魯曉鵬《從史實性到虛構性：中國敘事詩學》，王瑋譯，北京大學出版
　　　　社 2012 年版，第 96 頁。

成的語言和文學上的不平衡等。」〔註106〕這就是中國古代小說的實際狀況，混合了多種話語模式而形成一種獨特的表達方式，這種混合保證了小說這一地位低下的文類在中國文化序列中獲得一種生存機會，同時也使得持不同文化立場的人各取所需，上述謝小娥故事的改編情況即可說明如此情況。陳平原把中國古代小說的敘事傳統概括為「史傳傳統」和「詩騷傳統」，〔註107〕趙毅衡把中國小說的文化範型分為「史傳範型」、「說教範型」和「自我表現範型」，〔註108〕韓南將中國古代小說的敘述語態分為「評論式」、「描寫式」和「表達式」〔註109〕等等。學者們的總結非常精彩，但各有不同。其實，這都源於中國古代小說所呈現的多重文化景觀。

17 世紀通俗文學思潮中最關鍵的部分是小說理論的形成和理論自覺。雖然魯迅先生說唐傳奇是「有意為小說」：「小說亦如詩，至唐代而有一變，雖尚不離搜奇記逸，然敘述宛轉，文辭華豔，與六朝之粗陳梗概者較，演進之跡甚明，而尤顯者乃在是時則始有意為小說。」〔註110〕但小說理論一直滯後，直到 17 世紀，小說評點和序跋等小說理論形式的出現。其中最關鍵的是所表述的理論思想，「虛構」這時才真正和「小說」聯繫起來，馮夢龍「事贗理真」的理論倡導和文本實踐構成了中國古代小說史上重要的一頁。正如凌濛初對《謝小娥傳》的改編一樣，無論從文本形式的俗化還是細節描寫、語言方式等都獲得了突破。也就是說，《謝小娥傳》真正以小說的方式被接受和改編。王夫之在明清易代之際又將《謝小娥傳》改編成雜劇《龍舟會》，虛構成份更多，並且從思想上改變了小說的釋義走向，呈現了易代之際文人的憂慮和思考。可以說，沒有 17 世紀人本主義思潮在通俗文學領域的貫徹，沒有小說虛構的倡導，也許王夫之的改編就會是另外一種狀況。

明代中期以後，人本主義崛起，在思想界對宋代以來的程朱理學反叛，王陽明心學及其追隨者倡導的自然人性，滿街聖人、民本思想等等對中國哲學產生重大衝擊。人們開始思考「存天理，滅人慾」的合理性和合法性。中國小說

〔註106〕〔美〕魯曉鵬《從史實性到虛構性：中國敘事詩學》，王瑋譯，北京大學出版社 2012 年版，第 150 頁。
〔註107〕陳平原《中國小說敘事模式的轉變》，上海人民出版社 1988 年版，第 219 頁。
〔註108〕趙毅衡《苦惱的敘述者》，四川文藝出版社 2013，第 193～227 頁。
〔註109〕〔美〕韓南《韓南中國小說論集》，王秋桂等譯，北京大學出版社 2008，第 6～7 頁。
〔註110〕魯迅《中國小說史略》，上海古籍出版社 1998，第 44 頁。

創作也由筆記、野史、志怪等轉向通俗。與思想界對應，中國經濟方式，尤其是東南沿海雇傭勞動和市場經濟等現代經濟方式出現，市民階層壯大，讀書人從業方式多元，所有的這些因素促成了明代中後期社會思潮的大變革。進入17世紀，明代內憂外患，社會動盪，各種思潮泛濫，表現在小說領域，就是通俗文學思潮的興起，並以大量的創作業績和理論表述而成為一時之盛。《謝小娥》故事在17世紀之前在筆記、野史、傳奇、正史等文類流轉，無論正史還是補史，基本可以認作「史傳」範疇。進入17世紀，凌濛初改編成話本小說，採取虛構方式對故事進行了大面積改寫，而王夫之的《龍舟會》其虛構直接改變了故事歷來的釋義方式和故事意義。所有這些都與17世紀小說觀念的變化，即小說與虛構的結合有著密切關係。

　　總之，《謝小娥傳》在歷史中的流轉過程也是中國古代小說觀念變化的過程，「史真」與「虛構」的界限其實是一種觀念界限，中國古代「小說」觀念與正統史觀千絲萬縷的聯繫既造就了中國小說，也影響了中國小說的發展。雖然這種小說的歷史觀念和歷史表達方式為中國古代小說的生存贏得了空間，但同時也限定了其發展。這是一種觀念化矛盾。直到17世紀，中國小說觀念真正接近了小說文體的本質：虛構。中國古代小說才艱難擺脫歷史觀念的羈絆獲得前所未有的發展。

第三章　思想的形式化：17 世紀通俗小說「交流詩學」系統的形成[註1]

　　17 世紀通俗小說理論除了小說序跋、評點之外，還有第三種理論表達模式，即文本自攜。就是通俗小說通過小說創作表現出的藝術規律和理論思想。對於這種理論呈現模式，很多論者並未把其作為古代小說理論的一部分，因為其理論表現方式與傳統認知並不契合。但筆者認為，這是無法迴避的，因為小說藝術本身就是一種創造性的成果，小說藝術規律也是古人通過自己的創造性勞動呈現出來的，理應給予應有的重視。本章將以話本小說為個案，總結話本小說文本的藝術規律。通過對話本小說的文本細讀，筆者發現，話本小說已經形成以「交流性」為核心的文本詩學系統。

第一節　交流性文體：「說話體」的形成

　　中國古代白話小說的文體特征和敘述方式與唐宋以來的「說話」藝術具有直接的淵源關係，「說話」藝術的敘述方式、現場情景等在元明清白話小說的成書過程中均以文本化的形式呈現出來。換句話說，元明清時期的白話小說以書面文本的形式還原了「說話」藝術的現場性情景，是一種書面化的「說話」藝術。但這些書面文本並非是「說話」藝術的機械模仿，而是加入了文人化筆

〔註 1〕本章核心觀點來自本人博士論文《交流詩學——話本小說藝術與審美特性研究》南開大學 2012。

墨，對口頭「說話」藝術進行了書面化改造，使其更符合閱讀特性。考察話本小說文體的形成過程，必須還原「說話」藝術的現場情景，並以 17 世紀中國的文化語境為背景才能深刻理解話本小說對於 17 世紀通俗小說思潮的意義。

　　兩宋時期的「說話」表演場所，即勾欄瓦肆，在《東京夢華錄》、《都城紀勝》、《夢粱錄》等書多有記載，形式多樣，有瓦子勾欄、茶肆酒樓、寺廟、街道空地、宮廷、私人府邸、鄉村等等，這些書場有一個共同的特點，即是一個開放的場所，聽眾可以隨意出入。聽眾不是先付錢後聽書，而是先聽書，在此過程中說書人在某個適當時間收取費用。「說話」藝術的接受者「看官」遍布於各個階層，上至皇帝，下至販夫走卒，形成了欣賞趣味、水平參差不齊的受眾群。據宋四水潛夫《武林舊事》「諸色技藝人」條記載的「小說」藝人中有 5 人後明確標有「御前」二字，2 人後標有「德壽宮」字，說明這些藝人至少曾經為宮廷服務，或直接就是皇帝或皇族的御用藝人。可以想見，在皇帝的愛好下，貴族階層也會效法有供自己娛樂的「說話」藝人。然後就是社會的各個階層，甚至包括遠離京師的鄉村都有「說話」藝術的受眾群。這樣就形成受眾的層次並直接導致「說話」藝人的分層，比如高級的「御前」藝人、受貴族青睞的藝人、在固定勾欄設場的藝人、以及「或有路歧，不入勾欄，只在耍鬧寬闊之處。做場者，謂之『打野呵』，此又藝之次者。」〔註 2〕對於很多藝人來說，「說話」藝術是他們的生存之道，或者說，他們的表演首先是為了自己生存。之所以說明清話本小說是「說話」模擬而非「話本」模擬，是因為話本作為說話人底本，省略了表演時的程式化內容，只留下故事大略，從《醉翁談錄》中即可看到。《醉翁談錄》中保存了大量篇目和部分小說，作為「說話」藝人的底本，其小說形式與明清話本小說比起來簡略很多。因此，用擬話本來指稱明清話本小說是不準確的，即使魯迅先生也沒有對擬話本進行界定，其原因，筆者認為，部分是因為魯迅先生對擬話本的提法沒有足夠的自信。明清話本小說基本的文本形式及其功能可列表如下：

文本形式	功能。
題目	廣告、吸引聽眾。
篇首（詩詞）	造成意境、烘托書場聽眾情緒。
入話	拖延時間，穩住現有聽眾，等待更多聽眾突出正話主題。

〔註 2〕（宋）四水潛夫《武林舊事》，《東京夢華錄（外四種）》遠方出版社 2001 年版，第 408 頁。

頭回	拖延時間，穩住現有聽眾，等待更多聽眾突出正話主題。（可與入話交替使用或並用）
正話	話本正文。中間往往設「扣」，在精彩處突然打住，然後向聽眾收錢。
篇尾	往往詩詞結束，向聽眾傳達故事主題或對故事人物的評價等。

　　表格中的文本形式是「說話」藝術常見的表演程序，經過明清文人的改造進入小說文本並固定化。其實，這種源於書場的文本形式並不固定，如果藝人看到觀眾人數足夠多，他可能省略頭回，直接進入正話。筆者考察當今的說書藝術表演發現，當今的說書藝人很多時候都是有人出錢表演，因此，其表演可以不考慮觀眾多少，因為這已經和其收入脫鉤，表演往往直接進入正話，當然簡短的入話還是有的。也就是說，「說話」藝術的表演形式是根據現場情形進行調整的，很靈活。馮夢龍「三言」的最大功績是將「說話」藝術進行了文本化，使其成為可重複的文本形式，為話本小說創作流派的形成奠定了基礎。但缺點是，固化了話本小說的文本形式並反過來對「說話」藝術構成影響。當然上述基本的文本形式在話本小說的發展過程中進一步優化，其優化過程是話本小說一步步脫離口頭程序走向書面文本的過程。如小說中詩詞的數量、頭回的運用等都呈遞減趨勢，而小說線索、情節等的複雜程度進一步增加，語言進一步書面化，結構更加複雜，人物增多，篇幅增大等等，其文體進一步優化。但最終沒能逃脫「說話體」程序。

　　「說話」藝人為生存而形成的表演策略形成了明清話本小說文體的基礎。但「說話」藝術的民間性使其攜帶了一些粗糙的文本形態，包括語言、格調、故事敘述等各方面均比較隨意粗糙，這與形成一種比較成熟的文體形態還有相當距離。整理當今說書藝人的唱詞就會發現，雖然表演文本聽起來並無不妥，但一旦形成書面文本，如果不加工，根本不可能形成語言整齊、結構嚴謹又具有一定思想內涵的小說文本。下面筆者不妨錄一段當今著名河南墜子藝人、菏澤人郭永章的《拳打鎮關西》：

大宋一統振華夷	淮安城反來位公子
槍刀滾滾不安息	名叫個王青
南有方臘稱王位	梁山寨坐下大王姓宋嘞
北有晁蓋來對比	由宋江三六九日當寨頂
人命冊子拿手裏	搬鞍認蹬上了馬
梁山寨一共有一百單八將	打馬嘞絲鞭拿到手裏

數了數	打馬嘞絲鞭拿在手
現如今也夠一百零七	他照著這馬打得急
您若問缺少哪一個	復加三鞭打下去
缺少個好漢魯高提	那匹馬四蹄子翻花如燕飛
由宋江一支令箭拿在手啦	咱們有心叫他慢慢走啦
再叫聲楊雄石秀二應西	啥時候能到府山西呀
由大王他這裡一支令	他才催馬來好快呀
我叫你到府山西	這才來到府山西
找到山西魯安府	來到山西魯安府
要搬恁大哥魯高提	把馬一推進城裏
臨走時再給你一封信哪	慌忙忙只把城裏走進
我叫你交到他手裏	這個人再到大街集
楊雄石秀說得令	他才來到大街上
你看他馬棚以內走嘞急	這個撒撒東來望望西
馬棚牽過來兩匹戰馬	暫記下他們二人且不表
他搬鞍認蹬上座椅	回頭來咱再說說魯高提

　　上述文本是嚴格按照郭永章的唱詞整理，從文本可以看出，作為唱詞完全沒有問題，但作為書面文本無論從語言還是故事的敘述等方面，其可讀性都很差。也就是說，口頭藝術表演與書面的小說是兩種不同的藝術形式，各自具有不同的藝術特徵，「說／聽」見長的「說話」藝術轉換成文字後不一定適合「寫／讀」方式。因此，話本小說絕非對「說話」藝術的簡單整理或者模仿，而是一種脫胎換骨的改造，雖然在文體形式方面依然保存了「說話」藝術的某些方面。這就可以理解，馮夢龍等人的工作具有開拓性。馮夢龍不但將「說話」藝術的表演程序進行了文本化，而且對故事進行加工，使其更符合閱讀規範和文人習慣。沒有明清文人的書面化改造，「說話」藝人的底本——話本，很難說能夠形成形式和內容均出色的話本小說。

　　實際上，馮夢龍對話本或者「說話」藝術的改造中保留了「說話」藝術中最關鍵的敘事因素：敘述者，即「說書人」，以及書面化的假想聽眾：看官。這是敘述文本最為核心的部分，即「誰說」和「誰聽」的問題。敘述者是敘述文本話語權力、話語方式的起源，解決了敘述者問題，等於解決了敘述文本的話語源頭。趙毅衡在論述敘述者功能的時候，把敘述者功能概括為五個方面：

傳達職能、敘述職能、指揮職能、評論職能和自我人物化職能。〔註3〕話本小說對於「說話」藝術的繼承存在於如下幾個方面：一是敘述者，即將「說話」藝術的說書人進行文本化，使之成為敘述文本的敘述者；二是敘述程序，即入話、頭回、正話的文本布局，敘述者（說書人）在故事中的穿插評論，敘述者與假想看官之間的交流等等。也就是說，話本小說在文本形式方面繼承了「說話」藝術的特徵。

從上述論述可知，話本小說的文體直接來源於「說話」藝術，是一種「說話體」文體模式。這種「說話」藝術程序與書場表演情形密不可分，它是「說話」藝人的一種生存策略，是在與觀眾交流磨合過程中形成的一種文體模式。是「說—聽」交流的產物。話本小說文體形式的形成和創作潮流的出現是 17 世紀通俗小說的重要收穫。

話本小說在 17 世紀獲得了巨大成功，一方面源於「說話」藝術成熟的文體程序給話本小說提供了借鑒，一方面源於下層觀眾、讀者的欣賞習慣。從文化角度來看，17 世紀世俗社會興起，東南沿海商業繁盛，手工藝發展規模化，已經出現資本主義的一些生產關係因素，表現在文化領域就是坊刻業的繁榮和文人受雇傭現象的出現。話本小說中有大量商人形象，這在 17 世紀以前的小說，尤其是短篇小說中是少有的現象。文化下傾，文人姿態下移表現在話本小說領域，一方面是其形式的民間化，一方面是內容的世俗化。因此，17 世紀通俗文學思潮的形成與這種整體的文化姿態下傾有密切關係。同時，話本小說作者多為下層文人，通過話本小說文本形式傳達一種文化姿態，是這些文人普遍的心態，以文化的選擇傾向性來傳達一種思想和姿態，是 17 世紀的明清之際文人思想的一種普遍表達方式。

話本小說在 17 世紀 20 年代成熟，在 17 世紀末衰落，貫穿整個 17 世紀，其發展脈絡吻合了 17 世紀通俗文學思潮的基本走向。

第二節　強勢主題原則與交流性結構模式

話本小說敘事秉承強勢主題原則，故事的布局、進程、情節設置、起承轉合皆遵循這種原則，換句話說，話本小說的敘事格局基本圍繞強勢主題展開，

〔註3〕趙毅衡《苦惱的敘述者——中國小說的敘述形式與中國文化》，北京十月文藝出版社 1994 年版。第 25 頁。

是強勢主題的故事化演繹。話本小說一般會在入話詩或者在頭回之後點明小說所要表達的主題，這是一種明示化的主題，或者說是一種預設主題，它為故事錨定了基本的闡釋方向。儘管有時候故事並不一定朝著這種既定方向運行，但作者總是在適當時候對故事走向進行修正。話本小說的主題往往是傳統的倫理道德和主流價值觀，因此，即使故事對預設主題有所偏離，讀者的解讀方向也會受到這種「正確」價值觀的影響而對自己的認知進行調整。換句話說，讀者會因為小說的預設主題的不容置疑而產生弱勢解讀心理。儘管如此，隨著歷史的流轉，對話本小說的解讀也會隨著時代而變化。某些陳舊的價值觀也會受到讀者質疑，隔代讀者也會根據故事自身的走向給出自己的理解和解釋。這是作為歷史流傳物的話本小說不能避免的歷史命運。

話本小說敘事秉承中國古代「說話」藝術故事性的敘述傳統，採用線性敘述模式，並以線性發展為脈絡布局故事。因此，話本小說的顯在結構基本是一種線性模塊結構。話本小說的顯在結構基本有三種模式：其一是連綴故事模塊結構；其二是單線孳合結構；其三是多線聚合結構。第一種結構模式在話本小說中並不常見，採用連綴故事方式敘述在長篇小說如《水滸傳》《西遊記》中很常見，而在短篇小說如話本小說中並非是一種普遍現象，因為短篇小說製作短小，常常是一個故事結構全篇，而連綴故事的特點則是幾個故事之間的鬆散連接構成一個長篇故事。第二和第三是話本小說中常用的結構方式。下面結合具體作品進行分析。

一、連綴故事模塊結構

連綴故事一般採用「穿珠式結構」，即用某種類型的線索將一個個故事按照一定的關係串起來最後形成一個完整故事形態。但這種「穿珠式結構」的「穿珠」方式卻是各異的，一般常見的方式可有如下幾種：

1. 以一個人（或幾個人）貫穿幾個故事；比如上述《王安石三難蘇學士》、《張道陵七試趙升》、《神偷寄興一枝梅 俠盜慣行三昧戲》則屬於此類。這三篇有一個共同的特徵，即小說的各個故事不但由一個或幾個人貫穿，而且還有一個深層結構系統。比如《王安石三難蘇學士》中，連續的三個故事都以王安石對蘇東坡的「三難」作為內在聯繫，而深層主題則是宣揚人要「謙虛」，「三難」均圍繞這一主題展開。《張道陵七試趙升》與《王安石三難蘇學士》的「穿珠」方式相同，其深層主題即為了宣揚「得道必須心堅」的道理，但此篇除了

「七試」的 7 個故事外，在「七試」之間還連綴了張道陵道法高超的幾個故事，這些故事也是極為常見的得道升仙的敘事模式。

2. 以一件事貫穿不同人物的故事。此種連綴方式《一文錢小隙造奇冤》即是一個典型例子。該小說一開始就設定了「捨財忍氣」的主題，而故事中所有的案件均表現了不「捨財忍氣」而造成悲慘後果。貫穿小說的「一件事」就是在窯戶做工的邱乙大之妻楊氏因一文錢引起夫妻爭吵而後自縊事件。楊氏屍體的流轉成為一個個案件的導火索，每一個案件均因為一個「財」字。

3. 以相同類型的故事（比如科場故事）連綴起幾個不同人物的故事，故事之間可以沒有任何關聯。這樣的連綴方式極不常見，《華陰道獨逢異客 江陵郡三拆仙書》入話，連綴 7 個故事，皆以「有個該中了……」來說明科場中各種異事。

4. 《豆棚閒話》的結構是一個值得注意的存在。這種類似西方《十日談》、《一千零一夜》的故事結構方式在中國古代小說發展史上具有非常重要的意義。以一架豆棚從種到收的過程牽出 12 篇故事，這種把書場內置的敘事模式使其具有了連綴式長篇的性質。與別的話本小說虛擬書場、虛擬「說—聽」關係不同的是，小說把說書人和聽者內置在故事之中，這樣，讀者和說書人的距離被拉長，交流方式因說書人和聽者的位置變化而有了根本的不同。同樣是「穿珠式結構」，但《豆棚閒話》的穿珠之線已經故事化了。

值得關注的是，無論連綴方式怎樣，故事的基本結構均為「穿珠式結構」模式，而這種模式往往有一個深層主題結構，這個主題結構控制著故事的運行方向並能夠使各個故事都能夠朝著主題聚合，從而體現了話本小說的強勢主題原則。

二、單線孳合結構

這是話本小說常見的結構類型。話本小說繼承「說話」藝術故事性，往往採取線性敘述模式，並以此為基礎結構故事。這也是 17 世紀通俗小說的基本結構方式。話本小說單純的單線故事不是太多，一般情況下，採取單線孳合方式，即一條線索在發展過程中孳生出多條線索，然後再聚合。聚合的過程既是線索匯聚過程也是主題實現過程。

《警世通言》卷十一「蘇知縣羅衫再合」故事可以進行如下的勾勒：
A.a 蘇雲一家人的富足安靜生活

蘇雲中舉上任一家人分開：b 蘇雨與其母張氏；c 蘇雲與其妻鄭氏。

蘇雲江中遇盜與其妻分開：c1 鄭氏流落強盜處；c2 蘇雲被陶公救起後作了教書先生。

鄭氏被徐用和朱婆救，流落尼庵並生子，庵內不允許同時留母子，不得已棄子：鄭氏與其子分開：d1 其子被徐能抱養，起名徐繼祖；d2 鄭氏存身尼庵。

鄭氏讓蘇雨尋蘇雲，二人分開：b1 張氏在家；b2 蘇雨尋兄；g 未果憂憤而死。

B. f 徐繼祖中舉赴京遇蘇雲母張氏，並得到一件羅衫。h 鄭氏告狀。i 蘇雲告狀。

e 徐繼祖審案獲知實情，兩件羅衫為證。j 緝拿強盜。一家團圓。

整個故事其實分為兩大塊，一是 A 部分的離散過程，一是 B 部分再團圓過程。這一過程經歷了 19 年。

這種看似複雜的故事線索和以人物為中心的情節分布實際上並不複雜，它是有一條線索 a 蘖生成 b 和 c 兩條線索，然後二者再次蘖生成新的線索，最後這些線索再歸攏到 j。也就是說這是一種單線蘖生再匯合的過程。這裡預示著一種「分離——團圓」式的傳統敘事模式。這是故事主線。

《警世通言》卷十一「蘇知縣羅衫再合」故事在話本小說中具有代表性，《初刻拍案驚奇》卷二「姚滴珠避羞惹羞　鄭月娥將錯就錯」具有同樣的結構特徵。雖然該篇標題看來似乎是兩個人物兩條線，但事實是故事由姚滴珠與其丈夫一條線蘖生出兩條分支線索來進行情節布局的，並進而形成了單線蘖生再匯合的結構模式。小說入話詩道出該篇主題：相貌雖似但人心不同。《石點頭》第三卷「王立本天涯求父」也具有上述相同的結構形態。這是一篇宣揚孝道的小說，小說開始便設定「人當以孝道為根本」的主題。小說同樣具有一個離散過程和聚合過程。離散過程：王珣為躲避官差苦役拋妻別子出走他鄉，作為單線的王珣一家蘖生出兩條線索：1. 王珣；2. 王珣之妻張氏及兒子王立本。線索 2 又進一步蘖生出兩條線索：1. 王立本尋父；2. 張氏與王立本之妻。王立本尋父的過程其實就是各種分支線索聚合的過程，這裡有一個關鍵性情節，即王立本在山東田橫島寺廟入夢與老者解夢，這一情節加速了故事的進程，使各種分支線索迅速聚合，最後匯聚於「孝感天地、惠及子孫」的深層主題結構。也就是說，小說各種線索運行受到深層主題結構的控制。

單線故事在話本小說中是最為常見的敘述類型，也是話本小說繼承「說話」藝術的線性特徵的突出表現。「說話」口頭藝術由於其「說—聽」特性，

不允許有太多的線索，多線敘述既不利於藝人的記憶，也不利於聽眾的瞬間記憶特性。因為多線故事很容易使人的理解產生混亂。

三、多線聚合結構

故事有兩個以上線索，這些線索在進程中由於某種因素聚合一處，從而使故事的主題內涵得以呈現。如《醒世恒言》卷三「賣油郎獨佔花魁」是一篇經典的愛情故事，小說描述了兩種截然不同的人生：花魁妓女莘瑤琴和賣油郎秦重。很明顯，小說採用的是雙線結構模式，一條線索是賣油郎，另一條線索是妓女辛瑤琴。二者本不會出現交集，而正是這種看似沒有交集的不同人物卻產生了「故事」，很多話本小說的故事性往往來自故事中人物地位的級差。因為這種人物地位級差的存在，要想使他們產生瓜葛，必須使小說有出人意料的故事發生，這同時也是作為通俗小說所應具備的「引力」條件。小說在敘述中設置了兩條線索的三處扭結：第一處扭結是秦重偶遇莘瑤琴，使其萌生了「若得這等美人摟抱了睡一夜，死也甘心」，秦重的想法並不高尚甚至很猥瑣。第二處扭結是秦重攢夠金錢去實現自己最初的想法，這時，其善良之心便顯露無疑，他對莘瑤琴的愛護、照顧遠遠超出了一個嫖客的目的而從心底萌生了愛情；第三處扭結是莘瑤琴被打江邊尋短見而被秦重救起，這使莘瑤琴對秦重甚為感激，並以身相託，並開始為莘瑤琴贖身謀劃。正是這三處扭結使兩條線索最終匯聚一處。

《生綃剪》第七回「沙爾澄憑空孤憤　霜三八仗義疏身」也是三線結構模式。故事入話講述了幾個反對魏閹的結義故事，闡述了故事的結義主題。正話故事講述了三個人物：沙爾澄、霜三八和蔣淇修。沙爾澄與蔣淇修是同窗，蔣淇修家室富有，沙爾澄聊落途窮寄居蔣淇修家，二人志同道合每聚談時局，沙爾澄任俠負氣，當其時魏閹專權，蔣淇修怕其出門惹禍，讓其淹留其宅。後魏閹倒臺，遂讓沙爾澄去湖州為其辦事以遠遊舒悶。因此二人分開。霜三八是一個鞋匠，專事縫皮手藝也來到湖州謀生。因此故事分為三條線索：1. 蔣淇修；2. 沙爾澄；3. 霜三八。三條線索中，1 和 2 有一個離散過程。

多線聚合結構（包括雙線聚合結構）是話本小說文人化之後，情節逐漸複雜化，多條線索交錯並進，然後在適當的時候匯聚一處。值得注意的是，線索的匯聚與小說的預設主題關係密切，正是深層主題結構的明朗化，使故事走向不得不朝既定方向運行，並最終完成預設主題。

四、催化結構

所謂的催化結構，這裡的「催化」是借用羅蘭‧巴特的概念。巴特認為，「一部敘事作品從來就只是由種種功能構成的，其中的一切都表示不同程度的意義。這不是（敘述者方面的）藝術問題，而是結構問題。」〔註 4〕而敘事作品的這些功能的作用是不一樣的，巴特指出：「有些單位是敘事作品（或者是敘事作品的一個片斷）的真正鉸鏈；而另一些只不過用來『填實』鉸鏈功能之間的敘述空隙。」〔註 5〕巴特把第一類功能叫做核心，把第二類功能叫做催化。也就是說，所謂催化功能是主要功能的幫助者，是完成主要功能所必須具備的完美條件。筆者借用「催化」這一概念是為了說明這樣的情節的「輔助性」功能，之所以叫做催化結構，是因為這些在故事主要線索發展到一定時間點而共時性出現的情節，不但改變了線索的運行軌跡，更為重要的是，由於這些催化情節的存在而把故事的結構進行了縱向切分，呈現在讀者面前的並非是完整的條塊結構，而是被切分成了網格狀。這是話本小說追求故事性、追求主題交流效果而必然產生的獨特結構模式。這種主題結構控制下的立體型網格狀結構模式是一種文本內外的交流需要，因為主題往往是大眾的主流價值觀，它不提供比大眾更高的價值倫理，而是最大可能融入目標受眾的日常生活，在這個意義上，話本小說的故事所承擔的是一種使交流順暢、融洽的使命。因此，話本小說沒有任何意識形態優勢，而是最大可能地融匯到接受者的談笑、娛樂之中。話本小說的這種立體型網格狀結構模式其實是一種「交流性」的結構模式。

催化結構可分幾種不同的形式：

1. 故事內事件，即故事進程中發生的影響故事進程、方向的偶然或者必然事件。上舉《警世通言》卷十一「蘇知縣羅衫再合」中徐能對蘇雲之子的收養就是改變故事走向的催化性事件，因為蘇雲一家人沒有任何人具備把徐繼祖養大的條件，而徐能則因為無子得子而在情理之中。這種類似《趙氏孤兒》中屠岸賈收養趙氏孤兒的情節模式，在通俗性的民間敘事中一遍遍上演。再如《警世通言》卷二十八「白娘子永鎮雷峰塔」中白娘子搭船偶遇許宣事件迅速改變了兩個人的情感生活。

2. 外部事件：這是一種為推動故事進程而「增加」的事件，這種事件因

〔註 4〕〔法〕羅蘭‧巴特《敘事作品結構分析導論》，《敘述學研究》，張寅德選編，中國社會科學出版社 1989 年版，第 11 頁。
〔註 5〕〔法〕羅蘭‧巴特《敘事作品結構分析導論》，《敘述學研究》，第 14 頁。

為與線索故事的某些「瓜葛」而被「捏合」在一起，參與故事的整個進程。比如上舉《初刻拍案驚奇》卷二「姚滴珠避羞惹羞　鄭月娥將錯就錯」中，發現鄭月娥就是一個偶然的外部事件，本來鄭月娥沒有可能參與故事，但正因為其長相與姚滴珠廝像而無意中參與了故事並改變了故事的運行方向。同樣在《八洞天》卷二「幻作合前妻為後妻　巧相逢繼母是親母」中長孫陳流落客店走投無路之際，恰遇同鄉好友因病無法上任，於是便上演了冒名頂替的一幕，一個偶然的外部事件推進了故事的進程。《醒世恒言》卷二十八「吳衙內鄰舟赴約」中，因為自然界的「狂風」的偶然事件將吳衙內與賀小姐兩條線索扭結一處。話本小說中類似這樣的例子很多，可以說這種用外部事件參與故事進程的做法已經成為話本小說敘事技巧之一，可以想見，當初「說話」藝人口若懸河、滔滔不絕的表演如何可以在頃刻之間進行故事情節的「捏合」與故事主題的「提破」。

3. 人物心理事件，即人物由於某種機緣或者刺激等等而起的心理變化並影響到故事的進程和故事的發展方向。《喻世明言》卷三十五「簡帖僧巧騙皇甫妻」中皇甫殿直失去妻子，正月初一「在家中無好況」，心情煩悶，便思量：「每年正月初一日，夫妻兩個，雙雙地上本州島大相國寺裏燒香。我今年卻獨自一個，不知我渾家到那裏去了？」正是皇甫殿直這種心理變化預示著對自己休妻的反思，這種「心理事件」直接促使他的進一步行動。《醒世恒言》卷十八「施潤澤灘闕遇友」中，施復拾得銀子的心理起伏，一方面刻畫出人物複雜的內心世界，和一個商人本能的財富想像；一方面則是為失主著想的道德情操。最終這一心理事件以一個善良的拾金不昧善舉而影響了故事的進程，使故事朝著預定的「陰騭」主題回歸。類似的情況同樣發生在《初刻拍案驚奇》卷二十一「袁尚寶相術動名卿　鄭舍人陰功叨世爵」中，興兒在廁所撿到銀子同樣經過了心理鬥爭並最終決定等失主取錢，所謂「積善陰騭」的主題在人物「心理事件」的基礎上得到了呈現。

4. 非現實事件，話本小說為推動故事進展，往往採取一些非現實手段，比如夢境、仙境、鬼、神等等非現實空間來影響故事的方向與進程，這是話本小說敘事時常採用的手法，也可以看做一種「捏合」手段，或者「敷演」手段。所謂「最畏小說人，蓋小說者，能講一朝一代故事，頃刻間捏合……」〔註6〕、

〔註6〕〔宋〕吳自枚《夢梁錄》，《東京夢華錄（外四種）》，遠方出版社2001年版，第310頁。

「靠敷演令看官清耳」。〔註 7〕催化結構的核心功能應該是確保小說朝著預定的主題結構運行，而不致因故事偏離預定軌道而無法收場。這是「說話」藝術必須具備的基本敘事技法。用夢境來推動故事進程的例子比比皆是，在「三言二拍」中，幾乎達到了篇篇說夢的地步，可見，利用夢境來左右故事情節布局、進程和方向是話本小說常用技法。比如《初刻拍案驚奇》卷十九「李公佐巧解夢中言　謝小娥智擒船上盜」中，謝小娥的夢境中的謎語為解開殺人真凶提供了答案，也就是說，謝小娥的夢境推動了故事進程並影響了故事的走向。《警世通言》卷十三「三現身包龍圖斷冤」中，則是三次大孫押司冤魂現身推動了故事進程並最終使冤案得以昭雪。《八洞天》卷七「忠格天幻出男人乳，義感神夢賜內官鬚」中王保幾次得到神人幫助，這些催化事件把故事的結構進行了分割，並促成了主題結構的完成。

　　話本小說的催化結構是一個複雜的存在，在具體文本中，上述形態多有交叉、重疊，也就是說有時候並非一種類型而是多種類型的並用來改變故事的運行軌跡、完成故事結構的網格狀分割。催化結構不是一種簡單的情節模式，而是更多的參與了故事結構的營造，因為單純的線性結構無法完成故事的主題結構，只有在催化結構的作用下，使故事朝著預定的主題運行，並保證了交流的順暢性。

第三節　交流性的母題、戲劇性情節與敘述節奏

一、交流性母題

　　美國民俗學家湯普森對母題做了這樣的界定：

　　　　一個母題是一個故事中最小的、能夠持續在傳統中的成分。要如此它就必須具有某種不尋常的和動人的力量。絕大多數母題分為三類。其一是一個故事中的角色——眾神，或非凡的動物，或巫婆、妖魔、神仙之類的生靈，要麼甚至是傳統的人物角色，如像受人憐愛的最年幼的孩子，或殘忍的後母。第二類母題涉及情節的某種背景——魔術器物，不尋常的習俗，奇特的信仰，如此等等。第三類母題是那些單一的事件——他們囊括了絕大多數母題。正是這一類母題可以獨立存在，因此也可以用於真正的故事類型。顯然，為數

〔註 7〕〔宋〕羅燁《新編醉翁談錄》，遼寧教育出版社 1998 年版，第 3 頁。

最多的傳統故事類型是由這些單一的母題構成的。〔註8〕

　　湯普森說的這三類母題，在話本小說中均存在。如第一類「故事中的角色」，在話本小說中，此類母題非常常見，如清官、妓女、妒婦、公差等人均可構成攜帶故事的母題；再如一些器物，繡鞋、扇子、手絹等等都會構成故事情節運行的重要因子。第二類「涉及情節的背景」，如具有魔法的繪畫、動物（蛇、狐狸、馬等等），習俗方面如許願還願、清明寒食等，信仰方面如命相觀念等，這些在話本小說中均有表現。第三類「單一事件」，如裝扮母題，包括男扮女裝、女扮男裝，救助母題（包括救助異類、救助同類）等等。翻檢話本小說筆者發現，這三類母題在話本小說敘事中非常常見。也就是說，這些具有傳統文化內涵的母題類型成為了話本小說，乃至整個中國17世紀通俗小說基本的存在方式。正如學者戶曉輝所說：

> 　　母題有觀念的（文本間的）和現實的（文本內的）、純形式的（跨文本的）和有內容的（進入文本的）兩種存在形態：當母題進入具體的敘事文本時，就與敘事的情節發生關聯，成為實際的「情節部件」，它不僅「作為某個文本結構內部的基石」結構這情節，而且由於它具有形象和具體的特徵而在敘事中起到描繪作用；但這只是母題實現或顯現自身的一種方式，母題更根本的特徵在於它「是一個關涉到內容的圖（程）式，它不受某個具體的歷史語境的約束」，它具有獨立性，……這樣，它才可能「具有各種展開的可能性」，即它是一個純粹的形式，但又隨時可以或者準備關涉到具體的敘事內容，在敘事中發揮它的「功能」。〔註9〕

　　也就是說，母題超越了民間故事而成為民間故事的一種存在方式。理解這一點很重要，它有利於使我們站在民族文化甚至世界文化的背景中看待母題。

　　17世紀通俗小說的偉大貢獻之一就是將散落於中國書面敘事傳統和口頭敘事傳統中的母題進行了創造性融合，對那些經過長期的歷史過程，在與接受者交流磨合過程中形成的傳統母題進行了集中和故事化處理，形成了古代小說母題化敘事傳統。母題雖然本身不攜帶情節，但它具有構築情節的重要部件，或者說具有情節發展的重要導引因素。如清官母題，必然圍繞清官的「清」

〔註8〕斯蒂·湯普森《世界民間故事分類學》，鄭海、鄭凡、劉薇林等譯，上海文藝出版社1991年版，第499頁。

〔註9〕戶曉輝《返回愛與自由的生活世界——純粹民間文學關鍵詞的哲學闡釋》，江蘇人出版社2009年版，第184頁。

做文章，其實清官本身即攜帶有故事的某種主題因素。再如喬裝母題，因為喬裝本身就攜帶兩種身份之間的張力，這裡具有非常強的故事性。下面就話本小說中的一些母題進行文本分析：

「喬裝」母題是話本小說常用的母題之一，也是古代文學作品中常用的母題，比如《木蘭詩》中的花木蘭女扮男裝替父從軍，民間傳說的「梁祝」中的祝英臺女扮男裝等等。但在話本小說中，喬裝母題有許多變異，比如可以男扮女裝、官員辦案的喬裝訪事、以及冒名頂替等等，這些變體豐富了喬裝母題的內涵，並使其在不同的敘事中形成許多引人入勝的情節模式。喬裝母題之所以不斷受到人們喜愛，其主要原因是其自身含有的「故事性」，喬裝意味著人物身份的改變，這種改變為喬裝者帶來某種方便的同時也帶來了因身份差異使其行為的不協調，這種不協調給接受者以欣賞的愉悅，許多情況下，文本中的喬裝是在讀者知道的情況下進行的，正是這種讀者比當事人知道的更多的情況，使讀者獲得了欣賞的心理優勢，這種優勢會產生滿足感和期待感。比如《喻世明言》卷二「陳御史巧勘金釵鈿」中的陳御史為破案喬裝訪事，終於獲知案件真情。其實本篇採用了多母題結合的方式來完成其情節的鋪排，其他母題還有嫌貧愛富式悔婚、真/假、喬裝訪事、冤案昭雪、大團圓，這些母題的結合形成了一種母題的情節鏈條，從中我們可以看到每一個母題都會使人充滿期待。《醒世恆言》卷十「劉小官雌雄兄弟」的入話故事和正話故事分別講述了兩種類型的「喬裝」，在入話中講述了男扮女裝騙取女色的故事，而在正話中，講述了一個女扮男裝的故事，但在這個故事中，作者採用限制視角，使劉奇是女子的秘密到了最後才揭開，這與其他喬裝故事不同，同時，故事還採用其他母題，比如仁義、救人等等。《八洞天》卷七「勸匪躬」《忠格天幻出男人乳，義感神夢賜內官鬚》中也出現男扮女裝、女扮男裝的母題類型並和「義僕佑少主」、「男人生乳」母題一起構成離奇的故事情節。《初刻拍案驚奇》卷十九「李公佐巧解夢中言　謝小娥智擒船上盜」中的謝小娥女扮男裝復仇的故事曲折、引人入勝，其情節模式採用「喬裝」加「復仇」母題。《初刻》卷三十四「聞人生野戰翠浮庵　靜觀尼晝錦黃沙弄」中則是男扮尼行奸的故事。由此可見，話本小說的「喬裝」母題有許多變體，並和其他母題一起構成不同的故事類型，母題本身不能夠成為情節，而母題的結合則成為情節形成的重要條件。

真假母題也是古代敘事作品常用的母題類型。比如《水滸傳》中的真假李逵、《西遊記》中的真假孫悟空、真假唐僧、《三國演義》中的真假諸葛亮等等，

這些故事因其趣味性而獲得歷代讀者的喜愛，也獲得歷代作者的青睞。在話本小說中，真假母題也是較為常用的。真與假歷來是人們在各種領域探求的重要命題，在小說中，真與假因人物行為方式的不同常常會形成情節的跌宕起伏，同時還會帶來喜劇效果，因此會受到讀者的喜愛。比如《五色石》第一卷「假相如巧騙老王孫　活雲華終配真才子」就是一個真假才子的故事，這是一個真假母題、才子佳人母題和考驗母題結合的故事，寫胸無點墨的木長生多次用滿腹才華的黃生詩詞冒充自己的而取悅陶公並促使其將女兒嫁與他而最終被戳穿的故事，這裡的真假有一個變體，即木長生並非冒充黃生本人，而是偷用黃生詩詞騙取陶公及陶小姐信任，這裡的真與假指的是才華的真與假，木長生費盡心機獲取黃生詩詞並處心積慮騙取陶家信任，使陶小姐差點嫁與他，即小說採用陶小姐死亡的假象來考驗木長生和黃生，最後木長生因其虛假行為當然經不起這樣的考驗，其陰謀還是被揭穿，黃生與陶小姐終成眷屬。真假母題加上才子佳人和考驗式的情節模式構成引人入勝的敘事格局。《醒世恒言》卷十六「陸五漢硬留合色鞋」中的殺豬漢陸五漢冒充公子張藎與其意中人潘壽兒會面騙奸的故事，這是一個真假母題與公案結合的故事。而另一公案故事《喻世明言》卷二十六「沈小官一鳥害七命」中，黃老狗兩個兒子大保和小保為了得到賞錢竟然將父親害死，把頭割下冒充案件中的死者頭顱去領賞，真是令人髮指。真假母題之所以受到人們喜愛，關鍵是真的經過一番曲折最終獲得某種期望的結果，而假的最終會被揭穿，這種結果不但是故事情節的運行邏輯，也是一種接受邏輯，即假的一出現就必然使欣賞期待朝著揭穿假象還原真實運動，因此真假母題既是一種敘事邏輯也是一種接受心理邏輯。邏輯的重合會得到交流的和諧。

救助母題。在中國古代文學作品中，有許多救助類故事，比如《柳毅傳書》即為著名的救助故事，柳毅因對龍女提供幫助獲得了愛情。諸如此類救助「異類」獲得回報的故事在民間傳說、民間故事中極為常見，這類「救助」母題往往與其他母題比如與異類的婚姻、或者「陰騭得報」母題一起構成具有傳奇色彩的離奇情節模式。在話本小說中，此類故事也很常見，比如《喻世明言》卷三十四「李公子救蛇獲稱心」中公子李元救起被小孩追打的一條蛇，而這條蛇是水中龍女，此後李元得到龍女幫助不但與龍女成婚而且中高科得官。此篇救助母題和陰騭積善得報的母題一起構成古代儒生的婚姻與中舉的雙重想像。《五色石》卷四「投崖女捐生卻得生　脫桎囚贈死是起死」中，陸舜英同樣因

救起一條蛇而獲得這個蛇幫助的故事。《醒世恒言》卷五「大樹坡義虎送親」中勤自勵因救虎得到了虎的幫助。《警世通言》卷二十「計押番金鰻產禍」中計安計押番之妻因殺死一條金鰻使其家連遭禍端，這與上面的「救助」故事形成對比；與此相同的是《初刻拍案驚奇》卷 37「屈突仲任酷殺眾生 鄆州司馬冥全內侄」中吃盡牲畜、野味的屈突仲任受到被其殺害的牲畜在陰間的控告而被青衣人縛去受審的故事來說明殘害生靈會得到報應的主題。因救助異類獲得回報，或者殺害異類得到報應的故事，很多與「陰騭積善」、「果報」等母題一起構成勸諭式故事類型，此類故事類型的情節模式往往分為兩個部分：救助過程和獲得回報過程或者殘害過程與報應過程。

話本小說還有其他的母題類型，比如義僕佑少主：《醒世恒言》卷三十五「徐老僕義憤成家」、《八洞天》卷七「忠格天幻出男人乳 義感神夢賜內官鬚」等等；人／鬼、人／妖之戀：《警世通言》卷二十八「白娘子永鎮雷峰塔」、《西湖佳話》「雷峰怪跡」均寫蛇精白素貞與許宣的愛情故事，《二刻》卷二十三「大姊魂遊完宿願 小姨病起續前緣」的人鬼之戀等等；還金得報母題，比如《醒世恒言》卷十八「施潤澤灘闕遇友」、《初刻》卷二十一「袁尚寶相術動名卿 鄭舍人陰功叨世爵」等等。分析這些由不同母題構成的情節模式，我們會發現這些故事大多具有內在的精神內核，這些精神內核，比如「仁義」、「忠誠」等等構成話本小說獨特的情節設置，換句話說，這些內在的深層主題在長期的歷史流傳中，形成了帶有某種情節模式的敘事母題，這些母題因與接受者處於同樣的文化語境而獲得默契的交流價值。「一種敘事程序，一旦受到民眾的特別喜愛，它就會以這樣或那樣的形態反覆出現。這種反覆出現的故事，會與民眾某一共同的心理需求相對應」〔註 10〕。同時，話本小說不是給讀者提供價值啟迪，而是尋求價值認同，這些預設的價值為話本小說的情節劃定了基本的運行路線，所謂曲徑通幽，即是這種情節模式給讀者的基本的審美愉悅。

二、戲劇性情節

話本小說的戲劇性情節模式從根本上講，是「作者——文本——讀者」的交互作用下形成的。「眾多讀者相同或類似的選擇卻會形成一種強大的社會要

〔註10〕董上德《古代戲曲小說敘事研究》，廣東高等教育出版社 2007 年版，第 292 頁。

求與壓力，這時整體意義上的『讀者』便參與了小說發展方向的決定」〔註11〕。
話本小說戲劇性情節有多種表現形態，比如衝突、轉折、表演性、巧合等等，
這些表現形態從根本上講是圍繞虛擬的「說——聽」交流展開，也就是說，話
本小說戲劇性情節模式最根本的藝術特性就是這種交流性。

其一，衝突是戲劇藝術最為核心的藝術特徵之一，可以說，沒有衝突就沒
有戲劇，這裡有兩方面的意思，一是作為戲劇的藝術方法而作用於戲劇藝術文
本構成方式；一是作為一種吸引觀眾、引起觀眾興趣、共鳴的藝術手段，目的
是在有限的時間內與觀眾達成良好的交流關係。在小說中，尤其是在通俗小說
中，衝突也常常作為一種重要的藝術手段來達到吸引讀者興趣的目的。《杜十
娘怒沉百寶箱》，這篇話本小說的經典之作成功的運用了兩處人物衝突，而這
些衝突又是人物內心衝突的一部分，從而構成了該小說情節戲劇性的核心。其
一是杜十娘與鴇母的正面衝突，杜十娘「久有從良之志」，與公子李甲「真情
相好」，但當鴇母見李甲「手頭愈短，心頭愈熱」之時，就想趕李甲出門，杜
十娘便與之發生了正面衝突，致使鴇母一怒之下答應只要李甲拿出三百兩銀
子就讓杜十娘從良。杜十娘與鴇母的這一衝突其實有著很深的心理根源，首先
是杜十娘的從良之志和對鴇母「貪財無義」的厭惡；其次是與公子李甲之間的
感情，並認為此人可以託付終身。這兩種心理根源表現在行動上就是與鴇母的
衝突，因為二者的結合之下，鴇母就成為實現自己志向的絆腳石。其二是杜十
娘與李甲和孫富的衝突。杜十娘與李甲滿懷對未來的憧憬買舟歸鄉，不料李甲
受孫富挑撥，導致李甲攝於其父和金錢的壓力而以千金將杜十娘賣於孫富，而
此時滿懷對新生活希望的杜十娘得知此情，在心裏建立起來的希望之廈頃刻
間崩塌，可以說此時杜十娘進退惟谷，實際上已經到了絕境，心中的美好希望
與眼前的殘酷現實構成極大的心理衝突與心理落差，但此時的杜十娘卻表現
出異常的平靜，請看她得知李甲將自己賣與孫富後對李甲說的話：

> 為郎君畫此計者，此人乃大英雄也！郎君千金之資既得恢復，
> 而妾歸他姓，又不致為行李之累，發乎情，止乎禮，誠兩便之策也。
> 那千金在那裏？

不但如此，杜十娘還在自己被出賣當天的四更天，早起「挑燈梳洗」，並
對李甲說：「今日之妝，乃迎新送舊，非比尋常。」並且還「微窺公子，欣欣
似有喜色，乃催公子快去回話，及早兌足銀子。」一個心底灰冷，而又希望李

〔註11〕陳大康《明代小說史》，人民文學出版社 2007 年版，第 21 頁。

甲能夠迴心轉意的矛盾心態呼之欲出。杜十娘的這種內心衝突非常的微妙也非常深刻，波詭雲譎的內心全以平靜出之。尤其是當李甲與孫富交易完畢之後，徹底絕望的杜十娘積壓內心的怨恨猛然迸發，她與李甲、孫富的正面衝突不可避免。請看杜十娘對孫富和李甲說的話：

對孫富：

> 十娘推開公子在一邊，向孫富罵道：「我與李郎備嘗艱苦，不是容易到此。汝以姦淫之意，巧為讒說，一旦破人姻緣，斷人恩愛，乃我之仇人。我死而有知，必當訴之神明，尚妄想枕席之歡乎！」

對李甲：

> 妾風塵數年，私有所積，本為終身之計。自遇郎君，山盟海誓，白首不渝。前出都之際，假託眾姊妹相贈，箱中韞藏百寶，不下萬金。將潤色郎君之裝，歸見父母，或憐妾有心，收佐中饋，得終委託，生死無憾。誰知郎君相信不深，惑於浮議，中道見棄，負妾一片真心。今日當眾目之前，開箱出視，使郎君知區區千金，未為難事。妾櫝中有玉，恨郎眼內無珠。命之不辰，風塵困瘁，甫得脫離，又遭棄捐。今眾人各有耳目，共作證明，妾不負郎君，郎君自負妾耳！

由內心衝突表現於行動在《杜十娘怒沉百寶箱》中達到了極高的藝術水平，其之所以受到歷代讀者的推崇，不單單因為其思想價值，而且還因為其極高的藝術性。「外部動作或者內心活動，其本身並非『戲劇性』的。它們能否成為戲劇性的，必須看它們能否自然地激動觀眾的感情，或者通過作者的處理而達到這樣的效果」〔註 12〕。

其二，轉折。話本小說常常用轉折性的情節使故事發生戲劇性逆轉，轉折性不但作為一種催化結構而且作為一種情節模式在話本小說中頻頻出現，話本小說情節的轉折性不但因為改變並左右了線性故事的運行方向而具有結構性意義。

《初刻拍案驚奇》卷 19「李公佐巧解夢中言 謝小娥智擒船上盜」中，謝小娥作為其家中唯一幸存的人，復仇對她來說是唯一生存的理由，但一個弱女子如何找到強盜下落，又如何實施復仇呢？於是，謝小娥夢見其父授其含有殺人者姓名的謎語就成為具有轉折性意義的事件，它使故事的運行方向和人物

〔註 12〕貝克《戲劇技巧》，余上沅節譯，上海戲劇學院戲劇研究室編印，1961 年，第 5 頁，轉引自譚霈生《論戲劇性》，北京大學出版社 2009 年版，第 57 頁。

的行為發生了質的變化，謝小娥的夢是一個轉折性的事件，也是一個極具戲劇意味的事件。

　　李漁最善於利用故事的轉折性來使小說具有戲劇性，李漁認為小說是「無聲的戲劇」，因此李漁曾經把自己的小說集命名為《無聲戲》，後來傳世的《連城璧》就是在其小說集《無聲戲》被清官府查禁後改名而成。《連城璧》巳集「遭風遇盜致奇贏　讓本還財成巨富」中，相貌酷似的秦世良與秦世芳，前者命中富貴後者命中貧窮，二人同時向財主楊百萬借錢，楊百萬識人面相，認為秦世良必將富貴就借他五百兩銀子，而秦世芳面相貧窮卻分文沒有借得。秦世芳拿著楊百萬借的五百兩銀子做生意卻遇盜，被搶個精光，不得已再次向楊百萬借錢五百兩，這次他多了個心眼，將三百兩做生意，將二百兩藏起以防不測，結果三百兩卻被賊人偷去。於是只好將藏起的二百兩拿出繼續去做販米生意。這次他在客店遇到了秦世芳，二人結為兄弟，但好景不長，當到取銀子買米的時候，秦世芳發現自己的二百兩銀子不見了，於是就懷疑秦世良拿了他的銀子，而秦世良的銀子又恰恰二百兩，於是不明不白地被秦世芳拿去。秦世良沒有了銀子，只好回家，楊百萬再借，他已心灰意冷，不再出去做生意，而「處館過日」。秦世芳得到了銀子，生意很興隆，並賺了大量金錢回到家中，其妻甚為吃驚，懷疑丈夫何以無本而得萬利。故事在此有一個戲劇性轉折，原來秦世芳的銀子並沒有被偷，而是他出門忘到了家中，於是一切真相大白，秦世良並沒有偷秦世芳的銀子。這一轉折性情節改變了故事的發展方向，也改變了人物的命運與行為，秦世芳於是連本帶利將所有金錢還與秦世良，而秦世良將一半財物贈予秦世芳，秦世芳也因自己的義舉改變了自己的命運。其實我們發現，故事中這一轉折性情節極富心理、道德內涵，其衡量的不僅僅是金錢，而且是人在金錢面前所採取的行動。因此，故事的轉折性情節往往給人以道德啟示。

　　其三，表演性。話本小說的表演性來自於情節設計的表演意識，表演不但表現為一種場面化情景，而且還表現為一種人物行為，這種行為可以是幾個人物合作完成，也可以是一個人物的單獨行為。但應當指出，表演性是一種敘述技巧，一種敘述行為，而非人物行為自身的特質。也就是說，話本小說中人物的表演性行為歸根結底是一種敘述技巧，而不是人物必須那樣。

　　李漁《十二樓》之「拂雲樓」中的丫鬟能紅即為代表，能紅形象為古代才子佳人等愛情小說和戲曲提供了一個非常典型的、機智、又工於心計的丫

鬟角色，隨即丫鬟成為一個極富靈動的敘事因子，同時，丫鬟的機靈而具有動感的行為為小說的增添了表演性特質。正因為如此，「能紅現象」為有的學者所推崇〔註13〕。那麼，能紅究竟如何「表演」呢？「拂雲樓」首先敘述青年秀士裴七郎先與韋氏有婚約，後裴七郎之父毀約與妝奩豐厚的封家結親，做親之後，裴七郎見封小姐相貌醜陋，甚是反感。在端陽佳節，封氏到錢塘江遊玩遇到大風被潮頭淋濕患風寒又被人恥笑其醜，鬱鬱而死。而恰恰韋小姐與丫鬟能紅也去遊玩，二人美貌使裴七郎神魂顛倒。當封氏已死，裴七郎決定續弦，韋小姐與能紅自然成為其目標，經多方打聽方知道韋小姐乃原來婚約又被裴父悔婚的韋氏。於是重新訂立婚約，託媒人俞阿媽說和遭韋家拒絕，無計可施。裴七郎無奈，只好退而求其次，竟然在媒人俞阿媽面前下跪說娶得丫鬟能紅也情願。不料這一跪被在拂雲樓上的丫鬟能紅看見，當俞阿媽再去韋家提親，被能紅一下猜中，即這次俞阿媽是為她能紅而來。身份低下的丫鬟能紅利用這次機會想改變自己的地位，於是設計了一齣連環計，其一讓裴七郎賄賂算命先生張鐵嘴，利用韋小姐父母信奉命相八字來實施其計，並向韋家說明韋小姐八字帶半點夫星，嫁人要嫁一個頭妻已死要續弦的，而且必須有一姬妾幫助方能「白髮相守」。這樣，事情一步步朝能紅所要的方向發展；其二，說服韋家讓自己替韋小姐相親，能紅的實際意圖是想從裴七郎出得到保證，即不但讓她做二夫人而且要得到裴七郎的「投認狀」。其三，能紅替韋小姐相親，與裴七郎「約法三章」，一是鞏固自己二夫人地位，即不讓再讓人喊其能紅名字，二是不得「偷香竊玉」，三是不得再娶小三，這樣能紅為自己將來在裴家的地位打基礎；其四，為使自己能名正言順成為二夫人，在裴七郎與韋小姐完婚之後，設計讓裴七郎佯裝有噩夢並請解夢先生解夢，說韋小姐只有半夫之分，惡鬼要把韋小姐拖走，於是韋小姐在先前有張鐵嘴算命的基礎上對自己的半夫命深信不疑，並欣然答應裴七郎娶二夫人，於是能紅就成為不二人選，而且是韋小姐主動提出的。由以上四處計謀均掌控於丫鬟能紅之手，其行為可謂八面玲瓏，表面上為別人，實際上處處為自己，能紅的表演可謂精彩之至。

　　話本小說的表演性不但是一種藝術技巧、一種敘事策略，而且已經作為故事人物的行為方式，比如《喻世明言》卷10「滕大尹鬼斷家私」中滕大尹的裝神弄鬼；再如卷 27「金玉奴棒打薄情郎」中，許公夫婦在對莫郎與金玉奴完

〔註13〕王意如《中國古典小說的文化透視》，文匯出版社 2006 年版，第 66～77 頁。

婚之前對他們二人的試探，莫郎一心攀附富貴欣然答應，而金玉奴卻以遵守婦節不願再嫁，而當許夫人說明新郎就是其原來的丈夫莫郎，並設計教訓一下莫郎，金玉奴才答應，整個過程人物有著自覺的表演性。

其四，巧合。巧合是話本小說常用的藝術方法，故事常因巧合而帶來戲劇性。所謂「無巧不成書」，這裡的「書」應該是說書曲藝，話本小說作為一種受說話藝術影響的小說類型，也把這種「巧合」敘事方法運用於故事之中。巧合就是利用生活中的偶然事件來組合故事情節的一種技巧。巧合的關鍵是一個「巧」字，「合」是基本要求，要「合」得既在情理之中，又出人意料之外。「合」得新穎別致，方見其「巧」。

《初刻拍案驚奇》卷一「轉運漢巧遇洞庭紅　波斯胡指破鼉龍殼」中的「倒運漢」文若虛生意場頻頻倒運，而偏偏用一兩銀子買的名曰「洞庭紅」的橘子在海外大發其財，並在回來的路上船被大風飄到一無人空島，文若虛又巧遇鼉龍殼，而這個鼉龍殼又恰恰是價值連城的寶物，於是文若虛時來運轉，一下子成了富翁。在話本小說中，如此戲劇性巧合比比皆是，有些小說的題目直接體現了小說情節的「巧」，在「三言二拍」中僅題目有巧字的就有 11 篇之多，清人梅庵道人曾編輯一部話本小說集《四巧說》，更是以「巧」作為其選編目的，該書有四篇小說作品，其中三篇選自《八洞天》卷一、二、七，一篇選自《照世杯》卷一，四篇作品均體現了一個「巧」字。

三、敘述節奏

話本小說敘述節奏也是其情節模式的表現之一。其節奏基本圍繞讀者展開，或者說圍繞虛擬「說聽」敘事格局中的「看官」展開，這種以看官為中心的節奏設置具有明確的交流意向，或者說，順暢的文本交流是話本小說情節模式的核心。話本小說的敘述節奏在表現方式上體現在很多方面，如敘事控制、敘述干預、轉折性情節、情節的結構性分布等等。

朱光潛先生對節奏有精彩的論述：

> 節奏是宇宙中自然現象的一個基本原則。自然現象彼此不能全同，亦不能全異。全同全異不能有節奏，節奏生於同異相承續，相錯綜，相呼應。寒暑晝夜的來往，新陳的代謝，雌雄的匹偶，風波的起伏，山川的交錯，數量的乘除消長，一致於玄理方面反正的對稱，歷史方面興亡隆替的循環，都有一個節奏的道理在裏面。藝術

返照自然，節奏是一切藝術的靈魂。〔註14〕

任何藝術都以人為目的，因此，藝術節奏按照人的心理進行藝術創造，它不一定完全符合自然的時空邏輯，但卻符合人的欣賞趣味。節奏，作為一種與人的心理密切相關的藝術特性，與讀者的欣賞心理有著緊密的聯繫。正如論者指出：

> 節奏作為小說審美生命的體現，無論是情節節奏、語言節奏還是意蘊節奏，都是作者情緒的一種特殊表達，是作者一定思想和內心情感的傳達媒介，它必須通過語言文字作用於讀者心理方能為人把握。在閱讀過程中，隨著文本的推進，讀者緊張與鬆弛的心理狀態總是交替出現，二者前行時產生的時間間隔長短之分和感受強弱之別就構成了審美心理節奏，從這個層面來看，對小說節奏理論的探討尤其應該注重與文藝心理學分析相配合。〔註15〕

中國古代白話小說就非常注重敘事節奏，而且其節奏大多圍繞情節展開，於是我們發現明清時期的小說評點家們在評論小說節奏的時候，情節是節奏形成的核心因素。比如金聖歎在論述《水滸傳》讀法時提出「極不省法」、「極省法」、「欲合故縱法」、「橫雲斷山法」等，這些圍繞情節的開合、張弛的「讀法」其實是《水滸傳》情節節奏的表現形態，這些情節節奏作用於讀者的閱讀心理，起到了很好的心理應和效果，因此，我們說，情節節奏相對於時間節奏來說，前者更注重讀者與文本的交流性，而後者則是一種闖於文本的時間的定量分析。中國古代白話小說作為通俗小說，對情節的注重與其鮮明的讀者交流指向有著不可分割的關係。古代評點家們很敏銳地發現了這些小說情節節奏的特徵。不但金聖歎，再如毛宗崗在《三國演義》讀法中論及小說情節節奏的「橫雲斷嶺」、「將雪見霰、將雨聞雷」、「笙簫夾鼓、琴瑟間鐘」等等。

依據形成的條件，話本小說情節節奏可分為不同的類型，但這些類型很難做一種非常嚴格的定性，而只能說大致如此。同時，話本小說的情節節奏應該說是一個複雜的存在。

其一，性格節奏：人物性格成為小說情節節奏的形成條件。人物性格影響小說節奏的情況在《清平山堂話本》卷二之「快嘴李翠蓮」中非常典型，李翠

〔註14〕朱光潛《詩論》，北京出版社 2005 年版，第 149 頁。
〔註15〕黃霖、李桂奎、韓曉、鄧百意《中國古代小說敘事三維論》，上海世紀出版集團上海書店出版社 2009 年版，第 388 頁。

蓮性格剛直，心直嘴快，蔑視一切封建禮法，鋒芒畢露，其毫不妥協的叛逆性格用節奏感極強的語言表現出來，形成了小說明快的語言節奏，而人物性格決定了小說情節的發展脈絡和極其鮮明的快節奏。《警世通言》卷32「杜十娘怒沉百寶箱」中，杜十娘剛烈而富有心計的性格完全控制了小說的情節節奏，杜十娘對李甲一次次不顯山不露水的資助、與鴇母的較量、尤其是百寶箱的秘密，若隱若現直到最後的高潮處才揭示出來，而且是通過杜十娘親手一層層揭開，故事的節奏因為人物的性格而極富心理內涵。

其二，線索節奏，話本小說是一種線性敘事，這在上一章筆者已經做了論述。無論是單線糅合結構還是多線聚合結構，話本小說一般情況下會在多條線索下推進故事，那麼，不同線索的交替布局會形成各種情節的中斷和延續，這樣就會形成故事情節的跳躍，由此形成線索節奏模式。

其三，敘述節奏，話本小說的敘事是在「擬書場格局」下進行的，敘述者的不斷「跳躍」形成了話本小說特有的敘述格局，有時候，敘述者的這種強勢「現身」會破壞故事情節的流暢性，這種人為的情節中斷形成了話本小說一種特有的節奏，即敘述節奏。李漁的作品就明顯地具有這一特點。不同的是，一般話本小說小說敘述者在中斷情節的時候會採取直接現身，其方式也是對故事進行評論、說明或者假設，但李漁卻不同，他採用的方式是故意中斷而且對這種方式還津津樂道，他不但評論故事，而且還對這種中斷情節的行為本身給予評論，給出中斷的理由。

其四，異時空節奏，話本小說敘事中採用大量的異時空敘事，這在中國古代小說史上是一個傳統，無論是先秦神話傳說、兩漢及魏晉志怪、還是唐傳奇，採取非人類現實時空的敘事隨處可見，話本小說也繼承了這一傳統，雖然凌濛初宣稱要敘述「耳目之內」之奇，但在具體的創作中，包括凌濛初在內的話本小說作者很難做到這一點，實際情況是，話本小說往往採取異時空的方式來加速故事情節的節奏，或者控制故事運行的方向，甚至異時空已經成為話本小說推進故事的核心手段之一。於是我們會發現，話本小說，比如「三言二拍」，幾乎達到篇篇說夢的地步，夢境已經成為話本小說重要的「敷演」故事的手段。還有另一部分小說則敘述仙境、陰曹地府等等非現實時空，這些非現實時空一般會與現實時空進行錯位對接來使小說的情節節奏發生大幅的躍動，這類小說在話本小說中所佔比重較小。異時空敘事一般會起到使故事加速的作用，這樣就會使故事的節奏加快。

綜上所述,話本小說的情節模式基本圍繞與接受者的交流關係展開。更為重要的是,在話本小說大量的文本實踐中,形成了一系列成熟的情節套路,構成中國古代通俗小說敘事中基本的故事構築方式,這對於 17 世紀通俗小說敘述程式化的形成起到了推波助瀾的作用。情節模式的交流性的意義在於,一種創作潮流的出現絕非是作家一方一廂情願的結果,而是有著深厚的社會文化背景,它不是一個單一的文學事件,而是整個文學活動的鏈條均參與了文學文本最終方式的構築。這是一種綜合性的文學現象。

第四節　文化敘事的交流性框架:遵從式文化敘事與背反式文化敘事

話本小說有兩種基本的文化敘事模式:遵從式文化敘事和背反式文化敘事。所謂的遵從與背反,主要是指對於主流道德倫理和意識形態來說的,即話本小說的敘事時常表現為對大眾所奉行的道德倫理、意識形態的遵從或者背反。這是話本小說經過文人加工、創作之後所形成的文化敘事現象。正如趙毅衡所說:「讀文人化文本時,讀者始終被提醒注意全文的倫理邏輯,因為每個部分都為這個倫理主題服務。而這個倫理主題,與社會道德規範的關係,可以是『順應』的,也可以是『異見』的」〔註16〕。但是,更加複雜、更加微妙的是,話本小說所表現的對於主流價值的「背反」往往以回歸主流價值收場,也就是說,背反的姿態得出的是遵從的結論,這就非常清晰地表現出話本小說創作者在迎合讀者(多為當時新興的市民階層)審美心態和迫於主流價值壓力下的矛盾心態。話本小說無疑為我們勾勒出明末社會面臨經濟、社會、意識形態轉型時期文人思想矛盾的時代面影。

一、遵從式文化敘事

話本小說作為通俗小說,對主流文化的遵從始終是其價值取向的主要方面。對於主流價值的遵從是話本小說作者自覺的行為,比如馮夢龍在《古今小說序》中指出,「大抵唐人選言,入於文心;宋人通俗,諧於里耳。天下之文心少而里耳多,則小說之資於選言者少,而資於通俗者多。試今說話人當場描

〔註16〕趙毅衡《意不盡言——文學的形式——文化論》,南京大學出版社 2009 年版,第 178 頁。

寫，可喜可愕，可悲可涕，可歌可舞；再欲捉刀，再欲下拜，再欲決脰，再欲捐金。怯者勇，淫者貞，薄者敦，頑鈍者汗下。雖小誦《孝經》、《論語》，其感人未必如是之捷且深也。噫，不通俗而能之乎？」〔註17〕在《警世通言敘》中指出「《六經》《語》《孟》，譚者紛如，歸於令人為忠臣、為孝子、為賢牧、為良友、為義夫、為節婦、為樹德之士、為積善之家，如是而已矣。經書著其理，史傳述其事，其揆一也。理著而世不皆切磋之彥，事述而世不皆博雅之儒。於是乎村夫稚子、里婦估兒，以甲是乙非為喜怒，以前因後果為勸懲，以道聽途說為學問，而通俗演義一種遂足以佐經書史傳之窮」〔註18〕。

　　因此，話本小說對主流倫理道德等價值的遵從往往表現為一種自覺的行動。從一些話本小說集的取名就可以看出這一點。如「三言」、《石點頭》、《醉醒石》、《型世言》、《鴛鴦針》等等，無不表現出對於勸懲的追求，而這種追求直接以維護主流倫理道德為目的。

　　孝悌觀念是中國傳統文化中極為重要的倫理觀念，歷代封建王朝無不以「孝」治天下，百善孝為先，把孝列為百善之首，可見對之的強調。孝、悌之所以連在一起，是因為悌是孝的表現之一，是指兄弟之間和睦團結，而兄弟之間的相互愛護直接影響到對父母的孝敬，或者兄弟之間良好的關係直接就是孝的一部分，因此，孝、悌常放在一起作為國人重要的道德倫理規範。

　　《喻世明言》卷10「滕大尹鬼斷家私」中就極為辯證地討論的「孝」與「悌」之間必可分割的關係：

> 依我說，要做好人，只消個兩字經，是「孝悌」兩個字。那兩
> 字經中，又只消理會一個字，是個「孝」字。假如孝順父母的，見
> 父母所愛者，亦愛之；父母所敬者，亦敬之。何況兄弟行中，同氣
> 連枝，想到父母身上去，那有不和不睦之理？

　　小說寫倪太守長子倪善繼在太守死後對兄弟善述及其母梅氏的刻薄對待，以至於對簿公堂讓本來屬於自己家的財產讓滕大尹占去，善繼不孝不悌付出了代價。

　　《醒世恒言》卷二「三孝廉讓產立高名」的入話一口氣講了三個和孝悌有關的故事，第一個故事講田氏三兄弟中老三之妻田三嫂自私貪財攛掇老三與

〔註17〕丁錫根編著《中國歷代小說序跋集》，人民文學出版社1996年版，第773～774頁。

〔註18〕黃霖、韓同文選注《中國歷代小說論著選（上）》，江西人民出版社2000年版，第230頁。

兩個哥哥分家，結果致使家中老紫荊樹枯萎，三兄弟頓悟，老大痛哭：

> 吾非哭此樹也。思我兄弟三人，產於一姓，同爺合母，比這樹枝枝葉葉，連根而生，分開不得。根生本，本生枝，枝生葉，所以榮盛。昨日議將此樹分為三截，樹不忍活活分離，一夜自家枯死。我兄弟三人若分離了，亦如此樹枯死，豈有榮盛之日？吾所以悲哀耳。

於是兄弟三人決定不再分割家產，田三嫂依然不願，老三要將其逐出家門，被哥哥攔下，田三嫂羞慚自縊而死。

「朋友之義」，在話本小說中也是大力宣揚。如《警世通言》卷一「俞伯牙摔琴謝知音」；《喻世明言》卷七「羊角哀捨命全交」、卷八「吳保安棄家贖友」；《醒世恒言》卷 10「劉小官雌雄兄弟」、卷 18「施潤澤灘闕遇友」；《初刻拍案驚奇》卷 20「李克讓竟達空函　劉元普雙生貴子」等等等等。尤其「李克讓竟達空函　劉元普雙生貴子」，把朋友之義寫到了極致，李克讓喜中進士上任錢塘縣，但上任未及一月便一病不起，死前給妻子一封信讓他們以朋友的名義投奔劉元普，但李克讓與劉元普從未謀面，也不相識，李克讓只是聽說劉元普仗義疏財，不得已在走投無路之際想出這樣的辦法。劉元普得到信件，拆開一看竟無一字！但劉元普的舉動卻出人意料，他不但承認自己是李克讓的朋友，而且還對李克讓妻兒照顧有加，並培養李克讓之子成才。即使多年相處、友好的朋友也無非如此！朋友之義是中國傳統文化中非常動人的道德情操，歷朝歷代備受推崇，因此，話本小說在這方面尤其顯示了對之的遵從。

在話本小說中，對於傳統文化的遵從還表現在對於忠義、勤勞、仁義等等傳統價值的推崇，話本小說從不懷疑這些價值，而這些基本的價值規範也是不容懷疑的，即使至今也是規範人們行為的最為核心的價值。

二、背反式文化敘事

除了對於傳統文化中一些主流倫理道德等等基本價值規範的遵從外，話本小說還有另一種情況，即對某一些封建價值規範的背反。明中期以後，社會思想漸趨多元，尤其是王陽明、李贄、公安派等等對人性的倡導從某種程度上動搖了封建社會所奉行的「存天理滅人慾」思想，他們在一定程度上肯定人的情慾、肯定人的自由心性。馮夢龍倡導「情教」與這一思想潮流不無關係。因此，反映在話本小說中，我們發現在對人的欲望的描寫中顯示出對於封建倫理的某些背反現象，比如貞潔觀念、金錢觀念、愛情觀念等等，這些在一定程度

上衝破了封建倫理束縛，表現出一種新的價值取向。

1. 貞潔觀念

　　貞潔觀念是中國封建社會對女性性規範的核心，這種觀念在話本小說中呈現出一種矛盾狀態，一方面，話本小說宣揚了這種觀念，而另一方面，話本小說又對人的情慾持肯定態度，這種看似矛盾的狀態客觀上反映了明末社會人性觀念的覺醒和女性地位的微妙變化。在話本小說中，一方面小說常常以「戒色」進行勸懲教化，一方面又對男女性事大釋渲染，表現出一種明知故犯的矛盾心態。貞潔與情慾往往同時出現在作品之中，但往往向後者傾斜，小說對情慾的渲染使貞潔觀念作為勸懲目的邊緣化。這種局面形成的原因一是因為明末社會風氣在商業大潮的衝擊下變得輕薄奢靡；二是因為讀者對話本小說的反向塑形作用，即讀者以購買行為來表達興趣，坊刻者因牟利而對話本小說作者的創作行為產生影響；三是因為市民階層崛起無論在社會風氣上還是知識分子上都會受此影響，並以各種形式表達新興階層的聲音。因此，話本小說無論寫作形式還是思想表達都不是一種純粹的文學藝術活動，而是摻和了各種因素，在各方交流磨合基礎上形成的通俗小說創作潮流。

2. 做官與發財

　　在中國漫長的封建社會，從隋唐確立科舉取仕制度到明清時期已經逐漸成為封建社會鉗制讀書人思想的統治工具，做官成為讀書人最終、唯一的歸宿，官本位形成中國人思想深處揮之不去的潛在意識，並反過來影響中國人的行為方式。但在中國主流文化中，做官與發財是一對在「觀念」中矛盾的價值，人們往往把「官清如水」、「正大光明」來作為做官的最高境界，而官員們也最忌諱把做官與發財聯繫在一起。但在話本小說中，做官與發財成為一種被認為毫無疑義的行為，話本小說從不忌諱做官的人利用自己的手中的權利為自己謀得財富，這是一種有悖於主流價值規範的思想，但體現了明末社會人們對財富的嚮往，對人的財富欲望的肯定，話本小說的適俗性由此可見一斑。比如在《警世通言》卷 31「趙春兒重旺曹家莊」中極其細緻地描繪了官場中權錢交易，小說中通過趙春兒與曹可成的對話揭開了官場權錢交易的內幕：

　　　　過了幾日，可成欣羨般監生榮華，三不知又說起。春兒道：「選這官要多少使用？」可成道：「本多利多。如今的世界，中科甲的也只是財來財往，莫說監生官。使用多些，就有個好地方，多趁得些銀子；再肯營於時，還有一兩任官做。使用得少，把個不好的缺打發你，

一年二載，就升你做王官，有官無職，監生的本錢還弄不出哩。」

選官的大小與花費的銀子有直接關係，更為關鍵的是官員的大小、官缺的好壞又與將來撈到的好處成正比，如此循環，可以看出官場的內幕，而當趙春兒千方百計幫丈夫選了福建同安縣二尹，後升任潮州通判，後又補太守之缺執掌府印，後激流勇退，攜三年宦資約有數千金回鄉。可見做官與發財直接相關。而且在小說結尾對趙春兒贊助丈夫的舉動給予讚揚，可見，體現作者聲音的議論傳達出一種對做官發財認可的信號。

在《喻世明言》卷 19「楊謙之客舫遇俠僧」中的楊謙之到貴州安莊縣任知縣，該縣乃蠻荒之地，楊謙之得遇一俠僧推薦的寡婦李氏幫助，歷經許多磨難，小說中揭示了官員斂財的內幕：

> 夷人告一紙狀子，不管准不准，先納三錢紙價。每限狀子多，自有若干銀子。如遇人命，若願講和，里鄰干證估凶身家事厚薄，請知縣相公把家私分作三股。一股送與知縣，一股給與苦主，留一股與凶身。如此就說好官府。蠻夷中另是一種風俗，如遇時節，遠近人都來饋送。楊知縣在安莊三年有餘，得了好些財物。凡有所得，就送到薛宣尉寄頓。這知縣相公宦囊也頗盛了。

楊謙之在任三年，多虧李氏幫助，撈了許多錢財。令人注意的是楊謙之與李氏的關係，在任上他們是夫妻，而這種夫妻關係其實就是一種共同撈錢的關係，最後，他們二人與那個僧人一起對所得財物進行了瓜分：

> 長老主張把宦資作十分，說：「楊大人取了六分，侄女取了三分，我也取了一分。」

可見，做官與發財關係極為緊密。而同樣令人注意的是隱含作者的態度，即對僧人、楊謙之和李氏之間相互幫助予以讚美，而對當官與發財卻保持沉默，而從小說所體現出的傾向性來看，當官與發財似乎是自然的事而無須大驚小怪。

3. 女子無才便是德與陰盛陽衰

中國封建社會對婦女地位極度壓縮，婦女幾乎被剝奪了任何政治權利、經濟權利、受教育權利等等，「女子無才便是德」成為對女性品德的標誌性要求。在家從父，嫁出從夫，夫死從子，守節、守孝如此等等。而且還時常處於婚姻的被動地位，只有丈夫休妻，而沒有妻子主動與丈夫離婚，只有對婦女行為限制的「七出之條」，而無對丈夫的任何約束。因此，女性在古代中國是沒有地

位可言的。但在話本小說中，卻出現了迥異於上述封建倫理的女性形象，她們勇敢、有智謀，而且表現出比男性突出的優點和膽識。比如我們反覆舉例的《初刻》卷19「李公佐巧解夢中言　謝小娥智擒船上盜」中勇敢的謝小娥，堅毅果敢，有智謀，靠自己的勇敢深入賊窩，手刃仇人。《二刻》卷17「同窗友認假作真　女秀才移花接木」中女子聞蜚娥女扮男裝突破封建制度不讓女性入學限制，出入黌門，學得滿腹學問，而且機智過人，表現出了女性的聰明才智。上舉二例均是女扮男裝，可見，在封建社會，女性要想突破觀念限制多麼不易。除此之外，話本小說還有一部分寫女性對男性的資助，形成中國古代小說特有的「女助男」敘事母題﹝註19﹞，比如上舉《警世通言》卷31「趙春兒重旺曹家莊」、《喻世明言》卷19「楊謙之客舫遇俠僧」、《西湖二集》卷20「巧妓佐夫成名」均是「女助男」模式。《型世言》卷18「拔淪落才王君擇婿　破兒女態季蘭成夫」中王小姐不但對李公子在經濟上資助，而且在精神上予以鞭策、鼓勵，表現出了一個女子的智慧與膽識，比如她對李公子這樣說道：「丈夫處世，不妨傲世，卻不可為世傲，你今日為人奚落，可為至矣，怎全不激發，奮志功名！」所有這些「女助男」故事均表現出了一種「陰盛陽衰」狀態，對封建主流價值對女性的限制以極大的抨擊，顯示出話本小說敘事對主流文化背反的一面。

由此可見，話本小說儘管對主流文化採取趨從姿態，但在一定程度上顯示出下層文人對於封建社會所標榜的價值觀的背反姿態，對主流文化的背反敘事無疑是話本小說文人化的一部分，即在本節開頭所引趙毅衡先生的觀點，文人化的表現是在對主流文化「順從」之外還有對之的「異見」，而這種「異見」就是通過背反式文化敘事來表現的。

第五節　思想的形式化：話本小說「交流詩學」 系統的形成

通過對話本小說從文體、結構、母題、情節、節奏、文化敘事等方面的考察，我們有充分的理由相信，話本小說以其卓絕的理論倡導和文本實踐，創造了中國古代白話小說敘事的民間方式。話本小說文本的理論貢獻是17世紀通

﹝註19﹞ 有學者對此有詳細論述，見李桂奎《元明小說敘事形態與物態世態》上海古籍出版社2008年版，第六章。

俗小說藝術與審美方面的重要收穫，是通俗文學思潮的重要組成部分。話本小說創作的繁榮使古代不登大雅之堂、不為主流文學所容、在民間自生自滅的小說形式逐漸走向文學的中心，並形成一種強大的思想潮流，這對於明清小說的繁榮起到了極為關鍵的作用。這種「民間方式」以中國特有的民間「說話」藝術的「交流性」為核心構築了話本小說獨特的藝術與審美特徵，這裡，「交流性」並非一般意義上的作者通過文本與接受者之間的情感的、道德的、或者其他方面的交流，而是「交流性」從話本小說生成開始便被置入話本小說的敘事之中，是話本小說藝術性形成的核心；同時，這種「交流性」因其內置的「說──聽」交流關係和文本接受的「寫──讀」交流關係的雙重特性而成為話本小說審美特性的核心。所以，話本小說是以「交流性」為核心構築的藝術與審美的詩學系統，這一系統貫穿了話本小說從生成到文本再到接受的整個運行過程。我們可以把本書的研究結構做如下圖示：

生成──文本（文體、情節、結構、文化、意識形態）──接受

從這個圖示我們可以看出筆者的目的是想從生成開始到文本的接受對話本小說生命的整個流程做一種全方位的考察，以期從中發現貫穿其中的藝術和審美特性。其中以文本內部的藝術和審美特性的考察為中心。通過對話本小說生成的考察，筆者發現其生成模式對文本藝術和審美特性的形成具有強大的塑造作用。這裡有三個相關聯的層面：

其一，「說話」藝術的交流性生成特性已經內化到了話本小說內置的「擬書場」敘事方式之中。

其二，這種內化的交流特性成為話本小說藝術和審美特性的核心。

其三，讀者的接受過程是這種交流性獲得實現的關鍵。

由此我們看出，話本小說絕非簡單的把書場內置，而是增加了書面文本只有在「讀寫」交流模式下才可能出現的情況，比如取材的讀者意識、心理描寫、情節和結構精緻化、媚俗傾向等等。由此可見，交流性是話本小說從生成、文本內部特性到讀者接受最核心的特性，它不僅是一種宏觀的文本運行方式，而且更為重要的是一種藝術方法。話本小說以交流性為基礎構築了一整套完善的敘事系統，筆者將之命名為交流詩學系統。這一系統的提出為我們理解話本小說乃至明清通俗小說提供了一個獨特視角。同時對生成過程的考察為話本小說交流性藝術和審美特性的生成提供了一個源生性的依據。西方經典敘事學為敘事的文本內部研究提供了一個非常實用，堪稱完美的理論工具；後經典

敘事學則突破文本從修辭性、認知、女權等等維度對敘事作品進行全方位的考察。但我們發現，這些研究均難以從作品整個生命流程的角度來全面考察作品在每個階段的運行姿態，以及每個階段之間的交叉影響。對話本小說的研究無疑從這個方面提供了一個思路。因此，話本小說以其獨特的生成模式、敘述形式和接受模式為敘事理論研究的拓展提供了支持。任何藝術的產生絕非憑空而成，而是包含了與生俱來的先天特性，因此充分考慮生成特性與作品藝術與審美特性之間的關係，對敘事理論來說無疑具有啟發價值。正因為對話本小說的研究不是從單一的文本形式出發，而是綜合考慮了其形成的社會、作者、接受等等因素，才讓我們清晰地看到貫穿於話本小說生命始終的交流特性。交流，意味著不是一種因素（一種因素構不成交流），而是多種因素的綜合。這是一種更寬範圍的文化視野。話本小說的交流特性存在於多個層面：

其一，生成層面：

文化語境→作者狀況（身份、處境、思想）→文本←坊刻主（商業性）←讀者（指與作者處於同一個文化語境的讀者）。

這一圖示勾列了話本小說文本生成的影響因素，和這些因素圍繞話本小說的交流關係，由這種關係可以看出，話本小說的生成並不是一種自由狀態，它受到多種因素的支配。是多種因素交流磨合的結果。這種生成狀況在第二章有詳細論述。

其二，文本層面：

內置擬書場：虛擬說話→人←→看官

這種看似簡單的交流圖示實際上構築了話本小說敘述的基本特徵。話本小說的文體特徵、情節和結構模式、文化敘事與意識形態等等無不受到這種「擬書場敘述格局」的支配。

其三，接受層面：

文本（歷史流傳物）←→讀者（歷代讀者）

文本完成之後進入歷史流傳階段而成為歷史流傳物，因此它面對的是一個不斷變化的讀者群，文本與讀者之間的交流雖然不會存在生成時期讀者對文本塑形的參與性影響，但是這一階段的歷代讀者會以篩選的形式對話本小說的命運起作用。同時，在文本進入接受階段之後，讀者左右了文本的價值判斷，讀者意識形態的歷史性為審美的歷史維度的生成提供了支持，審美在歷史的層面與文本構成了交流關係。

　　以上三個層面的交流圖示之間並非互不相干，而是相互交流、相互影響。因此，論文雖然聚焦於第二個層面，但對於第一、三兩個層面給予了不同程度的關注，並探索三者之間的影響與交叉關係。通過本書的論述，我們發現話本小說有一個貫穿生成、文本、接受三個階段的核心特性：交流性。話本小說交流性的發現使我們對它的研究從單純的文本中跳出來，不但關注時代環境對其的塑形作用，而且關注這種因交流而塑形的藝術作品怎樣又以交流性為其藝術核心和以交流性為其審美核心和接受核心。交流性是話本小說藝術和審美的核心特性，是同時性的，即交流性的藝術同時具有交流性的審美。筆者在論述中把二者交融到了一起，因為二者具有不可分割性。

　　總之，交流不但是話本小說的生成方式而且是文本組織方式和接受方式。從藝術角度來說，交流是話本小說最為核心的藝術方法，無論從文體還是結構、情節、文化等等文本自身藝術現象來看，交流都作為一種核心的藝術方法而參與了話本小說藝術性的營造。從審美角度來說，話本小說文本形制來源於接受者與作者的交流互動，而且從文本接受來說，交流性已經成為話本小說接受的獨特方式，意識形態在歷時的接受過程中逐漸從融洽走向背反，這是一種交流結果，是交流的歷史性帶來的獨特的接受現象。這不但印證了文本的豐富性，而且從文本交流的角度呈現了人文思想、道德倫理的歷史性變遷。

　　話本小說以交流性為核心構築的文本詩學系統並非是一種簡單的文學事件，而是具有了更為深廣內涵。在話本小說強勢化、主流化的思想背後，我們發現，話本小說融合了文言和白話兩種敘述的形式要素，繼承了中國傳統書面敘事和口頭敘事的故事構築方式，創作出獨具特色的文本形式，在這種看似沒有傳達作者個人思想的表層敘述背後，其實融化了作者更為深刻的思想。換句話說，話本小說是用一種融合多種傳統的敘述形式來傳達一種特立獨行的思想，這種思想具有明代中後期人本主義個性解放的主要內涵，形成一種姿態下移的，更具人性化的民間立場。形式本身就是思想。

第四章　從東京小說到杭州小說：
17世紀「城市小說」的變遷

　　「城市小說」的出現是17世紀通俗文學思潮深化的具體表現之一。中國古代小說受史傳影響，多以人物傳記為主，即使一些非現實文本，如志怪小說，也多採用傳記模式。這種史傳範型在17世紀被打破，即「城市小說」的出現。在話本小說中，一直存在「東京小說」，即以東京汴梁作為故事發生背景的小說，但直到「杭州小說」出現之後，才逐漸被意識到「東京小說」的價值。城市文化及其作為背景的地域文化參與小說的文本建構，使小說呈現明顯的地域特徵，這是17世紀小說對古代小說史的貢獻之一。探討由「東京小說」到「杭州小說」的變遷，可以發現17世紀地域小說的發展脈絡。

第一節　作為「說話」藝術場景的東京和杭州

　　瓦舍勾欄是宋代「說話」藝術的表演場所，宋元話本中，對於東京和臨安有較多描繪，這構成了明清話本小說中地域小說的前奏。在宋代著作《東京夢華錄》、《夢粱錄》、《武林舊事》中，對開封、杭州市井生活和瓦舍勾欄有著詳細記錄。在張擇端《清明上河圖》中，也可見到「說話」場景，從這副著名的繪畫中，我們對「瓦舍勾欄」有了直觀的理解。

　　《都城紀勝》「瓦舍眾伎」條云：「瓦者，野合易散之意也。」[註1] 這裡，

〔註1〕〔宋〕灌園耐得翁《都城紀勝》，《東京夢華錄》（外四種），遠方出版社2001
　　　年版，第95頁。

所謂「瓦」取瓦解、易散之意。但筆者認為應該還有另一種含義，即從建築格局來理解，所謂瓦舍勾欄，其最初的含義應該指的是表演的場所，即北方人蓋房常用藍色「瓦片」作為頂，用來防雨的建築。而勾欄，則是指用瓦蓋的舞臺並非封閉的場所，其格局往往是一面牆，其餘三面皆用立柱和橫欄，這樣觀眾可以從三個方向觀看表演，這種舞臺格局很大程度上擴大了觀眾的容量。「說話」藝人往往坐在舞臺有牆一面的中間，使得三面觀眾都可以看到。傳統舞臺即繼承了這種格局。只不過，有的舞臺只是一面面對觀眾而已。因此，筆者認為，所謂的「瓦舍勾欄」代指的「說話」表演場所更多的是一種建築格局命名，而非單純所謂「野合易散」之意。但正因為這種舞臺建築格局的開放性，使得觀眾易於聚散，「野合易散」也並非虛言。這種建築格局在張擇端《清明上河圖》中也有呈現。在圖中，王員外家對面，十字路口孫羊店門口就有一個說書人。由《清明上河圖》可見，街兩邊的店鋪均是瓦頂勾欄格局，利於開店，也利於藝人表演，遊人宜聚宜散。

作為匯聚全國藝人的都城，東京和杭州均有專門的表演場所，而且規模可觀。《東京夢華錄》「東角樓街巷」條載：

> 街南桑家瓦子，近北則中瓦，次里瓦。其中大小勾欄五十餘座。內中瓦子、蓮花棚、牡丹棚、裏瓦子、夜叉棚、象棚最大，可容數千人。自丁先現、王團子、張七聖輩，後來可有人於此作場。瓦中多有貨藥、賣卦、喝故衣、探搏、飲食、剃剪、紙畫、令曲之類。終日居此，不覺抵暮。〔註2〕

這段話透露出多方面信息，（1）東京東角樓街巷是「說話」藝術匯聚之地，其規模龐大，可容納觀眾數量數千人；（2）在數量眾多的藝人中，有一些突出的，聲名在外；（3）伴隨藝人表演，在勾欄瓦舍形成了表演經濟，各種生意人因此獲利。東京作為宋代都城，匯聚了上百萬人口，是當時世界上首屈一指的國際性大都市，這位「說話」藝術的繁榮提供了兩方面的條件：場地和觀眾。

正因為東京為「說話」藝術的繁榮提供了絕佳的條件，全國著名藝人匯聚於此，在《東京夢華錄》「京瓦伎藝」調記載了不少藝人名號：

> 崇、觀以來，在京瓦肆伎藝：張廷叟，《孟子書》。主張小唱：李師師、徐婆惜、封宜奴、孫三四等，誠其角者。嘌唱弟子：張七七、王京奴、左小四、安娘、毛團等。教坊減罷並溫習：張翠蓋、張

〔註2〕〔宋〕孟元老《東京夢華錄》（外四種），遠方出版社 2001 年版，第 14 頁。

　　成弟子、薛子大、薛子小、俏枝兒、楊總惜、周壽奴、稱心等。……
霍四究，說《三分》。尹常賣，《五代史》。……其餘不可勝數。不以
風雨寒暑。諸棚看人，日日如是。〔註3〕

　　東京，成為了「說話」等諸色藝人活動的大舞臺，是這些通俗藝術活動的
絕佳場景。作為東京的延續，杭州一開始是作為宋代皇帝的臨時駐蹕之地（臨
安），但隨著恢復北方的不可能，杭州就變成了宋代的首都。隨宋代皇帝南遷
的許多人，包括各類官員、貴族、百姓、各類業者等匯聚杭州，杭州隨即成為
東京繁華的替代和延續。杭州的人口中，有一大部分來源於中原地區。元代陳
旅《用吳彥暉韻送揚州張教授還汴梁二首》〔註4〕中即描繪了這種情況：

　　其一
花邊細馬蹋輕塵，柳外移舟水滿津。
莫向春風動歸興，杭州半是汴梁人。
　　其二
匆匆歸去緣何事，要看揚州芍藥花。
定有金盤承絳露，送他梁苑故人家。

　　正因為杭州對東京文化的延續性，東京繁盛的勾欄文化也影響到了杭州，
「聖朝祖宗開國，就都於汴，而風俗典禮，四方仰之為師。自高宗皇帝駐蹕於
杭，而杭山水明秀，民物康阜，視京師其過十倍矣。雖市肆與京師相侔，然中
興已百餘年，列聖相承，太平日久，前後經營至矣，輻輳集矣，其與中興時又
過十數倍也。」〔註5〕《武林舊事》「瓦子勾欄」條，載各種名目的瓦子勾欄，
且記載了這些瓦子勾欄的具體位置，如「南瓦（清冷橋熙春樓）、大瓦（三橋
街）」等等，「如北瓦、羊棚樓等，謂之「遊棚」。（宋刻「邀棚」）外又有勾欄
甚多，北瓦內勾欄十三座最盛。或有路岐，不入勾欄，只在耍鬧寬闊之處。（宋
刻「耍」作「要」）做場者，謂之「打野呵」，此又藝之次者。」〔註6〕在《武
林舊事》中還記載了活躍於杭州的眾多藝人名字，且各有所長，如「諸色伎藝
人」條，把這些藝人分為各種類型，如「書會」、「演史」、「小說」、「影戲」、

〔註3〕〔宋〕孟元老《東京夢華錄》（外四種），遠方出版社2001年版，第33頁。
〔註4〕〔元〕陳旅《安雅堂集》，《元詩選初集》，中華書局1987年版，第1311頁。
〔註5〕〔宋〕灌圃耐得翁《都城紀勝》，《東京夢華錄》（外四種），遠方出版社2001，
　　　　第75頁。
〔註6〕〔宋〕泗水潛夫《武林舊事》，《東京夢華錄》（外四種），遠方出版社2001，第
　　　　408頁。

「小唱」、「雜劇」等等，可見，杭州的「說話」藝術在北宋東京的基礎上又有了很大發展，呈現繁榮局面。因此，從東京到杭州，「說話」藝術並沒有因世事變遷而消亡，而是有了更進一步的發展。這首先與兩宋的承繼，東京市民大規模南遷有著不可分割的關係；其次，「說話」藝術的繁榮與當時城市經濟、文化的發展緊密相關。

兩宋時期是中國傳統「口頭」藝術形成的重要時期，也是中國古代白話小說文本形式和敘事方式形成的重要時期。東京和杭州作為「說話」藝術場景，已經成為一種具有地標意義的心理構成圖式，是一種內化為心理圖式的地理座標和位置參照。可以想見，在藝人的口頭表演中，東京和杭州的各種地理、街道、景點、建築名稱成為這些藝人張口就來、隨意汲取的素材，在瓦舍勾欄表演的藝人以東京、杭州市井的人和事作為素材，以城市的街道、景點、建築等作為故事的發生地，極大限度地拉近了與聽眾的距離。他們表演中的城市井生活就在眼前，是作為「共享知識」與聽眾分享交流的，很容易引起觀眾共鳴。同時，東京和杭州逐漸成為一種攜帶各種心理的、歷史的、政治的、地理的文化因素，影響著當時乃至後世人的日常生活，並成為他們生活的一部分。所有這些除了與東京和杭州的首都功能有關外，還和這些口頭藝術長時期以這兩座城市為表演的藝術場景有關。東京和杭州已經作為一種文化記憶，存在於中國文化的基因之中。

第二節　地方性標誌物：城市地標與敘事場景

承載「東京小說」和「杭州小說」的最重要的方式是「地方性標誌物」敘事。即城市中具有代表性的地點、建築、街道等成為敘事的一部分，並深刻融入小說的故事之中。這種敘事方式是城市小說得以形成的重要標誌。換句話說，所謂城市小說，其內涵不只是在小說中出現城市的名稱，或者以某個城市為背景，其更多的是因為敘事本身所具有的城市特性，比如城市功能、地標、氣候、歷史等非常深入的融匯在小說的故事之中，成為故事不可分割的重要組成部分。而且，這些都是無可替代的部分，是小說故事形成的重要支點。因此，判斷「城市小說」的形成必須以此為參照。

一、東京汴梁的城市地標

東京汴梁作為北宋都城，擁有上百萬人口，是當時世界上首屈一指的國際

化大都市，是北宋政治經濟文化中心，文人、商賈四方雲集。同時，東京打破了唐代都市的市坊界限，廢除宵禁，鼓勵商貿，所有這些都為東京的城市功能注入新的元素，為東京城市發展提供了良好的環境。東京的城市地標深刻影響了以東京為表演場景的兩宋「說話」藝術，並影響了明清通俗白話小說是敘事。這些城市地標進入小說，最著名的有金明池、樊樓、相國寺等。

（1）金明池。金明池是北宋皇家園林，每年定期向百姓開放，是一處遊樂聖地。《東京夢華錄》「三月一日開金明池瓊林苑」有詳細記載：

> 三月一日，州西順天門外，開金明池瓊林苑，每日教習車駕上池儀範。雖禁從士庶許縱賞，御史臺有榜不得彈劾。池在順天門街北，周圍約九里三十步，池西直徑七里許。入池門內南岸，西去百餘步，有西北臨水殿，車駕臨幸，觀爭標錫宴於此。往日旋以彩幄，政和間用土木工造成矣。又西去數百步，乃仙橋，南北約數百步，橋面三虹，朱漆欄楯，下排雁柱，中央隆起，謂之「駱駝虹」，若飛虹之狀。橋盡處，五殿正在池之中心，四岸石甃，向背大殿，中坐各設御幄，朱漆明金龍床，河間雲水，戲龍屏風，不禁遊人。殿上下迴廊皆關撲錢物飲食伎藝人作場，勾肆羅列左右。橋上兩邊用瓦盆，內擲頭錢，關撲錢物、衣服、動使。遊人還往，荷蓋相望。橋之南立櫺星門，門裏對立彩樓。每爭標作樂，列妓女於其上。門相對街南有磚石甃砌高臺，上有樓觀，廣百丈許，曰日寶津樓，前至池門，闊百餘丈，下瞰仙橋水殿，車駕臨幸，觀騎射百戲於此池之東岸。臨水近牆皆垂楊，兩邊皆彩棚幕次，臨水假賃，觀看爭標。街東皆酒食店舍，博易場戶，藝人勾肆，質庫，不以幾日解下，只至閉池，便典沒出賣。北去直至池後門，乃汴河西水門也。其池之西岸亦無屋宇，但垂楊蘸水，煙草鋪堤，遊遊人稀少，多垂釣之士，必於池苑所買牌子，方許捕魚，遊人得魚，倍其價買之，臨水砟膾，以薦芳樽，乃一時佳味也。〔註7〕

金明池風景優美，春天開池，遊人如織，皇帝與民同樂。各種飲食、伎藝、衣服、錢物應有盡有。更有臨水垂釣，且可鮮魚製作美味。可見，金明池作為一處皇家園林，其實相當於都城的公園了。在明清話本小說中，有多處描寫金明池，並以此為故事發生之地。

〔註7〕〔宋〕孟元老《東京夢華錄》（外四種），遠方出版社2001年版，第45頁。

　　金明池是愛情的發生地。《警世通言》卷 30《金明池吳清逢愛愛》中，金明池就是故事發生的場景。東京開封府吳員外之子吳清受趙氏兄弟邀請去金明池遊玩，其理由耐人尋味，「即今清明時候，金明池上士女喧闐，遊人如蟻。欲同足下一遊，尊意如何？」去金明池看美女似乎成為這些青少年遊玩的主要理由。吳公子因此得遇在金明池遊玩的少女愛愛，然後引出一段曲折的愛情故事。《醒世恒言》卷 14《鬧樊樓多情周勝仙》開篇寫道：「宋朝便有個金明池，都有四時美景。傾城士女王孫，佳人才子，往來遊玩。天子也不時駕臨，與民同樂。」本篇金明池和樊樓同時作為故事發生的場景：「如今且說那大宋徽宗朝年東京金明池邊，有座酒樓，喚作樊樓。這酒樓有個開酒肆的范大郎。兄弟范二郎，未曾有妻室。時值春末夏初，金明池遊人賞玩作樂。那范二郎因去遊賞，見佳人才子如蟻。」如此環境遭遇愛情也是情理之中。《警世通言》卷 16《小夫人金錢贈年少》（《京本通俗小說》作「志誠張主管」）中寫道，清明時節，「滿城人都出去金明池遊玩，小張員外也出去遊玩」，因此得遇舊主人張員外。本篇故事一波三折，而小張員外金明池遊玩遇到舊主張員外確實獲知真相的關鍵。

　　上引《東京夢華錄》可知，金明池垂釣也是東京市民的一項樂事，但官府有嚴格規定：「其池之西岸亦無屋宇，但垂楊蘸水，煙草鋪堤，遊遊人稀少，多垂釣之士，必於池苑所買牌子，方許捕魚」，而遊人可以買魚現買現炸，「遊人得魚，倍其價買之，臨水砟膾，以薦芳樽，乃一時佳味也」。但也有因釣魚惹禍的，《警世通言》卷 20《計押番金鰻產禍》中，押番計安，「偶一日下番在家，天色卻熱，無可消遣，卻安排了釣竿，迤邐取路來到金明池上釣魚。」計押番釣得一條金鰻被他的妻子殺掉做飯了，計押番叫苦連天，但已經無能為力。後妻子懷孕，生得一女取名慶奴，就是這個女兒造成了計押番夫婦及其他多人死亡。

　　金明池作為北宋皇家園林，由於定期向普通民眾開放而成為當時著名的人員匯聚之地，是小說中的重要故事場景。

　　（2）樊樓與茶肆。與金明池一樣，樊樓也是明清通俗小說中經常出現的城市地標。樊樓位於金明池邊上，是東京著名酒樓。不但普通市民，就連皇帝也對樊樓情有獨鍾。《東京夢華錄》「酒樓」條載：

　　　　白礬樓後改為豐樂樓。宣和間，更修三層相高，五樓相向，各

有飛橋欄檻，明暗相通。珠簾繡額，燈燭晃耀耀。〔註8〕

　　經歷靖康之難的宋代理學家劉子翬在回憶汴京往事的時候寫有《汴京紀事二十首》，其中一首寫樊樓：「梁園歌舞足風流，美酒如刀解斷愁，憶得少年多樂事，夜深燈火上樊樓。」話本小說中有一部分小說即以樊樓作為故事發生的重要場景。上文例子《醒世恒言》卷14《鬧樊樓多情周勝仙》中，即以樊樓為主要故事背景。樊樓由於緊鄰金明池，因此常常二者相提並論。《喻世明言》卷11《赴伯升茶肆遇仁宗》寫宋仁宗微服私訪，即被樊樓的高大吸引，進去飲酒，小說寫道：

　　　　仁宗依奏，卸龍衣，解玉帶，扮作白衣秀才，與苗太監一般打
　　撈。出了朝門之外，徑往御街並各處巷陌遊行。及半晌，見座酒樓，
　　好不高峻！乃是有名的樊樓。有《鷓鴣天》詞為證：
　　　　「城中酒樓高入天，烹龍煮鳳味肥鮮。公孫下馬聞香醉，一飲
　　不惜費萬錢。招貴客，引高賢，樓上笙歌列管絃。百般美物珍羞昧，
　　四面欄杆彩畫簷。」
　　　　仁宗皇帝與苗太監上樓飲酒，君臣二人，各分尊卑而坐。王正
　　盛夏，天道炎熱。仁宗手執一把月樣白梨玉柄扇，倚著欄杆看街，
　　將扇柄敲楹，不覺失手，墜扇樓下。

　　《赴伯升茶肆遇仁宗》就是以樊樓作為故事的場景，正因為仁宗的扇子被趙旭拾起，才有趙旭在樊樓與宋仁宗相遇，從而獲得翻身機會。由於樊樓與皇家的關係使其在東京眾多酒樓中成為首屈一指的著名地標。甚至樊樓中的夥計也是大家心中的「熟人」。在《喻世明言》卷24《楊思溫燕山逢故人》中，靖康之難流寓燕山的楊思溫就遇到了樊樓的一個夥計，大家同命相連一見如故：

　　　　楊思溫等那貴家入酒肆，去秦樓裏面坐地，叫過賣至前。那人
　　見了思溫便拜，思溫扶起道：「休拜。」打一認時，卻是東京白樊樓
　　過賣陳三兒。思溫甚喜，就教三兒坐，三兒再三不敢。思溫道：「彼
　　此都是京師人，就是他鄉遇故知，同坐不妨。」唱喏了方坐。

　　樊樓在這篇小說中充當了勾起故國之思的重要事物。作為東京符號標記的樊樓無疑成為一種家國變遷的節點性標記。

　　除了樊樓，一些小茶坊也遍布東京的大街小巷。在《簡帖和尚》中，簡帖

僧就是在皇甫松家所在的一個小巷子茶坊內實施他誘騙人妻的計劃的。

（3）相國寺。相國寺是一座有故事的寺廟，它已經超出出家人的修行居所而成為東京人拜佛、購物、遊玩的去處。《東京夢華錄》卷三「相國寺內萬姓交易」條載：「相國寺每月五次開放萬姓交易，大三門上皆是飛禽貓犬之類，珍禽奇獸，無所不有。」〔註9〕而且在相國寺周邊有各種交易場所，勾欄瓦肆等。《東京夢華錄》卷三「寺東門街巷」載：「寺東門大街，皆是襆頭、腰帶、書籍、冠朵鋪席，丁家素茶。寺南即錄事巷妓館。繡巷皆師姑繡作居住。北即小甜水巷，巷內南食店甚盛，妓館亦多。」〔註10〕可見相國寺已經遠遠超出佛教場所的功能。但相國寺的佛教功能依然是重要功能而成為人員匯聚的主要理由。如《水滸傳》中，林沖的妻子就是到相國寺燒香祈子遇到了同樣在相國寺閒逛的高衙內的。同時相國寺又是林沖和魯智深友誼的開始之地。

《喻世明言》卷 35《簡帖僧巧騙皇甫妻》中，皇甫松中計休妻，其妻後被迫嫁給簡帖僧。一年後大年初一，皇甫松倍感寥落，去相國寺燒香：

> 逡巡過了一年，當年是正月初一日。皇甫殿直自從休了渾家，在家中無好況。正是：時間風火性，燒了歲寒心。自思量道：「每年正月初一日，夫妻兩個，雙雙地上本州大相國寺裏燒香。我今年卻獨自一個，不知我渾家那裏去了？」簌地兩行淚下，悶悶不已。只得勉強著一領紫羅衫，手裏把著銀香盒，來大相國寺裏燒香。
>
> 到寺中燒了香，恰待出寺門，只見一個官人領著一個婦女。看那官人時，粗眉毛，大眼睛，蹶鼻子，略綽口；領著的婦女，卻便是他渾家。當時丈夫看著渾家，渾家又覷著丈夫，兩個四目相視，只是不敢言語。那官人同婦女兩個入大相國寺裏去。」

這裡，相國寺成為匯聚線索的重要地點。正因為相國寺的燒香拜佛功能才可能成為皇甫松夫妻再次相見的理由。相國寺作為人員匯聚之地，不但可以燒香拜佛，遭遇惡人（如高衙內之流），還可遭遇愛情。《熊龍峰四種小說》之《張生彩鸞燈傳》中，張生元宵節看燈拾得一方手帕，上面寫有情詩一首，並附有約會日期：「有情者拾得此帕，不可相忘，請待來年正月十五夜於相籃後門一會，車前有鴛鴦燈是也。」相籃即為相國寺。第二年元宵節，張生按照時間地點，果然遇到遺帕女子。

〔註 9〕〔宋〕孟元老《東京夢華錄注》鄧之誠注，中華書局 1982 年版，第 88 頁。
〔註10〕〔宋〕孟元老《東京夢華錄注》鄧之誠注，中華書局 1982 年版，第 102 頁。

《喻世明言》卷36《宋四公大鬧禁魂張》中，閒散人員、生意人等經常出入于相國寺及其周邊。這篇小說改編自元代人陸顯之的《好兒趙正》，陸顯之是開封人，這個話本敘述宋四公兩個徒弟趙正和侯興捉弄慳吝富戶張員外和捕盜官員馬觀察、王殿直的故事。話本中所記汴梁市肆街坊和地方風俗都是陸顯之所熟悉的家鄉情況，所以顯得十分真實。

（4）開封府。開封府是宋元到明清白話小說中經常出現的一個小說場景，是東京汴梁非常重要的標誌性地標。它雖然並非是一種建築或自然式地標，但作為一種權力機關，在白話小說，尤其是17世紀白話小說中具有非常重要地位。特別是在話本小說，俠義小說如《三俠五義》《小五義》，演義小說如《大宋宣和遺事》《水滸傳》《說岳全傳》，及一些公案小說，如《包公案》《龍圖公案》《百家公案》中，是故事中的核心場景。在話本小說中，如《宋四公大鬧禁魂張》等小說中。

二、杭州的城市地標

17世紀話本小說中，以杭州為故事發生地的小說大量出現，多數均以西湖為中心，因此被稱為「西湖小說」。「西湖小說」一詞最早為明清之際史學家淡遷在《北遊錄·紀郵上》中提出，但談遷是找北京書市遇到了杭州周清源，而周清源以寫《西湖二集》聞名，因此，提到「西湖小說」，這裡並非作為一種文學現象提出，而是指周清源寫過有關西湖的小說，如此而已。但隨著明清時期描述西湖小說數量的增加，作為一種小說類型，「西湖小說」才逐漸被人重視。「西湖」也作為杭州城的重要自然地標而成為杭州城市小說重要的表現對象。

在話本小說中，西湖形象大量出現，並取代宋元以來話本小說中「東京小說」而成為一種新的城市小說類型。筆者對話本小說中涉及西湖的小說進行不完全統計，列表如下：

17世紀部分話本小說中「西湖小說」統計

小說集	篇 目	數量總計
喻世明言	第22、23、26、29、30、32、39卷	7
警世通言	第6、7、14、23、28、33卷	6
醒世恒言	第3、16卷	2

初刻拍案驚奇	第 15、16、24、25、26、34 卷	6
二刻拍案驚奇	第 9、14、29、36、39 卷	5
型世言	第 10、14、26 回	3
石點頭	第 10 卷	1
西湖二集	第 1、2、3、4、5、7、8、10、11、12、14、16、20、21、23、24、26、27、28 卷	19
西湖佳話	共 15 篇	15
連城璧	第 9 回	1
十二樓	第 7 卷	1
豆棚閒話	第 2 則	1
總計		67

由此可見，在杭州小說中，「西湖小說」數量可觀，其他杭州地標也以西湖為中心，比如蘇堤、斷橋、靈隱寺等等。因此，西湖作為杭州自然地標成為杭州小說的核心部分。

三、城市地標的敘事功能

在 17 世紀的白話小說中，城市小說以城市地標為主要表現形式，形成獨具特色的小說類型，這是 17 世紀沿海城市經濟發展的必然產物。同時，中國古代白話小說與口頭「說話」藝術具有繼承關係，「說話」藝術講究場面鋪排，總是以場景變換來推動故事進程，正如中國園林藝術「移步換景」，古代白話小說也繼承了這種敘事方式並進行書面化處理，使其更加精緻，更加符合書面文本的敘述方式和閱讀方式。因此，「場面化」的古代白話小說，如話本小說最為常見的空間敘述模式。以 17 世紀話本小說作為考察對象，筆者發現，城市地標作為話本小說空間敘述模式的主要承載者，其具有多方面的敘事功能：

其一，地方性標誌物為小說提供場面化敘事場景，並以場景變換推動故事進程。如《警世通言》卷二十八「白娘子永鎮雷峰塔」，斷橋、金山寺、雷峰塔等標誌性場景的每一次變化都意味著故事進入新的發展階段。《簡帖和尚》故事場景的變化：棗槊巷（皇甫松家）——州衙（開封府）——天漢州橋（汴河銀堤）——婆婆家——相國寺——簡帖僧家——州衙。場景的變化意味著故事的推進。以空間轉換推進故事進程是話本小說場面化敘事的重要特徵。

其二，為線索匯聚提供機會。一般而言，話本小說中的城市地標都是人

員匯聚之地，它為那些平時根本不可能遇見的人提供了相遇、相識的機會，這樣就會產生故事。事實上，古代白話小說中的很多故事就是這樣形成的。也就是說，這些城市地標具有線索匯聚的功能，它使一些不相干的線索匯聚於此，產生碰撞、產生故事。如《水滸傳》中林沖娘子遇到高衙內就是在人員匯聚的相國寺。在話本小說中，這種利用城市地標匯聚線索製造故事的例子比比皆是。如《白娘子永鎮雷峰塔》中白娘子和許宣認識就是在人員匯聚的西湖斷橋。「斷橋」已經成為「西湖小說」經典的愛情場景。《簡帖和尚》中皇甫松就是在相國寺遇到了拐騙自己妻子的簡帖僧，從而獲得線索，重新奪回自己的妻子。

　　城市本身還具有聚散功能，這一功能是城市的一個重要特徵，城市的形成就是人員聚散的產物。它是一個公共空間。如《楊溫攔路虎傳》中楊溫和妻子也是以東京作為聚散中心，經歷了「出京」和「歸京」的過程，一出一歸，世事滄桑。開封府，作為權力的象徵，是線索聚散的重要場景，如《合同文字記》，故事的發生地主要是2個，一是距離東京汴梁城三十里的老兒村，一個是開封府，小說人物、線索的聚散均以汴梁為中心。《簡帖和尚》故事場景中的州衙和相國寺是公共場所，是線索匯聚之地，根據其功能會有不同的敘事場景。

　　其三，場景自身特點為故事提供內容，為行為提供理由。城市地標，作為一個城市標誌性場景，其自身往往具有特殊功能。如相國寺，宋代相國寺首先是一個宗教場所，是一個精神寄託之地，因此，在話本小說中，凡是以相國寺作為故事場景的小說，大多與宗教活動有關，如燒香拜佛，求子還願等等。林沖娘子到相國寺就是為了求子許願的。而皇甫松到相國寺是因為獨自一人百無聊賴，到相國寺燒香。同時，在相國寺周邊是繁華的商業區，即《東京夢華錄》中所謂「相國寺萬姓交易」，因此相國寺及其附近街道就成為各色人等購物、閒逛的絕佳場所，因此林沖娘子才能夠遇到高衙內，而林沖才可能與魯智深相識。皇甫松才能夠遇到打油行者，並為自己洗冤提供機會。

　　東京金明池、杭州西湖是市民遊玩的好去處，但東京金明池並非常年開放，而是在三月開放，同時在清明節遊人達到鼎盛，因為，清明節使得女性可以出門遊玩。因此在話本小說中就出現金明池和西湖在清明節這天遊人如織的情景。這樣一個春光明媚的時節，男女最有可能在金明池或者西湖相遇，並產生情愛故事。吳清金明池逢愛愛、許宣西湖遇白娘子等等。

其四，小說敘事的「地方性標誌物+」模式，即以地方性標誌物為故事場景，然後增加某些故事性因素，比如風俗習慣、節日民俗。如西湖、金明池之於清明節，相國寺之於求神拜佛，市井街道之於街坊鄰里等等。也就是說，地方性標誌物本身不能構成故事性因素，但可為故事的發生提供場所、背景。地方性標誌物往往具有公共性，是人員匯聚之地，五行八作、販夫走卒、街坊四鄰等等均可參與其中。地方性標誌物敘事特性是 17 世紀通俗小說世俗化的重要部分，是小說姿態下移，融入市井生活的重要敘事方式。

第三節　遠景東京與世俗杭州：話本小說中的地域敘事變遷

　　17 世紀城市小說的興起是通俗小說思潮的重要表現。城市小說尤以杭州小說（西湖小說）和東京小說為主。由於話本小說作者多江浙一帶人，因此，他們對杭州的熟悉程度遠遠大於東京汴梁，對杭州的描寫也更加細緻。杭州小說圍繞杭州的人文、歷史、傳說等等為中心，輻射杭州周邊區域，基本上是一種江南風情。相對於杭州小說，東京小說更多的是一種文化記憶，其小說改編多來自宋元話本以及來自宋元的相關筆記、歷史等，因此，明清人眼中的東京是一種歷史傳承，一種記憶，或者是一種相似歷史境遇的同命相連。東京是歷史遠景，杭州是世俗生活；東京是記憶，杭州是當下。從南宋開始，中國文化中心逐漸從中原轉移到東南沿海的江浙一帶，東京敘事和杭州敘事的不同風貌是中國文化地域變遷在小說領域的表達。

一、遠景東京：「東京」作為一種敘事方式

　　杭州小說是伴隨著東京小說的漸行漸遠而形成規模的。換句話說，中國文化從南宋時期的南遷開始，在小說領域逐漸有所表現，杭州小說的崛起就是這種表現之一。由此可見，文化的規模性變遷在文學上的表現要比實際的遷移過程滯後許多。在明清時期的文人自創小說〔註11〕中，東京敘事逐漸減少，但並沒有完全消失，而是逐漸把東京推向遠景位置，越來越模糊。而杭州則逐漸佔據主要位置而成為一定規模的「西湖小說」。究其原因，其一，這是中國文化南遷後在文學領域的表現之一；其二，這是由於話本小說作者大多是江浙閩一

〔註11〕這裡強調自創，與馮夢龍、凌濛初等改編自宋元話本的小說相區別。

帶人，相對於東京，他們更熟悉杭州；其三，杭州一帶城市經濟的繁榮，市民階層的壯大，以及話本小說對市民階層、商人等的表現，使得杭州更符合小說的表達要求。

有些論者認為，東京小說中對東京的描寫太少，很多時候只是一筆帶過，東京在明清小說中已經虛化。其原因是多方面的。小說不是遊記，加上通俗小說重故事輕描寫，對東京的描寫自然就少，再加之明清時期成篇的話本小說，其文化背景已經是商業氣息濃厚的江浙地區，東京只是作為宋元話本殘留或者影響存在，自然不能像杭州小說那樣對杭州的詳細描寫。話本小說中的東京其實已經虛化，已經作為故事的遠景存在。儘管如此，東京作為人文薈萃之地依然有其獨特價值，沒有東京作為背景（遠背景），故事中人物的行動就會失去地域依託，甚至會失去理由，失去很多精神內核，如家國之變、人世滄桑等等。從這個意義上，東京儘管已經被虛化，但其內在精神卻是實的。如果放在歷史變遷的背景上，東京的遠景，恰恰為杭州的近景形成提供了條件。同時杭州小說中亦可見東京的影子。作為兩宋的都城，東京和杭州，在歷史的層面上永遠不可能完全分開。

從話本小說的實際狀況來看，東京小說在宋元話本中表達集中且對於東京的描寫較多，如《剪貼和尚》中對東京街道的熟悉程度，如果對東京不瞭解，是寫不出來的。在《清平山堂話本》中，東京基本是一種「近景」描寫。在17世紀的話本小說中，如馮夢龍「三言」和凌濛初「二拍」中，那些改編自宋元話本的小說明顯比自創小說對東京的描寫多。明末小說集《鼓掌絕塵》中的「花集」涉及東京，但很是簡單，如「聽說汴京有一個人，姓婁名祝，表字萬年」、「你道這個相知姓甚名誰？原來姓陳名亥，卻便是汴京城中人氏」，如此等等，汴京只不過是一個人的籍貫標籤。

在17世紀的大量話本小說作品中，除了那些改編自宋元話本的小說之外，東京已經成為一種虛化的、遠景的存在，東京逐漸從一種具體的故事場景變成了敘事的歷史慣性，這樣，東京就從故事功能變成了一種敘事功能，成為17世紀延續歷史敘事慣性的一種敘事方式。由於17世紀話本小說作者大多是江浙人，這些人也許其祖上就是南宋移民，來自中原，東京就成為這些人文化記憶的一部分，加之明清易代之際更能讓人想起南宋所遇到的相同遭際，更容易引起聯想，因此，儘管東京已經逐漸淡化，但並沒有消失，而是成為話本小說作者慣用的一種敘述方式存在。總體來看，東京作為一種敘事

方式，可有如下功能：

（1）東京作為地理和心理座標

在話本小說中，常常見到這樣的描述：某某，東京人氏，這種描述往往成為一種敘述套路，而在故事中，東京再沒有出現。也就是說，東京只是一種歷史演變的敘述慣性。東京作為一種地理座標，是普通人的一種心理方位，它使閱讀減少了許多不必要的問題，如某個地方究竟在哪裏？同時，東京還是一種心理座標，正因為大宋繁華與其後的兩次異族統治，使很多人對宋代東京有一種懷念之情。東京作為一種地理和心理座標在 17 世紀通俗小說中具有敘述方式的意義。

（2）東京作為故事場景

在話本小說中，尤其是宋元話本中，東京是很多故事的發生場景。如《簡帖和尚》《快嘴李翠蓮記》《宋四公大鬧禁魂張》等。這些故事的發生離不開東京的城市環境，沒有這些環境，有些人是沒有機會接近的，如簡帖僧與皇甫松一家，只有在城市環境才有可能相遇。

（3）東京作為故國之思和懷念和認同

北宋覆亡之後，東京逐漸進入記憶，加之宋代之後兩次異族統治，東京更成為一種故國記憶存在。加之話本小說作者多為江浙人，有些人祖上即來自北宋滅亡後的中原，因此更加強了對東京的故國之思。對故國的懷念也可以加強心理認同，也可以用來影射時局。

總之，「東京」在明清話本小說等通俗小說中，有一個漸行漸遠的過程，隨著這個過程的是「東京敘事」的程式化，它已經遠遠超出一種地域敘事功能而具有敘述方式的意義。

二、兩京之間：文化變遷的歷史側影

北宋靖康之變，宋室南遷，宋高宗駐蹕杭州，名曰臨安。自此，東京汴梁對杭州的影響更加深入了。「宋室南渡，最有代表性的是京師開封的貴族士大夫及居民遷移到杭州，在杭州再造著宋王朝，模仿著東京故事，重溫著京華美夢。杭州的社會面貌隨著這一巨大變化為之一新，政治、經濟、軍事、文化地位陡然提高，在社會風俗等文化方面也承襲了開封傳統、汴京氣象。」「早在北宋時，開封的『風俗典禮』就對杭州有一定的影響。到了耐得翁生活的南宋中後期，杭州作為南宋政府所在地已有百餘年之久，宋人仍堅定不移地視開封

為京師，杭州風俗仍然仰開封為師，即使市肆也模仿著開封風格。」〔註12〕在話本小說中，有多篇涉及靖康之變對於普通百姓的影響，從世俗生活層面描述了宋代兩京之間的文化聯絡，留下了中國文化歷史性變遷的側影。

宋四水潛夫《武林舊事》載這樣一件事，南宋淳熙六年（1179）三月十五日，太上皇宋高宗趙構登御舟閒遊西湖，「至翠光登御舟，入裏湖，出斷橋，又至珍珠園，太上命盡買湖中龜魚放生，並宣喚在湖賣買等人。內侍用小彩旗招引，各有支賜。時有賣魚羹人宋五嫂對御自稱：『東京人氏，隨駕到此。』太上特宣上船起居，念其年老，賜金錢十文、銀錢一百文、絹十匹，仍令後苑供應泛索。」〔註13〕身處臨安（杭州）的宋高宗偶遇來自家鄉汴梁的老鄉，自然要起故園之思，並對賣魚羹的宋五嫂大加賞賜。此事在《喻世明言》第三十九卷「汪信之一死救全家」的頭回、《西湖二集》第二卷「宋高宗偏安耽逸豫」中均有演繹。其實，靖康之變，宋室南遷，隨之南遷的除了王公貴族、官僚地主之外，還有大量的普通百姓。他們因宋高宗駐蹕杭州而匯聚於此，其事蹟雖然不入正史，但在野史筆記、小說等中多有記載。17 世紀話本小說興起，改編了大量的宋元話本，其中有些涉及這些亂離中的普通百姓。

在話本小說中描述了東京人靖康之變亂離時期的慌亂與悲苦。《警世通言》卷 20《計押番金鰻產禍》中，計押番一家，「時遇靖康丙午年間，士馬離亂。因此計安家夫妻女兒三口，收拾隨身細軟包裹，流落州府。後打聽得車駕杭州駐蹕，官員都隨駕來臨安。計安便迤邐取路奔行在來。」簡單幾句話，內中蘊含多少奔波辛苦。

在《醒世恒言》卷 3《賣油郎獨佔花魁》中，花魁娘子辛瑤琴一家就是在靖康之變中走散的：

> 不幸遇了金虜猖獗，把汴梁城圍困，四方勤王之師雖多，宰相主了和議，不許廝殺，以致虜勢愈甚，打破了京城，劫遷了二帝。那時城外百姓，一個個亡魂喪膽，攜老扶幼，棄家逃命。卻說莘善領著渾家阮氏和十二歲的女兒，同一般逃難的，背著包裹，結隊而走。忙忙如喪家之犬，急急如漏網之魚。擔渴擔饑擔勞苦，此行誰是家鄉；叫天叫地叫祖宗，惟願不逢韃虜。

〔註12〕程民生《宋代地域文化》河南大學出版社 1997 年版，第 376 頁。

〔註13〕〔宋〕四水潛夫《武林舊事》，《東京夢華錄》（外四種）遠方出版社 2001 年版，第 430 頁。

　　　　正是：寧為太平犬，莫作亂離人！

　　　　正行之間，誰想韃子到不曾遇見，卻逢著一陣敗殘的官兵。他
　　看見許多逃難的百姓，多背得有包裹，假意吶喊道：『韃子來了！』
　　沿路放起一把火來。此時天色將晚，嚇得眾百姓落荒亂竄，你我不
　　相顧。他就乘機搶掠，若不肯與他，就殺害了。這是亂中生亂，苦
　　上加苦。

　　辛瑤琴與家人走散之後，流落杭州。同樣來自東京汴梁的賣油郎秦重，「也
是汴京逃難來的」，因油鋪缺人手，就雇傭同樣從東京逃難杭州的辛善夫婦，
「朱重問了備細，鄉人見鄉人，不覺感傷。『既然沒處投奔，你老夫妻兩口，
只住在我身邊，只當個鄉親相處，慢慢的訪著令愛消息，再作區處。』」鄉人
相見，除了感傷，還有相互救助。秦重哪裏知道，他的善心使辛瑤琴一家得以
團聚，自己也娶了一位如花似玉的妻子。

　　如此亂離在《警世通言》卷 12《范鰍兒雙鏡重圓》頭回有同樣描述：

　　　　簾卷水西樓，一曲新腔唱打油。

　　　　宿雨眠雲年少夢，休謳，且盡生前酒一甌。

　　　　明日又登舟，卻指今宵是舊遊。

　　　　同是他鄉淪落客，休愁！月子彎彎照幾州？

　　　　這首詞末句乃借用吳歌成語，吳歌云：「月子彎彎照幾州？幾
　　家歡樂幾家愁，幾家夫婦同羅帳，幾家飄散在他州。」此歌出自南
　　宋建炎年間，述民間離亂之苦。只為宣和失政，姦佞專權，延至靖
　　康，金虜凌城，擄了徽欽二帝北去。康王泥馬渡江，棄了汴京，偏
　　安一隅，改元建炎。其時東京一路百姓懼怕韃虜，都跟隨車駕南
　　渡。又被虜騎追趕，兵火之際，東逃西躲，不知拆散了幾多骨肉，
　　往往父子夫妻終身不復相見。其中又有幾個散而復合的，民間把作
　　新聞傳說。正是：劍氣分還合，荷珠碎復圓。萬般皆是命，半點盡
　　由天！

　　這篇小說頭回寫陳州徐信遭靖康之變，與妻子逃難，路遇潰兵劫掠與妻子
失散，後救助鄭州逃難王氏，同命相連結為夫妻。幾年後在建康城外茶肆巧遇
王氏丈夫列俊卿，而此時列俊卿已經別娶，他的妻子不是別人，而是徐信之妻，
於是各認舊日夫妻。小說故事雖然過於巧合，但在亂離之中中原百姓相互救
助，共渡難關的情景，還是讓人動容。

　　靖康之變，中原十室九空，有的死於戰火，更多的百姓跟隨宋室南渡，在《喻世明言》卷十七「單符郎全州佳偶」中這樣描述：「話說西北一路地方，被金虜殘害，百姓從高宗南渡者，不計其數，皆散處吳下，聞臨安建都，多有搬到杭州入籍安插。」來自北方的移民超過杭州本地人口：「據《幹道臨安志》卷 2，幹道五年（1169 年）前後有戶 26 萬，扣除當地土著人戶 7.1 萬，外來移民及其後裔約 18.9 萬戶左右。」〔註 14〕這些移民來自各個階層，他們在新的環境中各謀生路，上述賣油郎就是底層移民中的一個。在《警世通言》卷二十「計押番金鰻產禍」中描述了計押番一家三口之靖康之亂中，跟隨宋室南渡，打聽到宋高宗駐蹕杭州後，就投奔而來，然後描述了計押番謀生的過程，找到了舊日官員後「依舊收留在廳著役」。

　　其實，伴隨宋室南遷的不光是中原的王公貴族和普通百姓，更重要的是隨著人流動的還有延續幾千年的中原文化。這些小說雖然講述的是人在亂離中的悲歡離合，但也從另一個角度說明，中原文化從此風光不再。南宋人每每回憶東京繁華，總有隔世之感。《東京夢華錄》所記述的不惟東京的繁華，也是一部對東京的懷念之作。著名詞人李清照南渡之後，對北方生活無限懷戀，在《永遇樂》中，李清照回憶：「中州盛日，閨門多暇，記得偏重三五。鋪翠冠兒，撚金雪柳，簇帶爭濟楚。如今憔悴，風鬟霜鬢，怕見夜間出去。不如向、簾兒底下，聽人笑語。」元宵佳節，中州汴梁燈火繁盛，而如今歷經喪亂，唯有落寞而已，哪有心情去欣賞異鄉燈火？如此心情在《喻世明言》卷 24《楊思溫燕山逢故人》（《鄭意娘傳》）中有同樣描述。東京人楊思溫「因靖康年間，流寓在燕山。猶幸相逢姨夫張二官人，在燕山開客店，遂寓居焉。楊思溫無可活計，每日肆前與人寫文字，得些胡亂度日。忽值元宵，見街上的人皆去看燈，姨夫也來邀思溫看燈，同去消遣旅況。思溫情緒索然，辭姨夫道：『看了東京的元宵，如何看得此間元宵？』」按照楊思溫的意思，看了東京的元宵，燕山元宵沒啥可看的。其實並非不願去看，而是那難以排遣的故國之思。因此，當楊思溫遇到操東京口音的家鄉人時，便倍感親切，亂離情緒油然而生。

　　《石點頭》卷 10《王孺人離合團魚夢》也是一篇有關兩京之間的故事。汴梁人王從事在宋高宗初年離開汴梁去臨安，一為避亂，二為前程。王從事夫

〔註 14〕吳松弟《中國移民史》（第四卷）「宋遼金元時期」，福建人民出版社 1997 年版，第 279 頁。

婦到達臨安，因人地生疏租房在妓家匯聚之地，後因談話被壞人偷聽導致王從事妻子被拐賣。王從事之妻歷經屈辱，後嫁於知縣王從古做偏房。後由於工作關係，王從事與王從古交往並得夫妻團聚。後王從事致仕返回汴梁。這篇小說同樣留下了汴梁和杭州之間的故事，留下了亂離之中，普通人的悲歡離合。靖康之變，國破家亡，中原人南遷。中原文化也從此暗淡下去。

　　兩宋交替不是一場簡單的政權更迭，而是對中國文化的地域格局產生重要影響的事件。明清話本小說中所體現的這些遊走於兩京之間的、普通人的悲苦人生，是文化變遷在普通百姓生活中的一種痛苦投射。南宋及其之後的文學作品中，對這一時期反映較實際的政治地理格局稍有滯後。但這些為數不多的小說作品所描寫的普通人的亂離經歷，已經足以看到中國古代文化地域性遷移過程的痛苦。

　　縱觀 17 世紀東京小說和杭州小說的變遷，可以看出，東京小說表現最多的是東京夢華、市井街巷、標誌景致、亂離心態；杭州小說表現最多是文人西湖、世俗西湖、風月西湖、幻化西湖。東京是記憶，杭州是風情。

　　實際上，17 世紀，明代人經歷了和兩宋交替相似的歷史境遇。不同的時代，相似的家國亂離，話本小說對兩宋交替時期普通人的描寫很能激起明清交替之際明代人同樣的情感反應。或者說，話本小說以史鑒今，亂離傷感、家國情懷有了一個合理合法的表達方式。

三、從「無意」到「自覺」：從東京小說到杭州小說

　　無論宋元話本還是明清小說，東京的存在均處於一種「無意」狀態，就是說，東京在小說中並非作者刻意為之，而是信手拈來，自然寫出。因此，東京儘管作為北宋都城，名人事蹟很多，名勝古蹟所攜帶的歷史文化毫不亞於杭州西湖，但由於並非為一座城立傳，因此沒有出現如《西湖二集》《西湖佳話》這樣集中描摹一座城市的小說作品。同時，由於通俗小說的繁盛出現在明清時期的江浙一帶，文化的變遷，歷史的滄桑已經沒有可能為東京提供機會。對於東京的描寫，充滿一個民族的歷史記憶，而對於杭州的描寫則充滿時代感。儘管如此，從宋元到明清，通俗小說中的東京描寫足可為這座曾經的都城立傳，「話本小說對東京的描寫還有所不足，但這並不意味著宋元話本中的東京就是殘缺不全的。畢竟，小說不同於史書，面面俱到也不代表著描寫的深入。無論如何，宋元話本小說共同構成的東京形象，超越了此前小說對任何城市的描

寫，隨著城鎮商品經濟的發展，成為文學與時俱進的典型例證。」〔註15〕

明清之際著名史學家談遷為了寫明代歷史，去北京遍訪明代舊跡、遺老，一次逛北京書市，遇到周清源，提出「西湖小說」概念：「壬辰（順治十一年七月），觀西河堰書肆，值杭人周清源，云虞德園先生門下也。嘗撰西湖小說。噫！施耐庵豈足法哉！」〔註16〕其實談遷並非有意為一種小說類型命名，其意無非是說，周清源寫過有關西湖的小說，如此而已。但從側面說明，周清源的「西湖小說」的聞名。以城市對一種小說類型命名，標誌著17世紀城市小說的形成。正是由於周清源《西湖二集》、古吳墨浪子《西湖佳話》等以「西湖」命名的小說集的出現，還有其他話本小說中有關西湖、杭州描寫的增多，使杭州小說或者「西湖小說」成為17世紀通俗文學思潮的另一種表現形式。正因為「西湖小說」的出現，使我們重新回過頭來認識「東京小說」的存在。換句話說，東京小說是一種「無意」的存在，而「杭州小說」（或「西湖小說」）則是一種「自覺」的書寫。從「無意」到「自覺」是中國古代白話小說成熟的重要標誌。

相比「東京小說」，「杭州小說」對杭州的表現更為細緻，圍繞杭州的自然人文地標「西湖」所形成的歷史故事非常豐富。在《警世通言》卷28「白娘子永鎮雷峰塔」中，有這麼一段描述：

> 許宣離了鋪中，入壽安坊，花市街，過井亭橋，往清河街後錢塘門，行石函橋，過放生碑，徑到保叔塔寺。尋見送饅頭的和尚，懺悔過疏頭，燒了薦子，到佛殿上看眾僧念經。吃齋罷，別了和尚，離寺迤邐閒走，過西寧橋、孤山路、四聖觀，來看林和靖墳，到六一泉閒走。不期雲生西北，霧鎖東南，落下微微細雨，漸大起來。正是清明時節，少不得天公應時，催花雨下，那陣雨下得綿綿不絕。許宣見腳下濕，脫下了新鞋襪，走出四聖觀來尋船，不見一隻。正沒擺佈處，只見一個老兒搖著一隻船過來。許宣暗喜，認時，正是張阿公。叫道：「張阿公，搭我則個。」老兒聽得叫，認時，原來是許小乙。將船搖近岸來，道：「小乙官，著了雨，不知要何處上岸？」許宣道：「湧金門上岸。」

〔註15〕劉勇強《話本小說敘論：文本詮釋與歷史構建》，北京大學出版社2015年版，第28～29頁。

〔註16〕談遷《北遊錄》，中華書局1960年版，第65頁。

　　沒有對於杭州街道的熟悉，這樣的描寫是很難寫出來，這是一種近景描述，寫的很細緻，對於街道之間的串聯如數家珍。只有在「東京小說」《簡帖僧巧騙皇甫妻》中有類似描寫，但於此相比簡略許多。可見，相對於宋代東京，杭州對於生長於明清江浙一帶的話本小說作者來說更為熟悉。杭州對他們來說是一種「近景」。

　　在《西湖佳話》之《白堤政績》、《六橋才跡》等生動地敘述了杭州人捍衛、建設西湖的豪情與壯舉。白居易守杭期間，「竟將一個西湖團團妝點成花錦世界」（《白堤政績》）。蘇軾擔任杭州太守期間，在「堤之兩傍，都種了桃柳芙蓉，到花開的時節，望之就如一片雲錦相似，好不華麗」（《六橋才跡》）。圍繞西湖，有名人事蹟、有歷史傳說、有愛情故事、有岳墳忠跡、更有普通人的故事。而東京小說則沒有出現如此自覺的對一個城市歷史、風土人情的細緻描寫。

　　筆者以 17 世紀話本小說中的「女性」作為統計對象，對「三言」、「二拍」、《石點頭》、《連城璧》、《十二樓》中女性的籍貫或者故事發生地進行統計：

　　部分話本小說中的「女性」涉及東京、杭州、河南、浙江篇目數量統計：

作　品	東　京	杭　州	河　南	浙　江
三言	11	13	19	18
二拍	6	5	6	11
石點頭	1	1	2	9
連城璧	0	0	0	2
十二樓	1	1	1	2
總計	19	20	28	42

　　由上述表格可以看出，馮夢龍「三言」中涉及東京或者河南的與涉及杭州或者浙江的比例差別不大，這一方面說明，「三言」中很多篇目改編自宋元舊篇，延續了自宋以來「東京」故事的慣性，但涉及杭州的小說所佔比例可以看出，杭州作為話本小說的描述對象，在 17 世紀形成了一定規模，如果再加上《西湖二集》、《西湖佳話》等專門寫杭州的小說，那麼杭州小說所佔比例則更大。同時，從總計來看，涉及浙江的小說數量遠遠大於涉及河南的小說數量。另外值得關注的是，東京故事一般處於一種敘事慣性，而杭州故事則更加自覺。話本小說中故事地點或者人物籍貫方面的這種變化，一方面說明 17 世紀話本小說作者多江浙人士，他們更瞭解身邊之事；另一方面說明，中國文化中心的轉移，即由中原地區轉移到江浙一帶，只不過這種轉移在文學領域，尤其

是在小說領域顯得滯後。

　　從東京小說到杭州小說，從無意到自覺，標誌著17世紀城市小說作為一種類型小說的形成。同時，在小說中，東京敘事多多少少有一種帝都情結，有一種權力化象徵，而杭州小說則更多的是一種世俗生活，女性、商人等歷來被視為地位低下者成為杭州敘事的主角。杭州小說的世俗化表明了其身後代表的文化形態與東京小說有著諸多不同。東京小說，更多的是攜帶農耕文明的文化烙印；杭州小說，則更多的是以商業為代表的海洋文明。當17世紀話本小說的描寫對象對準江南大地的時候，我們看到的是以舟船代步行走於江湖的官、商、妓、盜各色人等。我們看到的是商業薰染的人物性格和務實求利的商業文明。以宋明理學為價值追求的中原農耕文明隨著時代的推進，逐漸淹沒於歷史典籍和小說描寫的悄然變化之中。

第四節　古代文化變遷的文學方式：「東京敘事」歷史變遷的文化意義

　　從「東京敘事」到「杭州敘事」的歷史變遷過程，不是一種簡單的文學表達的變化，而是有著更深廣的歷史文化內涵。從小的方面說，這種變遷標誌著開封從帝都到一般都市的歷史性轉變；從大的方面說，它是中國文化中心轉移在文學領域的真實表現。一部「開封敘事」的歷史，是中國政治、經濟、文化變遷的縮影。中國歷史上曾出現幾次文化南遷，但兩宋交接時期的文化南遷使中原地區徹底失去中國文化中心的地位，中國文化開始由內陸農業文明向沿海商業文明轉換。南宋時期的文化南遷不是簡單意義上的政治中心轉移，而是中國社會文化南傾的開始。

　　對於東京的記述在歷代文人筆記中從未間斷，自南宋《東京夢華錄》《夢粱錄》，到金國《歸潛志》，明代《汴京遺跡志》，清代《如夢錄》等，這是一條清晰的線索，從宋代的東京夢華，到《歸潛志》中對蒙古攻打金國汴梁陷落（當時是金國首都南京），再到《如夢錄》對明代汴梁的記述，清晰呈現了開封汴梁在歷史中的沉浮。這條軌跡，基本上是沿著中國文化由中原向東南江浙轉移路線進行。在白話小說中，從《水滸傳》《金瓶梅》，及二者的續作《後水滸傳》《水滸後傳》《續金瓶梅》，到話本小說中的東京，再到《說岳全傳》《三俠五義》《包公案》中的東京開封府，再到清代《歧路燈》的市井開封。我們

可以看到，歷代文人筆記和白話小說基本上呈現的是基本一致的東京汴梁的歷史變遷過程，這一過程實際上呈現了中國文化地域格局的演變，呈現了農耕文明到海洋文明的演變路線。承接「東京敘事」的就是充滿商業氣息和世俗情調的「杭州敘事」，明末清初白話小說「杭州敘事」的崛起有著意味深長的意義。它不但標誌著中國文化中心的地域轉變的完成，而且標誌著「東京敘事」的落幕。無論是文人筆記還是白話小說，東京、開封府、汴梁等不同的稱謂背後是一種文化記憶，「東京敘事」本身即是一種文化記憶，一種對往昔繁華的留戀。而「杭州敘事」則是一種當下生活，有關「杭州敘事」的話本小說作品，雖然也有對杭州的歷史追憶，但基本上都是記述杭州的「光榮」歷史，無論是杭州的締造者錢鏐，還是白居易、蘇東坡，還是白蛇傳的故事，都是魅力杭州的重要內容。而對杭州「當下」的描寫則更具有世俗色彩，從小商販到高級妓女，以及西湖景致下的愛情遭遇，都是和「東京敘事」中的繁華追憶、痛苦留戀等形成鮮明對比。這是兩種不同的文化形態。

「東京敘事」與中國文化地圖。古代白話小說中的「東京敘事」所呈現的文化地域變遷與歷史真實相比呈現滯後狀態。明清白話小說部分改編自宋元話本或者流傳下來的「說話」藝術，其表現往往是一種歷史雜糅狀態，即宋元特色和明清時代狀況的混合，因此，其中的「東京敘事」充滿模糊性，與「杭州敘事」相比遜色許多。而《歧路燈》所描寫的市井開封則非常清晰。中國文化地圖地域性變遷和結構性轉換，由「東京敘事」的帝都想像到「開封敘事」的市井生活，標誌著中國文化權力中心轉移的完成，這是中國文化變遷在小說領域的折射。

漫長的中國古代史，其實是一部北方，尤其是中原人的南遷史。在中國古代歷史上，有幾次規模宏大的中原人南遷浪潮，永嘉南渡、安史之亂、靖康之變是最大的三次南遷，每一次南遷就伴隨著中原文化的向南傳播的過程。前兩次南遷，是在沒有改變中國文化格局的情況下的中原文化傳播，這對於中國整體文化的形成具有非常重要價值。第三次，即靖康之變的中原人南遷，標誌著中國北方徹底失去中國文化中心的地位，以農耕文明為代表的中原文化從此衰落不振，東南沿海由於中原文化的輸入，加上與沿海海洋文明的融合，從而形成了具有海洋文明的文化特色。

崛起於 17 世紀的話本小說，首先是以馮夢龍對自唐宋元流傳下來的話本整理為主，馮氏「三言」多保存宋元舊種，而隨著話本小說的發展，則由整理

演變成創作。因此，話本小說的發展演變歷程實際上呈現了中國文化南傾的過程。尤其是「東京敘事」在話本小說中的演化歷程，其實就是文化變遷在小說中的反映。我們看到，小說中的東京由清晰到模糊，由現場到夢華，由生活現實到無限懷念。同時，在話本小說中還呈現了普通人在南遷過程中所經歷的痛苦，他們的喜怒哀樂、悲歡離合是眾多中原人南遷過程中的真實寫照。

總之，文學上呈現的文化變遷永遠不會和時代同步。其實，靖康之變後，開封淪落，從歷史的中心舞臺退居次要地位，其作為一種自然意義上的文化地域，其文化中心地位就已經不復存在，但東京作為一種文化標記卻影響深遠，以至於幾百年之後的明末清初，東京依然是文學表達的重要對象。而文人筆記也一再延續一種「夢華體」寫作，其對象也是開封。而作為文化現場時期的北宋，卻少有類似《東京夢華錄》這樣記述東京的作品。因此，東京，作為一種文化象徵，在完成自然意義上的退場之後，其作為文化意義上的登場才剛剛開始。直到「杭州敘事」的出現，才找到了替代者。而到清代《歧路燈》中市井開封的描寫，開封才完成了由帝都到普通市井的歷史性轉變。這也許就是中國古代文化中心變遷的文學方式：中國古代文化的地域變遷在不斷的追憶中完成了轉換。

第五章　17 世紀通俗小說中的「易代心態」：以話本小說為中心

　　明清易代之際，對於普通文人來說是一種痛苦選擇，這種痛苦並非來自易代本身，因為易代在中國漫長的封建社會並不新鮮，或者說國人已經習慣了這種「分久必合、合久必分」的歷史循環。但，明清易代不同，正如梁啟超所言：「本來一姓興亡，在歷史上算不得什麼一回大事，但這回卻和從前有點不同。新朝是『非我族類』的滿洲，而且來得太過突兀，太過僥倖。北京、南京一年之中，唾手而得，抵抗力幾等於零。這種激刺，喚起國民極痛切的自覺，而自覺的率先表現實在是學者社會」。〔註1〕作為底層讀書人的話本小說作者群體也受到衝擊。對於明末亂局和明清易代，話本小說作者採取了不同的行為姿態，馮夢龍、凌濛初選擇積極作為來維護一個岌岌可危的王朝，鞠躬盡瘁，死而後已。李漁科考蹭蹬，對新朝廷採取不合作的玩世態度，遊戲人生。艾衲居士則以「豆棚」為書場，營造了「官話」之外的「閒話」空間，並對明亡的歷史教訓進行了全面的反思。更有一些小說如《清夜鐘》、《雲仙笑》、《醉醒石》、《照世杯》等等從不同方面寫出了易代之際的世道人心。

　　由明入清，許多士人難以適應、難以接受，這種狀況表現在各種方面，在異族政權統治之下，漢族士人形成一種特殊的「遺民」群體，「『遺民』不但是一種政治態度，而且是價值立場、生活方式、情感狀態，甚至是時空知覺，是

〔註1〕梁啟超《中國近三百年學術史》，浙江古籍出版社2014年版，第14頁。

其人參與設置的一整套涉及各個方面的關係形式：與故國，與新朝，與官府，以致與城市，等等。」〔註2〕易代之際，話本小說所表現出的「易代心態」，正是這種「遺民」心態在小說領域的表達方式。「易代心態」作為一種易代之際的歷史和文化現象，儘管持續時間不長，但在 17 世紀通俗小說領域有明顯反映。陳大康在論及這一時期的文化思想領域的狀況，用「青黃不接」來概括：

> 通俗小說創作的情形也同樣如此。作《水滸後傳》的陳忱約死於康熙九年，寫了幾部小說的李漁約於康熙十九年去世。至於那時作品較多的天花藏主人與煙水散人，前者在順治十五年已是「淹忽老矣」，後者在次年也感歎自己「二毛種種」，已近暮年，他們以及圍繞在他們周圍的作家與評論家的文學活動都不大可能延伸到清初後期。入清不久時，那些作家無可奈何地親眼目睹了故國的淪亡，親身體驗了顛沛流離之苦。滿腔的悲憤、豐富的人生閱歷以及較深刻的思索都為他們的創作打下了較好的基礎，而且其時與明末相距不遠，他們又都或多或少地受到了那些思想家所鼓吹的或文學作品中所反映出的民主思想的薰陶。但到了清初後期，那些在滿清統治下長大的作者都奉大清為正朔，極少有人再有那種追憶故國的感情；他們生活於和平環境之中，對先前的天下大亂至多只有依稀的印象；同時他們的思想又是在封建正統教育的禁錮下形成的。因此從整體上看，這些人的創作素質遠遜於前期作家。〔註3〕

因此，「易代心態」作為一種文學思想表達，存在於由明入清的這批作家之中，在時間上始於明清易代之際，約結束於康熙後期，即 17 世紀末。換句話說，「易代心態」只不過是明末小說創作的一種自然延續，是時代境遇在小說創作領域的一種投射。是作家通過文學方式對時局的一種曲折思考。易代之際，對於每一個由明入清的士人來說都是一種痛苦選擇，對於大多數選擇生存的士人來說，其在心態上往往經過痛苦的掙扎。「但是生存下來的人又是不幸的，在故明生活過的那段時光是生命中永遠難以捨棄的印記，更何況那是一個人最美好的青少年時代。再加上忠君思想、華夷之辨的薰陶，使有幸存活下來的人在餘生很難擺脫故國情感的糾葛和背叛君國的心理陰影，無法面對殉國殉節的昔日同僚友朋。這種情結使他們在新的王朝裏始終活在內心驚憂愧懼

〔註2〕趙園《明清之際士大夫研究》，北京大學出版社 2014 年版，第 244 頁。
〔註3〕陳大康《通俗小說的歷史軌跡》，湖南出版社 1993 年版，第 236 頁。

的忐忑不安中。」〔註4〕這種狀況在清初的話本小說中有著明顯表現。這些作品所表現的作家的易代心態主要有如下幾種類型：其一，道德教化；其二，對明亡清興原因的思考；其三，遁世心態：對新朝的不合作態度；其四，對逆子貳臣的批判；其五，對時局的影射；其六，對主流價值觀的懷疑、反思與顛覆等等。

第一節　禮教下延：明清易代時期的道德人心

明清易代，社會心理失衡，明中期以來彌漫整個社會的道德危機加劇，加之易代之際儒家倡導的忠孝節義等道德倫理規範崩塌，社會精神秩序混亂。在這種「易代」劇變背景下，思考家國興亡和道德人心之間的關係，並對這種滑到谷底的道德進行思考補救成為很多士人的選擇。話本小說從多方面表達了這些下層文人的思考，其道德倡導、勸誠行動成為17世紀通俗小說「易代心態」的主要表現方式。

一、易代時期的道德危機

在明清易代之際的中國社會，有一股規模宏大的「勸善運動」，社會中下層士人參與其中，這種自下而上的運動發生在處於風雨飄搖、道德淪喪的明末和急於道德重建的清初，很值得玩味。對於發生在17世紀的這次「勸善運動」，其思想來源多元，規模大，社會參與度廣，對此，吳震指出：

在17世紀前後的中國社會出現了一種令人矚目的文化現象：彷彿突然間從地底下冒出來似的，各種「功過格」、「感應篇」、「陰騭文」等宗教倫理之色彩非常濃厚的道德實踐手冊或通俗倫理教科書竟然一下子大量湧現，在文化市場上的佔有量悄然上升，不論是僧侶道士，還是士紳庶民，大都津津樂道於此，即便是嚴肅的儒者如劉宗周，在反撥《功過格》而撰述《人譜之際，也在其人譜類記》中大膽仿照感應故事集的寫作手法，以喚起人們對於儒家歷史人物的善行善報的記憶。饒有興味的是，這些書籍的指導思想絕非儒家一統天下，而是往往呈現出儒釋道雜糅的趨向，既有早期中國傳統的上帝觀念、儒家的倫理說教，也有佛家的輪迴果報、道教的陰府

〔註4〕楊琳《清初小說與士人文化心態》，社會科學文獻出版社2017年版，第15頁。

冥司等觀念表述這就不得不引起我們思考一些問題：經過宋明道學的所謂理性精神洗禮之後的明末清初的時代，人們的思想到底發生了什麼變化？〔註5〕

明末社會，秩序混亂道德淪喪，「酒、色、財、氣」橫行，整個社會充滿一種「戾氣」，「以『戾氣』概括明代尤其是明末的時代氛圍，有它異常的準確性。」〔註6〕這種「亂自上作」的社會現實，使處於中下層的文人知識分子思考其原因，並身體力行進行道德重建，企圖通過道德來挽救世道人心，甚至為日薄西山的明王朝開藥方。其實，明末出現的道德危機與明朝推行的「禮教下延」政策不無關係，「從社會下層造反起家的明朝廷，就以明確而直接的政權干預來推行禮教下移。明初頒定政策：孝子、賢孫、節婦、烈女等褒獎，只給布衣百姓家，不給有功名的士子官吏及其家屬，士大夫奉行禮教是教禮本意，布衣百姓才需教化。」〔註7〕這種禮教制度使上層社會不受約束，貪污腐敗、爭權奪利、道德觸底，國家急劇滑落而終致內憂外患、政權鼎革。所有這些，處於中下層的士人、百姓看得非常清楚，並以「天下興亡，匹夫有責」的責任感，以各種方式參與道德重建。

在思想界，王陽明高揚「致良知」旗幟，強調「知行合一」，矛頭指向言行不一、滿口仁義道德而背後男盜女娼的社會現實。王陽明曾經在江西平叛之後，發布具有地方政令性質的《南贛鄉約》進行「勸善」的道德倡導：

> 今特為鄉約，以協和爾民，自今凡爾同約之民，皆宜孝爾父母，敬爾兄長，教訓爾子孫，和順爾鄉里，死喪相助，患難相恤，善相勸勉，惡相告戒，息訟罷爭，講信修睦，務為良善之民，共成仁厚之俗。〔註8〕

世風日下，道德敗壞的社會風氣是明朝政治危機的重要因素之一。王陽明對此具有清醒認識，以鄉約的形式規範人的道德行為，是王陽明「知行合一」和「致良知」的具體實踐和對社會提出的具體改造舉措。

明末清初出現了一批道德家，這與易代之際道德問題突出是有關係的。如

〔註5〕吳震《明末清初勸善運動思想研究》（修訂版），上海人民出版社 2016 年版，第 5～6 頁。

〔註6〕趙園《明清之際士大夫研究》，北京大學出版社 2014 年版，第 3 頁。

〔註7〕趙毅衡《禮教下延之後：文化研究論文集》，四川文藝出版社 2013 年版，第 15～16 頁。

〔註8〕王陽明《王陽明全集》卷 17，上海古籍出版社 1991 年版，第 600 頁。

袁黃（了凡）、顏茂猷等，並刊印道德教化讀物。他們致力於通過道德重建來恢復明末的社會秩序。如袁了凡的《功過格》、《了凡四訓》通過具體可行的方式規範、訓化人的道德操守。在《了凡四訓》中，「立命之學」、「改過之法」、「積善之方」、「謙德之效」〔註9〕四個方面對人的道德修養進行訓練，其針對性還是很強的。

　　在通俗文學領域，17世紀創作繁榮的話本小說就表達了這種強烈的道德訴求。話本小說自馮夢龍《古今小說》開始，即形成教化傳統，在《古今小說》序中，馮夢龍即高揚教化旗幟，「大抵唐人選言，入於文心；宋人通俗，諧於里耳。天下之文心少而里耳多，則小說之資於選言者少，而資於通俗者多。試令說話人當場描寫，可喜可愕，可悲可涕，可歌可舞。再欲捉刀，再欲下拜，再欲決脰，再欲捐金。怯者勇，淫者貞，薄者敦，頑鈍者汗下。雖日通《孝經》、《論語》其感人未必如是之捷且深也。」〔註10〕馮夢龍之後，話本小說作者均遵循這種道德教化原則。但，前期的話本小說創作並不一味用小說圖解道德觀念。明清易代前後，時代變化給話本小說創作帶來了很大影響，作者們開始以小說的方式思考易代時期的道德人心，道德觀念的宣揚逐漸加重。如易代時期的《型世言》《清夜鐘》《醉醒石》《鴛鴦針》《豆棚閒話》《十二樓》《無聲戲》等等作品，道德教化明顯增加，某些在前期話本小說中有些鬆動的封建思想觀念，在這些作品中得到加強。因此，從時代角度看，來自底層的話本小說作者們開始思考明亡的原因，明末的道德觸底，世風日下無疑會引起他們的反思。從道德人心角度，以文學的方式對時代進行反思，甚至為時代開藥方成為這一時期話本小說的創作主潮。

二、話本小說的道德教化

　　下面就易代時期話本小說中的道德教化問題進行詳細論述：

　　其一，直接的主題設定。

　　易代時期的《型世言》（《三刻拍案驚奇》）《五色石》《清夜鐘》《照世杯》《醉醒石》《鴛鴦針》等話本小說集，單從書名就可看出其道德訴求。值得注意的是，這些小說集均採取「大主題」和「小主題」形式。「大主題」是指全書的創作主旨，往往通過書名、序言等表達；「小主題」則是在每一篇小說的

〔註 9〕袁了凡《了凡四訓》，尚榮、徐敏評注，中華書局 2008 年版。
〔註10〕馮夢龍《古今小說・敘》，丁錫根編著《中國歷代小說序跋集》（中），人民文
　　　　學出版社 1996 年版，第 774 頁。

入話和小說的敘述之中夾雜議論等文字進行主題宣揚。這裡，大、小主題是相互觀照的。

《型世言》一書，流傳稀少，大概問世十年後，已難見該書。崇禎十六年前後，江南書賈將其改纂，照原書版式翻刻了其中三十回，為每回新擬了回目，將書名改為《三刻拍案驚奇》，作者亦改署夢覺道人、西湖浪子。在《三刻拍案驚奇》序中，夢覺道人寫道：

> 客有過而責予曰：「方今四海多故，非苦旱潦，即罹干戈，何不畫一策以蘇溝壑，建一功以全覆軍，而徒曉曉於稗官野史，作不急之務耶？」予不覺歎曰：「子非特不知余，並不知天下事者也！天下之亂，皆從貪生好利，背君親，負德義；所至變幻如此，焉有兵不訌於內，而刃不橫於外者乎？今人孰不以為師旅當息，凶荒宜拯，究不得一濟焉。悲夫！既無所濟，又何煩余之饒舌也？余策在以此救之，使人睹之，可以理順，可以正情，可以悟真；覺君父師友自有定分，富貴利達自有大義。〔註11〕

顯然，有感於明末「四海多故，非苦旱潦，即罹干戈」的社會現狀，編纂小說的目的在於「余策在以此救之」。《型世言》每一篇小說均有議論文字來宣揚道德規範，忠君、節操、孝道、友誼、戒淫等等。

在《五色石》序言中，作者直接指出小說題目來自女媧補天，其意已經非常明顯：「然而女媧所補之天，有形之天也；吾今日所補之天，無形之天也。有形之天曰天象，無形之天曰天道。天象之闕不必補，天道之闕則深有待於補」。〔註12〕對於「何為天道？」作者指出：

> 天道不離人事者近是。如為善未蒙福，為惡未蒙禍，禹稷不必皆榮，羿不必皆死，顏回早夭，盜跖善終；更有孝而召尤，忠而被謗，德應有後而弗續箕裘，化足刑於而致乖琴瑟，永懷奉養而哀風樹之莫寧，眷念在原而悵之終鮮；以至施恩而遭負心之友，善教而得不令之徒；婿背義翁，奴欺仁主。諸如此類，何可勝數。甚且顛倒黑白，淆亂是非：燕人之石則見珍，荊山之璞則受刖；良馬不逢伯樂，真龍乃遇葉公；名才以痼疾沉埋，英俊以非辜廢斥；送窮無計，乞巧徒勞；

〔註11〕 夢覺道人、西湖浪子《三刻拍案驚奇》，北京大學出版社 1987 年版，第 353 頁。

〔註12〕 筆練閣《五色石·序》，春風文藝出版社 1985 年版，第 1 頁。

青氈既數奇，紅顏又嗟命薄：或赤繩誤牽，或藍田虛種，或彩雲易散。傷哉！玉折蘭摧，或好事難成。痛矣！釵分鏡破，或睽違異地，二美弗獲相通；或咫尺各天，兩賢反至相厄；倩盼之碩人是悼，婉孌之季女斯饑。茲皆吾與子披陳往牒，遐覽古今，所欲搔首問天，欷？歎息，而莫解其故者也。豈非女媧以前之關也不可知，而女媧以後之天之闕，真有屈指莫能殫，更僕莫能盡者哉。〔註13〕

　　作者歷數種種違背道德倫理的行為來說明「補天道」的重要性。在《照世杯》序中表達了小說的主題：「借三寸管，為大千世界說法」。〔註14〕明末清初，話本小說作者集體借小說進行道德說教，不少作品直接寫易代事蹟，傳達出下層士人對於明末道德問題突出的憂慮，這種集體的道德憂患意識一方面說明道德問題在明末社會中表現突出，另一方面，也表明作者對於易代的反思。重建道德也許可以挽救世道人心。

　　其二，果報思想。

　　果報思想在話本小說中佔有重要地位，它與道德倫理思想相互纏繞，構成話本小說宣揚的主要思想之一。利用果報思想宣傳道德往往使道德有一個非常實際的落腳點。不至於因空洞的道德說教使人厭惡。因果報應思想來自於佛教，《涅槃經》講：「業有三報，一現報，現作善惡之報，現受苦樂之報；二生報，或前生作業今生報，或今生作業來生報；三速報，眼前作業，目下受報。」《佛說善惡因果經》更是列出 155 種因果報應。中國民間更是信奉「惡有惡報、善有善報」的思想。這裡的關鍵不是其中的因果，而是因果如何產生，即來自何處？佛教的因果思想來自於人不可控的「超自然」力量，即「佛說……」，因其神秘而使人產生敬畏。人有敬畏之心，就會對自己的行為有約束，從而達到教化。明清易代之際，下層士人以果報思想勸善，此其重要原因。以果報思想宣揚道德問題是話本小說的主題特性之一。

　　《醉醒石》第一回就是一篇以果報宣揚道德的小說。小說開篇即引用《易傳》「積善之家，必有餘慶；極不善之家，必有餘殃」，然後引出「陰騭積善」之論：「此言禍福惟人自召，非天之有私厚薄也。然積善莫大於陰，積不善亦莫大於陰。故陰騭之慶最長，陰毒之報最酷。」〔註15〕《八洞天》卷三「斷

〔註13〕筆練閣《五色石‧序》，春風文藝出版社 1985 年版，第 1～2 頁。
〔註14〕〔清〕酌元亭主人《照世杯》上海古籍出版社 1956 年版，第 105 頁。
〔註15〕東魯古狂生《醉醒石》中州古籍出版社 1985 年版，第 1 頁。

冥獄推添耳書生 代賀章登換眼秀士」，故事極盡曲折，講述秀才莫豪心存善念，終於官運亨通，且能全身而退，「榮其身、昌其後」，所謂「善有善報，惡有惡報」。

《型世言》更是高揚道德教化旗幟，作者以道學家面目講述一個個道德英雄故事，「《型世言》中的敘事者明顯帶有「集體意志」的色彩，這與它一心要宣揚的凌駕於個體之上的崇高嚴整的道德主題非常吻合。《型世言》對個人命運的普遍冷漠與『三言』的關注形成鮮明的對比，它虔誠頂禮的是以抑制個體為前提的群體利益——道德法則。一旦到了危急關頭，群體利益的實現不可避免地以犧牲、剝奪個體利益為代價。因此，《型世言》中的正面人物都是作為道德律條的化身出現的，他們清一色的嚴肅、高尚、廉潔、貞烈、忠孝、圓滿，沒有任何人性的弱點，在小說情境中以自己的經歷對人倫綱常的某些方面加以圖解。」〔註16〕《型世言》第 25 回「凶徒失妻失財 善士得婦得貨」講述了一個狠心貪財最後卻失人失財、救人的得人得財的果報故事，最後議論道：「誰謂一念之善惡，天不報之哉！」〔註17〕果報思想往往成為道德教化的工具。

易代之際的《型世言》《西湖二集》《人中畫》《醉醒石》《雲仙笑》《清夜鐘》等等，不約而同傾向於道德教化，道德說教遠勝於 17 世紀前期以「三言二拍」為代表的話本小說，這明顯與易代之際的世道人心具有密切關係。

話本小說自馮夢龍始，果報思想就是其宣揚教化的手段之一。這與明末的社會環境有密切關係。而在易代之際，這些橫跨明清的話本小說對于果報思想的強調，卻別有一番意味。其針對性更強。再加上這些果報思想往往和忠、義、節、孝聯繫在一起，更能激起易代之際對某些人、事的無限聯想。

其三，命相觀念。

如果說道德教化是一種積極的行動主義，是以一種入世心態對社會道德進行干預，企圖重塑易代之際的道德人心，或者思考易代之際的道德得失，或者從道德角度思考易代教訓，那麼，命相觀念則從人性的另一面思考命運的捉摸不定。或者說，當道德等無濟於事之後，剩餘的也許就是命運的捉弄。命相觀念是退一步的人生思考，是另一種人難以控制而必然實現的人生圖景。中國人自古相信命運，所謂「時來運轉、否極泰來」即是一種命運辯證。宋代呂蒙

〔註16〕朱海燕《明清易代與話本小說的變遷》華中科技大學出版社 2007 年版，第 23～24 頁。

〔註17〕陸人龍《型世言》北京燕山出版社 1993 年版，第 351 頁。

正曾為《寒窯賦》現身說法來證明命運之常：「吾昔寓居洛陽，朝求僧餐，暮宿破窯，思衣不可遮其體，思食不可濟其饑，上人憎，下人厭，人道我賤，非我不棄也。今居朝堂，官至極品，位置三公，身雖鞠躬於一人之下，而列職於千萬人之上，有撻百僚之杖，有斬鄙吝之劍，思衣而有羅錦千箱，思食而有珍饈百味，出則壯士執鞭，入則佳人捧觴，上人寵，下人擁。人道我貴，非我之能也，此乃時也、運也、命也。」相信命運，更相信命運的辯證，這是中國人在時運不濟之時仍然能夠頑強生存並心存希冀的關鍵所在。明清易代之際，話本小說的命相觀念尤其突出，這從一個側面說明由明入清的士人對於難以把握的命運的屈從，即人不可與命運對抗，順從命運，隨遇而安，也許是人生常態。歷經易代喪亂，死裏逃生的明代遺民對於命運尤其信奉。這也體現了一種易代心態。

話本小說往往將命運轉化為一種道德說教，如李漁《連城璧》巳集「遭風遇盜致奇贏　讓本還財成巨富」中秦世良和秦世芳相貌相同卻命運各異，秦世良是富貴命，但卻屢遭不測，錢財盡失。秦世芳是貧窮命，雖掙下大財，但卻成了別人的財富。但李漁並沒有就此打住，而是敘述秦世芳因善行改變命運來宣揚「陰騭積善」的道德教條。小說最後議論：「照秦世良看起來，相貌生得好的，只要不做歹事，後來畢竟發積，糞土也會變做黃金；照秦世芳看起來，就是相貌生得不好的，只要肯做好事，一般也會發積，餓莩可以做得財主。我這一回小說，就是一本相書，看官看完了，大家都把鏡子照一照，生得上相的不消說了，萬一尊容欠好，須要千方百計弄出些陰騭紋來，富貴自然不求而至了。」〔註18〕以善行為命相不好買單並進而改變自己的命運，李漁因此達到勸善的目的。在話本小說中，有不少用善行改變命運的小說，其基本套路是所謂的善報觀念。

17世紀中葉，明清易代，明代遺民的這種對道德近乎宗教化的倡導是易代心態的一種獨特表現方式，「當面臨明末清初兩朝鼎革之後，清初的明朝士大夫遺民大多趨向一種道德上的嚴格主義態度，對儒家的忠孝觀念不時加以渲染，甚至嚴格化」。〔註19〕這種「嚴格化」表現在易代之際話本小說方面，則是道德意識明顯增強，而且集中在忠孝節義方面，夾雜因果報應思想，其指向性明顯。這從小說文體本身來說，並非是一種藝術上的前進，而是倒退，也

〔註18〕李漁《連城璧》上海古籍出版社1992年版，第89頁。
〔註19〕陳寶良《明代士大夫的精神世界》北京師範大學出版社2017年版，第363頁。

就是說，這一時間節點產生的話本小說其藝術成就遜於前期的話本小說。但從時代的角度來說，易代之際的話本小說的這種特徵，是時代要求在小說領域的集體投射，不約而同的道德宣揚共同指向一個客觀事實：明清易代的道德問題突出，並進而成為一種社會普遍關注的對象。

第二節　明清易代時期的士人立場：李漁的隱逸心態

在朝代更替之際，尤其是在漢族政權與外族政權鼎革之際，對於來自舊朝的文人來說，擺在面前的選項並不多，一般來講，有三種方式：一是拼死抵抗，為舊朝死節；二是歸降新朝並為其服務；三是採取與新朝不合作態度，隱逸，而成為遺民。在明清鼎革之際，上述三種方式都有所表現。在文學創作中，表現這種「易代心態」之作便形成一種創作傾向，「即以清初而論，異族入主帶來了強烈的心理震盪，故文壇形成了漢族（持別是江南）士人孤憤興寄之作的創作主潮。而隨統治者政策的張弛，以及士人個性的差別，此類作品或慷慨或低徊，或顯豁或隱晦，手法與風格千姿百態。對於這一主潮，研究者多注目於少數人的慷慨顯豁之詩作、而忽視了其他。至於通俗小說中的表現，尤乏專門性研究。」〔註20〕陳洪的文章寫於 1998 年，很顯然，他注意到了發生在 17 世紀的明清鼎革對於文學創作的深刻影響。而對於 17 世紀的通俗小說而言，由於小說的文體特徵，無法如詩歌直抒胸臆，「易代心態」的表達也更為曲折隱晦。

如果說《型世言》中道德說教的增加說明了明末世風日下的社會現實，以及作者對明末社會道德問題與時代危機之間的關聯做出自己的努力，那麼在易代之際的李漁話本小說中則表現了另一種情況：隱逸心態。

一、《連城璧》：李漁的「中間人」心態

李漁（1611～1680），浙江蘭溪人，生活在明清鼎革之際。在明末參加童子試，以五經見拔，後參加鄉試屢挫。經歷清兵江南屠殺，劫後餘生，作《丙戌除夜》：「髮盡狂奴發，來耕墓上田。屋留兵燹後，身活戰場邊。幾處烽煙熄，誰家骨肉全？借人聊慰己，且過太平年。」明清鼎革之後，李漁便絕意仕進，自謀生路了。在古代，對於離開土地的讀書人來說，生存是非常艱難的。李漁

〔註20〕陳洪《折射士林心態的一面偏光鏡：清初小說的文化心理分析》《明清小說研究》1998 年第四期，第 15 頁。

採取各種方法謀生，小說創作，戲劇創作，搞家班等等。同時遊走於官紳之間以獲取資助。此多為後人詬病。李漁與仕清、抗清者不同的是，他所走的是一條「中間」路線，既不仕清又不抗清，絕意仕途，採取隱逸態度以表明立場，生存上又不得不依靠新朝廷中人來獲取資本。因此，李漁的「中間人」心態是其易代心態的突出表現。既要顯示自己對舊朝的忠，又要在新朝獲得生存空間，這對於李漁來說是一件非常困難的事情。他沒有張岱的家底，沒有王夫之的名望，只有滿腹才情。李漁在明朝只是一介布衣，沒有一官半職，因此，後人之所以對李漁有苛責要求，完全是因為其後來的才華與成就。李漁不食祿於明朝，卻依舊為舊朝守節，雖不徹底但與那些降清的明朝文臣武將相比，其行為已經可圈可點，難能可貴了。「李漁的不再出仕，並不是他生性不喜約束，不喜科舉，而是難以擺脫內心對故國的情感」。〔註21〕李漁忍辱偷生於改朝換代之際，不但用詩歌記錄了戰亂之際南方遭遇的天災人禍，記錄了清軍過處的燒殺搶掠、屠城民死的現實，並因此被稱為「詩史」，而且其小說也曲折反映了李漁的「易代心態」。

經歷明清易代的李漁，對於易代之際社會上各色人等的表現有著清醒認識，而對於他們選擇的對待新朝的態度，也有自己的明確立場。李漁在《連城璧外編》卷一「落禍坑智完節操　借仇口巧播聲名」中，有一段耐人尋味的議論：

> 話說忠孝節義四個字，是世上人的美稱，個個都喜歡這個名色。只是姦臣口裏也說忠，逆子對人也說孝，姦夫何曾不道義，淫婦未嘗不講節，所以真假極是難辨。古云：「疾風知勁草，板蕩識忠臣。」要辨真假，除非把患難來試他一試。只是這件東西是試不得的，如金銀銅錫，下爐一試，假的壞了，真的依舊剩還你；這忠孝節義將來一試，假的倒剩還你，真的一試就試殺了。我把忠孝義三件略過一邊，單說個節字。明朝自流寇倡亂，闖賊乘機，以至滄桑鼎革，將近二十年，被擄的婦人車載斗量，不計其數。其間也有矢志不屈，或奪刀自刎，或延頸受誅的，這是最上一乘，千中難得遇一；還有起初勉強失身，過後深思自愧，投河自縊的，也還叫做中上；又有身隨異類，心繫故鄉，寄信還家，勸夫取贖的，雖則靦顏可恥，也

〔註21〕楊琳《清初小說與士人文化心態》，社會科學文獻出版社 2017 年版，第 125 頁。

還心有可原，沒奈何也把他算做中下；最可恨者，是口饜肥甘，身
安羅綺，喜唱番調，怕說鄉音，甚至有良人千里來贖，對面不認原
夫的，這等淫婦，才是最下一流，說來教人腐心切齒。〔註22〕

　　時代鼎革，各色人等有各種表現，魚龍混雜，難辨真偽。李漁借評論被虜
婦女對各色人等的表現進行了個人的價值判斷，他把守節而寧死不屈者尊為
「最上一乘」；把勉強失身，自悔投河者做「中上」；把「身隨異類，心繫故鄉，
寄信還家，勸夫取贖」者為「中下」；而對於那些依附新貴，拋棄舊主者則為
「最下一流」。這是一種有針對性的判斷。以女性貞潔來比附易代時期的士人
立場，在易代之際頗有市場：「明末清初是社會劇烈動盪的時期，也是士人的
人生觀、價值觀受到前所未有的考驗的時期。人們把投降清朝的士人稱為失節
變節之臣，並與女性的失節行為相比附，引起了清代士人對於『貞節』的大討
論。儘管明清之前，婦女守節問題亦曾引起一些開明之士的深思，但這一問題
真正成為一個嚴重的社會問題，並引起知識分子階層的高度關注，則發生於明
清時代。」〔註23〕李漁小說集《連城璧》刊刻於清朝初年，這些小說均取自明
事，其用心昭然。李漁應該非常清楚，對於他個人來說，做到「最上一乘」或
者「中上」是非常難的，在這篇小說（「落禍坑智完節操　借仇口巧播聲名」）
中，李漁塑造了一位「雖不可為守節之常，卻比那忍辱報仇的還高一等」的耿
二娘形象，小說中，耿二娘用各種技巧和智慧使擄掠她的強盜不能行姦淫之
實，並且利用自己的智慧將強盜打死復仇，並借強盜之口證明自己沒有失節。
可謂智勇雙全。但李漁非常清楚，耿二娘雖然保全了貞潔，但並非全節，除未
被姦淫外，其身體也已經被強盜猥褻。因此，在敘述故事之前，專門提醒：「看
官，你們若執了《春秋》責備賢者之法，苛求起來，就不是末世論人的忠厚之
道了。」按照李漁的觀點，「末世論人」是不能苛求的，能保全最基本的貞操
就已經非常難得了。在明清易代，生命朝不保夕的時節，目睹清兵屠城慘禍，
又目睹多少明朝文臣武將屈節仕清的社會現實，李漁對於生存的艱難是有非
常清醒認識的。能夠保持最基本的節操，在「末世」已經難能可貴了。因此李
漁基本走了一條中間路線：既不屈節仕清，又要忍辱偷生。

　　李漁在自己的作品中，不斷表達自己的這種「中間」路線。在《連城璧》

〔註22〕李漁《連城璧》，上海古籍出版社 1992 年版，第 185 頁。
〔註23〕齊濤《持守與嬗變：明清社會思潮與人情小說研究》，齊魯書社 2008 年版，第
　　　　44 頁。

子集「譚楚玉戲裏傳情　劉藐姑曲終死節」中，譚楚玉和劉藐姑追求婚姻自由而不惜跳江殉情，被莫漁翁救起，譚楚玉發奮讀書，終於中舉做官。這應該是一個大團圓結局，但李漁並沒有就此打住，而是繼續敘述譚楚玉做官期滿進京，拜訪莫漁翁的情節。小說這樣敘述譚楚玉思想的變化過程：

> 譚楚玉原是有些根器的人，當初做戲的時節，看見上臺之際十
> 分鬧熱，真是千人拭目、萬戶傾心，及至戲完之後，鑼鼓一歇，那
> 些看戲的人竟像要與他絕交的一般，頭也不回，都散去了。可見天
> 地之間，沒有做不了的戲文，沒有看不了的鬧熱，所以他那點富貴
> 之心還不十分著緊；如今又被莫漁翁點化一番，只當夢醒之時，又
> 遇一場棒喝，豈有復迷之理？就不想赴京去考選，也不想回家去炫
> 耀，竟在桐廬縣之七里溪邊，買了幾畝山田，結了數間茅屋，要遠
> 追嚴子陵的高蹤，近受莫漁翁的雅誨，終日以釣魚為事。〔註24〕

人生如戲是李漁一生堅持的價值觀。以戲場點化人生，曲終人散、人走茶涼，這種人生境遇對於李漁來說已經看破。譚楚玉的退隱無疑是李漁人生追求的真實寫照。既要為舊朝守節，又要在新朝生存，對於李漁來說並非易事，經營家班，奔走於權貴之間以取得秋風之資，搞創作，搞刊刻，搞畫譜，搞園林等等，無不為獲取生存資本而為之。因此，李漁的「中間人」路線有著難以迴避的人生境遇和社會現實。李漁在《閒情偶寄》中寫道：「追憶明朝失政以後，大清革命之先，予絕意浮名，不干寸祿，山居避亂，反以無事為榮。」〔註25〕「絕意浮名」，不仕清，也許是李漁堅守的對於明朝最底線的「守節」之舉，這對於飽讀詩書的李漁來說，不參加新朝科舉是需要勇氣，也需要付出代價的。「明清鼎革不僅改變了李漁的人生道路，而且深刻影響了他的文學創作，雖然清朝文網甚嚴，李漁還是勇敢地將他對明清鼎革的認識和態度比較曲折、隱晦地寫進了他的話本之中。」〔註26〕

李漁在其小說中，以不同方式表達他的這種不屈節又要生存的「中間人」心態，可以說，這種取中心態是李漁在鼎革之際採取的基本行為方式。也許李漁這種不屈節仕清我們不能完全將之歸入為明朝「守節」，因為對於李漁來說，

〔註24〕李漁《連城璧》，上海古籍出版社1992年版，第17頁。
〔註25〕李漁《閒情偶寄》，《李漁全集》第11卷，浙江古籍出版社1992年版，第318～319頁。
〔註26〕傅承洲《明清鼎革對李漁話本創作的影響》，《現代語文（學術綜合版）》2012年第12期，第30頁。

在經歷家鄉金華被屠城，「婺城攻陷西南角，三日人頭如雨落」（李漁《婺城行弔胡仲淵中翰》），「骨中尋故友，灰裏認居停」（李漁《婺城亂後感懷》），這種經歷是慘痛的，是刻骨銘心的。國仇家恨對於李漁來說痛徹心扉。因此，李漁是寧肯乞討也絕不觸碰人生底線（屈節）的。在《連城璧》寅集「乞兒行好事 皇帝做媒人」中，指出家國亂離之際，乞丐中也有不尋常之人：

> 況且從來乞丐之中，盡有忠臣義士、文人墨客隱在其中，不可草草看過。至於亂離之後，鼎革之初，乞食的這條路數，竟做了忠臣的牧羊國，義士的采薇山，文人墨客的坑儒漏網之處，凡是有家難奔、無國可歸的人，都託足於此。〔註27〕

李漁也許怕讀者看不明白，把正話故事放在了崇禎末年，而且加以強調：

> 那個忠臣義士，去今不遠，就出在崇禎末年。自從闖賊破了京城，大行皇帝遇變之後，凡是有些血性的男子，除死難之外，都不肯從賊。家亡國破之時，兵荒馬亂之際，料想不能豐衣足食，大半都做了乞兒。……所以明朝末年的叫化子，都是些有氣節、有操守的人。若還沒有氣節，沒有操守，就不能勾做官，也投在流賊之中，搶擄財物去了，那裏還來叫化？彼時魚龍混雜，好歹難分，誰知乞丐之中盡有人物。直到清朝定鼎，大兵南下的時節，文武百官盡皆逃竄，獨有叫化子裏面死難的最多，可惜不知姓名，難於記載。〔註28〕

李漁將明末鼎革之際的文武百官與乞丐進行對比，來說明自己對於當時人各種行為的看法，顯然，李漁更贊成不屈節而不得已忍辱偷生的乞兒，而不是「盡皆逃竄」的文武百官。聯繫李漁類同乞兒的人生經歷，我們不難體會，李漁借小說舒塊壘的複雜心態。

李漁在其作品中，多次表達他的這種「中間人」態度，在《閒情偶寄》中，李漁寫「冬青」：「冬青一樹，有松柏之實而不居其名，有梅竹之風而不矜其節，殆『身隱焉文』之流亞歟？然談傲霜礙雪之姿者，從未聞人齒及。是之推不言祿，而祿亦不及。予竊念之，當易其名為『不求人知』樹。」〔註29〕「不居名」，「不矜節」，「不求人知」也許正是李漁之追求。「不屈節」和要「生存」在行動上表現為「不合作，不抵抗」，「李漁為自己設計的『不合作，不抵抗』的道

〔註27〕 李漁《連城璧》，上海古籍出版社 1992 年版，第 27 頁。
〔註28〕 李漁《連城璧》，上海古籍出版社 1992 年版，第 30 頁。
〔註29〕 李漁《閒情偶寄》，陝西人民出版社 1998 年版，第 252 頁。

路，既為世人誤解，而他又不能明言，於是只好借助於文學作品，把真實的自我（或者說是『自認為的真實自我』）通過借題發揮包裝後表達出來；同時也把不被理解之苦悶，用文學的手法加以抒發。」〔註30〕

二、《十二樓》：李漁式隱逸

　　根據李漁年譜，順治十三年，即 1656 年，《無聲戲》一集（後做《連城璧》）問世，順治十五年，即 1658 年，《十二樓》問世。〔註31〕如果說《無聲戲》中，對於明清鼎革之時對明朝文臣武將、士人等的立場是一種直言不諱的議論，對自己個人的「不屈節、不抵抗」的處事哲學有一個明確的立場，但，兩年之後，至《十二樓》，這種立場則緩和許多，也隱晦許多。從《李漁年譜》中可知，就在這兩年間，順天、江南、河南等地接連發生科場弊案，多人被流徙、抄沒、問斬，這在清初對於讀書人來說震動相當大的。〔註32〕在《十二樓》中，少了《無聲戲》的鋒芒，多了遊戲人生、隱逸為樂的閒情逸致。相比於《連城璧》中女性和小人物居多，《十二樓》中多文人雅士，他們的生活更加具有個人趣味，同時，李漁也更多表露心跡，將自己的個人趣味、道德追求寓於描寫之中。在對個人追求的辯駁與自辯之中，表現出對個人趣味的欣賞，並欣然自得。

　　杜濬為李漁《十二樓》作序，指出：

> 今是編以通俗語言鼓吹經傳，以入情啼笑接引頑癡，殆老泉所謂「蘇張無其心，而龍比無其術」者歟？夫妙解連環，而要之不詭於大道，即施、羅二子，斯秘未睹，況其下者乎！語云「為善如登」，笠道人將以是編偕一世人結歡喜緣，相與攜手徐步而登此十二樓也，使人忽忽忘為善之難而賀登天之易，厥功偉矣！

　　杜濬從三個方面評價《十二樓》：鼓吹經傳、接引頑癡、為善。並指出三個方面並非板著面孔說教，而是以通俗的語言、入情啼笑的方式進行。這與易代之際其他話本小說較多宣揚道德有所不同。這固然是李漁《十二樓》的寫作特色，更為重要的是，《十二樓》和《連城璧》一樣，蘊含著李漁不能明言的

〔註30〕陳洪《「閒情」背後的隱情》，《文學與文化》2017 年第四期，第 17 頁。
〔註31〕李漁《李漁年譜》，《李漁全集》第 19 卷，浙江古籍出版社 1992 年版，第 28、33 頁。
〔註32〕李漁《李漁年譜》，《李漁全集》第 19 卷，浙江古籍出版社 1992 年版，第 28～33 頁。

塊壘，和對自己立場的辯解。李漁無論在當時還是後世，其行為方式和處世之
道備受指責。用今天的眼光來看，我們大可不必對此求全責備。因為對於一介
布衣的李漁來說，能夠做到「中間人」狀態，能夠做到「不屈節、不抵抗」，
採取與新朝廷不合作態度，已經難能可貴。當然，李漁也有自身缺點，如恃才
傲物、遊戲人生、攜姬為樂等等，李漁在自己的作品中毫不掩飾自己對享樂、
美姬的愛好，這就會更多給後世論者口實，或者會得出與李漁期望相反的評
價：所謂守節，只不過是遊戲、享樂人生、以妻妾成群為樂的遮羞布而已。但
無論如何，李漁帶給後人的是一種複雜的感受。

在《十二樓》中，李漁塑造了幾個隱逸者形象來傳達自己的價值觀念。在
《合影樓》中，李漁塑造了路公路子由這一角色，對路公李漁這樣描述：

> 管提舉有個鄉貢同年，姓路，字子由，做了幾任有司，此時亦
> 在林下。他的心體，絕無一毫沾滯，既不喜風流，又不講道學，聽
> 了迂腐的話也不見攢眉，聞了鄙褻之言也未嘗洗耳，正合著古語一
> 句：「在不夷不惠之間」。〔註33〕

在小說中，李漁對路公的智慧傾注了大量心血，很明顯李漁對於處於「不
夷不惠之間」的路公持讚賞態度，因為這契合了同樣在「林下」而又以智慧自
得的李漁的人生哲學。「李漁面對生計問題時採取的則是比較靈活而實際的態
度。世代布衣的家庭背景以及父輩的行醫經歷，可能使他在擇業方面較世家子
弟更少思想包袱。他走了一條折衷的路徑，既不像張岱等人那樣，以物質生活
的極端簡陋，來實踐崇高的理想，也不願出仕新朝；他希望憑藉自己的才華和
他人的援引，在過上較好的物質生活的同時，也能夠保有自己的獨立，得到社
會的承認。」〔註34〕正是李漁的這種「中間路線」招致世人對他不同、甚至截
然相反的看法。因此，在李漁的作品中，不止一次對自己的人生哲學和處世態
度進行辯駁。

同時，李漁對於那些在鼎革之際首鼠兩端、作壁上觀的士人進行了辛辣諷
刺，在李漁的觀念裏面，他是有自己做人底線的，但在文網漸密的清初政治環
境中，這是不能明言的。在《十二樓》之「奪錦樓」中，李漁針對男女婚姻有
這麼一段議論：

〔註33〕李漁《十二樓》春風文藝出版社 1998 年版，第 12 頁。
〔註34〕朱海燕《明清易代與話本小說的變遷》，華中科技大學出版社 2007 年版，第
　　　97 頁。

　　　　未許之先，若能夠真正勢利，做一個趨炎附勢的人，遇了貧賤
　　之家，決不肯輕許，寧可遲些日子，要等個富貴之人，這位女兒就
　　不致輕易失身，倒受他勢利之福了。當不得他預先盛德，一味要做
　　古人，置貧賤富貴於不論，及至到既許之後，忽然勢利起來，改弦
　　易轍，毀裂前盟，這位女兒就不能夠自安其身，反要受他盛德之累
　　了。這番議論，無人敢道，須讓我輩膽大者言之，雖係末世之言，
　　即使聞於古人，亦不以為無功而有罪也。〔註35〕

　　這裡最後一句議論顯得非常突兀，所謂「末世之言」與上論所及之男女婚
配實風馬牛不相及。但可使人聯想明清鼎革之後，世人對待新朝所採取的一些
態度。很明顯，李漁對那些趨炎附勢、首鼠兩端的沒有信義可言的人是持鄙夷
態度的。其背後的潛臺詞是，能夠在時代劇變之中堅守志向是非常不易的。

　　在《三與樓》中，李漁塑造了一個「喜讀詩書不求聞達」的高士虞素臣形
象，此人絕意功名、寄情詩酒，又喜好構造園亭，這簡直是李漁自身的翻版。
此人尊奉「棄名就實」，所謂「三與樓」，即與人為徒、與天為徒和與古為徒，
謙遜、隱逸、棄虛就實。這符合李漁自己的性格特徵，是李漁對人生的一種期
許。在這篇小說中，虞素臣及其子虞繼武都是光明磊落，與人為善之人，與唐
玉川父子形成鮮明對比。這是李漁所推崇的理想人格。

　　明清鼎革之後，李漁放棄舉業，但作為讀書人，他必須生存，必須養活家
人，尤其是李漁居家移居杭州之後，生存問題一直是李漁面臨的首要問題。但
李漁擇業是有選擇的。他在《十二樓》之「萃雅樓」中，借人物之口寫道：「我
們都是讀書朋友，雖然棄了舉業，也還要擇術而行，尋些斯文交易做做，才不
失文人之體」〔註36〕在這篇小說中，李漁把「書鋪、香鋪、花鋪」說成是「俗
中三雅」，再加上「古董鋪」湊成「俗中四雅」。這無疑是想在市井之中尋求某
種心理慰藉，在朝堂之外做些稻粱謀。「李漁雖為文人，自從移居杭州之後，
實際上是行走在市井之中，先是與書坊、戲班打交道，後來是自己開書坊刻書、
賣書，組家班打抽豐，市井之中盡有文人之營生，花鋪、書鋪、香鋪、古董鋪，
乃『俗中四雅』，此乃李漁人生經驗之總結。」〔註37〕也許不能簡單地說這只
是李漁的生存之道，更有「隱於市」的味道。

〔註35〕李漁《十二樓》春風文藝出版社1998年版，第30頁。
〔註36〕李漁《十二樓》春風文藝出版社1998年版，第133頁。
〔註37〕傅承洲等《李漁話本研究》鳳凰出版社2013年版，第47頁。

在李漁的小說中，我們總能看到那些處於半隱狀態的高人。不想做清苦的「隱於野」，而選擇更能發揮自己才華，更接近自己性格的「隱於市」，並在筆墨之中尋求心靈的安頓，也許後世不應該對李漁式的「隱逸」做過多苛求。李漁的這種「中間人」姿態貫穿了他的一生。在《十二樓》之「奉先樓」中，他勸人吃半齋：「我如今說個便法，全齋不容易吃，倒不如吃個半齋，還可以熬長耐入。何謂半齋？肉食之中，斷了牛、犬二件，其餘的豬、鵝、鴨不戒也無妨。」〔註38〕那麼，為何不能吃牛、狗呢？因為二者都是「大德於人」，而人不可負義忘恩。接著李漁這樣議論：「即以情理推之，也不曾把無妄之災加於有功之物，就像當權柄國，不曾殺害忠良，清夜捫心，亦可以不生慚悔。」這無疑讓人聯想到明末時局。而在《十二樓》之「歸正樓」中，對於偷兒回頭，李漁也不忘逸出筆墨，議論一番：「可見國家用人，不可拘限資格，穿窬草竊之內盡有英雄，雞鳴狗盜之中不無義士。」〔註39〕聯想到《連城璧》寅集「乞兒行好事 皇帝做媒人」中對乞丐中不乏高人的論述，明顯是李漁借小說表達自己對時事的看法。

《十二樓》之「聞過樓」是李漁集中反映自己易代心態的小說，在這篇小說中，李漁通過塑造顧呆叟形象來表達自己鼎革之後的理想行為方式。本篇小說敘事簡單，正話前有大段議論和詩詞，其中心意思是表達山鄉隱居之樂。小說中，顧呆叟放棄舉業，退隱山林，鄉紳仕宦與之結交均為聽其箴言、遵其教導，並自願出錢為其建造別業。這無疑是李漁心目中的理想生活。隱逸但不全隱，結交鄉紳仕宦以獲取生存之資，但不主動結交，而是以自己的才華引起鄉紳仕宦登門「求教」。顧呆叟形象無疑是李漁的理想人生，但李漁未必有顧呆叟那樣的人生境遇。

李漁通過塑造一系列人物形象來表達自己的處世哲學和人生趣味，以半隱姿態來實現自己在「不屈節、不抵抗」和生存之間的協調。可以說，李漁的生活方式是在明清易代之際的一種無奈選擇，在明代，李漁只是無名布衣，沒有張岱、王夫之的聲望，因此，也不可能過張、王式的遺民清苦生活。但李漁有傳統文人的基本氣節，不仕清、不屈節對他來說是保持操守的底線。但為了生存又不得不依靠新朝權貴，如果能夠做到如顧呆叟那樣讓權貴主動登門「求教」，也許是李漁的夢想，這一方面可以守住節操尊嚴，一方面可以理直氣壯

〔註38〕李漁《十二樓》，春風文藝出版社 1998 年版，第 252 頁。
〔註39〕李漁《十二樓》，春風文藝出版社 1998 年版，第 127 頁。

地宣揚這是難以拒絕的事，不存在折節之事。但李漁很難做到。

　　總之，隱逸心態是17世紀明清鼎革之際，由明入清的士人多少都有的心理情結，只不過，針對不同個體，其採取的方式不同而已。有的完全隱逸，不與新朝合作，如張岱、王夫之；有的採取半隱，以「中間人」自居，不屈節、不抵抗，以各種方式在新朝獲得生存，如李漁；有的則觀望，在時局穩定之後出仕為官。17世紀白話通俗短篇小說的繁榮，很多原因來自於下層文人在時局動盪之際採取的生存之道。同時他們的思想也就會隨其創作而蘊涵其中。「以小說的形式表現自我，是清代小說與明代小說的一個重要不同；特別是自我指涉的成分，清代小說遠遠多於明人作品，如《聊齋誌異》、如《紅樓夢》《儒林外史》等。而李漁則是肇其端者。」〔註40〕所言極是。

第三節　明清易代反思：艾衲居士《豆棚閒話》的思考方式

　　在話本小說發展史上，艾衲居士的《豆棚閒話》是一個獨特存在，也是一個備受讚譽的小說文本，被稱為「話本小說文體演變史上又一里程碑式的作品」，「表現著強烈的遺民情緒」。〔註41〕之所以如此，就是因為無論在敘述方式、文本結構、還是在小說內容、價值傾向等方面，均呈現出一種新的特性。話本小說的文本形式自「三言二拍」始形成了固定的模式。三言的題名是一種道德追求，標示小說的「喻世」、「警世」、「醒世」的勸誡目的；二拍則另闢蹊徑，從小說的趣味「驚奇」方面命名，這種命名方式與小說只是一種精神關聯，如果把三言的三個名字相互調換，對於小說來說不會有影響，二拍亦然。但隨著話本小說的發展，這種命名方式發生了一些改變，如李漁的《十二樓》命名，與小說有密切關係，即是十二座樓的總稱；《八洞天》則採取三重標題形式，全書以「八洞天」命名，意為八篇「別有洞天」故事，每一篇故事則是雙標題，大標題是以教化色彩的名稱命名，如「補南陔」、「反蘆花」、「培連理」等等，小標題則和故事直接相關。所有的這些命名變化有一個傾向，即小說集的命名越來越與小說的故事聯繫緊密。正是由於話本小說在命名方式上的新變化，使

〔註40〕陳洪《「閒情」背後的隱情》《文學與文化》2017年第四期，第18頁。
〔註41〕石昌渝《中國小說源流論》，生活・讀書・新知三聯書店1994年版，第284頁。

得《豆棚閒話》的創新不至顯得突兀無憑。但，上述的變化並沒有從根本上改變話本小說的故事框架，直到《豆棚閒話》的出現。《豆棚閒話》創造性地把 12 篇小說納入一個大的「豆棚」敘述框架之中，以豆棚的自然生長作為推進小說的手段，也作為勾連不同故事的紐帶。這就使這部小說集從命名到每篇之間的勾連形成了一個完整的結構系統。在內容方面也一反話本小說傳統的娛目醒心，表現出非同尋常的顛覆、重建、懷疑、反諷，形成了不同於「官話」的「閒話」語境。《豆棚閒話》的這種從形式到內容的新變化，在 17 世紀中國古代白話小說的發展史上具有非常重要的意義。本節即試圖從這種新變入手解讀《豆棚閒話》的價值。

一、《豆棚閒話》的敘述方式、框架及其視點政治

從形式到內容，《豆棚閒話》均傳達了作者的思考。在敘述方式上，作者採用雙層敘述模式，最外層的超敘述者和故事的敘述者（故事講述者），前者將不同的敘述者所敘述的故事統攝進以豆棚為框架的敘述格局之中，使之成為一個完整的故事模式；後者是故事的講述者，也是一個戲劇化的、現身的敘述者。中國古代白話小說最基本的敘述方式是對「說話人」敘述者的設置，它使古代白話小說作者在寫作之初無須思考故事敘述人問題，這是古代白話小說敘述程式化最為核心的部分，這種「說話人」敘述格局使古代白話小說在文體上有了一種可以歸類的標準，這就是筆者堅持「大話本」文體觀念的核心，即古代白話小說可以從文體的角度歸為一個大類：說話體小說。石昌渝曾經對中國古代小說的這種「說話體」特徵進行論述，指出中國古代話本小說與長篇章回小說的這種共同文體特徵，和具有的共同源頭，同時指出：「『話本小說』就是指源於『說話』伎藝並且仍然保持著『說話』的敘事方式的小說，主要指白話短篇小說，白話長篇小說也是從『說話』演變而成，敘事方式也受『說話』伎藝深刻影響，但相對於『說話』體制的短篇，它距離口傳文學更遠，並且形成自己的章回體式，因此把它從『話本小說』分離出來，叫做章回小說」。〔註42〕但，這種區分無形中阻礙了古代白話長篇小說的藝術探索之路。重新提倡「大話本小說」觀念就是把源於「說話」藝術的古代白話小說進行綜合研究，既探討其共同藝術特性，也探討其各自的藝術獨特性。

〔註42〕石昌渝《中國小說源流論》，生活・讀書・新知三聯書店 1994 年版，第 224 頁。

　　話本小說到《豆棚閒話》有了一個重要變化。《豆棚閒話》與傳統話本小說不同的是，作者並沒有繼續這種寫作程序，而是把12篇故事統攝進一個「豆棚」框架，即在每篇「說話人」敘述層次之上，設置一個超敘述者，同時，每篇的敘述者也不同於其他話本小說那種不現身的「說話人」，或者非戲劇化的「說話人」，而是一個戲劇化的說話人，這樣，每篇的敘述者雖然沒有充當本篇故事中的角色，但卻充當整部小說中的敘述者角色。這是一種非常具有創造性、非常高明的敘述方式。它使最高層級的敘述者具有了現代小說敘述者的特徵。因此在文本敘述方式上，《豆棚閒話》無疑具有超時代特性。

　　根據《豆棚閒話》的敘述特徵，我們可以將之繪圖如下：

　　超敘述層→戲劇化敘述者（非固定說話人）→戲劇化聽眾→故事

　　這種敘述層級中，超敘述層是隱身敘述者，負責調控每一則故事的時間和環境，比如對豆棚生長的描述和對參加者的描述等。戲劇化敘述者（說話人）是不固定的，並且描述其性格特徵；戲劇化聽眾也有自己的聲口、行為，然後就是故事。根據《豆棚閒話》字數比例可以看出，故事篇幅與對豆棚、說話人、聽眾、議論等的篇幅幾乎可以分庭抗禮。這說明，《豆棚閒話》的敘述方式已經不同於傳統話本小說的敘述方式，具有了現代小說的某些敘述特徵。

　　《豆棚閒話》的敘事框架不能簡單地用傳統的對待話本小說的眼光來看待，即不能用入話、頭回、正話來目之。因為與傳統話本小說不同的是，《豆棚閒話》把說話人進行了戲劇化處理，雖然每一則中說話人有所不同，但說話人的語言、行為不是一種簡單地充當說話人角色的行為，而是其自身具有了故事性。也就是說，說話人也是整個故事的一部分。因此，分析、閱讀《豆棚閒話》不能將說話人與故事徹底分開。這種敘事方式是《豆棚閒話》搭建的「豆棚」敘事框架的核心所在。

　　《豆棚閒話》敘述框架的搭建與豆子的自然生長秩序具有同構關係。下面不妨把《豆棚閒話》12則故事有關豆子生長的描寫進行摘錄，從整體來看豆棚的整個生命歷程：

第一則：

　　　　那些中等小家無計布擺，只得二月中旬覓得幾株羊眼豆秧，種在屋前屋後閒空地邊，或拿幾株木頭、幾根竹竿搭個棚子，搓些草索，周圍結綵的相似。不半月間，那豆藤在地上長將起來，彎彎曲曲依傍竹木，隨著棚子牽纏滿了，卻比造的涼亭反透氣涼快。

第二則：

　　昨日新搭的豆棚，雖有些根苗枝葉長將起來，那豆藤還未延得滿，棚上尚有許多空處，日色曬將下來，就如說故事的說到要緊中央尚未說完，剩了許多空隙，終不爽快。

第三則：

　　自那日風雨忽來，凝陰不散，落落停停，約有旬日之餘才見青天爽朗。那個種豆的人家走到棚下一看，卻見豆藤驟長，枝葉蓬鬆，細細將苗頭一一理直，都順著繩子聽他向上而去。葉下有許多蚊蟲，也一一搜剔殆盡。

第四則：

　　不論甚麼豆子，但要種他，須先開墾一塊熟地，好好將種子下在裏邊。他得了地氣，自然發生茂盛。望他成熟，也須日日清晨起來，把他根邊野草荑除淨盡，在地下不占他的肥力，天上不遮他的雨露，那豆自然有收成結果。

第五則：

　　今日我們坐在豆棚之下，不要看做豆棚，當此煩囂之際，悠悠揚揚，搖著扇子，無榮無厚。只當坐在西方極樂淨土，彼此心中一絲不掛，忽然一陣風來，那些豆花香氣撲人眉宇，直透肌骨，兼之說些古往今來世情閒話。

第六則：

　　是日也，天朗氣清，涼風淯至。只見棚上豆花開遍，中間卻有幾枝，結成蓓蓓蕾蕾相似許多豆莢。那些孩子看見，嚷道：「好了，上邊結成豆了！」棚下就有人伸頭縮頸，將要採他。眾人道：「新生豆莢是難得的。」主人道：「待我採他下來，先煮熟了，今日有人說得好故事的，就請他吃。」眾人道：「有理，有理。」

第七則：

　　主人煮豆請他，約次日再來說些故事，另備點心奉請。

第八則：

　　昨日主人採了許多豆莢，到市上換了果品，打點在棚下請那說書的吃。

第九則：

　　　　金風一夕，繞地皆秋，萬木梢頭，蕭蕭作響。各色草木臨著秋
　　時，一種勃發生機俱已收斂。譬如天下人成過名的，得過利的，到
　　此時候也要退聽謝事了。只有藕豆一種，交到秋時，西風發起，那
　　豆花越覺開得熱鬧。結的豆莢俱鼓釘相似，圓湛起來，卻與四五月
　　間結的瘦扁無肉者大不相同。俗語云：「天上起了西北風，羊眼豆兒
　　嫁老公。」也不過說他交秋時，豆莢飽滿，漸漸到那收成結實，留
　　個種子，明年又好發生，這幾時秋風起了，豆莢雖結得多，那人身
　　上衣服漸單，肩背上也漸颯颯的冷逼攏來。

第十一則：

　　　　此時初秋天氣，雨水調勻，只看豆棚花盛就是豐熟之年。可見
　　這個豆棚，也是關係著年歲的一件景物。

第十二則：

　　　　今時當秋杪，霜氣逼人，豆梗亦將槁也。眾人道：「老伯慮得深
　　遠，極為持重。」不覺膀子靠去，柱腳一鬆，連棚帶柱，一齊倒下。
　　大家笑了一陣，主人拆去竹木竿子，抱蔓而歸。

　　上述不厭其煩地引用是想還原豆棚的生長過程。我們可以看到，豆棚的生
長歷程構成了「閒話」的框架，以羊眼豆的自然生長，其榮枯變換、季節輪替
給「閒話」一種自然時序。這樣《豆棚閒話》的12則故事就有了一個貫穿的
線索。從而將不同的故事組織進一個具有邏輯的時序之中。這是《豆棚閒話》
構成一個整體的關鍵所在。

　　但，如果將《豆棚閒話》的敘述方式僅僅看成是一種敘述方法革命，也許
就低估了這種敘述方式的意義。豆棚這種正常的自然生長秩序與小說故事中
「莽將二十一史掀翻，另數芝麻帳目」的故事講述方式構成一種張力效果。戲
劇化敘述者（說話人）和戲劇化聽眾包含著一種平等的對話關係。戲劇化聽眾
可以對說話人的觀點提出質疑，並提出自己的主張，同時與傳統話本小說說話
人權威不同，說話人在《豆棚閒話》中降格為一個對話者，其權威性會受到現
場聽眾的挑戰。如第二則「范少伯水葬西施」中聽眾對范蠡把西施推入水中的
質疑，及老者對質疑的回應。這是這篇小說中最為深刻的一筆，無論老者如何
證明范蠡謀害西施是實，但也逃不脫其敘事被解構的命運。歷史就是在這種真
假難辨的境遇中運行的。易代之際，現實環境引發人們對歷史的反思，是一種
正常現象。艾衲將歷史置於對話之中，其敘述方式本身就暗含了對歷史嗤笑皆

非的嘲諷。

這種類似《十日談》的敘述方式,勾連起一種整體的敘述意象:懷疑與重建。小說從表面光鮮的歷史中揭示其中內在的運行邏輯。從道貌岸然的人物身上揭露出不被世人看到的真相。在明清易代之際傳達出作者對時局的一種批判和懷疑。同時,作者似乎想重建一種「豆棚秩序」,即存在於民間,與統治集團不同的歷史觀。

豆棚代表某種易代之際的在野空間,豆棚意象是這種在野空間的象徵,從萌芽到鼎盛再到坍塌的過程代表了清初士人隱逸空間的逐步塌縮,並終歸煙消雲散。豆棚的坍塌更多的是一種隱逸精神的坍塌,是時代轉變的必然結果。其意味深長,耐人尋思。

二、歷史的另一面:《豆棚閒話》的批判性與諷刺性

明清易代之際,擺在漢族士人面前的道路並不多,他們的選擇可以說非常有限,清初的統治者對待漢族知識分子採取籠絡和打壓相結合的手段,漢族士人「一部分人爭相歸附,一部分人堅持抵抗,而更多人則依違兩端,表現出複雜矛盾的心態。」〔註43〕清初的這種狀況持續的時間並不長,隨著清廷政權的穩固,和對明朝科舉的延續,更多漢人投入到新朝的科舉之中。但清初的明朝遺民對於漢族士人的這種變化,尤其是對於違依兩端、依附新朝的士人尤其持鄙夷態度。例如李漁,雖然李漁採取「不合作、不抵抗」態度,但其在新朝權貴之間遊走、打秋風的行為尤其為遺民不恥,而後人也不把李漁做明遺民目之。產生於清初的《豆棚閒話》並非是一部簡單的小說集,而是有其不便明言的政治立場。艾衲建構在鄉野的豆棚空間使人聯想到明末的書院,「不過,小說中的豆棚又不是一般的書院或書場,它還是作者虛擬的一個饒有新意的公共輿論空間」,〔註44〕豆棚之下,「鄉老們有說朝報的,有說新聞的,有說故事的」〔註45〕。這是一個眾聲喧嘩的空間,一個暢所欲言的場所。艾衲通過對豆棚框架的搭建,使 12 則故事有了一個可以依憑的邏輯秩序。《豆棚閒話》故事有著強烈的批判性,它揭示了歷史的另一種面目。同時,也許艾衲並不想建構

〔註43〕陳洪《折射士林心態的一面偏光鏡——清初小說文化心理分析》,《明清小說研究》1998 年第 4 期,第 5 頁。

〔註44〕劉勇強《話本小說敘論:文本詮釋與歷史構建》,北京大學出版社 2015 年版,第 246 頁。

〔註45〕艾衲居士《豆棚閒話》,人民文學出版社 1984 年版,第 2 頁。

一個牢固的鄉野輿論場，豆棚有榮枯，人員有聚散，最後豆棚的坍塌別具意味，豆子的自然生長規律預示著必然有坍塌的那一天。豆棚坍塌無疑象徵了建構某種牢固的鄉野空間的不可能，結局充滿悲觀。

明清易代，使那些在平常時期沒有顯現的種種社會現象，以各種方式表現出來，《豆棚閒話》的批判性在於，小說將那些歷史中已經成定論的人物進行重新審視，從而揭露了隱含在其中的某種難言之隱，歷史的詭異也許就在於在陰差陽錯中所呈現的另一面，或許是其相反的一面。

第一則「介子推火封妒婦」，把介子推故事傳統的功成身退的主題轉換為妒婦主題，表面上看是對妒婦的批判，深層次看則是對傳統功成身退主題的顛覆與懷疑，進而批判了看似清高實則有各種難言之隱的人生現實。介子推是對中國古代文人品格氣節有巨大影響的人物，他追隨晉文公重耳19年，風餐露宿、飢寒交迫，但忠心耿耿、生死相報，待重耳返回晉國，立為國君，介子推便功成身退，隱居深山，絕不沾取功名。介子推功成身退、深藏身與名的淡泊成為歷代士人追慕的典範。但在這篇「介子推火封妒婦」中，把介子推隱居深山歸結於其老婆的妒忌，即介子推近20年沒有回家，又無法給家里人傳遞消息，其妻子意為他有了外遇，一旦回家，就將介子推用「紅錦九股套索」「扣頸縛住」不得脫身，以至晉文公手下魏犨燒山致死。這則故事顛覆了傳統對於介子推功成身退、不慕榮華、隱居深山的認知，而代之以「妒婦」主題，從而引發對介子推行為的顛覆性評價，即他本來要出山做官，無奈被妒婦羈絆無法脫身而已。也許作者想通過故事告訴世人，歷史也許並非如我們想像的那樣，歷史充滿了各種讓人啼笑皆非的因緣際會，只不過很多事情並沒有正面示人而已。在明清易代之際，來自明朝的士人面對拷問靈魂的人生選擇，本則故事不禁讓人浮想聯翩。

第二則故事「范少伯水葬西施」同樣顛覆了對范蠡的傳統認識，講述范蠡當官時節藏匿金銀寶貝，而這些皆為西施所知，因此，為避免將來傳出去被越王追尋，於是就以觀月色為名把西施騙出推入水中淹死。故事顛覆了范蠡的忠君愛國、聰明才智的傳統形象，取而代之的是為保全財產及身家性命不惜謀害西施的罪犯，讓人大跌眼鏡。同時，故事中的西施也不是那種絕世美人，而是一個穿著淡雅的村婦而已。歷史上，范蠡輔佐句踐復國，後功成身退，又能抱得美人歸，又能做生意，仗義疏財，千金散盡只為救助窮人，其性高潔，受歷代人敬仰。正如故事聽眾有人懷疑：「那范大夫湖心中做的事，有誰作證？你

卻說他如此？」然後講故事的老者又給出了一套說辭來支持其觀點。歷史總是
如此，多數人看到的只不過是其一面，其另一面卻很少看到。

　　值得注意的是《豆棚閒話》的另一種批判方式。在第三則「朝奉郎揮金倡
霸」中，徽州商販汪彥靠勤勞節儉治下萬貫家業，其子汪華十六歲時出門學做
生意，出門 2 次，萬金散盡，不似其父。最後一次以 5 萬金借與一個姓劉的
人，卻並不知道其底細。這位劉姓人物叫做劉琮，借 5 萬金以使其軍隊渡過難
關。後劉琮返還汪華 10 萬金，並授予汪華三個錦囊，使得他在兵荒馬亂之際
得以保全。而後二人率部歸降唐朝封妻蔭子。第四則「藺伯子破產興家」中，
藺顯之父藺光斗，萬曆初年進士，做官時節各種手段，積下豐厚家業，到了藺
顯十歲，藺光斗去世，藺顯瞭解其父當年「吞占、騙哄、算計」等惡行，憤憤
不平，遂返還窮人土地、散財周濟窮人，萬貫家業散盡，最後窮困潦倒，土窯
安身，幾乎餓死。後被其曾經救助、中舉做官的劉蕃尋得，藺顯重振家業。第
五則「小乞兒真心孝義」中，乞兒吳定事母至孝，且救助別人，終得回報。三
個故事有一個共同特點，即對於金錢財物的態度，無一不是輕財重義後得到回
報。萬曆十七年十二月，雒于仁上疏萬曆皇帝《酒色財氣四箴疏》，針對其「頭
暈眼黑，心滿肋漲，飲食少思，寢不成寐，身體尚軟」，指出萬曆皇帝之所以
身體不好就是因為酒色財氣四個字。對萬曆皇帝進行規勸。但「酒色財氣」並
非萬曆皇帝一人，萬曆以後，直到明亡，整個明朝社會彌漫著這種奢靡之風，
上層貴族生活糜爛，國家國庫空虛，以至於崇禎皇帝在抗擊李自成軍隊籌款之
時，國丈竟然還把皇后送來讓其裝點面子的五千兩銀子貪污兩千兩！而李自
成攻入北京後，幾天之內竟能拷掠這些官員們七千萬兩白銀！作為明朝遺民
的艾衲對此應該非常清楚而且非常痛惜的。以金錢為核心的這三篇小說無疑
是在「得」與「失」的辯證關係之中來拷問人與社會、人與國家的關係。其批
判性主題隱晦，但對於經歷過明清鼎革的明朝遺民來說，具有足夠的透明度。
正如第五則中的議論：

　　　　今日我們坐在豆棚之下，不要看做豆棚，當此煩囂之際，悠悠
　　揚揚搖著扇子，無榮無辱，只當坐在西方極樂淨土，彼此心中一絲
　　不掛。忽然一陣風來，那些豆花香氣撲人眉宇，直透肌骨，兼之說
　　些古往今來世情閒話。莫把「閒」字看得錯了，唯是「閒」的時節，
　　良心發現出來，一言懇切，最能感動。如今世界不平，人心叵測，
　　那聰明伶俐的人，腹內讀的書史倒是機械變詐的本領，做了大官，

　　　　到了高位，那一片孩提赤子初心全然斷滅，說來的話都是天地鬼神
　　　猜料不著，做來的事都在倫常圈子之外。〔註46〕

　　顯然，艾衲的「閒話」絕不是讓人等閒視之，而是有所指涉。正如天空嘯
鶴在「敘」中指出作者「收燕苓雞壅於藥裏，化嘻笑怒罵為文章。莽將二十一
史掀翻，另數芝麻帳目」。〔註47〕也就是說，艾衲的《豆棚閒話》是具有批判
性的，所謂「嬉笑怒罵為文章」、「莽將二十一史掀翻」即充滿對於社會現象的
批判和對於歷史陳賬的懷疑與顛覆。艾衲對於官員的做派頗多微詞，指出他們
做了大官反而斷滅了「赤子初心」，說話「天地鬼神猜料不著」，做事「都在倫
常圈子之外」，嘲諷之意流露筆端。尤其是在第七則「首陽山叔齊變節」中，
武王伐商的歷史與明清鼎革的歷史情景雖在政治道義上不類，但世人心態卻
有驚人的相似。武王伐紂之時，伯夷、叔齊曾以「父死不葬，爰及干戈，可謂
孝乎？以臣弒君，可謂仁乎？」來勸阻武王。商紂既滅，伯夷、叔齊躲至首陽
山，世人聞之而動：

　　　　夷、齊二人只得輸心貼意，住在山中。始初只得他弟兄二人，
　　　到也清閒自在。那城中市上的人也聽見夷、齊扣馬而諫，數語說得
　　　詞嚴義正，也便激動許多的人，或是商朝在籍的縉紳、告老的朋友，
　　　或是半尷不尬的假斯文、偽道學，言清行濁。這一班始初躲在靜僻
　　　所在，苟延性命，只怕人知；後來聞得某人投誠、某人出山，不說
　　　心中有些懼怕，又不說心中有些豔羨，卻表出自己許多清高意見，
　　　許多溪刻論頭。日子久了，又恐怕新朝的功令追逼將來，身家不當
　　　穩便。一邊打聽得夷、齊兄弟避往西山，也不覺你傳我，我傳你，
　　　號召那同心共志的走做一堆，洶洶陣陣，魚貫而入。猶如三春二月
　　　燒香的相似，都也走到西山裏面來了。〔註48〕

　　朝代鼎革，使許多人無所適從，各色人等多持觀望心態，這也是明清鼎革
時期明朝舊臣野老、縉紳、士人的普遍心態。艾衲顯然對那些假斯文、偽道學，
言清行濁的明朝遺民持嘲諷態度。對於投誠之人，這些明朝遺民羨慕者有之、
鄙夷者有之，有人清高自持，有人首鼠兩端。艾衲還用獸類的語言對投誠者進
行辛辣的嘲諷：

〔註46〕艾衲居士《豆棚閒話》，人民文學出版社1984年版，第45頁。
〔註47〕艾衲居士《豆棚閒話》，人民文學出版社1984年版，第143頁。
〔註48〕艾衲居士《豆棚閒話》，人民文學出版社1984年版，第68頁。

> 我輩雖係畜類，具有性靈，人既舊日屬之商家，我等物類也是
> 賤商之土，茹商之毛，難道這段義氣只該夷、齊二人性天稟成，我
> 輩這個心境就該頑冥不靈的麼？〔註49〕

伯夷、叔齊以賢人君子、恪守臣節為世人景仰，競相效法，連獸類也被感動而為商守節。具有諷刺意味的是，叔齊不堪忍受飢餓背著伯夷下山投誠。按照叔齊的觀念，鼎革之際就該「應運而興、待時而動」，為商守節的應該是襲世爵的伯夷，守著千古君臣大義是應該的，而他叔齊於功於名只是陪襯而已，沒必要跟著受苦。下山之後，叔齊看到的是門首貼著「順民」的人家，而世人正以各種方式朝見新天子，獻策的、求起用的、求徵聘的、求保舉賢良的等等。尤其是叔齊在夢中借齊物主之口說出對朝代鼎革的看法：

> 眾生們見得天下有商周新舊之分，在我視之，一興一亡，就是
> 人家生的兒子一樣，有何分別？譬如春夏之花謝了，便該秋冬之花
> 開了，只要應著時令，便是不逆天條。若據頑民意見，開天闢地就
> 是個商家到底不成，商之後不該有周，商之前不該有夏了。你們不
> 識天時，妄生意念，東也起義，西也興師，卻與國君無補，徒害生
> 靈！況且爾輩所作所為，俱是骯髒齷齪之事，又不是那替天行道的
> 真心，終甚麼用！若偏說爾輩不是把那千古君臣之義便頓然滅絕，
> 也不成個世界。若爾輩這口怨氣不肯消除，我與爾輩培養，待清時
> 做個開國元勳罷了。〔註50〕

這種朝代興亡如自然輪替之說在明清易代之際的明朝遺民那裏頗有市場，因此，當清廷政權穩固、明朝大勢已去之際，作為舊朝之民出仕新朝成為多數士人的選擇。當然有部分士人選擇堅守，而成為徹底的遺民。本則故事實際上是為遺民身份進行政治層面的廓清，誠如小說末尾眾人提到《四書》遺民一章不提叔齊那樣，首鼠兩端很難被遺民接受。難怪李漁的生存方式不能被遺民認同。

在正史上，夷齊讓國、不食周粟的故事受歷代人追捧。《首陽山叔齊變節》則顛覆了傳統認知，以叔齊變節來描述朝代鼎革之際的世道人心，對於讀者具有相當的衝擊力，本則故事活畫出明清鼎革時期各色人等的各種表演，其批判性溢於言表。紫髯狂客在末尾「總評」中指出，「滿口詼諧，滿胸激憤。把世

〔註49〕艾衲居士《豆棚閒話》，人民文學出版社 1984 年版，第 69 頁。
〔註50〕艾衲居士《豆棚閒話》，人民文學出版社 1984 年版，第 75 頁。

上假高尚與狗彘行的，委屈波瀾，層層寫出」，同時提醒讀者「必須體貼他幻中之真、真中之幻」。〔註51〕這的確是點悟之言。

　　極具諷刺意味的是第八則「空青石蔚子開盲」中，遲先、孔明二位盲人為開盲尋找蔚藍大仙，大仙用空青石使二人開眼見世界，二人不但沒有了開盲後的興奮，而是徒增了許多煩惱，「向來合著雙眼，只道世界上不知多少受用。如今開眼一看，方悟得都是空花陽焰，一些把捉不來。只樂得許多孽海冤山，劫中尋劫，到添入眼中無窮芒刺，反不如閉著眼的時節，到也得個清閒自在。」〔註52〕這是對現實的無情嘲諷。不但如此，作者還設計出了一個烏托邦世界，更有意思的是，這個烏托邦世界是「杜康」處的「大埕」，這是一個什麼世界呢？小說描述如下：

> 舉頭四顧，俱是平坡曠野，不見城廓宮室。趁著風和日暖，走到一個市上。覺得風俗甚醇，相與之人俱欣欣揖讓，和和藹藹，絕無喜怒愛僧之色。散誕開懷，脫帽露頂，或歌詩唱曲，或擲色猜枚，或張拳較力，或肆口罵人。彼此沒有戒心，爾我俱無仇恨。衣服不須布帛，飲食不須五穀。憨憨呼呼，天不知高，地不知厚。四時不知寒暑，朝夕不知晦明。要行即行，不知舟車驢馬；要睡便睡，不須床席枕衾。與鳥獸魚鱉雜處而不覺；無痛癢疾病之相關。耕作不相為謀，租稅不來相逼。正所謂「壺中日月常如此，別有天地非人間」也。〔註53〕

　　然而，這個「杜康」「大埕」的世界只是一種理想狀態，難怪紫髯狂客在末尾「總評」中說道：

> 此則以瞽目說法，大是奇異。至後以酒終之，真是非非想矣。凡天下事到無可如何處，惟醉可以銷之，所以劉伶荷鍤、阮籍一醉六十日，俱高人達見，不徒沉醉曲蘗而已。艾衲老人其亦別有萬言於斯乎？〔註54〕

　　所謂天下事到無可如何，易代之際，對於一個普通個體來說，滿腹不平又能如何？以瞽者開盲後悔來宣告世界的慘不忍睹，以醉鄉「烏托邦」來表達一種明知虛無但依然賦予熱情的理想之境，也許這就是艾衲老人「萬言於斯」的

〔註51〕艾衲居士《豆棚閒話》，人民文學出版社1984年版，第76頁。
〔註52〕艾衲居士《豆棚閒話》，人民文學出版社1984年版，第86頁。
〔註53〕艾衲居士《豆棚閒話》，人民文學出版社1984年版，第86頁。
〔註54〕艾衲居士《豆棚閒話》，人民文學出版社1984年版，第87頁。

原因。艾衲時刻不忘藉故事中人來表達自己對於世人的看法：

> 如今的人胡亂眼睛裏讀得幾行書，識得幾個字，就自負為才子；
> 及至行的世事，或是下賤卑污，或是逆倫傷理；明不畏王章國法，
> 暗不怕天地鬼神，竟如無知無識的禽獸一類。到不如我們一字不識，
> 循著天理，依著人心，隨你古今是非、聖賢道理，都也口裏講說得
> 出，心上理會得來，卻比孔夫子也還明白些……〔註55〕

艾衲藉故事中盲人孔明之口，把那些道貌岸然的所謂君子的種種醜行，
「下賤卑污」、「逆倫傷理」、「明不畏王章國法，暗不怕天地鬼神」的毫無廉恥、
毫無敬畏之心的讀書人罵為禽獸不如。《豆棚閒話》的批判性由此可見一斑。

在第九則「漁陽道劉健兒試馬」中的頭回故事，批判的矛頭直指明朝錦衣
衛東廠及京營捕盜衙門，揭露其管賊勾結、草菅人命、貪贓枉法的黑暗現實。
第十則「虎丘山賈清客聯盟」中，艾衲借專事坑蒙拐騙的賈敬山糾集烏合之眾
結社來對明末各種文人社團林立進行了辛辣諷刺。晚明社會分裂，宦禍、黨爭、
民變、滿清無一不是末世之兆。文人結社，從其負面影響來說，無疑是這種分
裂的表現之一，「在明王朝由裂變走向滅亡的時期，文人結社卻出現了前所未
有的興盛景象。在短短半個多世紀裏，各種文人團體超過二百家，是明代此前
兩百餘年文人社團總和的兩倍，其中規模最大者人數有數千之眾，聲勢之大，
震撼朝野。」〔註56〕各種社團並沒有給搖搖欲墜的明王朝任何有力支撐，相
反，社團反而分散了社會的凝聚力，使一些士人對此頗多微詞。正如杜登春指
出：「及其流蔽，賢者藉以拔茅連茹，不肖者因以阿私伐異；同類者資以講學
考業，異己者指以結黨招權；在朝幾蹈桓靈黨錮之禍，在野又多洛蜀異同之禍。
說者謂明朝國運，奪於黨人社局，未必非中綮之論。蓋以君子小人之雜出，同
朝各為己私，各爭己是，而置國是於度外也。」〔註57〕艾衲對於賈敬山糾集一
幫「白賞」結社，坑蒙拐騙勾當，顯然對這些晚明社團旁敲側擊，有所影射。
對以賈敬山為首的「白賞」們「陋習醜態、可笑可驚、可憐可鄙之形無不淋漓
活現」〔註58〕的揭露。紫髯狂客指出，「艾衲言外自有深意存乎其間」。〔註59〕

〔註55〕艾衲居士《豆棚閒話》，人民文學出版社 1984 年版，第 82 頁。
〔註56〕何宗美《明末清初文人結社研究》，上海三聯書店 2016 年版，第 59～60 頁。
〔註57〕杜登春《社事始末》，《叢書集成初編》第 764 冊，中華書局 1991 年版，第 1
～2 頁。
〔註58〕艾衲居士《豆棚閒話》，人民文學出版社 1984 年版，第 114 頁。
〔註59〕艾衲居士《豆棚閒話》，人民文學出版社 1984 年版，第 114 頁。

第十一則「黨都司死梟生首」更直接描寫了明末動亂，並對明朝滅亡進行反思，指出承平時節更應記起天災人禍、亂離兵火的人間悲劇。對於明朝滅亡，指出崇禎朝亢旱、水災、瘟疫、蝗蟲對朝廷的打擊，但比天災更為嚴重的卻是人禍，朝廷不思救濟反而狂征暴斂，從而使流民結黨成群、嘯聚山林，加之朝廷用人、舉措等方面失誤造成國破家亡。不得不說，作者對於明亡原因有著清醒認識，小說並沒有提及滿族入關，但言外之意明朝滅亡內憂大於外患，正因為面對各種社會亂象，明朝並沒有採取有效舉措，並反而在各方面的失誤更加加重了這種危機。顯然，對明朝滅亡的歷史教訓，作者批判之餘，反思尤甚。正如紫髯狂客「總評」所言，「人能居安思危、處治防亂，雖一旦變生不測，不至錯愕無支。」〔註60〕

第十二則「陳長齋論地談天」更是借陳長齋之口集中闡述了作者對儒釋道的看法。陳齋長批判了儒釋道的虛偽，指出老子是「貪生的小人」、佛氏是「貪壽之小人」，他們的教義蠱惑人心，其二人實為自私之徒。按照陳長齋的觀點，所謂聖人不可迷信，要順應自然造化，「天地造化之氣，不足者助之，有餘者損之」，就是按照自然之理而非一味迷信他人。這應該是作者在歷經明亡歷史，對長期以來國人遵循的傳統哲學的一種深刻批判、反思與懷疑。或者說，這最後一則實際上是作者對「儒釋道」的根本懷疑與顛覆，並提出自己的主張：遵循自然造化，並有所作為。

縱觀《豆棚閒話》各篇，艾衲實際上給我們呈現了歷史的另一面，對忠孝節義、酒色財氣、治亂之道、儒釋道教義等等進行了全面的反思與批判，顯示出明清鼎革之際，來自明朝遺民對於明亡教訓的深刻領悟。歷史的另一面總是非常殘酷、有時候讓人啼笑皆非、有時候讓人扼腕歎息。但，艾衲非常清楚，豆棚閒話，無關痛癢，雖振聾發聵但易於摧折，同時又「官府禁約甚嚴，又且人心叵測」，豆棚轟然倒塌，眾人星散，歷史如過眼雲煙，一如豆棚，自然消長，所有一切歸於虛無，這裡又隱約包含了艾衲無可奈何的複雜心態。

除了批判性，《豆棚閒話》還表現出強烈的諷刺性。介子推被火燒死是因為妒婦羈絆、范蠡為保財產謀害西施、盲人好不容易開盲卻徒增煩惱後悔了、坑蒙拐騙的「白賞」竟然也要糾集起來模仿文人「結社」、道家創始人老子和佛教創始人佛主竟然是「具為己壽」蠱惑人心的小人……一系列顛覆性敘事讓人大跌眼鏡，別開生面，其嘲諷辛辣，蘊含深意。話本小說發展到清初，經歷

〔註60〕艾衲居士《豆棚閒話》，人民文學出版社1984年版，第126頁。

了明代覆滅之痛,逐漸走向諷刺一途。這不是孤例。《照世杯》第四篇也是一篇諷刺佳作,在本章第四節將專門論述。這表現了文學發展史上末世多諷刺的規律,只不過,這種諷刺苗頭很快便在清廷禁令面前戛然而止了。

三、易代心態:「閒話」與「官話」

《豆棚閒話》的敘述方式並非是一種標準的話本小說體制,除了以上論述的「豆棚框架」之外,在具體的故事操作中,更類似於鄉野的「閒談」。雖然每則以標題的故事作為「正話」故事,但每一則中有大量的對話和議論,其篇幅幾乎可以與正話故事分庭抗禮,這種比例,不得不使我們思考那種傳統看待話本小說的方式,如入話、頭回、正話等,並不適合《豆棚閒話》。《豆棚閒話》其實是一個整體,故事的講述者、聽眾以及故事構成了一種「閒話」敘述,「《豆棚閒話》不僅改變了舊時的敘述習慣,免去了敘述者的判決,而且放鬆了對情節的要求,所以第十二則裏沒有故事,只是講學和討論也可以成為一則。這一則是以新的、引人注目的方式結束的。」〔註61〕很明顯,這種「閒話」空間的搭建並非一個簡單的說書場,而是具有更加深刻的精神內核。《豆棚閒話》第十一則最後,老者感歎道:「起初說的,是活人做死人的事;這回說的,是死人做活人的事。可見亂離之世,異事頗多。彼時曾見過亂世的已被殺去,在世的未曾經見,所以淹沒,無人說及。只有在下還留得這殘喘,尚在豆棚之下閒話及此,亦非偶然。諸公們乘此安靜之時,急宜修省。」〔註62〕在明清易代之際,無疑會引人無限聯想。因此,《豆棚閒話》之「閒話」從這個意義上來說,是和「官話」相對的一種說法,是一種民間政治視點。

縱觀《豆棚閒話》12 則的主題,主要集中在如下幾個方面:

金錢與道德、守節與生存、貧困與孝義、理想與現實、官府與盜賊、儒釋道教義等等關係,這些都是人生中經常遇到並在歷史的關鍵時期考驗人生操守的基本方面。對於官方來說,倡導忠孝節義是一種冠冕堂皇的人生原則,而在朝代鼎革之際,對於普通人來說,則關係到個人的命運。作為「官話」層面的道德倡導並不能在人生的細節方面為普通人的油鹽醬醋買單。同時,在易代之際,世人目睹明代文臣武將很多折節降清,很多成為清軍的馬前卒,對於官方所宣揚的忠孝節義,是一種多麼辛辣的現實諷刺!因此,對於普通人來說,

---

〔註61〕〔美〕韓南《中國白話小說史》,浙江古籍出版社 1989 年版,第 194 頁。
〔註62〕艾衲居士《豆棚閒話》,人民文學出版社 1984 年版,第 125 頁。

朝代鼎革之際，也許首要的問題不是道德問題，而是生存問題。於是，所謂的「閒話」就有了與「官話」構成對話關係的空間，畢竟，生存是最現實的。「作者冷眼曲筆，對清初社會進行了辛辣的諷刺，寄寓著他對當時政治的幻滅、思想的苦悶。這當是反映了明清鼎革之際一部分漢族知識分子的心理狀態，有強烈的現實意義。」〔註63〕從這個意義上來說，《豆棚閒話》給我們帶來的也許不光是對世事顛覆性批判，而是提出了不少對於普通人來說最為切身的現實問題。

明亡清興，作為明朝遺民的艾衲對此扼腕痛惜又無可奈何。《豆棚閒話》對被歷來人們所推崇的介子推、范蠡、伯夷、叔齊、老子、釋氏等等進行了全面的嘲諷與批判，表現出官方秩序之外的一種「民間」立場，如把介子推的功成身退不戀榮華的品格說成是為妒婦羈絆；把范蠡說成是見利忘義、時刻不忘聚斂錢財，同時又心狠手辣，不惜把西施推入水中殺人滅口；把叔齊說成是忍不住飢餓而變節，還自有一套興亡說辭；把老子、釋氏說成是自私小人，俱為己壽等等等等。這種顛覆性觀念來自對明亡教訓的切膚之痛，來自於長期以來官方所宣揚的道德楷模的懷疑，因此能夠振聾發聵。

實際上，艾衲從幾個方面建構了《豆棚閒話》的「閒話」立場，並使之與「官話」形成對立、對話關係，它使我們明白，歷史的建構並非只是官方一面，它還有另一面，雖然這一面多數情況下被歷史煙塵遮蔽，但它會在適當的時候被提起，並讓人反思。這幾個方面如下：

其一，敘述框架。正如上面論述，《豆棚閒話》一改傳統的說話人隱匿模式，讓其現身為可以看見的敘述者，使其戲劇化。聽眾也部分現身，被戲劇化。這樣小說就形成了一個戲劇化了的書場，並且敘述者和聽眾之間有交流，有時還針鋒相對，如第十二則。「來這裡的人既是聽眾，也是講者，有著平等的言論權利。顯然，這是一個帶有理想色彩的輿論空間。」〔註64〕同時，小說還設置了一個超敘述者，這是一個潛在的敘述者，不現身，是整個故事的隱含作者。這種敘述框架的設置使作者把故事中所表現的觀念形態歸於戲劇化的敘述者，而使超敘述者，即隱含作者超脫於輿論之外，從而在文本形式上形成一種自我保護，也是一種自我辯護。這樣，使「誰說」的問題變得複雜起來。雙層

〔註63〕張俊《清代小說史》，浙江古籍出版社1997年版，第74頁。
〔註64〕劉勇強《話本小說敘論：文本詮釋與歷史構建》，北京大學出版社2015年版，第247頁。

敘述框架使小說區隔出一塊獨立「空間」，即豆棚，這個空間從形式上來說自我運行，與作者無關，形成一種「區隔保護」。同時，也形成一種與「官話」相對的「閒話」場域。

其二，虛構歷史與價值批判。小說中對介子推、范蠡、叔齊、老子、釋氏等人多採取「虛構」方式，呈現光鮮歷史背後的隱秘，從而揭露了忠孝節義、儒釋道教義的虛偽本質。明清鼎革，社會各種沉渣泛起，那些平常滿口忠孝節義的明朝舊臣、士人所表現的種種醜態，艾衲對之激烈批判，極盡嘲諷。艾衲用這些典範的歷史人物，反其意而用之，揭示歷史的陰暗面，讀者應該明白其中「幻中之真、真中之幻」，用心體會，不難理解艾衲用心良苦。或者說，艾衲用一種獨特方式樹立了一種「官方」之外的民間立場，「官話」之外的「閒話」空間。

其三，對傳統哲學的懷疑與重建。集中表現艾衲思想的是第十二則，可以說，這一則是整部小說集思想的一種總結。在對歷史與現實進行一番反思之後，這一則把矛頭對準社會、國家所遵循的核心哲學思想：儒釋道。小說中對儒釋道思想進行了全面批判、攻擊，這就從根基上推翻了建構其上的家國觀念和世人行為準則。在明清易代之際，世人的種種表現把儒家的忠孝節義、道家的超然物外、釋家的隱忍等等道德規範擊得粉碎，既然聖人之言已經不可靠，也不可信，那麼，道德重建就迫在眉睫。艾衲無疑主張遵循自然造化之氣，補不足、損有餘，以自然之理作為人的行為準則。顯然，艾衲對此並不自信，隨著豆棚的坍塌，「閒話」空間也就不復存在。或者說，艾衲雖然深信應該遵自然之道，循自然之理，但他並不樂觀，因為「官禁甚嚴」、「人心叵測」，面對「官話」，「閒話」顯然缺乏與之對抗的實力。

總之，「閒話」代表了一種立場，一種在易代之際的反思方式。「豆棚」代表了一種自然時序，依循自然之理，這是作品的隱喻所在，也是艾衲進行一番反思與批判之後所主張的核心觀念。「豆棚」秩序既是小說的貫穿線索，也是一種政治主張，是獨立於「官話」之外的「閒話」立場，是一種民間立場。明亡教訓深刻，作為明朝遺民，艾衲反思、批判，痛惜之情溢於言表。但又極度不自信，心理極度脆弱，就如豆棚轟然倒塌，聚集之人星散，一切歸於無有，幻滅感油然而生。豆棚，代表了一種自然的消長，榮枯更替，季節輪迴，幻滅之餘又給人希望，「閒話」不閒，自然不滅，「豆棚」也自然會重新建構。

第四節　影射時局：易代時期的時代焦慮與文學表達

明清易代之際，話本小說創作表現出了集體的時代焦慮，其程度隨著時局動盪的升級而逐步加深，又隨著清廷對時局的掌控，由戰爭逐步轉變為平靜而逐漸變成一種較為低調的表達，由直接的對時局的描寫逐步過渡到影射、隱喻為主，從格調方面逐步走向一種無奈、甚至逐步接受新朝廷的創作趨勢。同時，這些易代之際的話本小說在表現時代焦慮的時候，有各種方式，有的是以道德倡導為主，如《型世言》；有的揭露易代之際仕宦、士人等的各種醜行，如《豆棚閒話》；有的則直接表達時局之危，如《清夜鐘》。當然這些作品並非聚集一端，而是有多方面表現，如《豆棚閒話》既有隱喻，又有對時局的直接描寫，同時又揭露了易代之時一些人的種種醜態。而李漁的作品則醉心於隱逸為樂，遊戲人生，同時又夢想做人師，成為鄉野高人。如此種種，無論何種面貌，均呈現了易代之際，作家通過文學的方式傳達出的焦慮情緒。這種情緒通過各種方式表達出來，從而在整體上，在各個方面表達了對時局的影射。換句話說，這些易代之際的話本小說，呈現出了不同於此前的面貌，這種新變是易代之際的種種現象在作家作品中的一種投射。這些作品就像各種鏡子，無論是平鏡、哈哈鏡、放大鏡、屈光鏡還是其他，其映照的是同一個現實，但其效果不同。

本節選取《清夜鐘》《照世杯》和《雲仙笑》三部刊刻於清初的小說集為研究對象，通過這些小說對明清易代不同階層的描寫，來看易代之際話本小說對世相的描寫和對時局的影射，從另一個方面探討易代之際，存在於易代士人內心的時代焦慮及其不同的表達方式。

一、《清夜鐘》的時代焦慮

《清夜鐘》是明末清初話本小說。其作者經多位學者考證，似可確定為陸雲龍。〔註65〕筆者無意對《清夜鐘》的作者問題置喙，更願意聚焦於小說所表

〔註65〕關於《清夜鐘》的作者問題，路工《訪書見聞錄》（上海古籍出版社 1985 年版，第 152 頁）將其作者歸陸雲龍，胡蓮玉博士論文《型世言研究》（南京師範大學 2002 年第 25 頁）進行考證，確定為陸雲龍。井玉貴《〈警世陰陽夢〉、〈清夜鐘〉作者新考》（《中國典籍與文化》2002 年第四期）和《關於〈清夜鐘〉作者的再探討——兼與顧克勇、蔚然先生商榷》（《中文自學指導》2008 年01 期）兩篇文章中對《清夜鐘》的作者問題進行了詳細考證，確定其作者為陸雲龍。李小龍《〈清夜鐘〉作者補證》（《明清小說研究》2008 年第一期）又

現的時代焦慮上面，並認為《清夜鐘》與明清易代之際的其他小說一樣，表達了一種易代之際的焦慮情緒，是易代心態的代表性作品。小說取明末時事，並屢次提及崇禎十七年事，當為作者親歷明清鼎革之痛而對之進行的切近時代的描寫。

《清夜鐘》表達了一種時局危困、迫在眉睫的焦慮情緒。顯然，作品產生的時候正值明朝滅亡的前夜。《清夜鐘》的易代心態主要表現在對時代的貼近式描寫和表現出的焦慮情緒方面。在序言中，作者非常明確自己的寫作目的：「明忠孝之鐸，喚醒奸回；振賢哲之鈴，驚回頑薄。名之曰《清夜鐘》」，並強調：「著覺人意也，大眾洗耳，莫只當春風之過，負卻一片推敲苦心！」〔註66〕

首先，貼近時代的描寫。貼近時代本身說明時代的特殊性，在明清易代之際，刊刻於這一時間節點的話本小說或多或少有對於時代的貼近式描摹。如《豆棚閒話》第十一則中對明末亂象的描寫。明末小說有這種描寫時代的傳統，如魏忠賢倒臺不久就出現《檮杌閒評》這樣揭露魏忠賢醜行的小說，其中很多描寫是史實。《清夜鐘》多個回目提及明末動亂。第一回「貞臣慷慨殺身烈婦從容就義」中直接描寫了明末的動亂，小說開頭即讚揚崇禎皇帝：

> 若在明朝毅東烈皇帝，他自信王為天子，不半年，首除崔呈秀，漸去魏忠賢，五彪五虎。這時身邊何曾有一個親信的近臣、才識的大臣去相幫他？真乃天生智、勇、膽、力、識都全，不落柔懦，亦非殘忍。後來身衣布素，盡停織造，何等儉；時時平臺召對，夜半批發本章，何等勤；京畿蝗旱，素衣布禱，何等敬天恤民；對閣下稱先生，元旦下御座相揖，何等尊賢禮下。

但是，就這麼一位好皇帝，卻得到弔死煤山的下場，而死的時候「煤山下從死的止一內官」，對於崇禎皇帝，小說寄予莫大的同情，並對明朝的文臣武將貪贓枉法、貪生怕死、誤國誤民的種種劣跡進行揭露，「闖賊還坐在長安，這廂已是如麻似亂」。然後，小說寫了編修汪偉為官「公明廉潔」、為人「忠孝節義」。小說揭露了明末官場考選行賄的種種醜行，而汪偉因「宦囊清薄」自然落選。後崇禎親自考選，汪偉被選為內翰林簡討。後甲申之變，李闖入京，

對《清夜鐘》作者是陸雲龍進行了補證。也有學者提出質疑，顧克勇、蔚然《〈清夜鐘〉作者非陸雲龍考》（《上海大學學報》社會科學版 2006 年 04 期）持《清夜鐘》作者非陸雲龍觀點。根據諸多學者的論文，筆者認同《清夜鐘》作者陸雲龍觀點。

〔註66〕路工、譚天編《古本平話小說集》，人民文學出版社 1984 年版，第 154 頁。

崇禎弔死，汪偉看到迎賊的官民，非常痛心，對夫人道：「夫人，我這哭，不是與你捨不得死，怕死貪生。我是哭謀國無人，把一個三百年相傳宗社，十七年宵旰的人君都送在賊手裏，這等哭。若論今日，我臣死君，你妻死夫，是人間的正事，人間的快事！什麼哭？被人聞知恥笑。」於是，和夫人一起雙雙懸樑殉國。二人懸樑那一刻，其對話從容鎮定，不乏幽默，卻透露出悲壯：

> 拿了一條繩，提了凳，竟向右首梁下擺定，正待立身上去。只見耿夫人笑道：「老爺差了。」簡討呆了一呆，說：「難道不該死麼？」耿夫人道：「不是！」向左一拱道：「老爺還該從左。」簡討點頭道：「是，是。」簡討卻向左邊拋上繩子，兩人各各扣緊喉下，一腳踢倒凳子，身往下墜。簡討身子胖，墜得勢重，就一時氣絕。夫人身子苗條，稍輕些，死略遲。卻也似地府相隨，夫前妻後。兩人之死，猶笑容宛然。

　　小說雖然對李自成農民起義頗多批判，但我們看到這明清易代之際，寫下這樣的文字是需要勇氣的，尤其是在清初時局艱危、文人生存環境惡劣的情況下，刊刻這種明顯傾向於明朝的作品，尤其難得。這第一回小說對明末亂象的揭露入木三分，飽含了對於明亡的痛惜與思考。

　　《清夜鐘》第二回「村犢浪占雙橋　潔流竟沉二璧」中，首先寫任丘、濟南、臨清等地失守後女性的悲慘命運，正話故事寫了 2 個童養媳的故事，寫她們的孝道，臨死還不讓逼死她們的婆婆出醜，然後作者對她們的品行進行讚揚：

> 這兩人不生仕宦之家，也不曉得讀書識字，看他處事，何其婉轉；臨死，何其勇決！可見天地正氣，原自常存，十室之邑，必有忠信。如今天下這些喜淫失節婦人，奈何有好樣不肯學？

　　《清夜鐘》對忠、孝、節、義的宣揚有其直接的現實原因，並將之上升為國家層面，在明清易代的大背景下顯然有所指涉。其中多篇有切近時事的議論文字，第一回宣揚忠君，第二回宣揚孝道，第三回寫惡奴欺少主的故事，並得到惡報下場。這篇看似寫一個家庭的故事，但在小說開頭，作者同樣將故事上升為國家層面：

> 國家重良賤之條，名分嚴主僕之辯，蓋平日既甘服役，受其衣食，便有休戚與共之義，若富時相事，貧賤棄之，生則相依，歿遂易主，向來撫養之謂何？

　　顯然，在明清易代，尤其是崇禎殉國之後，對於明臣易主而事的現實，作者是有頗多憤懣之詞，借小說進行旁敲側擊。《清夜鐘》第四回「少卿癡腸惹禍　相國借題害人」中，則直接寫南明弘光朝的亂象，寫假太子案，寫各色人等為保命，認假為真，為權位弄虛作假等等醜態。《清夜鐘》第五回「小孝廉再登第　大硯生終報恩」寫科場舞弊，李代桃僵，小孝廉被人欺騙失去功名，大硯生利用小孝廉的試卷獲得功名，並最終報小孝廉之恩。小說顯然對於大硯生的所謂報恩並不買帳，而是聚焦於大硯生的所作所為，指出：「我道這大硯臺還不足取，我圖功名，人也要功名，怎教那人撇自己功名成我功名？況竊一一鶴聲句得官，猶是個竊，這是個劫，劫可施之士林乎？」對於竊取功名之人進行揭露和批判。這是有所指的，難怪這回末評中寫道：「借事寫世情，盡多題外之意。」這無不引人對明末官場亂象的聯想。這也是對明朝官場的一種反思，如果聯繫第一回對變節之臣的批評，就會明白作者的這種反思意味著什麼：明朝滅亡其實是自內部開始的。這種思考方式還表現在第六回「偵人片言獲伎　圉夫一語得官」對武將誤國的描寫中。這回故事寫王威寧用計破敵，其人雖有缺點，但能夠用人從諫、信賞必罰，所以能夠破敵立功直至封伯。寫這樣一個人物顯然有所指涉：

> 　　但如今為大將的，貪財好色，愎諫蔽賢，還要掠人妻女，怎肯捨自己的美姬與人？聖旨部札，視如等閒，那個肯聽人說話？所以如今用哨探，不過聽難民口說，不破的城說破，已失城說不失，說鬼說夢，再沒個捨命人，入敵營探個真消息的人。隨你大將小將，遠遠離敵三四百里駐紮。只曉得掘人家埋藏，怕敵兵來，每夜還在人屋上睡，那個敢勸道殺賊？總之上邊沒這如王威寧樣一個大臣，自不能得人的力，成朝廷的功。

　　聯想到明清易代之際，明朝武將的各種行徑，不難體會作者的這種憤懣之情。《清夜鐘》第七回寫「孝」、第八回寫兄弟相殘、親情泯滅，第十三回寫陰騭積善、本心不可失，第十四回寫貪圖功名終致禍端。尤其是第十四回末，作者寫道：「官高必險，反不如持瓢荷杖之飄然」，儼然是醒悟之言。對於那些由明入清的明朝舊臣，依附新朝，汲汲功名的人來說，實為勸退之言。

　　縱觀《清夜鐘》各篇題旨，忠孝節義、親情、功名等等無不和易代之際的時局相關，而且多個回目直接提及明末時事，如崇禎殉國、甲申之變，任丘、濟南等地失守、南明弘光朝亂象等等。這是一種貼近時代的寫作，顯示出作者

的易代反思，和對於易代之際種種世相的批判。小說持封建正統立場，反對農民起義，在小說中把農民起義說成是「賊」。「作者能立即將最高統治者的政事寫成小說，寓興亡之恨，並在當時印刷相當困難的情況下刻印問世，實在難能可貴，這無疑將『文章乃經國之大業』提到了一個新的高度。」〔註67〕小說有意迴避了滿清與明朝之間的戰爭，這一方面說明作者身處清初有所顧慮，另一方面也說明，作者的反思主要從明朝自身尋找滅亡原因。

其次，從小說文體特色方面來說，《清夜鐘》的敘述方式已經突破的話本小說的文體規範，那種「擬書場敘述格局」已經被大量切近時事的議論打破，大量存在於「三言二拍」的說話人套語，如「且說、話說、看官聽說」等已經消失，取而代之的是作者的直接議論。這種敘述方式其實已經改變了話本小說「超敘述者─說話人─故事」的雙層敘述格局，取而代之的是「敘述者─故事」的敘事格局，這種敘述方式的優點在於作者可以毫無顧忌地直接發表議論，而無須轉嫁於說話人之口。

同時，語言文人化，書面化，且並不流暢，貌似急就章。大量議論影響了故事主題的自然呈現。很明顯，作者並不想讓讀者自己去領悟小說的內涵，而是直接站出來表達看法。如果從藝術性角度來說，《清夜鐘》並沒有多少可取之處，無論從語言、文本形式還是故事內容等方面，均表現得很粗糙。但作為明清易代之際的特殊時期的特殊小說文本，它給我們留下了特定歷史時期文人對時局的看法。如果聯繫《豆棚閒話》，可以很明顯表現出二者之間的精神聯繫，再聯繫李漁《十二樓》《連城璧》等作品，可知，處於朝代鼎革之際的文人的不同表達方式。但其有一個共同的特點，即均表現出某種「易代心態」。正統價值觀、勸諷、揭露，以及無處不在的悲觀情緒構成17世紀易代小說的時代風格，正如韓南所說，「17世紀40年代的短篇小說集所具有的這種共同價值觀，也就是中國文化的主流價值觀。它在一定程度上滲透於整個傳統小說創作中。」〔註68〕

小說中的大量議論極易遭致研究者批評，如歐陽代發認為：「作者痛惜明代滅亡，大力褒忠獎孝，呼喚重振綱常，以救末世，因而文中有長篇忠孝說教和痛心疾首的哀歎。但說教多，令人生厭。而且其說教既枯燥又陳

〔註67〕張蕊青《「警鐘」何須問短長──殘本〈清夜鐘〉特色及影響》，《寧夏大學學報》（人文社會科學版）2001年第6期，第112頁。

〔註68〕韓南《韓南中國小說論集》，王秋桂等譯，北京大學出版社2008年版，第311頁。

腐……」〔註 69〕就文體特色來說，議論是話本小說文體的特徵之一，從三言始，小說中摻雜議論，頭回即點明小說主題，故事運行中的議論穿插、結尾處的議論等等都是話本小說獨特文體的一部分，但話本小說發展前期的三言二拍，並沒有將議論作為小說的主要部分，或者其議論文字甚至和小說故事自然呈現的內涵相背離。而處於 17 世紀 40 年代的易代小說則將議論上升為小說的主要部分，甚至可以與故事分庭抗禮，這無疑是這個特色時代小說所表現出的特殊特徵。議論雖然延續了話本小說的文體規範，但刻意的強調和突出實際上打破了這種規範。這有話本小說的文體慣性，但更多是來自時代的對人心理的投射。從議論本身來看，有一部分是宣揚忠孝節義等儒家思想，而有一部分則是針對時局而發，有批判、有讚揚、有對世事的一些看法，甚至有對當權者的某種勸誡或建議。這些議論在時代危機之下，是作家焦灼心理在創作中的一種投射，是一種在特定歷史情景中的一種心理表達。正所謂《毛詩序》所言：「詩者，志之所之也。在心為志，發言為詩。情動於中，而行於言。言之不足，故嗟歎之。嗟歎之不足，故永歌之。永歌之不足，不知手之舞之，足之蹈之也。情情發於聲，聲成文謂之音。治世之音安以樂，其政和；亂世之音怨以怒，其政乖；亡國之音哀以思，其民困。」因此，17 世紀 40 年代小說作家沒有話本小說前期作家的淡定和從容。

二、《照世杯》：燭照世相

《照世杯》作者酌元亭主人，為明末清初人，小說刊刻時間歐陽代發認為是康熙朝，且在康熙 9 年（1670 年）之前。〔註 70〕「照世杯」取名，根據 1956 年上海古籍出版社出版《照世杯》「出版說明」：「明朱國楨《湧幢小品》卷一云『撒馬爾罕在西邊，其國有照世杯，光明洞達，照之可知世事。』為本書書名所本。」〔註 71〕由此可見，此書寫作目的：燭照世相。在小說的「序」中，以對話的形式表明寫作初衷：

> 客有語酌元主人者曰：「古人立德立言慎矣哉，胡為而不著藏名山，待後世之書，乃為此遊戲神通也。」今曰：「唯唯，否否。東方朔善恢諧，莊子所言皆怪誕，夫亦託物見志也。與嘗見先生長者，

〔註69〕歐陽代發《話本小說史》，武漢出版社 1994 年版，第 331 頁。
〔註70〕歐陽代發《話本小說史》，武漢出版社 1994 年版，第 407 頁。
〔註71〕〔清〕酌元亭主人《照世杯》，「出版說明」，上海古籍出版社 1956 年版，第 1 頁。

正襟斂容而談，往往有目之為學究，病其迂腐，相率而去者矣。即
或受教，亦不終日聽之。且聽之而欲臥，所謂正言不足悅耳，喻言
之可也。今冬，過西子湖頭，與紫陽道人、睡鄉祭酒縱談今古，各
出其著述，無非憂憫世道，借三寸管為大千世界說法。昔有人聽婦
姑夜語，遂歸而悟奕，豈通言徹俗，不足當午夜之鐘，高僧之棒，
屋漏之電光耶！且小說者，史之餘也。採閭巷之故事，繪一時之人
情，妍媸不爽其報，善惡直剖其隱，使天下敗行越檢之子，惴惴然
側目而視，曰：「海內尚有若輩，存好惡之公，操是非之筆，盡其改
志變慮，以無貽身後辱。是則酌元主人之素心也哉！抑即紫陽道人、
睡鄉祭酒之素心焉耳！」〔註72〕

「託物見志」、「借三寸管為大千世界說法」、「善惡直剖其隱」等無不說明
《照世杯》的寫作目的。其書名「照世杯」也有燭照世事之意。「透過全書，
我們不僅可以燭照話本小說發展進程中的一個新階段的歷史輪廓，而且還能
窺探到小說所展現的那幅封建末世社會世俗生活的畫卷。」〔註73〕《照世杯》
並沒有象《清夜鐘》那樣聚集於影響國家前途命運的大事，而是聚集於普通人
的現實生活。揭露存在於現實生活中各色人等的醜陋行止，以燭照世道人心。

《照世杯》第一篇「七松園弄假成真」中，敘述了才子阮江蘭追求揚州名
妓畹娘，其中多有曲折，受到友人張少伯幫助，並最終發奮讀書考取功名，同
時又抱得美人歸的故事。故事之中還塑造了一位胸無點墨，還假裝斯文的假才
子樂多聞形象作為襯托。小說屬才子佳人類型，不脫中舉團圓窠臼。小說不時
對一些世事進行冷嘲熱諷，如看到佳人配白丁，寫道：「天公不肯以全福予人，
隔世若投人身，該投在富貴之家，平平常常，學那享癡福的白丁，再不可做今
世失時落魄的才子了。」這篇小說故事本身並無獨特之處，但其敘述曲折婉轉，
人物性格鮮明，阮江蘭的癡情才子、樂多聞的小人行為、張少伯的智慧與對朋
友的熱腸躍然紙上。但最令人稱道的是小說中阮江蘭中舉之後，其家人在其與
名妓畹娘的婚姻問題上所持的態度，這讓人想起杜十娘。杜十娘的悲劇源於李
甲的軟弱，但最終原因則是李甲父親對待其婚姻的態度：不會接受他把一個風
塵女子娶回家。而阮江蘭的父母則是另一種態度，即要求孩子遵守諾言：

〔註72〕〔清〕酌元亭主人《照世杯》，上海古籍出版社1956年版，第105頁。
〔註73〕何滿子、李時人主編《明清小說鑒賞辭典》，浙江古籍出版社1992年版，第
　　　　1159頁。

父母道：「孩兒你倒忘記了？當初在揚州時候，曾與一個畹娘訂終身之約麼？」阮江蘭變色道：「這話提他則甚！」父母道：「孩兒，你這件事負不得心，張少伯特特送他來與你成親，豈可以一旦富貴遂改前言？」

很明顯，這裡沒有什麼門當戶對和封建的貞潔觀念，有的是勸孩子遵守諾言的誠信之心。這是一種值得關注的價值傾向。拋開門戶之見和長久以來的貞潔枷鎖，讓我們看到一對開明父母對諾言的信奉和堅守。這是不是可以看作作者對封建正統思想所堅守的儒家道德倫理產生了厭惡，並轉而相信人與人之間真誠的信諾並進行堅守。

《照世杯》第二篇「百和坊將無作有」中塑造了一個童生歐滁山，冒充才子招搖撞騙而得到七百兩銀子，又由於其貪財好色而被另一撥騙子以美色誘之並最終人財兩空，最終病死。小說顯然對現實中的沽名釣譽之徒進行無情嘲諷。正如小說開頭議論：

丈夫生在世上，偉然七尺，該在骨頭上磨練出人品，心肝上嘔吐出文章，胼胝上掙扎出財帛。若人品不在骨頭上磨練，便是庸流；文章不在心肝上嘔吐，便中浮論；帛不在胼胝上掙扎，便是虛花。且莫提起人品、文章，只說那財帛一件，今人立地就想祖基父業，成人就想子祿妻財。我道這妄想心腸，雖有如來轉世，說得天花亂墜，也不能斬絕世界上這一點病根。

顯然，作者有感而發，具有很強的針對性。例如對打秋風這種風氣及其所帶來的種種醜陋世相的揭露。小說中歐滁山到出貢朋友姜天淳那裏打秋風，將自己童生的身份掩蓋，冒充秀才招搖撞騙，靠走「衙門線索」獲利。作者對打秋風醜行進行無情抨擊：

世上尊其名曰：「遊客」。我道遊者流也，客者民也，雖內中賢愚不等，但抽豐一途，最好納污藏垢，假秀才、假名士、假鄉紳、假公子、假書貼，光棍作為，無所不至。今日流在這裡，明日流在那裏，擾害地方，侵漁官府，見面時稱功頌德，背地裏捏禁拿詐。游道至今大壞，半壞於此輩流民，倒把真正豪傑、韻士、山人、詞客的車轍，一例都行不通了。歡的帶壞好的，怪不得當事們見了遊客一張拜帖，攢著眉，跌著腳，如生人遇著勾死鬼一般害怕。

明代官場的這種不正之風顯然敗壞了社會風氣，小說中的議論揭示了這

種風氣帶來的危害，使那些真正的「豪傑、韻士、山人、詞客」無法生存。打秋風不但敗壞了官場風氣、士林風氣，也敗壞了社會風氣。它使得一些不學無術之輩靠招搖撞騙獲取名利。

《照世杯》第三篇「走安南玉馬換猩絨」塑造了一個類似《水滸傳》中高衙內的人物形象：胡衙內。胡衙內貪色成性，以汗巾裹玉馬擲杜景山妻子以調戲，不料反而自己倒楣。胡衙內之父胡安撫為了兒子公報私仇，強迫杜景山交三十丈猩猩絨，但猩猩絨是官府禁品，加之生產於安南國，並不易得。杜景山被迫去安南國採購猩猩絨。經過一番離奇經歷，終於用玉馬換取 40 丈猩猩絨，同時，又附帶做香料生意而成富家。而那胡衙內賊心不死，又在家中調戲丫鬟被誤打，丫鬟被弔打致死，衙內整日夢見丫鬟索命，遂致病，命不久矣！小說雖然以杜景山發家致富收場，但描寫了胡安撫、胡衙內等為非作歹、欺壓良善、公報私仇的邪惡嘴臉。揭露了官場的黑暗。同時，也描寫了普通商人的誠信、相互救助等。古代以「士農工商」來劃分社會等級，小說將官僚的醜惡和商人的誠信幫扶進行對比描寫，尤其是胡安撫下面的各級官吏對胡安撫及胡衙內唯唯諾諾，趨炎附勢，從而構成了一個地方政府官僚體系的基本生態。所謂世道險惡，其實是亂自上作。

《照世杯》第四篇「掘新坑慳鬼成財主」，是一篇難得的諷刺佳作。小說寫了一位吝嗇、守財奴式的鄉下人物穆太公，有生意頭腦，見鄉間沒有坑廁，便掘三個大坑，然後裝飾一番，請鎮上訓蒙先生寫一匾額，名曰「齒爵堂」，還請訓蒙先生寫廣告，結果「生意」興隆。穆太公靠賣糞便發家致富。其子穆文光受其賭徒娘舅引誘學習賭博，後幾個賭徒算計穆太公 500 兩銀子，而穆文光由於學習賭技，深得其法，贏回銀子，後持刀為父報仇，後又被現任知縣「愛才」免罪，錄為門徒，後讀書進學成書香之家。本篇語言幽默、諷刺犀利，對穆太公吝嗇守財而不乏商人的精明、賭徒勢利、知縣隨意斷案等進行了辛辣的嘲諷，活畫出世相百態。

縱觀《照世杯》四篇小說，其實寫了兩方面內容：士林和商人。前者不乏真正的才子，但更多沽名釣譽、坑蒙拐騙之徒；後者有精明的商人如杜景山、也有精明而守財的穆太公。小說塑造了一系列反面形象，如沽名釣譽的樂多聞、假冒名士秀才坑蒙拐騙的歐滁山、貪色惡少胡衙內、開「馬弔學館」專門教人賭博的弔師，等等等等。當然，《照世杯》還塑造了一系列正面角色，如有真才實學的才子阮江蘭；有古道熱腸，為朋友解危濟困的義士張少伯；有熱

心助人的朱春輝等等。「《照世杯》揭露官場，描繪世相，雖能洞照幽微，卻不能深入，較為淺露。不僅羅列現象，挖掘不深，而且作者似乎還是故意迴避沖淡。」〔註74〕但這種有意的「沖淡」難說不是作者用以「自保」的一種方式，「《照世杯》確實像一隻光明洞達、燭見幽微地揭示社會人情百態的鏡子。可是，也要看到小說對社會弊端的剖析、官場黑暗的鞭笞、世相人生的透視雖很獨到，卻不能盡興盡致。不過它使人感到並非出自作者見識和才能的限制，而是作者的有意為之，點到為止。這或許是作者運用的一種迴避麻煩的護身術吧？」〔註75〕雖然如此，但《照世杯》通過曲折的故事和精巧的構思，「採閭巷之故事，繪一時之人情」，以短篇小說塑造較多性格鮮明的人物形象，的確難得。因此，有論者給予較高評價：「《照世杯》文筆流暢，反映時風世態頗為真切。如對老童生歐陽醉、土財主穆太公心理的刻畫，文辭峭拔冷峻，誇張而不失其真，諧謔但未墮入惡趣，如此描摹世情，在清初擬話本中還不多見。這對後來的諷刺小說乃至譴責小說，都有影響。」〔註76〕

　　值得注意的是《照世杯》四篇小說，只有一篇明確提及朝代，即第二篇「百和坊將無作有」，提及「且說明朝叔季年間……」，這與《清夜鐘》明確的時代標記，以及話本小說對時間的精確記述有明顯不同。但這唯一明確提出的時間標記說明故事的大致發生的年代背景，所謂「叔季年間」，即末世。而其他篇目則採取暗示方式，如第一篇開始沒有具體朝代，但在文中，則有暗示，即阮江蘭進京應試，「帶領焦綠上京應試。剛剛到得應天府，次日便進頭場。」說明京城是應天府，應該也是明代。其他篇目只有通過官員稱謂或者其他方式獲得信息。在文網漸密的清朝初年，這種有意迴避具體朝代的做法，的確情有可原。這種做法本身也表明一種立場。

　　除了上述燭照世相的描寫之外，《照世杯》另一個重要的成就在於其語言。小說語言流暢且極富張力，與《清夜鐘》形成明顯對比，《清夜鐘》語言佶屈聲牙，難以卒讀，而《照世杯》的語言非常具有活力。舉例：

第一篇「七松園弄假成真」中對阮江蘭天分的描寫：

　　　　原來有意思的才人，再不肯留心舉業。那知天公賦他的才分寧有多少，若將一分才用在詩上，舉業內便少了一分精神；若將一分

〔註74〕歐陽代發《話本小說史》武漢出版社 1994 年版，第 409 頁。

〔註75〕王定璋《光明洞達 燭照幽微——〈照世杯〉的文化價值》，《文史雜誌》1997年第 4 期，第 23 頁。

〔註76〕張俊《清代小說史》，浙江古籍出版社 1997 年版，第 76 頁。

才用在畫上，舉業內便少了一分火候；若將一分才用在賓朋應酬上，
舉業內便少了一分工夫。

連用「若將……」句排比來寫才人，並同時有弦外之音。

第二篇「百和坊將無作有」對老童生歐滁山的描寫：

但的近三十，在場外誇得口，在場內藏不得拙，那摘不盡的髭
鬐，漸漸連腮搭鬢，縮不小的身體，漸漸偉質魁形。

這段描寫活畫出一個老童生的形象，語言幽默，諷刺辛辣。

第四篇「掘新坑慳鬼成財主」中，寫弔師授課，卻以儒家「仁義禮智信」
講授馬弔學問，讓人大開眼界：

若夫不打過椿，不打連張，則謂之仁。逢椿必捉，有千必掛，則謂之義。
發牌有序，殿牌不亂，則謂之禮。留張防賀，現趣圖衝，則謂之智。不可急捉，
必發還張，則謂之信。此運動馬弔之學問也。

《照世杯》語言流暢，文筆犀利，最為人稱道處是語言蘊含的諷刺意味，
這與小說描摹世相構成極佳的契合，加之小說敘事曲折，引人入勝，這在易代
之際的話本小說中，是不可多得的優秀之作。

三、《雲仙嘯》：下層人的悲辛

《雲仙笑》又題《雲仙嘯》，清初天花主人編次，共「五冊」，為五篇小說。
小說集編著時間，胡士瑩《話本小說概論》云：「清初刊本」。〔註77〕春風文藝
出版社 1983 年版《雲仙笑》「校後記」（朱眉叔）對於編著時間考證較為詳細：

這部小說集的編著時間，可能在清順治三年以後，康熙十二年以
前，二十八年間。因為第三冊描述到都仁、都義參與清兵征福建，敘
功擢用。唐王在福建被殺是在順治三年，所以這部小說集不會早於順
治三年問世。第三冊又稱吳三桂為吳平西。吳三桂反清後，被視為逆
藩，稱作吳逆，編著者絕不敢再使用平西王官稱，所以這部小說集的
撰寫和刊行，不會在吳三桂開始造反的康熙十二年之後。〔註78〕

《雲仙嘯》第一冊「拙書生禮斗登高第」是一篇文本主題超出作者預期的，
頗耐玩味的敘事文本。小說寫一個天分不高的書生呂文棟如何通過一系列機
緣巧合獲得功名的故事。呂文棟論才學，不及同窗學友曾修、曾傑同胞兄弟。

〔註77〕胡士瑩《話本小說概論》，中華書局 1980 年版，第 639 頁。
〔註78〕天花主人編次《雲仙笑》，春風文藝出版社 1983 年版，第 97 頁。

小說中這樣描述呂文棟才學:「獨有資性,卻是愚鈍不過。莫說作文不能夠成篇,若念起書來,也有許多期期艾艾的光景。」因此,是一個「拙書生」。呂文棟的每次應試成功均機緣巧合:第一次縣試,進場之前買了糕果,而那包裹糕點的紙上抄寫的一篇文字,恰恰是考試的第一道題目,而他本人恰恰把這篇文字「暗暗記在心上」,考試的第二題「又是平日讀過幾篇文字的」,因此,這次考試竟然取得第五名。呂文棟善於「藏拙」:不與文社、不拜門生、不應小試,從而成功避開平時的應酬,使得外人很難知道其底細。呂文棟自知才拙,竟不敢參加科舉考試,後在其準丈人卜升資助打點下才參加遺才考試,而其考題恰恰是曾傑想要戲耍他的題目,陰差陽錯又一次高中第一名解元。呂文棟上京會試,恰好與一個名叫紀鍾的書生住在同一個寓所,而紀鍾得到了會場房師的考題恰好被呂文棟看見,結果呂文棟中了進士,又殿試二甲。而才分高的曾傑、曾修兄弟卻屢試不中,後曾傑病死,曾修雖中解元,但會試不第,選無錫知縣,又得罪上司被罷官。小說寫了明代士林的種種醜行,如靠夤緣進學、靠賄賂獲取考題、文社徒有虛名、拜門生只為找個護身符而與學問無關等等。作者將呂文棟的成功歸結於命相八字、歸結於「善心」。小說看似對呂文棟的成功進行肯定,對真正才子曾傑、曾修兄弟進行批評,但小說自身的主題卻走向了另一面,即小說對明代科舉考試中各級考試中種種醜行的暴露,對明代科舉打壓真才實學的客觀揭露。小說自身所呈現的客觀主題與作者所宣揚的命相八字、善心形成了背離。「作者把這一切歸之於命中注定,『天公』對『守拙』『誠實』人的照顧。作者把呂文棟禮拜斗母的迷信行為,視為應有的虔誠;把一個愚昧無知,言行不一,憑藉夤緣,行為鬼祟而仕途如意的人,作為正面人物加以歌頌,實際是提倡迷信、鑽營、希圖僥倖,這明顯地反映了作者思想的混亂。」〔註79〕

　　《雲仙嘯》第二冊「裴節女完節全夫婦」是一篇揭露明代稅賦沉重的小說,在頭回部分,寫了官府催逼官糧,致使農家賣兒還債的故事。正話則寫了一個秀才之子李季侯因官府催逼官糧,不得已聽從開果子店的陶三建議,賣妻度難關。小說塑造了李季侯懦弱無能又極力維護陳腐倫理觀念的形象。作為對比,李季侯之妻裴氏卻是一個有情有義、有智慧、有操守的女性。她為了不使丈夫李季侯在賣掉她之後傷心,假裝高興,使李季侯認為她水性楊花,為了達到自

〔註79〕天花主人編次《雲仙笑》,「校後記」(朱眉叔),春風文藝出版社 1983 年版,
　　　　第 101 頁。

己的不便明言的目的，裴氏讓丈夫答應三件事：一是須賣予五十餘歲的人；二是要有兒女；三是要一兩賣自己的銀子。此為裴氏為日後謀劃：前兩件為守節，後一件為贖身。等到裴氏用那一兩銀子做本績麻賣錢三年得十三、四兩銀子，然後找現任丈夫贖身。裴氏在謀劃整個過程中，有勇有謀，與李季侯的懦弱無能形成鮮明對比。尤其是當知道李季侯已經續娶，然後毅然出家。小說揭露官府稅負猛於虎的社會現實，即使有五畝薄田的秀才之家也不得不賣妻償債。同時也塑造了一個性格鮮明、有勇有謀的女性形象。

《雲仙嘯》第三冊「都家郎女妝姦淫婦」敘述崇禎年間，開綢鋪的平子芳，其母亡故，其父平雲峰續娶丁氏，平雲峰好色傷身，不上一年亡故。而丁氏年青，與富家子弟都士美勾搭成奸，後被平子芳發現。丁氏與都士美雇都仁、都義謀害平子芳未遂。後丁氏與都士美躲避起義軍被發現後，被起義軍殺掉。平子芳歷經磨難，後終於夫妻團聚。小說寫明末亂象，寫了李自成、張獻忠起義，寫了李自成攻破北京，明遺臣南京立弘光帝。小說寫了明朝在起義軍面前不堪一擊的狀況，「只因太平日久，不惟兵卒一時糾集不來，就是鎗刀器械，大半換糖吃了。總有一兩件，已是壞而不堪的。所以一遇戰鬥，沒一個不膽寒起來。那些官府，收拾逃命的，就算個忠臣了。還有獻城納降，做到了□寇的嚮導，裏應外合，以圖一時富貴，卻也不少。」〔註80〕揭露了明朝政府不堪一擊的敗象。

《雲仙嘯》第四冊「一碗飯報德勝千金」正面描寫了元順帝時期，皇帝無道，天下饑荒，水旱蝗疫，民不聊生。窮秀才曾珙自幼父母雙亡，有無妻室，與一老僕相依度日。不料老僕得瘟疫病死，曾珙無錢葬送。只得典當衣服、單被，後遇到賣水的劉黑三幫助。後曾珙因飢餓倒在雪地，又被劉黑三救起，並將討來的飯讓他吃，得以保命。曾珙後來被起義領袖劉福通請去做了參謀，曾珙帶兵救了被官府抓起來的劉黑三，報了一飯之德。小說正面描寫了元代劉福通起義，寫了天災人禍、民不聊生、官逼民反的社會現實。這種狀況與明末有相似之處，無不引起讀者的聯想。

《雲仙嘯》第五冊「張昌伯厚德免奇冤」，寫了開布店的富翁張昌伯夜遇入室盜賊，不但不予責罰，還與他酒食。此人名叫朱恩，因無錢贍養老母，不得已做下偷盜勾當，得到張昌伯厚待之後，遂決心不再做偷盜之事了。後，有個光棍刁星專事詐人錢財。張昌伯家一個七十餘歲飯婆子病故，刁星攛掇賣雞

的虞信之假裝飯婆子的侄子，欲訛張昌伯錢財，後被識破，遂又讓虞信之到張昌伯門首假裝上弔，不料弄假成真。虞信之弔死恰巧讓朱恩看見，為報答張昌伯之恩，朱恩將虞信之屍體移走丟棄到河中。後來朱恩發現死者竟然是自家表兄。刁星瞭解情況，要朱恩將張昌伯告到官府，朱恩念及張昌伯恩情，將事實告訴張昌伯，後又得到他曾經幫助過的公濟的幫助，將刁星罪行告之官府使其得到懲罰。張昌伯因自己的厚德而避免被冤枉。小說寫了救人危困的張昌伯、知恩圖報的朱恩、貪財丟命的虞信之和詐人錢財最終被法辦的刁星。值得關注的是，虞信之雖然貪財，但也情有可原，即官府追比錢糧，其五、六畝田尚不夠納糧，他不得已賣雞湊納。揭露了官府催逼、民不聊生的社會現實。

《雲仙嘯》通過五篇故事，塑造了一系列下層人的形象，他們的悲慘命運是整個社會的縮影。如雖然有才但屢試不第的曾修、曾傑兄弟，被官糧催逼賣妻的李季侯，經歷農民起義、清兵入關、明清鼎革的、命運多舛的平子芳，加入起義軍的曾珙，濟人危困的張昌伯，以及知恩圖報的朱恩等等。小說除第四冊故事發生在元代外，其餘均發生在明代。這在本書刊刻的清初很容易引起聯想。清初的政治環境自然不允許作者有太明顯的對明代反思表達，但通過閱讀整部小說，不難理解，作品從士林亂象、官府稅賦、農民起義等多方面對明代滅亡進行反思。尤其是提到官兵在起義軍面前不堪一擊的情形，天災人禍、民不聊生、官逼民反的社會現實等等，無不使人對明代滅亡的原因進行思考。《雲仙嘯》寫了下層人的悲辛，以及造成他們悲慘命運的原因。這無疑對於明清易代時局的一種影射。

上述幾部小說集，從不同側面描繪了明清易代之際的時代焦慮，上至帝王將相，下至販夫走卒，不同的角色在末世的背景下，顯示出躁動不安的時代情緒。這些作品正是鼎革之際時代情緒在文學上的表現。如《清夜鐘》多個回目寫了明代統治階層在面臨國家危局的時刻表現出的自私、冷漠、混亂等時代亂象，這種亂象不但表現在每個人的言行方面，而且從整個統治集團的價值基礎：忠孝節義等儒家價值規範方面描繪了其崩塌。這就從國家價值觀根基方面反思了明亡的歷史教訓。《照世杯》則從士林、官匪、商業等方面表現了處於社會中層的各色人等的普通生活。士林階層的沽名釣譽、官員的橫征暴斂和公報私仇、衙內的貪財好色、社會中各色人等的趨炎附勢等等，社會生活充滿各種污垢雜碎。很難想像，這樣的社會會有什麼希望？《雲仙笑》則寫下層社會，書生、農民、起義者、小商販、地痞、流浪漢等等，並正面寫了農民起義和官

逼民反的社會現實。將上述作品聯繫起來我們不難發現，其共同組成了整個明代社會的末世亂象。共同作為一種易代之際的文學表達而對明末世相進行影射。是明清易代心態的重要表現。同時，這些作品雖寫到易代之際的動亂，但一般只寫農民起義，而對清軍入關、殺戮等三緘其口。這也從一個側面說明作者的遺民身份和對清廷的顧慮，這本身也說明了易代之際的焦慮心態。

第六章　17 世紀通俗小說的人物畫廊
——話本小說人物論

　　以話本小說為主導的 17 世紀通俗小說，塑造了大量鮮活的人物形象，這些形象充實了古代小說的人物畫廊。17 世紀通俗文學思潮的一個重要方面是文學及從事文學創作的作者姿態下移，普通百姓進入作家視野，成為他們筆下的創作素材，中國文學史上第一次批量出現販夫走卒、三教九流、五行八作等人物群像，這些是 17 世紀通俗文學思潮的重要組成部分。有些人物形象影響深遠，至今活躍在各類文藝作品中。陳大康將明清話本小說創作主題分為三個大類：愛情婚姻、商賈和中下層知識分子。〔註1〕也就是說，話本小說取材的姿態下移是一種普遍現象。本章選取話本小說中的女性和商人作為分析對象，從整體形象到個案分析來進行文本細讀。

第一節　姿態下移：話本小說的取材傾向

　　話本小說取材有一個重要傾向：姿態下移。在話本小說作者筆下，在中國古代小說史上第一次成批量出現了下層普通百姓的人物群像，這是 17 世紀通俗文學思潮的一個重要現象。同時，這些人物群像其行為方式、道德觀念等攜帶著強烈的時代印記。話本小說的這種取材傾向有如下幾方面原因：

　　其一，與話本小說來源於說話藝術有密切關係。宋代皇室喜讀話本，馮夢龍《古今小說·序》中記曰：「按南宋供奉局，有說話人，如今說書之流，其

〔註 1〕陳大康《明代小說史》，人民文學出版社 2007 年版，第 567 頁。

文必通俗，其作者莫可考。泥馬倦動，以太上享天下之養。仁壽清暇，喜閱話本，命內璫日進一帙，當意，則以金錢厚酬。於是內璫輩廣求先代奇蹟及閭里新聞，倩人敷演進御，以怡天顏。」〔註2〕這裡「閭里新聞」就是民間故事。也就是說，作為話本小說淵源的「說話」藝術底本「話本」的取材有兩個重要的方面，一是「先代奇蹟」，二是「閭里新聞」。

其二，話本小說的取材與創作者的藝術追求和創作定位也密不可分。馮夢龍在編創「三言」的時候，則延續「宋人通俗，諧於里耳」的精神，在取材方面更加傾向於通俗。在《警世通言·敘》中，馮夢龍繼續延續這一思想，「於是乎村夫稚子，里婦估兒，以甲是乙非為喜怒，以前因後果為勸懲，以道聽途說為學問，而通俗演義一種，遂足以佐經書史傳之窮。」〔註3〕很明顯，這裡的甲是乙非、因果勸懲、道聽途說是和經書史傳相對應的一種說法，是一種民間立場。這種指導思想，直接關係到明清話本小說的取材傾向。凌濛初延續馮夢龍的這種思想，在《拍案驚奇·序》中指出：「今之人但知耳目之外，牛鬼蛇神之為奇，而不知耳目之內，日用起居，其為譎詭幻怪，非可以常理測者固多也。」〔註4〕凌濛初直接將自己的創作定位在「耳目之內，日用起居」。馮夢龍、凌濛初的創作定位直接影響了話本小說的取材。在話本小說的發展史上，雖然後來文人化逐漸加強，但這種取材「閭里新聞」、「耳目之內，日用起居」的思想一直是話本小說創作的主流。雖然後期話本小說中取材方面逐漸走向雅化，取自士林趣味的素材增多，但並沒有影響話本小說這種基本的取材傾向。

第三，話本小說的這種取材傾向與其接受者也有密切關係。話本小說作為通俗小說，其讀者定位是「里耳」，即普通大眾。因此，描寫切近這些讀者的人物、故事，更能引起他們的興趣和共鳴。「就明清通俗小說而言，讀者對某類小說的需求、喜好或者厭棄，顯然是導致該類小說編創興衰的主要動因之一。」〔註5〕話本小說的主要接受者是明中期以後逐漸興起的市民階層，他

〔註2〕黃霖、韓同文選注《中國歷代小說論著選》（上），江西人民出版社 2000 年版，第 225 頁。

〔註3〕黃霖、韓同文選注《中國歷代小說論著選》（上），江西人民出版社 2000 年版，第 230 頁。

〔註4〕黃霖、韓同文選注《中國歷代小說論著選》（上），江西人民出版社 2000 年版，第 263 頁。

〔註5〕紀德君《明清通俗小說編創方式研究》，社會科學文獻出版社 2012 年版，第 216 頁。

們的興趣愛好左右了作為通俗小說的話本小說的發展。「市民階層對通俗文藝的影響，更為廣泛深遠。就小說思潮來講，他們是直接的決定性的社會基礎。這是因為，各類商販、手工業者及其他城市居民，文化水平比農民高。對文化娛樂的要求和購買能力也比農民強。沒有這樣一個讀者層，就不可能有小說的大量銷售。」〔註6〕話本小說中出現了大量的商人形象，與讀者狀況有很大關係。

　　第四，話本小說的這種取材傾向與其傳播方式也有關係。馮夢龍、凌濛初在談及創作動機的時候，無一不提到一個重要環節：書坊主所請。馮夢龍在《古今小說·序》中指出：「家藏古今通俗小說甚富，因賈人之請，抽其可以嘉惠里耳者，凡四十種，畀為一刻。余顧而樂之，固索筆而弁其首。」〔註7〕凌濛初在《拍案驚奇序》中指出：「獨龍子猶氏所輯《喻世》等諸言，頗存雅道，時著良規，一破今時陋習，而宋元舊種，亦被搜括殆盡。肆中人見其行世頗捷，意余當別有秘本，圖出而衡之，不知一二遺者，皆其溝中之斷蕪，略不足陳已。因取古今來雜碎事，可新聽睹，佐詼諧者，演而暢之，得若干卷。」〔註8〕可見，明代話本小說的產生一開始就受到書商的直接影響，有些書商如余象斗、陸人龍等更是直接參與話本小說的創作。書商掌握著市場行情和銷售渠道，這些傳播資源對於17世紀通俗小說思潮的形成有著巨大的推動作用。但是傳播渠道僅僅是一個資源條件，對於話本小說的取材來講，則直接影響是否能夠傳播的問題。事實證明，正因為馮夢龍「三言」的「行銷頗捷」，才有後來話本小說創作的繁榮。換句話說，是傳播渠道的通暢鼓勵了話本小說創作方式的形成，當然包括取材。

　　因此，話本小說取材的「姿態下移」基本上是其核心的思想。這是中國古代小說在取材方面的一大轉變，由帝王將相、牛鬼蛇神轉向普通大眾。書寫普通人的喜怒哀樂、悲歡離合。正因為這種取材傾向的變化，使中國古代小說人物畫廊在17世紀更加豐富多彩和絢爛多姿。下面就話本小說中主要人物的職業統計來看其取材傾向，對一些重要的話本小說集進行統計：

　　話本小說中主要人物職業統計表：

〔註6〕董國炎《明清小說思潮》，山西人民出版社2004年版，第31頁。

〔註7〕黃霖、韓同文選注《中國歷代小說論著選》（上），江西人民出版社2000年版，第226頁。

〔註8〕黃霖、韓同文選注《中國歷代小說論著選》（上），江西人民出版社2000年版，第263頁。

	官僚	文化名人	士人	農民	商人	出家人	神仙妖魔	妓女	無明確職業或其他
喻世明言	17	3	7		6	2	1		1
警世通言	8	5	8	4	7		3	3	2
醒世恒言	9	2	13	3	10	2	1		
初刻拍案驚奇	9		11	2	7	4	1	1	5
二刻拍案驚奇	14		7	4	5	3		1	5
型世言	13		5	8	5	2	2		5
石點頭	3		6	2	2				
連城璧	4		4	1	4			1	4
十二樓	3		3	2	1				3
生綃剪	1		7	4	6		1		
鴛鴦針			3		1				
清夜鐘	4		3	1	1				1
五色石	1		6						1
照世杯			2		2				
醉醒石	6		4	1	1	1		1	1
雲仙嘯			2	1	2				
豆棚閒話	3	3	2			1			3
八洞天	1		4		2				1
鼓掌絕塵	1		2						1
西湖二集	14		6	2	3	3	3	1	2
總計	111	13	105	35	65	18	12	8	35

統計說明：1. 圖表中的「官僚」包括帝王將相、各級地方官等；「農民」包括各類從事農業、漁業等第一產業的人；「商人」包括各類生意人、作坊主等以經商買賣為業的人。2. 圖表數量如果疊加，如一篇之中包含多個類型，以主要人物的職業進行統計，不重複記篇。3. 本表空格並非說明小說不涉及此類型，而是以其他類型為主，因此並非一定是 0。4. 由於小說涉及人物職業眾多，本表範圍有限，只能粗略統計。

　　上表可見，話本小說取材主要集中在官僚、士人、商人三個類型，在具體的小說文本中，官僚主要是下層官員，而士人也主要是下層士人；值得關注的是話本小說出現大量描寫商人的作品，這在以往的小說中是不常見的，說明在明朝中期以後到清初，在東南沿海一帶出現了商業的繁盛，主流社會不再排斥商人，經商也是一項有社會地位的職業。除了官僚、文化名人、神仙妖魔之外，

其他各種職業類型都是處於社會中下層，其數量加在一起大大超過這三種類型。這就非常直觀的說明話本小說在取材方面的一個基本傾向：姿態下移。在話本小說最初的編創者馮夢龍的觀念裏面，「諧於里耳」是馮夢龍創作的主要目的。到凌濛初的「耳目之內、日用起居」之「奇」，而非傳統以詭譎幻怪為奇。話本小說取材的姿態下移在最初的理論倡導中，就已經定下基調。在後來的話本小說創作中，可以看到對馮夢龍、凌濛初倡導的堅持。也就是說，話本小說自始至終遵循一貫的創作思想，取材於平凡的日常生活，把平常人的喜怒哀樂作為描述對象。

取材的姿態下移其實僅僅是一種表面現象，除此還有更深層次的內涵：即不同於傳統的道德倫理思想。話本小說在女性觀念、節操觀念、義利觀念、婚姻觀念等方面，均表現出與主流規範不同的民間立場。例如，小說中對女性的塑造，尤其是對智慧女性的讚美，無疑衝擊的「女子無才便是德」的陳腐之論。小說中不斷表現出對女性再嫁的讚許，這和「從一而終」的節操觀念格格不入。在話本小說中還塑造了很多商人形象，而且絕大多數是正面形象，他們在義與利面前表現出非常可貴的兼顧品格，這與中國古代傳統的對商人的貶低形成鮮明對比。而且在商人裏面，不乏誠實善良、救人危困、重義輕利者，所有這些都從經商與道德的雙重標尺上來定義商人。因此，話本小說對商人的大量描繪，尤其是對棄儒經商者的承認，無疑具有進步意義。

綜上所述，話本小說取材的姿態下移是一種自覺的追求，無論從表面還是內在的價值觀層面，話本小說全方位的姿態下移都是有理論倡導、有創作實踐、有影響的文學行動。在中國古代小說史上，這種自覺的創作行為並不多見。因此，出現在17世紀的這次文學行動在中國古代小說史上具有非常重要的意義，是中國17世紀通俗文學思潮的重要組成部分。

第二節　話本小說中女性書寫〔註9〕

在話本小說中，塑造了大量的女性形象，這些小說，從女性的社會地位、婚姻、職業，以及她們的聰明才智等方面對女性的生存狀況進行了細緻刻畫，留下了古代社會從上層到下層女性生活的方方面面。在17世紀白話小說的人

〔註9〕信陽師範學院文學院2017級秘書學專業孫珍珠、張晗、喬曉涵、劉恬恬、趙睿哲、朱育瑩六位本科生參與了本節部分材料的整理工作。

物畫廊中，這些女性形象無疑是具有非常重要的價值。這在中國古代文學史上，尤其是小說史上是非常值得稱道的。因為，女性在古代社會地位低下，尤其是儒家理學思想對女性更是禁錮甚嚴，三綱五常、從一而終、忠孝節烈、女子無才便是德等等，無一不是對女性的一種戕害。在話本小說塑造的眾多女性形象中，我們發現一個重要的現象，即女性大多沒有名字，代之以「某某氏」、「某某女」等。但到了 17 世紀，在陽明心學的影響下，儒家的理學思想開始鬆動，明中期以後，東南沿海商品經濟發展，也對儒家倫理產生強烈衝擊。因此，這一時期出現的話本小說中塑造了大量的女性形象，其中不乏有膽識、有智慧的女性，也有敢於衝破封建制度藩籬，追求個人幸福的勇敢女性，她們的形象在古代小說的人物畫廊中熠熠生輝。

一、女性的地位

古代女性在以農業為主體的古代社會的分工中，「男耕女織」決定了女性只能在家庭中從事生產勞動，男主外女主內是古代勞動分工模式的形象概括。這裡有一個非常核心的問題，即女性完全依靠男性生活，即使其在家紡織的材料也來源於男性的勞動成果，這意味著女性一旦脫離男性，一旦脫離家庭生活，其生存就會面臨巨大挑戰，因為，社會沒有給女性提供可以支撐其生存的職業條件。因此，古代女性多數靠外部條件獲取自身地位。在話本小說中，女性地位往往靠如下方式獲取：

其一，夫貴妻榮或者母憑子貴。在話本小說中，女性往往憑藉男性的社會地位來提高自己的社會地位。《警世通言》第二十四卷「玉堂春落難逢夫」中，妓女玉堂春與公子王景隆與玉堂春一見傾心，但在王景隆錢花完之後被妓院鴇母趕出門。玉堂春暗助王景隆盤纏，使他得以還鄉學習，自己也從此不再接客，又叫街上百姓作證，用計贖回自由身，住在百花樓上。王景隆很慘，落魄回家，卻聽家僕王定說老爺不要他了，於是叫來兩位姐夫幫忙。後來在親戚的幫助下，重回王家，刻苦念書。一年後，王景隆中舉即將赴京會試。老鴇怕王景隆得官後娶走玉堂春，自己人財兩失，就搶先把蘇三賣給了山西洪洞縣販馬的客商沈洪。這老鴇心中滿是毒計。她騙玉堂春去東嶽廟燒香，向佛祖證明自己從良。玉堂春果然中計，被搶走了，怡春院也因此賺了不少銀子。沈洪妻皮氏早有外遇，當沈洪和玉堂春到家後，皮氏夥同姦夫毒死了沈洪，嫁禍玉堂春。縣官受了皮氏的賄賂，將玉堂春屈打成招，下入死牢。王景隆進京後得知玉堂

春被賣到山西，願意到山西為官。中進士後果然被點為山西巡按。雖遵父母之命，迎聘劉都堂之女，但他一心只想著玉堂春，全不以聘妻為喜。到任後查明了玉堂春的案情，平反冤獄，救出玉堂春，並結為夫妻。玉堂春靠王景隆的地位不但洗刷了冤屈，而且還與之結為夫婦，改變了自己的地位。在《連城璧》子集「譚楚玉戲裏傳情　劉藐姑曲終死節」中，劉藐姑之母在譚楚玉窮困之時，不允許女兒與其交往，但兩人殉情跳江，後譚楚玉發奮讀書，後做官。之後，二人重新飾演《荊釵記》並獲得母親認可。劉藐姑之母之所以同意二人的婚事，主要原因是譚楚玉社會地位的變化，而譚楚玉社會地位的變化直接影響了劉藐姑的地位。在《喻世明言》第二十七卷「金玉奴棒打薄情郎」中，金玉奴救助落魄的莫郎，資助其讀書，後莫郎中舉之後薄情寡義，竟然將金玉奴推入水中。金玉奴後被淮西轉運使許德厚救起，並認許德厚為義父。許德厚以嫁女為名，又將金玉奴許配給嫌貧愛富的莫郎，金玉奴便在洞房花燭夜棒打莫郎，教訓了他一頓。這裡，有一個問題，即金玉奴為何在莫郎認錯後選擇原諒他？一種原因也許源於金玉奴對莫郎還由感情；另一種原因也許是金玉奴其實沒有更好的選擇。古代女性，在沒有獨立自主權力的時候，依附男性，尤其是依附有一定社會地位的男性，也許是其最佳選擇。

　　話本小說中，女性獲取社會地位的另一種方式是母憑子貴。《石點頭》中第一回「郭挺之榜前認子」中青姐是郭挺之外出遊玩在廣州韻州娶下的小妾，後郭挺之因事無奈還鄉，遂和青姐分別。當時青姐已有身孕，郭挺之便為子取名為郭梓。後郭挺之離開後多年未歸，直到他的兒子郭梓在二十歲時考中進士，郭挺之才得以與兒子相認。後應郭挺之要求青姐被兒子接去盧州同郭挺之同住。青姐能有這樣的結局，無疑是受兒子郭梓的影響。中國人自古以來就有「萬般皆下品，唯有讀書高」的價值觀念，當時要想在社會上取得一定的地位，最好的途徑就是讀書做官。如果郭梓沒有考中進士便也沒有機會和郭挺之相見，青姐恐怕此生再也無法夫妻團聚了。小說中武夫人道：「從來母以子貴，妾無子之人，焉敢稱尊！」武夫人的話語中不僅認可了青姐對的兒子的養育和培養之恩，也進而表明了「母憑子貴」的觀點。正是因為青姐將兒子培養了出來，兒子有了一定的地位，所以青姐的地位和作用也隨之被認可。《型世言》第九回「避豪惡儒夫遠竄，感夢兆孝子逢親」中講述了霍氏丈夫王喜因與里胥崔科發生矛盾，害怕崔科要取自己的性命，於是逃離家鄉避難。十幾年過去，王喜始終未歸家，王喜的兒子王原已十八歲娶妻。王原於是向母親打探父親的

相關消息，得知消息後便外出去尋父。王原歷經千辛萬難終於尋回親生父親，一家人得以團聚。王原也因為尋父的孝行被授官職，謝恩出京，迎母親霍氏和父親赴任祿養。縱觀這個故事可以看出，母親霍氏的命運是緊緊和兒子相依附在一起的。在丈夫逃離家鄉後，兒子是霍氏唯一的支撐點和依附對象。後來因為兒子外出尋回丈夫，霍氏的處境不僅大大改觀，而且受兒子庇佑得以赴京祿養。可以看出，霍氏她作為「孝子之母」的地位和所受的待遇，皆是兒子行為外衍的產物。

其二，以孝道獲取尊重。這種看似女性靠自己的品德獲得尊重，其實是古代封建社會推行孝道的衍生物。古代的孝悌觀念不但規範男性，而且對女性也有同等的效力，女性在家庭中的行為方式也要受到孝悌觀念的約束。因此，古代往往把孝婦節婦相提並論。如《型世言》第四回「寸心遠格神明，片肝頓蘇祖母」中對女子的孝悌行為有顯著的描寫和刻畫。講述了孝女陳妙珍與祖母二人相依為命，祖母生病久治不愈。妙珍便割下自己左臂的肉給祖母熬成粥湯。後祖母再病，妙珍受神明指示將自己的肝割下一塊熬藥給祖母吃。後過了三年，祖母去世。妙珍也因孝悌受到眾人的尊崇和敬畏，甚至在死後被人供奉、仰拜。「不論年大的小的就稱妙珍做佛爺跪拜。」「又喜得種他田的租戶，憐他是個孝女，也不敢賴他的。」「人至稱孝女冢，又稱神尼塔。」小說中的這幾處細節描寫，可以不難探究出妙珍因為對祖母的至孝，她的「孝悌」精神在被接受和認可的同時進而被誇大和神化。由此，可以看出明代女性在「孝悌」方面表現的好與否，會關聯到她的社會地位。當代民間說書藝術有一個故事叫做《割肝救母》，講的是一個媳婦為了給婆婆治病，不惜將自己的肝割下了為婆母熬湯。也就是說，古代社會所推崇的孝道文化至今常演不衰，並受到世人的認可。《石點頭》第十一回「江都市孝婦屠身」中更是將孝悌的精神體現到極致。因為社會叛亂，家中生活艱苦，女主宗二娘和丈夫受婆婆囑託前去襄陽討債，不料夫妻二人不但未討到錢，還被人竊取了所有錢財和部分衣物。後來，夫妻二人得汪朝奉幫助，一起前去揚州。不幸恰遇揚州發生戰爭，夫妻二人被困在城裏八個多月，危在旦夕、難以還鄉。宗二娘為了換取丈夫回家的盤纏，好讓婆婆有所養活。於是自願到屠家殺身賣肉，最後命喪他鄉。後來宗二娘因為她孝悌的行為不僅得到了身邊人的高度認可，更是感動了神明。作為對比，《型世言》第三回中「悍婦計去孀姑，孝子生還老母」中的錢掌珠因聽任鄰居徐婆、李二娘等人的挑唆和惡言，於是趁丈夫外出經商時和徐婆兩人聯合起來

將婆婆騙嫁給南鄉的章成之。後來丈夫得知真相，便騙出錢掌珠將她嫁給章成之的兒子章二郎來換回自己的母親。最後，掌珠因遭章二郎妻子嫉妒凌辱，不堪忍受，一年而死。由此可見，女性遵守孝道就能夠獲得尊重，並以此獲取自己的社會地位；反之，則會受到報應。

第三，靠守節獲得社會認可。古代社會要求女子從一而終。明代把女性守節上升為國家行為，洪武元年太祖下詔令：「民間寡婦三十以前夫亡守制，五十以後不改節者，旌表門閭，除免本家差役。」〔註10〕明正德年間又對守貞烈女立貞烈碑。帝王並督令巡官每年上報貞節烈女事例，大行表彰。《石點頭》中第十二回「候官縣烈女殲仇」中講述了申屠希光才貌雙全，因為丈夫怒打了悍婦姚二媽，被姚二媽報復，教唆惡霸方方一強佔申屠希光。於是方六一為得到申屠希光就和姚二媽一起設計陷害董昌至死。後申屠希光假意嫁給方六一。在成親的當晚用父親曾經給的寶劍殺死了方六一等五人。最後申屠希光本人縊死在榮木之上。故事在最後寫到「各上司以申屠氏殺夫報仇，文武全才，智勇蓋世，命候官縣備衣棺葬於董昌墓下，具奏朝廷，封為俠烈夫人，立廟祭享。」《石點頭》第九回中的玉簫女也是對婚姻愛情忠貞的癡情之女。玉簫女與韋皋恩愛，韋皋無奈歸家省親，與玉簫許下七年之約。七年後韋皋沒有按照約定期限歸來，於是玉簫就絕食七天身亡。最後作者為了表明對玉簫女行為的肯定，有意設置情節使玉簫女二次轉世與韋皋再續前緣、終成伉儷。作為反例，話本小說中對一些不尊婦道的淫婦、蕩婦，總是受到懲罰，命運悲慘。《石點頭》第四回「瞿鳳奴情愆死蓋」中瞿鳳奴的母親方氏，年近三十四五時喪夫，方氏姿容美麗且年不上四旬，孤寂難熬、渴望歡愉又恰遇到風流倜儻、行奸賣俏的孫三郎的刻意挑逗。於是孫三郎就經常去方氏家中和她偷情通姦。後來方氏為了永久地留孫三郎在她身邊並為自己遮醜於是就說服她的女兒瞿鳳奴嫁給孫三郎，並自做媒人伴娘嬪相。後來瞿氏的遠房宗族得知比事後，狀告她們三人。因此孫三郎自割命根死亡，女兒鳳奴被嫁他人後自縊梁間。《型世言》第五回「淫婦背夫遭誅，俠士蒙恩得宥」講述了鄧氏姿容美麗，身材曼妙，丈夫董文卻禿頸黃鬚、聲啞身小。丈夫董文平時待鄧氏極好卻無法滿足鄧氏的生理需求，所以鄧氏便背著丈夫和年青標緻的捉賊的緝事耿埴在她家中偷情。後來兩人趁丈夫外出，打算當晚偷情，不料丈夫突然返回，鄧氏便對丈夫辱罵有加。等到她丈夫離開後，姦夫耿埴因看不慣鄧氏對丈夫的惡毒，於是抽刀把她殺

〔註10〕《四庫全書·史部》《明會典》卷七十八，旌表，大明令。

死。同時作者在文中對姦夫殺死鄧氏的行為表示認可,認為鄧氏氏罪有應得,理當獲此下場。在《雲仙嘯》第三冊「都家郎女妝姦淫婦」敘述崇禎年間,開綢鋪的平子芳,其母亡故,其父平雲峰續娶丁氏,平雲峰好色傷身,不上一年亡故。而丁氏年青,與富家子弟都士美勾搭成奸,後被平子芳發現。丁氏與都士美雇都仁、都義謀害平子芳未遂。後丁氏與都士美躲避起義軍被發現後,被起義軍殺掉。丁氏為自己的行為付出了代價。在《喻世明言》第一卷「蔣興哥重會珍珠衫」中,蔣興哥的妻子王三巧在丈夫出門經商期間,受到引誘與山東客商陳大郎通姦,後被蔣興哥獲知休妻。王三巧改嫁一個知縣吳傑,後蔣興哥受官司連累恰巧吳傑審理,王三巧解救前夫,吳傑瞭解到二人是夫妻,後把王三巧還給蔣興哥。而此時,蔣興哥已經續娶陳商之妻,內中巧合令人唏噓。王三巧遂由妻子變成妾。王三巧地位的變化完全是因為出軌所致。

第四,靠自身才能獲得社會認可。在話本小說中,有一部分小說描寫了女性靠自己的才能獲取社會認可,雖然此類小說數量不多,但已經非常可貴。《初刻拍案驚奇》卷十九「李公佐巧解夢中言 謝小娥智擒船上盜」中,謝小娥女扮男裝混入匪窩,找準時機,將匪賊一網打盡。謝小娥因此出名,一些豪族「央媒求聘的殆無虛日」。但謝小娥不為所動,終皈依三寶,以了終身。謝小娥因其至孝智勇受到社會尊敬。在《二刻拍案驚奇》卷二「小道人一著饒天下 女棋童兩局注終身」中遼國女棋手妙觀,棋藝高超難逢敵手。中原旗手國能對弈,棋逢對手,終成連理。在古代小說塑造的女性形象中,很難有職業女性,本篇女棋手靠自己的才能獲得社會認可,並以此獲得同樣棋藝高超的丈夫,可謂門當戶對。

女性在古代社會地位低下,從話本小說中可以看到,很多女性沒有正式姓名,也極少有職業,一旦脫離家庭、脫離婚姻,女性在社會之中難有立足之地。女性地位的獲得雖有靠才能的,但極少。多數情況要靠丈夫、兒子來獲得社會地位。也就是說,靠外在條件獲取社會地位是古代女性生存的基本現實。

二、女性的婚姻

古代女性的婚姻狀況也是體現其社會地位重要方面。按照古代婚姻制度,女性在自身婚姻問題上基本沒有自主權,父母之命、媒妁之言是基本的婚姻規範。因此,古代女性在婚姻方面產生的矛盾十有八九出自對這種婚姻規範的違背,換句話說,女性在婚姻問題上的自主權往往與這種基本的婚姻規範產生牴

觸，矛盾、悲劇等便由此產生。話本小說中的女性婚姻狀況基本存在如下幾個方面：

其一，遵守婚姻規範，即遵守父母之命、媒妁之言、從一而終。這種情況往往有很多例子，因為父母嫌貧愛富或僅僅為了錢財將女兒嫁出去，以至於有的造成悲劇，有的造成啼笑皆非的結果。在李漁《十二樓》之「奪錦樓」中的雙胞胎女兒，由於父母二人意見不合，所以二人雙雙為兩個女兒分別找了一個夫婿，最後鬧出了二女侍四夫的醜聞。在尋找夫婿的過程中，從頭至尾女兒從未見過未來夫婿一面，如若不是鬧出醜聞，對簿公堂，恐怕到出嫁那日女兒也不知自己嫁的到底是誰。《十巹樓》中由於種種原因，一男子對取來的妻子只要不滿意便換，一來二去，根據自己的各種不滿意，最後竟換了十個女子。這十個女子，她們自己的婚姻大事全聽父母安排，她們從未見過自己的未來夫婿一面便嫁與他人，更甚者還任人退換。這絕對服從便是她們的悲哀。《歸鶴樓》中兩姐妹根據父母的意思先是被許配給皇上，後又分別許配給兩個人，後因為考試名次變動，二人夫婿又被調換一番。幾經撥折，夫婿換了幾換，才定下親事。這也是女性服從的典型代表。這不僅是他二人之悲劇，映像出來的更是當時社會所有女子的悲劇。

女性在婚後遵守從一而終的封建婚姻規範，《連城璧》卯集，「清官不受扒灰謗，義士難伸竊婦冤」中，何氏女兒嫁與趙家的兒子後，由於趙家兒子年齡尚小，且智商未發育完全，所以嫁過來後也是獨自住在一間房屋，事事遵從一個婦人之德，即便自己的丈夫是一個癡傻之人，也不曾想過改嫁，這並不是因為他對丈夫有感情，而是服從丈夫，服從綱常，服從在家從父，出嫁從夫的理念。《連城璧》酉集，「吃新醋正室蒙冤，續舊歡家堂和事」中大夫人妥協同意丈夫取小妾，並同意丈夫十年陪同小妾過夜，未曾少一夜。這便是大夫人對丈夫的服從。哪個女子喜歡把自己的丈夫同別人分享，而且還是完全讓與他人，這是他遵從夫綱，不得不這樣做。更有甚者，在《十二樓》之「奉先樓」中的舒娘子，戰亂時代，為了完成丈夫的意願，保全自己的兒子，她不得不用自己的貞操來換，最終得以保全兒子性命，然而她的貞操卻已不在，把兒子安全交與丈夫手上後，她便選擇自殺，她已經失節無顏面對自己的丈夫。

其二，女性在婚姻上的反抗精神。古代女性在追求自主婚姻方面往往付出沉重代價，但並非都失敗，有些經歷曲折終獲成功。在《十二樓》之「合影樓」中，由於兩家的恩怨，兩個相愛之人的婚姻不被家人同意，於是管玉娟和屠珍

生便想辦法，借他人的力量，使婚姻被促成。這就是反對父母操辦婚姻的一個例證。說起未婚女子的反抗，那麼，最典型便是《連城璧》子集「譚楚玉戲裏傳情，劉藐姑曲終死節」中，劉藐姑通過自己的反抗，擺脫了父母為自己決定的命運，並敢於追去自己的愛情，追求自己的幸福生活，最終得到的結局也是美好的。《夏宜樓》中，嫻嫻為了追求自己的愛情，便想辦法取得父親的同意，於是她便假裝母親託夢來使父親相信自己，相信這門親事是注定的，最終徵得父親同意，如願和自己心愛之人定終身。這也是通過自己的努力，追求愛情，收穫幸福的典型例子。《佛雲樓》裏的能紅為了獲得做二夫人的社會地位，買通算命先生，為韋小姐量身打造了一套說辭，還和裴七郎約法三章，最終計謀成功，改變了自己的社會地位和命運。

　　女性在婚姻問題上的反抗的另一種表現是私奔。在話本小說中，私奔有各種狀況，有青春男女一見鍾情私奔的，有婚外情私奔的，有反抗父母之命與有情人私奔的等等。《喻世明言》第二十三卷「張舜美燈宵得麗女」中頭回和正話分別講了兩個私奔故事，頭回講十八歲俊俏公子張生在汴京乾明寺看燈，拾得一紅綃帕子，上題情詩，相約來年相藍後門一會。第二年，張生果然在相藍後門遇到詩帕主人，是一姓霍的員外的第八房妾。二人想一老尼幫助下私奔到蘇州平江，百年偕老。正話講的是輕俊標緻秀士張舜美在上元佳節看燈，遇到一位美顏佳人劉素香，賦詩調情，甚為上心。女子為避開父母和情人廝守，決定私奔。不料在私奔途中失散，劉素香流落尼庵。三年之後，張舜美首選解元，路過尼庵，與劉素香相遇，有情人終成眷屬，後二人拜望劉素香父母獲認可。這兩個故事均以私奔獲得婚姻幸福收場。

　　在「二拍」中，有四篇小說講了五個有關私奔的故事，列表如下：

章　節	姓　名	籍　貫	身　份	人物形象	故事情節
初刻第十二卷「陶家翁大雨留賓 蔣震卿片言得婦」	曹小姐	汴京	小家碧玉	勇敢無畏，隨遇而安	因早已心繫他人，在父母強行將她許配後，她於夜中出逃，後被王生插手，嫁於王生，後來夫妻分散後，她千里尋夫，卻在揚州淪為娼妓，後與王生相遇，從良
	陶幼芳	杭州	大家閨秀	勇敢無畏，隨遇而安	因原定丈夫失明，她不願意再嫁，欲與心上人私奔，卻陰差陽錯和蔣震卿結為夫妻

初刻第二十三卷「大姊魂遊完宿願 小妹病起續前緣」	吳興娘	揚州	小家碧玉	勇敢無畏，堅貞	少時許配給崔興，後母親為其另覓他人，她卻一心一意守著崔興回來，後鬱鬱而終，但又附身於妹妹體內，對崔興大膽示愛並且私奔
初刻第三十六卷「東廊僧怠招魔 黑衣盜奸生殺」	馬姑娘	祈州	大家閨秀	勇敢無畏，無辜	馬員外之女，愛慕杜生，在奶娘的誘導下欲與杜生私奔，後被他人殺死
二刻第三十八卷「兩認錯莫大姐私奔 再成交楊二郎正本」	莫大姐	張家灣	家庭主婦	水性揚花，不守婦道，勇敢無畏，追求幸福	生性放蕩，背著丈夫和他人私通，還想要和楊二郎私奔，但陰差陽錯被賣為妓女，被救出來後嫁給楊二郎

　　這些私奔故事均曲折，但多數可與有情人結為連理，也可以看作追求幸福成功，但每一種成功都付出代價。可見，女性在婚姻問題上的追求在古代社會是相當艱難的。但話本小說在女性追求自由婚姻的「正當性」私奔方面，往往持支持態度，即都會獲得理想結果，這從另一方面可見話本小說所倡導的價值觀與主流價值觀並不完全相同，而是有所鬆動。話本小說中女性觀念方面有兩方面的可貴之處：其一是小說故事中女性的反抗精神；其二是話本小說自身在女性方面的立場，雖然多數文本依然宣揚孝婦節婦等主流倫理道德，但有一部分小說則讚揚女性的反抗精神，並為她們的正當要求設計一個美好的結局。這說明話本小說作者女性觀念進步的一面。

三、女性的職業

　　話本小說中少有職業女性，這和古代社會女性的地位是一致的。但並非完全沒有職業，話本小說中寫了一些具有正當職業（妓女除外）的女性，雖然很少，但可見出在明中期以後到清初的一段時間，由於中國江浙閩一帶經濟方式出現了某些資本主義因素而帶來的新變化，這不但體現在女性是地位、婚姻方面，也體現在女性在職業方面的新變化，即女性也開始從事一些除了傳統家庭紡織之外的職業，如經商、伎藝等。

　　其一，經商女性。《喻世明言》第二十八卷「李秀卿義結黃貞女」中的黃貞女原名善聰，自小女扮男裝隨父親外出經商（販賣香錢），可惜不到兩年，父親因病去世。於是黃善聰和隔壁客房中外出經商的年輕小夥李秀卿結為異

性兄弟，兩人商議決定，因李秀卿年長便往南京販運貨物，自己則在廬州發貨與收賬。不覺七年，在兩人的辛苦努力下，生意大有起色。後來真相大白，兩人在南京守備太監李公的撮合下，結為連理，成為南京的富戶。在《醒世恒言》第十卷「劉小官雌雄兄弟」中的方申兒，12 歲女扮男裝隨父親回軍討盤纏，風雪夜受大善人劉公款待寄住於此，卻不想父親因傷寒去世。方申兒被劉公收為義子，改名劉方。兩年後，劉公又收留了另一位因家鄉變故父母雙亡的讀書人劉奇。後來，劉公夫妻因年老相繼去世。劉方和劉奇便放棄了酒店，另外開辦了一個布店。「四方過往客商來買貨的，見二人少年志誠物價公平，傳播開去，慕名來買者，挨擠不開。一二年間，掙下一個老大家業，比劉公時已多數倍。討了兩房家人兩個小廝，動用家火器皿，甚是次第。」二人結為夫妻後家事愈發興隆。

當然，還有一類走街串巷的女性商販，如《喻世明言》第一卷「蔣興哥重會珍珠衫」中，賣珠子的薛婆，又兼做牙婆（買賣中間人），這是一個類似《水滸傳》中撮合西門慶和潘金蓮的王婆人物，正是這位賣珠子的薛婆撮合了徽州商人陳商與蔣興哥妻子。

其二，伎藝女性。話本小說中，有些女性從事唱戲、伎藝等活動，有的從事一些手工勞動。如《二刻拍案驚奇》卷二「小道人一著繞天下 女棋童兩局定終身」中，金國女棋童妙觀，棋藝高超，與小道人棋逢對手，遂成就美好姻緣，二人切磋棋藝，「兩個都造到絕頂」，後小道人周國能被「封為棋學博士，御前供奉」。同樣靠共同興趣皆為夫婦的還有《連城璧》子集「譚楚玉戲裏傳情 劉藐姑曲終死節」中的劉藐姑，其職業是唱戲，譚楚玉為接近劉藐姑，也學戲，後二人終成為舞臺夫妻，但由於劉藐姑之母反對婚事而雙雙投水殉情，後被救起。譚楚玉發奮讀書中舉得官，二人再次拜會劉藐姑母，終得認可。這兩則故事中的女主人公均為「職業女性」，並最終和志同道合的男性結為連理。

第三，手工女性。在職業女性中有一類是手工女性。《石點頭》第六卷「乞丐婦重配鸞儔」中，農家女周長壽就是一位靠編織蘆葦席生活的手工女性。在話本小說中，提到最多的還是紡織女性，這與中國男耕女織的社會經濟結構和生活方式有密切關係。但男耕女織只是一種方式，在讀書男性的家庭生活中，男性在獲取功名之前是沒有職業的讀書人，其生活很大程度上靠家庭支撐，而對於沒有家資的窮書生來說，養家重擔往往落到女性的肩上。正如黃仁宇所言：「一個讀書人如果不入仕途，則極少有機會表現他的特長，發揮他的創造

能力；也極少有機會帶給一家、一族以榮譽。所以一個人的進學中舉，表面上似乎只是個人的聰明和努力的結果，實則父祖的節衣縮食，寡母的自我犧牲，賢妻的茹苦含辛，經常是這些成功的背景。」〔註11〕如《警世通言》第三十一卷「趙春兒重旺曹家莊」中富家子弟曹可成家道中落，贖娶妓女趙春兒，不事生計又散漫使錢而致窮困落魄。趙春兒管不了曹可成，只得「吃了長齋，朝暮紡織自食」。曹可成看到妻子「朝暮紡織，到是一節好生意」，竟要其妻教其學紡織。女性紡織養家此並非個案。《二刻拍案驚奇》卷三十二「張福娘一心守貞　朱天錫萬里符名」中的張福娘在丈夫去世後，守著遺腹子「續紡補紉，資給度日」，後其子讀書做官。在《石點頭》第一卷「郭挺之榜前認子」中，郭挺之與其子郭梓一同中舉相認，郭挺之問及郭梓家中情況，郭梓說：「孩兒從師讀書之費者，皆賴母親日夜紡織以供」。可見，女性紡織對於支撐家庭生活乃至孩子教育費用多麼重要。明代《沈氏農書》載：「男耕女織，農家本務，況在吾地，家家織紉，其有手段出眾，夙夜趕趁者，不可料。酌其常規，婦人二名，每年織絹一百二十疋，每絹一兩，平價一錢，計得價一百二十兩，除應用經絲七百兩，該價五十兩，緯絲五百兩，該價二十七兩，籰絲錢家火線蠟五兩，婦人口食十兩，共九十兩數，實有三十之息。若自己蠶桑，絲利尚有浮。」〔註12〕這是一筆細帳，可見明代女性紡織收入頗可觀，完全可以養家。正因如此，《沈氏農書》強調：「家有織婦，織與不織，總要吃飯，不算工本，自然有贏，日進分文，亦作家至計」。〔註13〕也就是說，織婦紡織，日積月累，足可養家。以此我們可以推知，在古代窮困讀書人的家庭，在男性讀書人沒有收入的情況下，女性紡織是支撐其學業和家庭日常生活的主要方式，只是長期以來，我們很少注意這方面而已。話本小說為數不多的篇目透露出的紡織女性養家的例子絕非個案，而是古代社會的一種普遍現象。

第四，讀書女性。《二刻拍案驚奇》卷十七「同窗友認假作真　女秀才移花接木」中的聞蜚娥，不但「自小習得一身武藝，最善騎射，直能百步穿楊」，而且女扮男裝到學堂讀書，「學得滿腹文章，博通經史」，不但考了童生，還進學做了秀才。但在古代，無論女孩讀書再出色，也無法像男孩子那樣作為進身之道。因此，當秋闈時節，聞蜚娥不得不託病拒考：「女孩兒家只好瞞著人，

〔註11〕黃仁宇《萬曆十五年》，中華書局2007年版，第49頁。
〔註12〕《沈氏農書》，《農說及其他二種》，商務印書館，中華民國二十五年（1937）年版，第17頁。
〔註13〕《沈氏農書》，第17頁。

暫時做秀才耍子,若當真去鄉試,一下子中了舉子,後邊露出真情來,就要關著奏請干係。事體弄大了,不好收場,決使不得。」聞蜚娥的讀書生涯不得不到此為止。

話本小說中描寫這類職業女性作品的數量雖然不多,卻是古代小說中的一種新現象。在為數不多的這幾篇作品中,這些職業女性一般能夠靠自己的勤勞和智慧維持生計。古代女性往往依附男性生存,一旦脫離家庭,女性很難獲得生存條件,究其原因,沒有可以維持生存的職業是最重要的一個。即使如聞蜚娥那樣讀書不輸男性的女子,也無法像男子那樣應舉,到關鍵時候,不得不退出科考,這表明,不是女子智慧不如男子,而是社會沒有給她們提供機會。因此,話本小說中描寫的這些職業女性具有非常重要的價值。由此可見,在 17 世紀出現的資本主義經濟方式的時代背景下,女性的地位也有了一些新的變化,這不但體現在對傳統婚姻規範的衝破方面,而且在女性職業方面也有所鬆動。

四、女性的觀念

17 世紀明清經濟方式的轉型、王陽明哲學思想的傳播對社會思潮產生非常大的衝擊。肯定人的欲望等人本主義思想成為一股強大的社會思潮。這直接影響了話本小說的觀念系統。在女性方面,傳統對女性的束縛,如貞潔觀念、婚姻觀念、三從四德等封建倫理思想有所鬆動。話本小說塑造的女性形象就反映了女性在這種思潮中的觀念變化。這些變化集中表現在他們的愛情觀念、利益觀念等方面。同時,也表現了女性在傳統封建倫理觀念束縛下的順從。也就是說,話本小說中女性觀念方面呈現了社會思潮轉型時期的複雜性。

1. 女性的自主愛情觀念

話本小說中有一部分女性對愛情的追求表現出強烈的自我覺醒意識。在「三言」中,女性最為突出的特點是自我解救。作者大篇幅描寫了妓女這一形象,一方面她們處於被壓迫的社會底層,生存的辛酸及精神迫害鑄就她們堅強的外殼;另一方面她們領悟人間冷暖,世間百態,內心的孤寂落寞更加推動她們對真愛的追求。在《賣油郎獨佔花魁》中,莘瑤琴天資聰穎,在戰亂中與家人走散,被鄰家人所騙賣於煙花之地,被逼無奈,為了從良尋得有緣人而接客。後與朱重相見,被朱重的真心實意打動,對其心生愛慕,朱重勤苦攢錢望與莘瑤琴相見,莘瑤琴見其志誠樸實,重情重義,並不在意朱重是否是王孫貴族,

願以身相許，若朱重不答應則自縊在其面前，且自己捨金以幫贖身，終與朱重幸福生活。「儘管處於社會最底層，體現著「物」的屬性和職能，卻矢志不渝地保持著實現人的「高貴」的態勢，保持著爭取自由、平等、獨立、尊嚴的價值追求」〔註14〕。莘瑤琴果敢追愛，性格堅毅，脫身於煙花之地，抵抗命運的不公。每個人都有追求自己幸福的權力，但對於封建社會的女性，選擇的權利從未在自己手中。在《張舜美燈宵得麗女》中，劉素香乃是員外家第八房之妾，但因員外老病，劉素香每夜禱告遇良人成夫婦。在燈節之日與張舜美一見鍾情，趁家人不在引其入家中，後與其私奔，因亂分離巧合相遇，結為夫妻。對於劉素香來說，身為他人妻妾並未阻擋其對幸福的追求。

2. 女性的獨立意識

古代社會，女性地位低下，其在社會分工中往往處於劣勢。在明中期以後，社會重商思潮泛起，女性地位發生悄悄改變。女性獨立意識增強，女性開始有自己的職業，這在上文已經論及。在《劉小官雌雄兄弟》中，劉小官人劉方與父親在討要軍莊盤纏時突逢大雪，父親患病身亡，遂留於收留她的客舍，認作劉氏夫妻義子（女）。後救劉奇於生命危難之中，盡心服侍劉氏夫妻，兩人共同經營一家布店，短期內掙下諾大家業，後劉奇知劉方為女子，便與其共結連理。劉方為了方便女扮男裝，雖為女子，隱瞞身份獨立自強依舊可以經營家業，證明了女性本身的能力是不可小覷的，即使最後因身份所限依然回歸於家庭，但作者表達了對女性創造自身人生價值的肯定。或是家庭遭遇突變，激發女性潛在的意志，將自身存在價值放大，凸顯女性的頑強力量。這樣的頑強在《蔡瑞紅忍辱報仇》中的蔡瑞紅身上充分的展現：父母沉於醉酒，後隨父上任遇賊人，遭滅門之災，忍辱欲復仇，險被賊人害死，後因卞福可助報仇而嫁於他，被大夫人賣至煙花之地，不願接客，嫁於胡悅，但胡悅並不將此事放在心上，且被胡悅算計，不忍欺騙朱源，幸朱源替其復仇，得知家族有後，自盡而死。蔡瑞紅獨立堅強終報家仇。她以頑強的信念支撐自己，即使再波折也從未放棄，了卻心願的那一刻，她生命的負擔也就卸下，以死忘卻曾經屈辱的過去。

3. 女性的堅貞觀

明清時期可謂社會思潮過渡期，由儒家發展而來的宋明理學與陸王心學

〔註14〕葉太平《卑賤如物　高貴為人——「三言」風塵女子形象之美學評價》《明清小說研究》2007（02）：167～176。

相互碰撞，出現了截然不同的社會現象。理學在道德的基礎上強調人性論，「存天理，滅人慾」，這對於當時的女性是無形的思想枷鎖，她們堅貞的守護著所謂的愛情，並為之託付一生。在《陳多壽生死姻緣》中，朱多福本與陳多壽自小定下姻親，兩家歡喜，但因陳多壽突發惡疾，雙方父母皆欲退親，朱多福堅決不肯，並以自縊明志，後嫁於陳家，盡心服侍從未棄厭丈夫，陳多壽恐自己的惡症誤了妻子終生，欲飲毒自盡，朱多福得知果斷隨其服毒，後得到及時救治而留下性命，丈夫也因此事身體逐漸好轉。這樣美好的結局，其實也是作者對朱多福這個堅貞形象的高度讚揚與充分肯定，在朱多福心中，既已認定，便終身相依，她的賢惠善良建立在她的堅貞觀之上。「在封建社會，婚姻關係的形成，是以女性對男性的依賴關係確定的，這是許多女性的終極追求。一旦確定了這種依賴，女性便成為一個唯命是從的婦人，她自始至終都有一種『愛情貞節』的觀念」〔註15〕。明清時期商品經濟的發展使社會風氣更加開放，陸王心學肯定人的私慾，隨之改嫁之況逐漸習以為常，在一定程度上也接受了女性的人慾追求，使長期桎梏於封建傳統思想的女性有了喘氣的機會，即使遇到輾轉的愛情，同樣擁有幸福的可能，《蔣興哥重會珍珠衫》即典型一例，王三巧嫁於蔣興哥，夫妻恩愛和睦，但由於丈夫長期在外經商，被陳大郎看中，受薛婆的欺騙，與陳大郎產生私情，並贈予其傳家之物珍珠衫，被蔣興哥得知後，將王三巧休棄，但並未告知其父母，只是送回家去，其父母得知後則勸其改嫁，後在蔣興哥遭遇變故時相幫，破鏡重圓，獲得了諒解，馮夢龍說：「天地若無情，不生一切物」，「一切物無情，不能環相生」，「萬物如散錢，一情為線索」。「一切以『情』為紐帶、標準、準繩，目的就是讓整個社會處處滲透著『情』的因子；反之，用冷冰冰的諸如『餓死是小，失節是大』之類的『理』去說教，由於人性的被扼殺，整個社會也會毫無生氣、活力和情味了」〔註16〕。對於王三巧輾轉的愛情，不管是蔣興哥還是王三巧的父母，他們代表著不同的群體，對於她的婚內出軌都表現出一種寬容的態度，正體現了當時社會貞潔觀念鬆動的現象。

4. 女性的利益觀

（1）自私自利，潑辣狠毒

《論語》中有這麼一句話：「唯女子與小人難養也」，可見古時對女子的看

〔註15〕張蘊新《一場幽怨憑誰訴——論「三言」愛情小說中的悲劇女性》《名作欣賞》2014（08）：95～97。

〔註16〕祝嘉琳《馮夢龍「情教」思想與「三言」編撰》《文藝評論》2015（04）：32～38。

法也存在消極看法，任何事物皆有正反兩面，更何況是社會重要組成部分的女性呢？在「三言」中刻畫了多個負面女性形象，例如《兩縣令競義婚孤女》中的虐待女主人公的虛情假意的賈婆，最具代表性的則是《李玉英獄中訟冤》中的焦氏，身為三女一男的後母，孩子們尚且幼小，便加以打罵，在得知丈夫戰死沙場後，變本加厲，將年幼的孩子李承祖派往路途遙遠且艱險的沙場拾取丈夫屍骨，盼望其去而無返，待李承祖波折回府，卻設計將其毒殺，因家道中落，便不顧兩個女兒身份，逼她們上街叫化，並污蔑長女姦淫忤逆，送去官府，幸長女上奏得以平反昭雪。焦氏的負面形象隨著故事情節的發展逐漸深化，陰險狠毒的性格特徵愈加明顯，不惜犧牲他人的生命維護自己的利益，這般歹毒心腸，令人不惜感歎「昧心晚母曲如鉤，只為親兒起毒謀。假饒血化西江水，難洗黃泉一段羞。」這樣的女性形象往往心胸狹窄，目光短淺，也與故事中正面的女性形象形成鮮明對比，只著眼自己的利益，對於她們來說，她們要維持自己的地位，家庭是她們唯一顯現生命價值的地方，也是唯一可以不受世人眼光約束的地方，可以「胡作非為」。

（2）富有心機，放蕩不堪

明朝社會風氣本就混雜，在思想開放的同時，不免會出現心生邪念，污濁社會的不法分子，謀財害命，擾亂社會秩序，對於依附於家庭生活的女性而言，她們的邪念也將建立在此基礎之上。《三現身包龍圖斷冤》講述的是清官破案之事，但其源頭是行為放蕩的押司娘，她與小孫押司有私情，並設計害死了丈夫大孫押司，為防止事情暴露，將侍女打發嫁人，後經過侍女相幫，得以冤冤相報。押司娘為滿足自身需求，施以毒手，從押司娘這個形象不難發現，在當時封建社會，所謂的「三綱五常」對於女性的約束力已經大大減弱，傳統的儒家思想已經不再符合社會發展的潮流，被人們淡忘。

（3）老謀深算，嫌貧愛富

金錢蒙蔽雙眼，亦可蠱惑人心，「天下熙熙，皆為利來；天下攘攘，皆為利往。」隨著經濟的繁榮，世人開始勢利，甚至以金錢衡量人的地位，在《桂員外途窮懺悔》中桂員外之妻孫大嫂，其一家獲得施家幫助得以為生，但隱藏挖金之事，秘密辦置財產，發跡後不願與家道中落施家結親，不願幫助困窘的施氏，施氏終因病而死，孫大嫂的勢利讓其忘記了救命的恩情，被金錢所迷，老謀深算的算計自己的發家之路，並阻撓丈夫相幫，就連姻親都不再承認，最終家道中落，其結局也許就是作者對其違背傳統倫理道德的懲戒。

5. 女性的依附觀

（1）無獨立意識，地位低下

在封建社會，女子的地位是不受平等對待的，她們更像是家庭的附庸品，即使社會風氣再開放，由於女性本身的為局限性，若無經濟能力，只能無奈接受命運，遭他人擺佈。在《木棉庵鄭虎臣報冤》中，有胡氏這一女性形象，她有著傳統封建社會女性的特徵，其丈夫王小四因經濟蕭索，要將其賣於財主，後被賈涉相中欲納為妾傳宗接代以四十兩銀帶入家中，因主母唐氏善妒，只得在外養胎，生下孩兒後，迫於無奈，胡氏被他人領取任從改嫁，後與兒子相見。在該篇中，胡氏可謂是任人擺佈，毫無獨立意識，她不會去反抗命運，只是含淚順從，多次輾轉改嫁也只為生存，更像是一件物品，並沒有人在意她的想法，其人生有力的體現了當時女性地位低下的現象。

（2）地位的禁錮

女性群體對於社會的發展與延續是極其重要的，但她們並沒有獲得與之相對等的尊重，《杜十娘怒沉百寶箱》中的杜十娘，她渴望愛情的同時也在追求平等，最後遭到背叛，以死明志。女性對於婚姻家庭有著依附觀，即使在商業繁榮的封建社會，女性已經衝破了一些封建傳統的桎梏，但所謂「男主外，女主內」，家庭的牽絆依然存在，在《金玉奴棒打薄情郎》中，金玉奴的家父為改門風招莫稽入贅，金玉奴幫扶並督促丈夫讀書，但被發跡後的薄情丈夫因虛榮心被推入江中，在獲救後，加以懲戒後還是與丈夫和好，這樣的結局並不符合現代女性的愛情觀的最終抉擇，但是在當時的社會背景下，首先莫稽一介書生發跡從官，可美化其「團頭世家」的形象，其二也是關鍵所在，金玉奴畢竟是女性，諾大家業怎可寄於女子手中，有違常理，且逼不得已女性又怎能隨意改嫁，只好依附於丈夫。社會的局限性讓女性無法獨立的生存，包括《蔡瑞虹忍辱報仇》中命運坎坷的蔡瑞虹，迫於無奈的依附男性，地女性地位的局限性，這也是社會封建思想根深蒂固的表現。

社會經濟的發展使各階層在社會中的作用凸顯放大，社會出現世俗化，不僅在社會方式上，也推動了社會思潮的湧起，當時的思想家對一些無倫理道德的放縱行為給予理論支持，例如女性改嫁，被引誘與人偷情獲得原諒，女性參與經商活動等等，李贄是典型代表，他對宋明理學中「存天理，滅人慾」的教條理論予以猛烈抨擊，並且全新的詮釋了王陽明的心學，「李贄說：『私者，人之心也，人必有私而後其心乃見』，李贄公開肯定私心、私欲、私利。把人慾

抬到與天理同高的位置，徹底拋棄了『滅人慾』才能得『天理』的理論，在社會上掀起了一股高揚個性和肯定情慾的思潮，反封建禮教對人性束縛的社會思潮的影響也是明末女性自我意識增強的內在動力，導致了女性自由的重建與傳統貞節觀的坍塌」〔註17〕，「通過女性對愛情的執著的追求，對女性自身價值的凸顯，對女性改嫁的認可，反映出對女性的尊重，鼓勵女性追求自由平等的內核，提倡以純樸的愛情換取幸福，萌生了具有現代意識的新的道德倫理觀念」〔註18〕。所以，在以「三言」為代表的明清話本小說中，對於男女愛情的故事新穎多樣以及在一定程度上肯定因情慾所犯下的在當時認為有違倫理道德主觀意識分歧。

「愛情是永恆的主題，在輻射生活和揭示人物靈魂方面具有巨大容量與特殊功能，它生動地呈現著社會的日常生活和精神面貌」〔註19〕，起初以愛情為基礎建築的婚姻家庭，是女性思想感情的寄託，伴隨著其美好圓滿或是支離破碎，女性形象都會在此時愈加凸顯，那是她們發揮自我價值的寄託之所，女性的獨立意識正在覺醒，她們正在突破封建的枷鎖，將自身的力量向社會蔓延，改變社會認知，展現女性的存在意義。

第三節　「標出性」悖論：杜十娘的性格與通俗小說的藝術追求

標出性概念在趙毅衡先生《符號學》一書中有詳盡而精彩論述〔註20〕。標出性在語言學、文化研究等方面特徵明顯。其基本含義是指「兩個對立項中比較不常用的一項具有的特別品質。」〔註21〕用標出性關照話本小說，筆者發現，話本小說作為通俗小說在文本形式和價值觀念方面遵循的是一種「非標出性」策略，因為作為地位低下的文類，要面對的是來自意識形態以及上層文類的壓力。而在故事方面則採取「標出性」策略，因為作為通俗小說，話本小說

〔註17〕梁明玉、文良平《從「三言」中的女性婚外情看作者的情慾觀》，《時代文學》（下半月），2010（11）：214～215。
〔註18〕汪小琴《「三言」中的愛情婚姻小說》《大眾文藝》2016（12）：44。
〔註19〕蒲日材《世俗社會的人文關懷——談話本小說中的女性形象》，《延安大學學報》（社會科學版）2012，34（04）：96～100。
〔註20〕趙毅衡《符號學：原理與推演》第十三章「標出性」，南京大學出版社2011年版。
〔註21〕特魯別茨柯伊觀點，轉引自趙毅衡《符號學：原理與推演》，第282頁。

需要面對以大眾為主體的讀者群市場。這應該是通俗小說的一貫策略。因此，「標出性悖論」成為話本小說文本符號的獨特特性。著名小說《杜十娘怒沉百寶箱》便體現了這一點。而且，通過對本篇的分析，還會對標出性概念提供新的內涵。

一、話本小說與「標出性」

　　話本小說有著自覺的文本追求，馮夢龍在《古今小說》「敘」中指出：「大抵唐人選言，入於文心；宋人通俗，諧於里耳。天下之文心少而里耳多，則小說之資於選言者少，而資於通俗者多。試今說話人當場描寫，可喜可愕，可悲可涕，可歌可舞；再欲捉刀，再欲下拜，再欲決蒨，再欲捐金。怯者勇，淫者貞，薄者敦，頑鈍者汗下。雖小誦《孝經》、《論語》，其感人未必如是之捷且深也。噫！不通俗而能之乎？」〔註22〕也就是說，編創《古今小說》的目的是欲以通俗的形式對大眾進行教化，即所謂「諧於里耳」，並且進一步指出通俗的形式之於《孝經》、《論語》的優勢，即能夠「捷且深」地教化大眾。馮夢龍的這一主張得到後來話本小說創作者的遵守。清代茹齋主人在《二刻醒世恒言》「敘」中指出，「（三言）備擬人情世態，悲歡離合，窮工極變。不惟見聞者相與驚愕，且使善知勸，而不善亦知懲，油油然共成風化之美。」〔註23〕以通俗形式進行勸懲與教化是話本小說作者的共識。值得關注的是，話本小說所宣揚的教化是以主流價值規範為準則的，它不提供比主流意識形態更高的道德倫理。這應該是通俗小說嚴格遵守的價值信條。因為，在古代中國社會，作為不登大雅之堂的小說而且是通俗小說類型，要想立足，必須從觀念形態方面與主流保持一致，這樣才不至於被主流所排擠。

　　從小說形式來說，話本小說基本採取民間「說話」藝術形式，虛擬的書場感覺給小說的民間性塗抹上一層保護膜，即，能夠允許民間藝人進行公開演出，就應該能夠允許話本小說以書面的形式進行教化。以此來看，話本小說無論從價值觀念還是文本形式都不具備「標出性」特徵。所謂「標出性」，「當對立兩項不對稱，出現次數較少的那項就是『標出項』（the marked），而對立的使用較多的那一項，就是『非標出項』（the unmarked）。因此，非標出項，就是正常項。」〔註24〕也就是說，話本小說從價值觀念到文本形式均把自己包裝

〔註22〕丁錫根編《中國歷代小說序跋集·中》人民文學出版社 1996 年版，第 774 頁。
〔註23〕丁錫根編《中國歷代小說序跋集·中》人民文學出版社 1996 年版，第 782 頁。
〔註24〕趙毅衡《符號學：原理與推演》南京大學出版社 2011 年版，第 281 頁。

成正常的「非標出項」，以使其更好的融入主流社會。但需要指出，話本小說的生存存在一個很大的顧慮，即話本小說的生存是靠市場來維持的，這是通俗小說共同的命運。話本小說使中國文學第一次以市場化的形式面對廣大受眾，話本小說作者、出版商（即坊刻主）、讀者構成了中國文學史上第一個市場化鏈條。因此，話本小說的寫作不得不受到讀者趣味的制約。事實上，馮夢龍在編纂《古今小說》的時候，並沒有出「三言」的計劃，正因為《古今小說》一出，「行銷頗捷」，才使坊刻主以及馮夢龍本人深受鼓舞，遂有接下來的《警世通言》和《醒世恒言》，以及凌濛初「二拍」等等一系列話本小說創作浪潮。可以說，市場化直接刺激了話本小說的創作與出版。

高舉教化旗幟的話本小說以觀念與形式的「非標出性」獲得了意識形態上的安全性，但這並不能完全解釋話本小說創作興盛的原因。因為，市場化的運作模式是靠讀者興趣來維持的，很難想像，當馮夢龍的《古今小說》出版後無人問津，怎麼會有後來話本小說創作的興盛？因此，「非標出性」特徵並不能拯救話本小說，在獲得觀念與形式的「非標出性」安全之後，話本小說需要以「標出性」的故事來獲得讀者的閱讀興趣，否則，平庸的故事獲得的只能是市場的冷落。從《警世通言》開始，馮夢龍便開始進行探索，在本書「敘」中，馮夢龍指出：「人不必有其事，事不必麗其人。其真者可以補金匱石室之遺，而贋者亦必有一番激揚勸誘、悲歌感慨之意。事真麗理不贋，即事贋而理亦真，不害於風化，不謬於聖賢，不戾於詩書經史。若此者，其可廢乎？」〔註25〕馮夢龍在「不害於風化，不謬於聖賢」基礎上高揚「事贋理真」的創作理念使話本小說的創作打開了虛構之門，面向市場，以讀者興趣為中心，虛構成為一種非常有價值的創作思想。凌濛初在馮夢龍的基礎上則提出「奇」的創作理念，「今之人但知耳目之外牛鬼蛇神之為奇，而不知耳目之內日用起居，其為譎詭幻怪，非可以常理測者固多也。」〔註26〕也就是說，凌濛初追求的是一種耳目之內的「奇」。對「奇」的追求成為很多話本小說作者的創作理念。〔註27〕與作為「非標出性」的形式與觀念不同，話本小說對故事的追求則以「標出性」為旗幟。這樣話本小說在理論倡導和創作實踐兩方面完成了「標出性」的矛盾統一。「標出性悖論」成為話本小說乃至通俗小說獲得市場與生存的主要模式。

〔註25〕馮夢龍《警世通言·敘》上海古籍出版社 2012 年版，第 1 頁。
〔註26〕丁錫根編《中國歷代小說序跋集·中》人民文學出版社 1996 年版，第 785 頁。
〔註27〕王委豔《論話本小說的奇書文體、轉折性結構和勸諭圖式》，《社會科學論壇》
2011.2 期。

　　《杜十娘怒沉百寶箱》出自馮夢龍《警世通言》第三十二卷，是話本小說名篇，下面以此篇「標出性」的符號學分析為例，來對話本小說這種「標出性悖論」進行解讀。

二、杜十娘的「標出性」性格

　　杜十娘故事由來已久，據趙景深考證，「宋幼清《九籥籥集》有傳，今未見。《情史》卷十四也有《杜十娘》條，云浙人好事者為作《負情儂傳》，今在朝鮮刊文《文苑楂橘》中。」〔註28〕杜十娘故事被後世改編成電影、戲劇、曲藝等各種藝術形式常演不衰。為什麼杜十娘故事會被歷代人們所喜愛，其最為關鍵的因素是杜十娘做為一個古代流落風塵的弱女子所表現出的非同一般的智慧與剛毅的性格，無論從其行為還是其言語無不表現出她的不同凡響之處，也就是說，「標出性」是杜十娘性格的主要特徵。

　　（一）杜十娘人物形象的標出性表現在對贖身的謀劃中。杜十娘流落風塵，但有著不同於一般風塵女子的智慧和膽識。「十娘見鴇兒貪財無義，久有從良之志；又見李公子忠厚志誠，甚有心向他。」因此，在李甲千金散盡之際，杜十娘決定贖身跟隨李甲。贖身的過程一波三折，先後經歷了「擊掌謀贖身」、「假道別帶走財產」、以及「潤色郎君、見憐父母」幾個階段，前兩個階段成功了，第三個階段因孫富從中作梗而失敗。這三個階段均表現出了杜十娘過人的智慧，及超出一般女子的心機。

　　首先「擊掌謀贖身」。鴇兒見李甲「手頭愈短，心頭愈熱」不能再給她帶來好處，想趕李甲走，杜十娘利用鴇兒知道李甲已經無錢無力為杜十娘贖身的心理，讓鴇兒答應自己贖身。接下來鴇兒答應三百兩銀子作為贖身之價，接著便與鴇兒討價還價，最終以十日為期，杜十娘怕鴇兒反悔，與之擊掌為誓。由此我們看，這是杜十娘與鴇兒面對面的心理較量。值得我們思考的是，杜十娘的言行有著豐富的心理內涵，通讀小說我們知道，別說三百兩銀子，即使千兩銀子對於杜十娘來說也不算難題，因為最難的不是這些，而是另有其事。此時，杜十娘對於贖身之事已是胸有成竹，接下來她要做什麼呢？考驗李甲！

　　其次「假道別帶走財產」，杜十娘「久有從良之志」，因此對此謀劃良久，包括積攢金錢、物色人選等等。杜十娘贖身過程一波三折，如果杜十娘直接拿出自己的錢讓李甲為自己贖身，那麼杜十娘作為一個智慧女子的形象就會大

〔註28〕趙景深《中國小說叢考》齊魯書社 1980 年版，第 431 頁。

打折扣，同時也不能考驗李甲對自己的情感。杜十娘首先讓李甲自己籌錢，在他籌不來錢一籌莫展之際，自己出一百五十兩，再讓李甲借一百五十兩，這就既考驗了李甲又可順利贖身。杜十娘智慧不止這些，他對李甲的考驗並沒有結束。在贖身後與姐妹告別、以及姐妹相送之際，借姐妹之手將自己價值鉅萬的財務帶走。此時，李甲，包括讀者在內並不知曉姐妹送的各種箱子裏面究竟是什麼！

　　第三「潤色郎君、見憐父母」。杜十娘跟隨李甲有一個極大的心理隱患，即李甲的父親。在李甲與杜十娘最初交往情投意合之時，李甲之父就是李甲心中的極大隱憂，「李公子懼怕老爺，不敢應承」。因此，我們說，李甲父親成為杜十娘與李甲婚事的最大障礙。杜十娘對此心知肚明。但她仍然抱有一線希望。在古代，對於一個風塵女子來說，贖身並過上正常人的生活是要靠很多機會的，比如合適的時機、合適的人選，還得加上金錢和衝破封建倫理、社會輿論壓力等等等等。因此，杜十娘鍾情於李甲也有其道理。相對於李甲的軟弱，所有的這些機會均值得杜十娘一試。對於來自李甲父親的阻力，杜十娘很清楚，同時，也有自己的道理，即「潤色郎君、見憐父母」，所謂「潤色郎君」，即讓李甲攜財務見自己家人；所謂「見憐父母」，即李甲父母見這些財務或可網開一面應允他們的婚事。試想，如果沒有孫富從中作梗，杜十娘之計或許可行。有此計足可見杜十娘的心機了。

　　由上述杜十娘對自己贖身的謀劃可以看出，杜十娘絕非等閒女子，在女子無才便是德的封建社會，杜十娘超群智慧絕對是一個「標出項」。如此智慧的女子在古代是不多見的，因此，杜十娘故事經久不衰此其原因之一。

　　（二）杜十娘性格的標出性還表現在內心波瀾全以平靜出之，這極其符合其富有心機而又剛毅的性格。上述贖身經過，就表現了這一點，比如與鴇兒的對話，當鴇兒答應杜十娘贖身之時，杜十娘心中已經胸有成竹了，因為贖身之費對於她來說並不算什麼，但這種終於等到贖身機會的喜悅杜十娘並沒有表現出來，而是非常平靜，在對交付贖金的日期上與鴇兒討價還價，「公子雖在客邊乏鈔，涼三百金還措辦得來。只是三日忒近，限他十日便好。」從鴇兒答應讓她贖身到贖身成功，一切均玩於杜十娘股掌之間，而這一切，杜十娘全以平靜出之，可見她不是簡單之輩。再有，杜十娘雖富鉅萬，但李甲卻一無所知，而讀者也如此。限制視角成功地將秘密保存到了最後。最為精彩的是杜十娘得知李甲以千金將自己賣於孫富，本來對前程充滿期望、對生活充滿期待的杜十

娘此刻肯定心如波瀾，但她平靜異常，其剛毅性格在這種表面平靜而內心痛苦的行為中表露無遺。且看：

當杜十娘得知李甲將自己千金賣於孫富，杜十娘對李甲說：

為郎君畫此計者，此人乃大英雄也！郎君千金之資既得恢復，而妾歸他姓，又不致為行李之累，發乎情，止乎禮，誠兩便之策也。那千金在那裏？

不但如此，杜十娘在被賣前夜，早起「挑燈梳洗」並對李甲說：「今日之妝，乃迎新送舊，非比尋常。」並且還「微窺公子，欣欣似有喜色，乃催公子快去回話，及早兌足銀子。」她對李甲極其失望而又希望其迴心轉意，微妙心態呼之欲出。波詭雲譎的內心全以平靜出之。尤其是當李甲與孫富交易完畢之後，徹底絕望的杜十娘積壓內心的怨恨猛然迸發，她與李甲、孫富的正面衝突不可避免。請看杜十娘對孫富和李甲說的話：

對孫富：

> 十娘推開公子在一邊，向孫富罵道：「我與李郎備嘗艱苦，不是容易到此。汝以姦淫之意，巧為讒說，一旦破人姻緣，斷人恩愛，乃我之仇人。我死而有知，必當訴之神明，尚妄想枕席之歡乎！」

對李甲：

> 妾風塵數年，私有所積，本為終身之計。自遇郎君，山盟海誓，白首不渝。前出都之際，假託眾姊妹相贈，箱中韞藏百寶，不下萬金。將潤色郎君之裝，歸見父母，或憐妾有心，收佐中饋，得終委託，生死無憾。誰知郎君相信不深，惑於浮議，中道見棄，負妾一片真心。今日當眾目之前，開箱出視，使郎君知區區千金，未為難事。妾槽中有玉，恨郎眼內無珠。命之不辰，風塵困瘁，甫得脫離，又遭棄捐。今眾人各有耳目，共作證明，妾不負郎君，郎君自負妾耳！

本篇之所以受到歷代讀者的喜愛，首先在於杜十娘智慧剛毅而又深情的「標出性」性格魅力，其次在於作者高超的寫作控制力。即故事信息的積壓與釋放始終遵循著某種「故事—讀者」或者「文本—讀者」之間的交流邏輯，並以故事發揮最大交流效果為核心。

三、通俗小說「標出性」的多層次思考

《杜十娘怒沉百寶箱》因其人物性格的標出性使其攜帶著豐富的「伴隨文本」，所謂伴隨文本，即符號文本在被接收的過程中，接受者會受到一定的文

化約定制約而使其不致發生理解偏向，「因為在他接收時看到某些記號，這些記號有時候在文本內，有時候卻在文本外，是伴隨著一個符號文本，一道發送給接收者的附加因素」即為「伴隨文本」。〔註29〕提倡「情教」並著有《情史》的馮夢龍對於類似杜十娘的青樓女子是非常熟悉的，而他自己也有類似李甲的青樓經歷。因此，可以想見，對杜十娘故事的編創，馮夢龍投入了極大的熱情和感情。杜十娘故事潛藏有作者對杜十娘的極大同情和對封建禮教的極大反抗。杜十娘只不過是馮夢龍反對封建禮教的前臺角色，伴隨文本的是文本的反封建禮教傾向，當這種傾向在讀者那裏獲得贊同的時候，我們發現，作者與讀者在此獲得了一種共同的交流經驗：作者、人物（杜十娘）和讀者在反封建禮教這一觀念下獲得了順暢的交流和情感認可。但文本主題卻是對於杜十娘的同情，其矛頭並未指向封建禮教。如此情形在中國古代通俗小說敘事傳統中極其常見，用「非標出性」的文本形式獲得了「作者──文本──讀者」順暢交流的「標出性」敘事倫理。然而，《杜十娘怒沉百寶箱》帶給我們的理論啟示並非只是這些，由上述對故事人物標出性的分析可以看出：

第一，通俗文本自身蘊含的「標出性悖論」。這在本文第一部分已經提到。文本形式是「非標出性」的，因為通俗文本面對的是大眾，要符合他們的審美需要就必須在文本形式方面適應其欣賞習慣，否則，通俗文本就沒有市場可言。而小說故事、人物等則必須是「標出性」的，因為太平庸的故事總不能引起讀者興趣。而對於通俗小說來說，其作為一個「通俗」文類，也許「標出性悖論」恰恰是其標出性所在。

第二，通過對故事、人物標出性的敘述，很容易使作者意識形態、文本意識形態和讀者意識形態浮出地表。作者通過一系列創作手法，使人物性格的標出性得到彰顯，同時伴隨這種彰顯的還有作者的意識形態立場。比如《杜十娘怒沉百寶箱》中，作者通過對杜十娘標出性性格的塑造，傳達出對於杜十娘的同情，與對於封建倫理的厭惡，雖然文本主題沒有直接指向封建倫理，但由故事帶來的傾向性成為文本重要的伴隨部分。而杜十娘悲劇的深層原因則指向了以李甲父親所代表的封建倫理。雖然杜十娘與李甲的愛情可以受到民間之「理」的認可，但難以為封建禮教所容，古典愛情往往在民間之「理」與封建禮教的衝突中或者收穫幸福或者收穫悲劇，而後者往往居多。另外，作為歷史流傳物，古典小說的接受問題勢必成為一個突出問題，因為意識形態的變革與

〔註29〕趙毅衡《符號學：原理與推演》，南京大學出版社2011年版，第141頁。

歷史形成的差異，使中國古典小說不能像西方文學那樣以相同或相似的宗教、倫理立場獲得「理想讀者」的認可，中國古典文學面臨著接受中的意識形態錯位。因此，讀者意識形態就會表現明顯。因為真實讀者的意識形態很難與「理想讀者」獲得一致。作者、文本、讀者三種意識形態在何種程度上獲得和諧交流是一個值得探討的問題。

第三，由對《杜十娘怒沉百寶箱》的分析，我們不難得出結論，即，標出性在文學領域可以分為多個層次。它不僅是一種作者行為，也是一種文本行為（人物行為），還是一種讀者行為。可以分別叫做作者標出性、文本標出性和讀者標出性。站在作者立場，標出性意味著創新，馮夢龍「三言」雖以書面形式改造了傳統「說話」藝術的敘事方式，但其本身是前無古人的，尤其提倡以通俗寓教化、事贋理真等等創作觀念，這是具有開創性的，在當時是具有「標出性」的。站在文本立場可以看出，通俗文本雖然形式喜聞樂見，但其故事必須標新立異，否則難以獲得讀者認可，故事、人物的標出性即是其主要的追求。站在讀者立場來看，從解釋的角度分析得出處於理解層面的標出性問題，這體現了文本進入接受領域而出現的「讀者文本」現象。同一文本在進入流通領域之後會因讀者個人、歷史、語境等的不同得出不同的讀者文本，這是文本從修辭走向交流的重要證據。當作者、文本、讀者的時空距離或者虛擬距離縮短的時候，這種交流性會越發明顯。

第四，通俗小說作為一個符號結構，除了故事向我們傳達標出性帶來的悲劇性外，敘事話語本身的非標出性（文本形式、主題觀念等）也在傳達另一種意義，它標明了作者的處境，即有時候，通俗作品的作者不能直接傳達自己的理念，而是通過一種曲折的方式來傳達。通俗文本的標出性悖論正表現為內容與形式、故事與話語之間的間離性。

第四節　五行八作：話本小說中的商人群體〔註30〕

話本小說中塑造了大量的商人形象，在此前的古代小說文本中是不常見的，這是 17 世紀通俗小說在取材方面的新變化，這說明商人的地位提高了，「商賈力量的膨脹與金錢勢力對社會生活的衝擊是明末擬話本創作的另一重

〔註30〕信陽師範學院文學院 2017 級秘書學專業孫珍珠、張晗、喬曉涵、劉恬恬、趙睿哲、朱育瑩六位本科生參與了本節部分材料的整理工作。

要主題，其時大部分作品都涉及這一內容，僅集中描寫商人生活的作品也有數十篇之多，它們反映了明代中後期社會商人的心理、願望與追求，而首先引人注目的是當時商人社會地位的變化。」〔註31〕這是時代境況在小說中的投射。本節在商人類別、商人的經商之道等方面對話本小說中的商人群體進行分析。

一、話本小說中的商人類別

話本小說中，商人有很多類型，如有的是地域觀念形成的經商習慣，例如徽商；有的是家族經商；有的是中介商人，有的是國外胡商等等。下面分類論述。

其一，徽商。在「二拍」中的商人很多都是徽州籍貫，那麼徽州商人經商的原因是什麼呢？這些徽商指的是徽州商人、新安商人，俗稱「徽幫」，是徽州（府）籍商人的總稱。徽商來自徽州，包括歙、休寧、婺源、祁門、黟、績溪六縣，即古代的新安郡。六縣之中，歙和休寧的商人特別著名。徽商在宋代開始活躍，全盛期則在明代後期到清代初期。晉末、宋末、唐末及中國歷史上三次移民潮，北方遷移到皖南徽州大量人口。人口眾多，山多地少，種地沒法滿足生存需要，只有仕途和經商這兩條路可以選擇。

徽商遊走全國各地經商，如初刻卷四《程元玉店肆代償錢，十一娘雲崗縱譚俠》「話說徽州府有一商人，姓程名德瑜，表字元玉……專一走川、陝做客販貨，大得利息。」還有初刻卷二十四《鹽官邑老魔魅色，會骸山大士誅邪》「一日，有個徽商某泊舟磯下……茶罷，客僧問道：『客官何來？今往何處？』」徽商答到：『在揚州過江來，帶些本錢要進京城小鋪中去……。』」很明顯，這個徽州商人帶本錢到京城小鋪經商。還有，二刻卷三十七《疊居奇程客得助，三救厄海神顯靈》「話說徽州商人姓程名宰，表字士賢……正德初年，與兄程案將了數千金，到遼陽地方為商……」等等。《徽州府志》載：「徽州保界山谷，山地依原麓，田瘠確，所產至薄，大都一歲所入，不能支什一。小民多執技藝，或販負就食他郡者，常十九。」〔註32〕徽州的地理條件不利於農業，徽州人為了生存不得不另謀生路，做生意是理想選擇。

其二，胡商。話本小說中有若干篇什描寫波斯胡商，如初刻卷一《轉運漢遇巧洞庭紅，波斯胡指破鼉龍殼》中文若虛一幫海客是去了波斯胡人的店裏面

〔註31〕陳大康《明代小說史》，人民文學出版社2007年版，第574頁。
〔註32〕趙吉士《徽州府志》第一版，黃山書社2010年版。

進行奇珍異寶交易,在清早波斯胡人送這一幫海客到船邊時,波斯胡店主看到文若虛撿來的龜殼認出來這是寶物,文若虛才時來運轉。二刻卷三十六《王漁翁捨鏡崇三寶,白水僧盜物喪雙生》中,漁人王甲一日捕魚得一寶鏡,乃軒轅黃帝所造「聚寶之鏡」,自得此物,「財物不求而至」。後王甲在江邊又得兩枚石子,卻是兩顆寶珠,後被波斯商人識得以三萬緡買去,王甲遂成富翁。話本小說中的胡商多買賣珠寶。

其三,中介商人。話本小說中有從事中介賺取錢財的,其中不乏出家人。初刻卷一《轉運漢遇巧洞庭紅,波斯胡指破鼉龍殼》中「姓金,雙名維厚,乃是經紀行中人」即買賣雙方的中間人,是以介紹雙方合作從中獲取傭金的。初刻卷十六《遲取券毛烈賴原錢,失還魂牙僧索剩命》中「元來這高公,法名智高……但是風吹草動,有些個賺得錢的所在,他就鑽的去了,所以囊缽充盈,經紀慣熟。大戶人家做中做保,倒多是用得他著的,分明是個沒頭髮的牙行」這裡的「智高」為「牙行」牙行之意為中間人,這個詞是一個專有名詞,說明這中間人的職業已經被人們所熟知。他是邊做和尚邊做中介,並且有大戶人家來找他。初刻卷二《姚滴珠避羞惹羞,鄭月娥將錯就錯》「原來這個所在是這汪錫一個囤子,專一設法良家婦女到此,認作親戚,拐那一等浮浪子弟、好撲花行徑的,引他到此,勾搭上了……賺他銀子無數。」這種行為是為不正當男女牽線搭橋,好從中取利。也是中介商人的一種。

其四,僧尼商人。在話本小說中,有一類特殊商人,即出家人,這些出家人多做人中介,從中收取好處,實際上起到了中間商的作用。按說,出家人不應該做此類事情,但為獲取錢財,這些出家人利用身份便利,為人牽線搭橋,已經是事實上的商人了。在《二刻拍案驚奇》卷十六「遲取券毛烈賴原錢,失還魂牙僧索剩命」中有個法名智高的僧家,「到有好些不像出家人處。頭一件是好利,但是風吹草動,有些個賺得錢的所在,他就鑽的去了,所以囊缽充盈,經紀慣熟。大戶人家做中做保,到多是用得他著的,分明是個沒頭髮的牙行。毛家債利出入,好些經他的手,就是做過幾件欺心事體,也有與他首尾過來的。」

還有一類出家人,為了賺錢,幹起皮條勾當,話本小說中塑造了不少僧尼的反面典型,尤其是對於從中撮合男女奸事的僧尼,更是不掩蓋作者的厭惡之情。在《初刻拍案驚奇》卷六「酒下酒趙尼媼迷花 機中機賈秀才報怨」中對此有一段議論:

其間一種最狠的，又是尼站。他借著佛天為由，庵院為囤，可以引得內眷來燒香，可以引得子弟來遊耍。見男人問訊稱呼，禮數毫不異僧家，接對無妨；到內室念佛看經，體格終須是婦女，交搭更便。從來馬泊六、撮合山，十樁事到有九樁是尼姑做成、尼庵私會的。

小說中的趙尼姑就是一個皮條客，她「有個徒弟……只當老尼養著一個粉頭一般，陪人歇宿，得人錢財，但只是瞞著人做。」賣徒弟的淫，撮合徒弟與其他人，從中得利。

話本小說中的這類做中介或者皮條客的僧尼形象，往往是負面形象，這與出家人和商人兩種職業的矛盾有關。出家人本應六根清淨、不沾俗物，但這類以牟利為目的做中人的僧尼，往往以出家人的身份作掩護，為了利益不惜幹違法勾當，因此，話本小說往往對此類人頗多微詞。

二、話本小說中商人的從商方式

話本小說中，商人的從商方式多種多樣，有些商人是一種家族式經商，其主要特點是以家族為經商主體，有傳承。有些是半道經商，如棄儒經商。而有的是聯姻經商。下面分而述之：

1. 繼承祖業

初刻卷八《烏將軍一飯必酬，陳大郎三人重會》中蘇州人王三郎「商賈營生」，其子叫王生，王生還有個孤孀無子的嬸母楊氏與其一同居住。王生七八歲時，父母雙亡，對虧楊氏照料。王生十八歲，楊氏讓他出門做生意。「王生欣然道：『這個正是我們本等』」「楊氏道：『……蘇州到南京不上六七站路，許多客人往往來來，當初你父親、你叔叔都是走熟的路……』」王生把經商當做自家「本等」。初刻卷二十二《錢多處白丁橫帶，運退時刺史當艄》「……叫做郭七郎，父親在日，做江湘大商，七郎隨著船上去走的。父親死過，是他當家了，真個是家資鉅萬……」這個是繼承父親家業經商的，這兩個例子都是「家傳」的一種家族商人。在《喻世明言》第一卷「蔣興哥重會珍珠衫」中的蔣興哥就是繼承其父的經商事業，到廣東做生意。在《醒世恒言》第十卷「劉小官雌雄兄弟」中的劉方、劉奇就是繼承其養父的經商事業，並且發揚光大。

2. 聯姻經商

初刻卷十九《李公佐巧解夢中言，謝小娥智擒船上盜》謝家家有巨產「隱

名在商賈間」這是一個低調的商人，謝小娥的父親「把他許給了歷陽一個俠士，姓段名居貞。那人負氣仗義，交遊豪俊，卻也在江湖上做大賈。謝翁慕其聲名，雖是女兒尚小，卻把來許下了他。兩姓合為一家，同舟載貨，往來吳楚之間。」這個就屬於聯姻經商了。聯姻促進經商合作，聯姻的作用顯而易見。

3. 棄儒經商

明代中後期，隨著商品經濟的發展，棄儒經商成為不少讀書人的選擇，經商已經不是歷來所謂的「賤業」，而是可以養家糊口、獲得生存資本的事業。在明代中後期，商業觀念已經深入人心，加之仕途坎坷，一部分讀書人不再皓首窮經，而是選擇放棄舉業，從事商業。「明清時期，不但社會上頗多商人之子讀書入仕現象，而且『棄儒就商』的社會現象也比比皆是。之所以稱為『儒商』，自然必須有大量儒士棄儒而從商。士大夫一掃往日的清高，紛紛『不務正業』地參與商業經營，出現了『士而商』、『商而士』的全新社會現象。」〔註33〕加之明代採取「納監」政策，有錢人可以通過捐錢捐物獲取功名，這其實無形中為經商者提升了社會地位，他們通過繳納錢物獲取與讀書人同等地位。這無疑為讀書人棄儒經商提供了充分理由，「曲線救國」也不無可能。

在《喻世明言》第十八卷「楊八老越國奇逢」中楊八老楊復，年近三旬，讀書不成，家事逐漸消乏，其祖上原在閩、廣為商，因此，「湊些資本，買辦貨物，往漳州商販，圖幾分利息，以為贍家之資。」《二刻拍案驚奇》卷二十一「許察院感夢擒僧　王氏子因風獲盜」中的王祿幼年讀書，後「廢業不成，卻精於商賈權算之事」，於是「其父親就帶他去山東相幫種鹽」，這王祿的確有經商才能，後來其父見他能幹，乾脆把生意交給他，自己就不出去了。在《初刻拍案驚奇》卷二「姚滴珠避羞惹羞」中的潘甲雖是舊家但已經破落，家道艱難，因此「自棄儒為商」。在《二刻拍案驚奇》卷三十七「疊居奇程客得助　三救厄海神顯靈」中的程宰就是一個棄儒經商的徽州商人，程宰世代儒門，但他生在經商風氣盛行的徽州，「卻是徽州風俗，以商賈為第一等生業，科第反在次著」，於是，程宰與兄程案「以遼陽地方為商，販賣人參、松子、貂皮、東珠之類」。《雲仙嘯》第二冊「裴節女完節全夫婦」中，讀書人李榮祖上原是耕種人家，李榮之父忽然想做讀書人而成為秀才，但「秀才是個吃不飽，著不熱的東西」，生活勉強支撐，但到了李榮這一輩再也撐不下去了，於是改為經營

〔註33〕李桂奎《元明小說敘事形態與物態世態》，上海古籍出版社 2008 年版，第 132頁。

生意以解決生計問題。

　　古代社會雖然為讀書人提供了科舉這樣的進身之道，但並不能解決所有人的生計問題，窮，往往成為讀書人的標配。加上從國家政策層面對商人的限制，各種社會規範對商人的擠壓，導致的結果是，讀書人寧可窮困而不為商。在婚姻問題上，商人更無法和士大夫階層聯姻。明代晚期，商品經濟發展，商人地位逐漸提高，棄儒經商成為不少讀書人的生存選擇。門閥制度開始鬆動，義利觀念開始向商人傾斜，追逐利益不再是一種不正當的事情。因此，在17世紀的白話小說中，棄儒經商現象成為小說的描寫對象，多數商人是正面形象。這無疑從文學層面肯定了這種社會思潮。同時，白話小說創作本身也是一種類似商業的活動，因為，作為通俗小說，獲取利益是其主要特徵之一。在有些話本小說集的序中，不乏「行銷頗捷」、「商賈之請」之類的描述。可見，從事具有商業性質的創作活動也是棄儒經商的一種方式，更有的是專業作家，受雇於書坊，如鄧志謨等人。有的話本小說作者更是集創作、刊刻（出版）於一身，如陸文龍、陸人龍兄弟，凌濛初也是出身於烏程凌氏刻書家庭。

　　因此，出現於話本小說中的這些棄儒經商故事，是17世紀通俗文學思潮形成的重要背景之一。通俗文學思潮本身離不開文學的商業化，文人棄儒經商為文化的商業化提供了基礎，沒有文人的參與，這一世紀出現的大量話本小說是不可能的。正是文人的這種深度參與，包括創作、刊刻、閱讀等一系列市場化過程，才使得17世紀的通俗小說成為一種規模可觀的文學現象。

三、話本小說中商人的經商之道

　　話本小說中塑造了不少成功的商人，他們在自己的商業活動中，都有一套經商之道，但並非純粹表現為某種商業行為，而是具有更複雜的非商業因素。如經商觀念中摻雜命相觀念、商人的行為模式以儒家思想作為準則等等。也就是說，話本小說中商人的經商之道有著獨特性。

　　首先，精明的經營理念。如在《醒世恒言》卷十八「施潤澤灘闕遇友」中的施復開始的時候「因本錢少，家中只有一張織機，積得四匹，便拿去市場售賣」，後因「蠶種揀得好」，質量有保證，為人忠厚老實，不出幾年，「就添上了三四張綢機，家中頗饒裕。」再後來，「夫妻依舊省吃儉用，晝夜營運。不上十年，就長有數千金家事。又買了左近一所大房居住，開起三四十張綢機，

又討幾房家人小廝，把個家業收拾得十分完美。」施復的成功有他的一套精明的經營策略。除了他的誠實友善（如拾金不昧）、勤儉持家外，他的經營策略也是非常精明的。小說沒有直接寫他如何經營，只是寫施復友善的一面。但在他拾金之後的一段心理活動，即可看出他作為生意人的精明：「有了這銀子，再添上一張機，一月出得多少綢，有許多利息。這項銀子，譬如沒得再不要動他。積上一年，共該若千，到來年再添上一張。一年又有多少利息。算到十年之外，便有千金之富。那時造什麼房子，買多少田產。」雖然施復並沒有用這些拾到的錢財實施他的計劃，但其精明由此可見一斑。小說很明顯把主題偏向施復夫婦靠誠實勞動、與人為善獲取家業上面，而不是靠非正當財產發家。

《醒世恒言》卷三「賣油郎獨佔花魁」中的賣油郎秦重，本是在養父朱十老的油店中坐店，卻因侍女蘭花誣陷，被迫離家挑擔賣油，走投無路的秦重靠油坊熟人幫襯得以維持生意。朱重具有商人敏感的嗅覺，一次聽到「昭慶寺僧人要起九晝夜的功德」，精明的秦重活絡了心思「用油必多，遂挑了油擔來寺中賣油」。一連九日的售賣，讓秦重賺取了第一筆銀子。隨後，靠忠厚贏得更多客戶。為了實施與花魁娘子的一夜春宵，他有自己的算計：「從明日為始，逐日將本錢扣出，餘下的積攢上去。一日積得一分，一年也有三兩六錢之數。只消三年，這事便成了。若一日積得二分，只消得年半。若再多得些，一年也差不多了。」雖然其目的算不得多麼光明正大，但一個小商販的精明由此可見一斑。

在商人的精明方面，《照世杯》第四篇小說「掘新坑慳鬼成財主」體現的非常充分，穆太公看到城裏有糞坑，而農村沒有，農村人種地需要糞土，因此突發奇想，在自家村上掘起糞坑，把自家三間房屋內掘起三個大坑，又用小牆隔起來，粉刷牆壁，牆壁上繪畫，又怕人不知道，還印發廣告，如廁提供廁紙，經過一系列的經營策略，他的公共廁所生意興隆，穆太公靠賣糞發家。可見其精明。對於該篇，本章第四節將專門論述。

《徐老僕義憤成家》（《醒世恒言》三十五卷）中的阿寄雖然沒有任何經商經驗，但他卻極其精明。他初聞販漆有利便去販漆，面對杭州、蘇州兩個市場，他根據運費推斷杭州貨物不能獲利，便向蘇州發售，繼而獲取倍利。接著，他沒固守蘇州這一條線，而是主動研究市場行情，瞭解到其他商人也因路費問題選擇了蘇州販漆，於是便將貨物販到杭州，三兩日內就賣了個乾淨，計算本利果然比起先這一帳又多幾兩，只是少了那回頭貨的利息他最終決定還是到遠

處去賣，逕至興化地方，結果所得利息比蘇杭兩處都好，只這一點，足見他精明敏銳的經營意識。

其次，誠信經營。上面所舉施復、秦重除了商人的精明之外，還有自身的誠實守信、貨真價實等品質。誠信是經商的成功之道。《照世杯》第三篇「走安南玉馬換猩絨」中的杜景山，其父杜望山就是一個至誠的經紀人，杜景山繼承其父衣缽，四方客商都肯來投依。《李秀卿義結黃貞女》（《喻世明言》二十八卷）中，黃善聰的父親黃老就是一個誠實守信、買賣公道的人，而作為他女兒的善聰，也沿襲了父親身上的優秀品質。撇開女子身份不說，選擇與陌生的李秀卿成為生意夥伴，兩人之間相互扶持的根本也是誠信，李秀卿外出經商，黃善聰將所有資金交付與他，而他也將所有帳目交付黃善聰。兩邊買買，毫釐不欺。最終兩人賺得豐厚家產，喜結連理。《劉小官雌雄兄弟》（《醒世恒言》卷十）中的劉德夫婦在樂善好施之外，買賣做人同樣公平正直。缺了他酒錢的人，他絲毫不計較，多給他錢的人，他也必定退還。如此道義，可謂是商人中的典範。

第三，吃苦耐勞。話本小說中有些商人靠吃苦耐勞取得生意成功。如《灌園叟晚逢仙女》（《醒世恒言》四卷）中的秋先家境貧寒，但他自幼酷愛花草，經過自己的專心培育和精心呵護，他擁有了自己的大果園，種出的果實最多，大而甜美，他也因此獲得了很多利潤。《徐老僕義憤成家》（《醒世恒言》三十五卷）中的阿寄也是一個吃苦耐勞的典型，他生意成功，靠的就是他在幾個城市間的奔波。

第四，惡商遭報。話本小說中還寫了一些靠非正當手段經商的商人，甚至靠劫掠發財的商人。如《蘇知縣羅衫再合》（《警世通言》十一卷）中的船商徐能、《顧阿秀喜舍檀那物　崔俊臣巧會芙蓉屏》中的船商顧阿秀，這些船商依靠搶奪客人不義之財，殺害他人性命獲取錢財，雖然在當時家產富足，但也是因果輪迴，惡有惡報。《蔡瑞虹忍辱報仇》（《醒世恒言》卷三十六）中的商賈卞福也是一個唯利是圖的人，為了獲得更多的錢財，截獲船隻來販賣人口。《桂員外途窮懺悔》（《警世通言》二十五卷）中桂富五惑於人言，將自家田產抵押經商，不料生意沒做好，本利俱耗，不但田產歸於他人，連妻子也不能保全，在窮途末路中受到昔日同窗施濟的救濟，後來卻為了貪圖錢財，搬出施濟家中，並在施濟一家落難之時，忘恩負義地選擇將施還母子趕了出去，後桂富五夫婦託生為施家之犬，得到報應。話本小說中的這類靠不正當手段獲取錢財的

商人，小說一般會設計出遭到惡報的結局。可見，話本小說一方面對誠信商人的肯定，一方面對惡商的痛恨，其是非觀念是非常明確的。

縱觀話本小說中對商人的描寫，正面形象居多。而且話本小說作者把儒家思想滲透入人物的經商行為之中，賦予這些商人某種儒家的道德規範。同時，還把命相觀念、因果報應等思想與商人的經營行為聯繫起來，使得經商的成敗成為驗證命運的一種方式。所有這些，都是話本小說的局限。但不容置疑，話本小說把大量的商人作為描寫對象，這在此前的文學作品中是不多見的，這說明，在明中期以後至清初，尤其是話本小說繁榮的 17 世紀，商人地位提高了，商業成為一種正當職業，棄儒經商成為很多舉業蹭蹬的士人的選擇。這是社會進步的表現，也是 17 世紀中國東南沿海經濟方式的變化在通俗小說中的一種投射。這對於研究 17 世紀中國社會的經濟生活，具有非常重要的價值。

第五節　諷刺藝術：《掘新坑慳鬼成財主》中的人物形象及反諷敘述

話本小說在清初有一個少有人注意的變化，即諷刺小說的出現，這也許是末世（明末）在文學領域的表現之一。如《豆棚閒話》中，多篇表現了這種諷刺特性，在上一章第三節已有論述。另一篇較有特色的諷刺佳作是《照世杯》第四篇小說《掘新坑慳鬼成財主》，這是一篇較有特色的小說。小說不但塑造了一個經營方式獨特的商人形象，而且從語言到情節表現了高超的反諷藝術，是一篇不可多得的諷刺小說。

一、穆太公的經營方式

《掘新坑慳鬼成財主》寫了一位吝嗇人物穆太公靠經營坑廁發家致富的故事，在這篇奇特的商業故事中，小說為我們呈現了一套完整的商業行為，從經營動機、經營行為、到經營結果，均有非常細緻的描寫。文本中描寫這一商業過程的時候是極其認真的。我們不妨還原這一經營過程：

1. 經營動機。小說開頭並沒有直接敘述穆太公的經營動機。其實，小說中提到他的妻子死去，被小舅子以「餓死了妹子」為由告到官府，然後又「將穆家房奩囊橐，搶得精一無二。穆太公被這一搶，又遭著官司，家計也就淡薄起來。」也就是說，喪妻之後的穆太公生活拮据成為其設法生存的主要原因，

經營坑廁就是其擺脫困境的方式。事實上，穆太公的經營很成功，「虧得新坑致富，重恢復了產業，還比前更增益幾倍。」

　　2. 考查市場。市場需求是生意成功的關鍵，穆太公發現他所在的義鄉村由於地處山凹，交通不便，不通糞船，村民種田需要糞肥，只好在田埂上撿拾。同時，穆太公看到城中都有糞坑（公廁），於是突發奇想，何不在村中建起糞坑（公廁），收集糞肥，然後賣錢。事實證明，穆太公的想法是對的。

　　3. 經營策略。穆太公把自己門前的三間屋子內掘起大坑，每個坑進行隔斷，牆壁粉刷得潔白，牆壁上掛起詩畫斗方，請訓蒙先生寫「齒爵堂」匾額。裝飾完之後，又請訓蒙先生寫廣告百十張：「穆家噴香新坑，奉求遠近君子下顧，本宅願貼草紙」。經過一番策劃，穆太公的公廁「果然老老幼幼盡來賞鑒新坑，不要出大恭的，小恭也出一個才去」。而且根據顧客要求，又建起女廁。

　　4. 勤於經營。穆太公不但具有商業眼光，而且肯吃苦，勤於經營。「太公每日五更起來，給放草紙，連吃飯也沒工夫。到夜裏便將糞屋門鎖上，恐怕家人偷糞換錢。一時種田的莊戶，都在他家來躉買。每擔是價銀一錢，更有挑柴、運米、擔油來兌換的。太公從置糞坑之後，到成個富足的人家。他又省吃儉用，有一分積一分，自然日盛一日。」

　　由以上四個方面可見，穆太公的確是一個精明的生意人，他的一整套經營策略合理、可行，加之善於營運，自然生意興隆。「這足見穆財主確實具有商業頭腦，且長於管理經營，應稱得上那個時代得風氣之先的開發家。而這，應是明清之際資本主義商品經濟萌芽環境的產物。」〔註34〕雖然如此，和其他話本小說對商人及其經營的業務（如絲織業、典當鋪等等）相比，穆太公的經營還是很另類的。很難想像，這一系列的經營舉措竟然是開公廁，賣糞肥，這就形成了莊諧結合的敘事張力，從而形成一種諷刺效果。如果僅憑上述幾條，那麼我們有理由相信，穆太公是一個成功的生意人。但作者的意圖並不在於單純塑造一個生意人，更重要的是在「慳鬼」與「財主」的反差關係中營造一種反諷效果。「反諷是外表或期望與現實之間的矛盾或不一致。」〔註35〕對於一個財主來說，我們期望他是一個慷慨大方的人，事實上，穆太公則相反，是一個

〔註34〕王定璋《光明洞達　燭照幽微——〈照世杯〉的文化價值》，《文史雜誌》1997年04期，第23頁。

〔註35〕S.M.Ray. Bedford Glossary of Critical and Literary Terms. Boston: Belford/St.Martin's, 2003, p.220.

「慳鬼」，其吝嗇通過幾件事表現出來：

第一件事，穆太公為了不讓兒子穆文光與其妻同房耗盡精血，讓他和自己同床睡覺，不料，兒子半夜偷偷溜回其妻房中。兒子天明怕老子責罰，偷偷溜走去其舅舅家避禍。穆文光找不到兒子很著急，但時刻想著掙錢的穆太公竟然忙於公廁而將兒子忘得一乾二淨：「這卻因他開了那個方便出恭的鋪子，又撞著那班雞鳴而起搶頭籌的鄉人，擠進擠出，算人頭帳出算不清楚。且是別樣貨物，還是賒帳，獨有人肚子裏這一樁貨物，落下地來，就有十中的紋銀。現來做了交易，那穆太公把愛子之念，都被愛財之念奪將去，自然是財重人輕了。」為照顧糞坑生意而不管兒子。

第二件事，穆太公兒子穆文光好幾日不回家，穆太公著急，到親家那裏去尋，結果沒有。親家母留飯，穆太公堅辭，卻因為怕還席。在半山村買鹽後回家，又內急，為了不浪費自己的糞肥，將屎拉在荷葉上。不巧路遇親家，為了不出醜，將包鹽的荷葉包誤作包屎的荷葉包丟棄，回家之後，媳婦要鹽，打開荷葉，竟然是屎。整個過程讓人啼笑皆非！穆太公的吝嗇可見一斑。

第三件事，還通過一些生活細節來表現穆太公的「慳」。例如穆太公為了省燈油，不到黃昏就上床睡覺。兒子穆文光要去城裏讀書，說到吃飯問題，穆文光說可以在其娘舅那裏吃飯，一開始穆太公並不同意，但兒子說：「孩兒吃他家的飯，讀自家的書，有甚麼不便？」穆太公便打起算盤：「想到兒子進城，吃現成飯，家中便少了一口，這樣便宜事怎麼不做？」

反諷修辭「是兩極對立因素的相互對比，沒有這種對比，就只不過是單一視鏡，就不能產生多重視鏡條件下才會形成的反諷意味。幾乎每一種反諷就是在具有反對性質的兩種對立因素的對照中形成的，因此可以說，沒有對比，就沒有反諷。」〔註36〕小說中穆太公形象正是在「慳鬼」與「財主」的對比中表現了其複雜性。通過簡單的幾個事例，將穆太公吝嗇、守財的本性刻畫得入木三分。

但，很明顯，儘管小說描述了穆太公的「慳」，但讀者的閱讀感受並沒有被引向對他的厭惡，反而有些同情，其原因來自作者的寫作控制。也就是說，作者在表現穆太公吝嗇方面，並沒有做太多鋪排，而是局限於幾個小事。小說雖然寫穆太公吝嗇，但也寫了他的善於經營，他利己但不害人。相反，在關係到他的幾件大事方面，穆太公和其家人反而是受害者。

〔註36〕李建軍《論小說中的反諷修辭》，《小說評論》2001 年第四期，第 39 頁。

其一，無賴谷樹皮的惡意刁難。先是谷樹皮如廁，嫌穆太公家種菜園的穆忠對他禮數不周，拳腳相加。後是谷樹皮看到穆太公開公廁掙錢，於是自己也開起公廁。後谷樹皮醉酒墜入自家的坑廁中，被穆太公的兒子穆文光用石頭砸死。

其二，由於穆太公開坑廁請訓蒙先生寫的牌匾冒用徐家「齒爵堂」，被徐家公子告到官府，被敲詐五百兩銀子。

通過以上事例可以看出，穆太公開坑廁的生意雖然掙了一些錢，但他本人實在不是一個強悍的角色，而是時刻就能受欺負的人，是弱者。後來，穆太公的兒子讀書進學，其家依然被稱為「新坑穆家」，「可見，穆太公虧著新坑致富，穆文光虧著報仇成名，父子倒算得兩個白屋發跡的豪傑」。也就是說，整部作品雖然對穆太公極盡挖苦，但最終是持正面態度。這種態度，也許可代表古代社會發展到17世紀末世人對商人商業的一種基本態度：商人，無論其經營什麼，只要合法合理掙錢，都會受到社會的尊重和承認。小說敘述的控制力在於，把對穆太公的嘲諷控制在「慳鬼」與「財主」的反差之上，而沒有擴展到其商業活動本身，儘管穆太公經營的是坑廁這一讓人大跌眼鏡的生意。同時，這也表明17世紀白話小說姿態下移不是一種簡單的取材變化，而是具有思想方面的變遷。在《照世杯》的第三篇「走安南玉馬換猩絨」中，商人杜景山也是作者肯定的對象，與官府的胡安撫及其子胡衙內比起來，杜景山這一商人形象要正派許多。可見，《照世杯》在對待商人這個群體上，其思想是一致的。這代表了17世紀白話小說的一種基本傾向。

二、全面反諷：人物的自我背反

值得關注的是，《照世杯》作為一篇諷刺小說，其反諷並非單一的，而是從語言到人物形象，都具有反諷性，是一種全面反諷。小說不但塑造了一個可笑可憐、具有反諷性格特徵的穆太公形象，而且塑造了一組具有反諷特徵的人物形象，小說中的大多數人物，均表現出一種「自我反諷」特性，從而使得這些人物性格鮮明，讓人印象深刻。

首先是穆太公的兒子穆文光。穆文光利用其父穆太公讓其讀書進學的心理，騙其父資助，以到城內讀書名義去學馬弔（賭博），將其父給他的學費給了「弔師」（教賭博的老師）。穆文光用功學賭，理論、實踐日益精進，「不上幾日，把馬弔經讀得透熟」，弔師勉勵其曰：「我看你有志上進，可以傳授心法。

只是洗牌之乾淨，分牌之敏捷不錯，出牌之變化奇幻，打牌之斟酌有方，留牌之審時度勢，須要袖手在場中旁觀，然後親身在場中歷練，自然一鳴驚人，冠軍無疑矣！切不可半途而廢，蹈為山九仞之轍。更不可見異而遷，萌鴻鵠將至之心。子其勉旃勉旃。」穆文光深得其法，先是在賭場觀戰，後與幾個敲詐穆家錢財的賭徒賭博大贏。穆文光的行為極具諷刺意味：以讀書名義反而學習賭博，而且賭技精湛，並將幾個賭徒敲詐穆家的錢財在賭場贏了回來，這真是讓人哭笑不得的結局。

其次是一幫賭徒。穆文光娘舅金有方是一個賭徒，他引誘外甥穆文光學習賭博，本來想從其身上撈錢，而且與賭徒徐公子、苗舜格等人合夥敲詐穆家，不想，自己親手培養起來的外甥穆文光賭技更高，將其騙到手的錢又贏了回來。金有方的算計落空，穆文光以其人之道還治其人之身。金有方、徐公子和苗舜格等人培養穆文光、敲詐穆家一系列行為均產生了背反的結果。

第三，最具有反諷意味的是對兩位「老師」的諷刺。一位是穆太公求字的訓蒙塾師，這位訓蒙先生卻是個不學無術之人，當穆太公讓其題齋匾，卻想不出一個字，「我往常出對與學生，還是抄舊人詩句。今日叫我自出己裁，真正逼殺人命的事體。」想了一圈，把人家徐尚書牌坊上「齒爵」兩個字做了糞坑的齋匾，不倫不類，而且穆太公還因此惹上了官司。而馬弔館的「弔師」卻滿腹經綸：

> 這牌在古時，原叫做葉子戲，有兩個鬥的，有三人鬥的，其中鬧江、打海、上樓、鬥蛤，打老虎、看豹，各色不同。惟有馬弔，必用四人。所以按四方之象，四人手執八張，所以配八卦之數，以三字而攻一家，意主合從；以一家而贏三家，意主併吞。此制馬弔之來歷也。若夫不打過椿，不打連張，則謂之仁。逢椿必捉，有千必掛，則謂之義。發牌有序，殷版不亂，則謂之禮。留張防賀，現趣圖衝，則謂之智。不可急捉，必發還張，則謂之信。此運動馬弔之學問也。

以儒家仁義禮智信來論述賭牌行為，真是讓人大開眼界。不但如此，這位馬弔師還教授穆文光馬弔經，還將《十三經注疏》講解給穆文光，同時，還傳授「心法」，真是一個學問高深的老師，但卻是一個「弔師」。

兩個老師的比較，學問與授業形成強烈反諷效果。「反諷卻是相反相成，兩個不相容的意義被放在一個表達方式中，用它們的衝突來表達另一個意

義。」〔註37〕為人師與不學無術，滿腹經綸與教人賭博，不但人物和自己的行為之間形成反差，而且兩個人物之間也形成強烈反差，其意義指向，即是現實世界的悖謬與荒誕。這讓人聯想清代小說《歧路燈》中的譚紹聞如何被一幫賭徒引誘，一步步走向賭博泥潭，以至於幾近傾家蕩產，而教授譚紹聞的塾師卻不務正業。

　　本篇小說的反諷貫穿全篇，是一種全面反諷。小說中主要人物的行為無一不走向自身期望的反面：穆太公教子的預期與兒子的背反行為、穆文光學業不成而學賭精進、弔師的儒家思想與賭博理論、金有方等賭徒本想培養穆文光賭博卻被其贏取錢財等等，這形成了小說的集體性反諷。「反諷是外表或期望與現實之間的矛盾或不一致。這種不一致可以通過多種方式表現出來，如個人所說的與他或她實際上所想表達的之間的不一致，或者一個人希望發生的事情與實際上發生的事情之間的不一致，或者表面上的真實與事實的真相之間的不一致。」〔註38〕尤其讓人印象深刻的是對兩位老師的描寫，正當塾師不學無術，而賭博弔師卻滿腹經綸，對儒家思想講的頭頭是道。除了這種不協調本身所具有的反諷意味之外，我們發現，兩位同樣以儒家思想育人的老師背反行為的背後，其潛臺詞豐富，耐人尋味。也就是說，這裡，儒家思想本身是不是出了問題？以及建構其上的學而優則仕的社會秩序，是不是出了問題？

　　明中期以來，社會思潮發生了深刻變化，陽明心學把人自身的欲望解放了，人們對財富的追求變得正當，商人不再是被人看不起的職業，很多讀書人棄儒經商。同時，拜金主義盛行，暴富心理蔓延。社會風氣變得浮躁。這篇小說可以看出，儘管穆太公從事的是讓人不恥的糞坑生意，但小說在主題傾向上並沒有對糞坑生意本身進行嘲諷，而是把諷刺矛頭對準穆太公的「慳鬼」與「財主」身份的不協調上面。同時，很明顯小說對穆太公最終持正面態度，甚至寄予同情。最後讓其子孫讀書進學，其家也成為書香門第。

三、反諷性語言藝術

　　布魯克斯在論述反諷時指出：「語境對一個陳述語的明顯歪曲，我們稱之

〔註37〕　趙毅衡《反諷：表意形式的演化與新生》，《文藝研究》2011年第一期，第18頁。

〔註38〕　S.M.Ray, Bedford Glossary of Critical and Literary Terms Boston Bedford/ St.Mantin's, 2003, p.220.轉引自汪正龍《說反諷——對西方美學史上一個重要範疇的考察》，《人文雜誌》2007年第3期，第113頁。

為反諷」。布魯克斯說的語境是指文本內語境,對此他還舉例:「我們說『這是個大好局面』,在某些語境中,這句話的意思恰巧與它字面意義相反。這是最明顯的一種反諷——諷刺。這裡意義完全顛倒了過來:語境使之顛倒,很可能還有說話的語調標出這一點。」〔註39〕《掘新坑慳鬼成財主》表現出富於反諷特色的語言藝術,這與人物形象的整體性背反形成極具張力的表達藝術。

首先,請看「馬弔學館」的「弔師」的一番高論:「我方才將那龍子猶十三篇,條分縷析,句解明白,你們想已得其大概。只是製馬弔的來歷,運動馬弔的學問,與那後世壞馬弔的流弊,我卻也要指點一番。」然後把馬弔的來歷詳細講解一番,並用儒家「仁義禮智信」來解讀「運動馬弔」之學問。小說以非常嚴肅的敘述語言,以儒家慣用的講課風格來描述馬弔學問,使這些敘述語言與賭場語境形成極具張力的諷刺效果。同時,這種敘述具有雙重反諷效果。按照布魯克斯的觀點,馬弔師的一番高論與賭博形成文本內反諷,即賭場語境對以儒家思想講解賭博理論之間的不協調。但任何表意絕非到文本邊界為止,而是溢出文本邊界,使文本外語境也參與到意義建構中來。就是說,弔師的賭博儒學理論在讀者這裡取得了另一種效果,即讀者語境也會參與文本意義的建構,讀者語境也會使文本的敘述語言產生歪曲而出現第三種意義。按照正常的理解,讀者所處的語境中,儒家思想應該是嚴肅的,不容歪曲的,但這種情況顯然與小說中的馬弔理論形成牴牾,從而產生對馬弔與儒家的雙重懷疑:現實中的儒家思想受到衝擊。尤其是小說中把弔師滿腹經綸與訓蒙先生不學無術進行對比,更加加重了這種懷疑。正如《豆棚閒話》中對儒家思想的嚴重懷疑,如對儒家忠孝節義與現實中人的背叛,如范蠡謀害西施、叔齊變節等等,儒家思想在明清鼎革之際,被現實中的士大夫的行為剝離得體無完膚。而在《掘新坑慳鬼成財主》裏,以儒家思想來裝點賭博理論,對儒家思想無疑也是一種辛辣嘲諷。

其次,小說用不協調的語言來描述諷刺對象,從而產生語言能指與意義所指之間的矛盾,形成反諷。如小說中用「齒爵堂」來做坑廁的齋扁、用「穆家噴香新坑」來為坑廁做廣告,語言能指與所指產生嚴重背離,小說即在這種不倫不類的背離中獲得反諷效果。尤其是小說描寫人如廁、拉屎這樣的行為時更加體現了這一點:如在描寫穆太公的坑廁生意和人們如廁的情景時:「因他開

〔註39〕布魯克斯《反諷——一種結構原則》,袁可嘉譯,參見趙毅衡編《「新批評」文集》,中國社會科學出版社 1988 年版,第 335 頁。

了那個方便出恭的鋪子，又撞著那班雞鳴而起搶頭籌的鄉人，擠進擠出，算人頭帳也弄不清楚。且是別樣貨物，還是賒帳，獨有人肚子裏這一椿貨物，落下地來，就有十足的紋銀。」寫穆太公不捨得把自家的屎浪費：「別人的錦繡，還要用拜貼請他上門來，泄在聚寶盆內，怎麼自家販本錢釀成的，反被別人受用？」然後，等到實在憋不住了，於是「穆太公偏又生出韓信想不到的計策，王安石做不出的新法，急急將那一張饒頭荷葉放在近山澗的地方，自家便高聳尊臀，宏宣寶屁，像那圍田倒了岸，河道決了堤，趁勢一流而下，又拾起一塊瓦片，塞住口子。從從容容繫上裙褲，將那荷葉四面一兜，安頓在中央，取一根稻草，也紮得端正，拿著就走。」以不協調的、甚至有些莊重的語言來描述拉屎，這在文學作品中實不多見。以莊喻諧，語言的能指與所指產生嚴重背離，穆太公「慳」的形象躍然紙上。

第三，小說語言反諷還體現在以大喻小。例如上舉例中，穆太公如何想出辦法來不浪費自己的屎：「穆太公偏又生出韓信想不到的計策，王安石做不出的新法」。寫穆家種菜的穆忠發手紙的行為：「那穆忠坐在坑門前，給發草紙，他就拿出一副喬家主公的嘴臉，像巡檢帶了主簿印，居然做起主簿官，行起主簿事，肅起主簿堂規，裝起主簿模樣來」。馬弔師賽桑門「有一本《十三經注疏》，如張閣老直解一般，逐節逐段替他講貫明白，穆文光也得其大概」。賽桑門又對穆文光鼓勵一番：「我看你有志上進，可以傳授心法。只是洗牌之乾淨，分牌之敏捷不錯，出牌之變化奇幻，打牌之斟酌有方，留牌之審時度勢，須要袖手在場中旁觀，然後親身在場中歷練，自然一鳴驚人，冠軍無疑矣！切不可半途而廢，蹈為山九仞之轍。更不可見異而遷，萌鴻鵠將至之心。子其勉旃勉旃。」對一個賭徒如此冠冕堂皇的勉勵，真是讓人大開眼界。難怪穆文光能夠深得馬弔之法，將金有方等人敲詐穆家的錢贏回來。以儒家慣常的教育之法用在教人賭博的馬弔學館，語言和行為能指與其所指產生嚴重矛盾，賭場語境與儒家教育思想之間明顯是不協調的，而這種不協調是產生反諷的根本原因。同時，更具諷刺意味的是，穆文光能夠把知縣老爺的命題作文一揮而就，與弔師的這種教導密不可分，因為單靠此前他的那點學問，答題無論如何也不會如此輕鬆，弔師的教導讓穆文光在知縣老爺面前的表現有了合理依據。在真正的塾師那裏，穆文光學習儒家思想也未必如此上心，真是讓人啼笑皆非。

《掘新坑慳鬼成財主》從敘述語言到人物行為，均與文本語境形成背離，或者說，語境對敘述語言進行了歪曲，使敘述語言與人物行為的所指意義與能

指產生了齟齬,形成了小說整體性的反諷效果。在話本小說的發展史中,在清初的話本小說中產生如《豆棚閒話》和《照世杯》這樣具有反諷性的小說作品,是話本小說新的發展方向,只是前者的批判性更強,以至於其反諷性被掩蓋,而後者的批判鋒芒弱,反諷性就顯得強。因此,清初的話本小說的這種諷刺苗頭在古代白話小說發展史上具有非常重要的意義。可惜的是,由於隨著清廷政權的穩固,對輿論與文化的控制加強,通俗小說的發展受到打擊,這種諷刺小說也在嶄露頭角的時候,不得不戛然而止,直到清末清廷政權控制力下降,才出現了《儒林外史》這樣的諷刺大作。而《豆棚閒話》和《照世杯》在古代白話諷刺小說的發展史上無疑起到開風氣之先的作用。

第六節　17 世紀通俗小說人物群像的時代意義

　　通過對話本小說女性和商人人物群像及單個形象的考查,我們發現,話本小說中人物塑造方面取得了非常重要的成就。話本小說以大量篇什描寫了中下層人物的現實生活,尤其在商人、女性和中下層士人這三類人的生活。之所以話本小說會以此三類人作為主要描寫對象,與話本小說是「市民文學」分不開。胡士瑩先生說:「越來越壯大的市民群眾和更廣大的農民群眾,卻是民間文學和通俗文學的真正愛好者和保衛者。明代文化普及的程度似較宋代為高,加以印刷技術的發展,市民之於民間文學和通俗文學不僅是聽眾、觀眾,而且是讀者。不論書賈、戲班、藝人、作者,從官府貴族那裏賺錢的機會畢竟有限,收入的主要來源還是在市民和農民中。因而,和宋元一樣,明代的民間文學和通俗文學也必然要反映市民以及農民的思想、感情、習慣和要求。」〔註40〕正因為讀者群是普通市民,也因為話本小說作者來自下層文人,因此,寫他們喜聞樂見的題材,表達他們的思想感情、喜怒哀樂,同時宣揚他們的價值觀和人生追求等等就成為話本小說寫作的核心內容。因此,面對明中期以後東南沿海,以江浙為中心的新的經濟方式的產生,和新興市民階層的出現,話本小說適應了這種社會發展趨勢,因此才能夠大量出版。話本小說中大量的中下層人物群像,正是在這種新的社會思潮下產生的,是 17 世紀通俗小說的重要特徵。縱觀話本小說的人物形象系統,有如下時代意義:

　　其一,話本小說的人物群像在中國古代小說史上第一次與現實生活零距

〔註40〕胡士瑩《話本小說概論》,中華書局 1980 年版,第 363 頁。

離接觸。通過本章上述幾節的分析，我們發現這些人物群像與當時的明清社會是同步的，也就是說，小說描寫與現實生活沒有時間差。在話本小說最初的倡導者馮夢龍的筆下，我們發現「三言」描寫商人的小說數量達到23篇之多，「二拍」達到了12篇，而且《初刻拍案驚奇》卷一「轉運漢遇巧洞庭紅 波斯胡指破鼉龍殼」中寫道了海外貿易，在《醒世恒言》第十八卷「施潤澤灘闕遇友」中寫道了江南的絲織業等等。這些都具有與時代同步的特徵。凌濛初倡導小說的「耳目之內、日用起居」，強調小說描寫的「耳目之內之奇」，因此，取材的「耳目之內」的日常生活的倡導，使得小說不能在素材方面奇奇怪怪，而是在敘述方式上表現「奇」，這就在理論上為小說接近日常生活提供的依據。

　　其次，表現市民階層的價值觀。話本小說中的人物在對合理欲望的追求上並不掩飾，比如對女性，如《賣油郎獨佔花魁》中的賣油郎秦重對妓女辛瑤琴的愛慕。把對女性的追求表現出強烈的市民趣味。在女性婚姻問題上，表現出了更多的寬容和理解，不再堅守從一而終，對女性自由婚姻、再嫁等表現出寬容和理解。如在《蔣興哥重會珍珠衫》中蔣興哥的妻子王三巧，耐不住寂寞，被人引誘出軌遭到丈夫蔣興哥休妻。王三巧要自縊，被其母勸住：「你好短見！二十多歲的人，一朵花還沒有開足，怎做這沒下梢的事？莫說你丈夫還有迴心轉意的日子，便真個休了，恁般容貌，怕投人要你？少不得別選良姻，圖個下半世受用。你且放心過日子去，休得愁悶。」後來王三巧嫁給了吳傑進士。還有，話本小說寫了不少私奔故事，雖然私奔女性身份各異，但在追求個人婚姻方面卻是一致的。同時我們發現，這些私奔的婚姻大多有好的結局。話本小說作為具有強勢主題的小說類型，往往在故事中有強烈的、預設的主題觀念，而在對待這些新的價值觀的時候，小說並沒有表現出反對聲音，或者極少表現出這種聲音。也就是說，作者是站在這種新的價值觀的立場上，對之採取的是一種包容態度。同時，話本小說也表現出價值觀矛盾，如包容女性再嫁，但也讚揚節烈。這從另一方面說明了話本小說具有的時代特性：新舊觀念並存。

　　第三，通過人物表達時代焦慮。17世紀中葉，明清鼎革，時代陣痛，這直接影響到廣大士人的心態，通過塑造人物來表達易代之際的各種心態是話本小說時代價值的重要方面。例如在《豆棚閒話》中，塑造了一系列的人物，范蠡、介子推、伯夷叔齊等等，這些人物有著不同於傳統的行為，小說也對這些人物有著顛覆傳統的認知，之所以會如此，無非是作者想通過塑造人物、顛覆傳統的方式獲得一種思想表達：對易代之際士人表現出的種種醜態進行揭

露，振聾發聵。《豆棚閒話》正是通過這種方式表達一種時代焦慮，也就是說，小說人物承載的是一種思想。可以這麼說，小說故意顛覆傳統，意欲以「得魚忘筌」的方式獲得某種表達權力，這在文網漸密的清初語境下顯得別開生面。另外，如李漁《連城璧》和《十二樓》，尤其是後者，李漁通過塑造一系列具有「中間人」性格的人物形象來傳達他本人的人生處境：對明朝有感情，又必須在新朝的環境下生存，人格受到扭曲，心靈受到傷害，不得不在遊戲人生中獲取慰藉。如小說中的路公、高士虞素臣、放棄舉業半隱的顧呆叟等等。這些人物無一不具有李漁的影子。通過小說中的人物來表達一種時代焦慮，表達一種易代心態是 17 世紀白話小說時代特徵的重要方面，也是極其有價值的方面。有關這種「易代心態」在第五章有詳細論述。

總之，話本小說通過塑造一系列具有時代特徵的人物，表達了一種價值立場，傳達了易代之際士人的焦慮心態。取材的姿態下移、思想和價值觀與時代同步、把這傳統社會地位低下的女性、商人等作為描寫對象，寫他們的合理訴求甚至夢想，同時，對社會的黑暗、官吏的腐敗易代揭露等等，所有這些在話本小說之前的通俗小說中是少有的。話本小說無疑開創了一種現實小說的新模式。

第七章　17 世紀通俗小說價值系統
——話本小說價值論

　　17 世紀通俗小說是一個多元價值存在。首先，17 世紀通俗小說的繁榮不但表現在創作上，而且表現在刊刻上。這是 17 世紀中國經濟方式在文學藝術領域的一種反映。通俗小說至少滿足了三個方面的要求：一是滿足了小說創作者的要求，儘管這種要求並不統一，如賺錢、抒發塊壘、立言等等；二是滿足了書坊主賺錢的要求，話本小說「行銷頗捷」的市場預期，直接刺激了這些書坊主投入其中；三是滿足了普通大眾的需要，娛樂、消遣、好奇等等。讀者總是以前二者的行動為基礎。其次，17 世紀通俗小說的繁榮原因還來自文學自身的運行邏輯。古代白話小說綜合了文言和口頭藝術的一些藝術特徵，並進行文本化創造。以話本小說「說話體」文體為特徵的短篇小說將之規範化為可以複製的程序，使得白話小說，尤其是短篇小說作者有了一個可以依憑的敘述模式。因此，17 世紀通俗小說在文學史上具有重要價值。第三，明清易代在話本小說中表現出的「易代心態」，以及前期話本小說中流露出的不同於主流價值的思想，是 17 世紀通俗小說非常值得關注的方面，其思想價值值得認真總結。第四，話本小說同時具有不容忽視的文化價值，其表現在多方面，器物、觀念、制度等都有，因此話本小說的文化價值也是通俗小說價值系統中的重要方面。總之，通俗小說作為 17 世紀重要的文學思潮，其發展壯大有其必然的歷史原因，有其特有的價值追求。本章將以話本小說為中心，從文學史價值、藝術價值和文化價值三個方面對 17 世紀通俗小說的價值進行討論。

第一節　17 世紀通俗小說的多元價值系統

　　馬克思在談到「價值」的時候說：「『價值』這個普遍的概念是從人們對滿足他們需要的外界物的關係中產生的。」〔註1〕這是一個非常寬泛的論斷，這裡有兩個方面的內涵，其一是滿足人們的需要，其二是在人與外界物的關係中產生。二者不可分割。也就是說，關於事物的價值是事物在與人的關係中滿足了人的某種需要而產生的。這裡蘊含了一種基本立場，即以人為中心來定義價值。換句話說，價值是人賦予物的一種屬性，而不是物的自然生成。程麻認為：「價值哲學本質是關於人與對象的『關係學』。它不抹殺精神價值的存在，也不忽視物質價值的重要性，而認為它們無一不決定於社會實踐的主體——人的自覺存在水平即人的價值。」〔註2〕也就是說，所謂「價值」，說到底是人的價值，是人把自身社會實踐，包括物質實踐和精神實踐，賦予到對象上所產生的映像。文學作為人類精神實踐的重要部分，從精神層面建構了人類實踐的一部分。

　　以話本小說為代表的 17 世紀通俗小說其價值是一個多元存在。按照馬克思「滿足人類需要」的價值定位，話本小說在多個方面滿足了不同人群的需要。

　　首先是滿足了話本小說作者的各種需要。中國的科舉制度到明清時期已經非常成熟，但在明末也是非常腐敗。有一個客觀事實是，由此催生的中國古代教育制度培養大批的讀書人，從而形成一個階層：士人。士人接受儒家積極入世的價值觀，信奉「獨善」、「兼濟」的人生信條，和「立功、立德、立言」的人生追求。當科舉走不通的情況下，「獨善」與「立言」就成為他們的首要選擇。明末中國東南沿海地區新的經濟方式在文化領域的重要表現就是坊刻業的興旺發達，這為通俗小說的創作提供了難得機遇，加之科舉教育制度催生出的作家與大批量讀者，都為話本小說的繁榮提供了機會。事實上，馮夢龍、凌濛初等人的創作態度與追求是非常嚴肅的，舒塊壘、布教化、立意勸懲、娛目醒心無一不體現了這種態度。對於這些作者來說，創作話本小說滿足了他們的人生追求，或者滿足了他們一部分人生追求。同時，他們也可以通過創作來支持自己的生活，滿足了部分生活需求。

　　其次，對於書坊主和讀者來說，也是一種滿足。對於書坊主來說，他們可以通過刊刻通俗小說獲得豐厚回報，在話本小說的「識語」中，可以透露出一

〔註1〕《馬克思恩格斯全集》第 19 卷，人民出版社 2016 年版，第 406 頁。
〔註2〕程麻《文學價值論》人民文學出版社 1991 年版，第 20 頁。

些信息，如書坊「天許齋」在《古今小說》識語中直接說：「本齋購得古今名人演義一百二十種，先以三分之一為初刻云。」〔註3〕「衍慶堂」《醒世恒言》識語：「本坊重價購求古今通俗演義一百二十種，初刻為《喻世明言》二刻為《警世通言》，海內均奉為鄴架玩奇矣。茲三刻為《醒世恒言》，種種典實，事事奇觀。總取木鐸醒世之意，並前刻共成完璧云。」〔註4〕凌濛初《拍案驚奇》自序中說：「獨龍子猶氏所輯《喻世》等諸言，頗存雅道，時著良規，一破今時陋習；而宋、元舊種，亦被搜括殆盡。肆中人見其行世頗捷，意余當別有秘本，圖出而衡之。不知一二遺者，皆其溝中之斷蕪略不足陳已。」〔註5〕這些識語和序言中都提到了一個共同的事情：金錢。「購得」、「重價購求」、「行世頗捷」等，這就直接與圖書購買版權、出版、流通相關。也就是說，在話本小說「作者——坊刻者——讀者」的運行鏈條中，每一個環節的主體各取所需。他們都在「小說與人」的關係鏈條中找到了各自需要的價值。

　　第三，話本小說的精神價值。如果說話本小說僅僅滿足了人的物質需求，那麼其價值就會打折扣。但話本小說作為一種文化產品，其最主要的價值還在於其精神價值。正如上述所論，話本小說滿足了下層文人立言、舒塊壘的精神需求，這是一種個人層面的精神滿足。話本小說還有更大層面的精神價值。從古代小說史的層面來說，話本小說是古代白話小說發展史上不可缺少的環節。筆者持白話小說整體觀基於古代白話小說在起源上的同源性、在敘述方式上的一致性和在價值追求上的相似性。上述幾方面已經足以將古代白話小說作為一個小說類型來認同。也就是說，古代白話小說，以「說話體」文體為特徵的小說類型，不但有《三國演義》《金瓶梅》《水滸傳》《西遊記》《紅樓夢》《歧路燈》等大部頭的長篇小說，而且有17世紀以話本小說為代表的短篇小說，和以才子佳人小說等為代表的中篇小說，以及以歷史演義為主的長篇章回小說。這是一個形式完整的、長中短兼備的小說類型。雖然長篇小說、中篇小說和短篇小說在文本形式和藝術方式上多有不同，但中國古代白話小說在敘述方式上具有一致性，即以「擬書場敘述格局」的「說話人」模式作為敘述的主

〔註3〕丁錫根編著《中國歷代小說序跋集》（中）人民文學出版社1996年版，第774頁。

〔註4〕丁錫根編著《中國歷代小說序跋集》（中）人民文學出版社1996年版，第780頁。

〔註5〕丁錫根編著《中國歷代小說序跋集》（中）人民文學出版社1996年版，第785頁。

要方式,並由此生發出一系列相關的藝術特性,形成獨具特色的「說話體」文體。也就是說,話本小說這一古代短篇白話小說文體的成熟,完成了古代白話小說在藝術方面的精神建構。這在本章第二節將展開論述。

從思想價值方面,話本小說的思想並非統一,而是具有多元思想的文本。這反映了明末清初中國主流思想的崩塌,和多元思想的崛起。從陽明心學開始,明代的哲學思想就開始裂變,到顧炎武、王夫之,中國哲學思想開始回歸人本體,個人價值、個人慾望得到前所未有的肯定。表現在小說領域,我們發現,話本小說的思想充滿矛盾,首先表現在對儒家倫理思想的懷疑,就是說,雖然很多篇小說表現出對儒家倫理的遵從,但是還有一些篇目則表現了另一種聲音。有時候,在一篇之中,竟有兩種不同聲音。尤其是到清初的《豆棚閒話》達到了極致。本章第三節將討論這一話題。

從文化價值方面來說。話本小說表現出多元文化特色,從文化的器物、觀念和制度三個層面來看,話本小說表現出了濃鬱的傳統文化特徵。如男耕女織的家庭觀念、婚姻觀念、民間信仰、命相觀念、科舉制度等等。話本小說提供了明清之際多樣化的民間的、市井的生活圖景。值得關注的是,話本小說其實是 17 世紀市民文化的真實反映,不但反映了正面價值,而且反映了一些難以研判的社會現象,如男風問題(同性戀問題等)。

文學文本包含的價值是一種綜合價值。艾布拉姆斯指出文學活動四要素學說,指出文學活動由作品、作家、世界、讀者組成。〔註6〕在這四個要素組成的關係鏈條中,文學的價值也會在這些要素的關係中建構起來。因此,這不僅是文學作品本身的價值問題,而是包含了以文學作品為中心建構起來的價值系統,多重關係架構下,這種價值系統沒有統一的標準,也沒有固定的框架,有的是文學流轉帶來的動態圖景,以及由文學內涵與外延共同建構起來的價值域。因此,討論 17 世紀通俗小說的價值,必定會是一種多元價值共建之下的系統工程。

第二節　話本小說的文學史地位與藝術價值

17 世紀大量出現的白話短篇小說——話本小說在古代白話小說史上具有

〔註 6〕〔美〕M．H．艾布拉姆斯《鏡與燈——浪漫主義文論及批評傳統》,酈稚牛等譯,北京大學出版社 2004,第 5～6 頁。

非常重要的地位。從藝術性上來講，話本小說把「說話體」小說類型中的短篇小說類型在藝術上進行了定型化，即規範了其藝術表達方式，確立了「擬書場敘述格局」的敘述模式。「說話體」文體規範的確立並非一蹴而就，而是經歷了漫長過程。自宋元到 17 世紀二三十年代話本小說大量出現，過程是漫長的。話本小說「說話體」文體規範的確立為後來中篇白話小說，如才子佳人小說，以及清末白話小說提供了藝術範式，同時也框定了古代白話小說的發展，從而成為一種敘述的牢籠。直到「五四」新文化運動，小說創作找到一種新的敘述方式，才擺脫這種桎梏。

一、話本小說的文學史地位

有關話本小說在文學史上的地位，不少古代文學史、小說史著作有不同表述。胡士瑩先生在《話本小說概論》中，把唐宋元話本、明清擬話本都歸入話本小說名下，同時把公案小說、講史、章回小說等也納入話本小說這一大系統之中。〔註7〕實際上胡士瑩先生是採用魯迅「擬話本」命名，對此筆者持保留態度，因為，無論流傳下來的宋元話本還是明清的話本小說，我認為都是一種文人案頭創作供人閱讀的通俗讀物，而不是供「說話」藝人參考的底本。對此，筆者贊同孟昭連先生觀點，他以《醉翁談錄》為例：「《醉翁談錄》所載文言故事，全為閱讀而作，並非為說話人寫的『底本』。後來《醉翁談錄》能夠刊刻出版並一直流傳到現在，也是為了文人閱讀，而不是因為說話人的需要。」〔註8〕筆者堅持「大話本小說」觀念，把源自「說話」藝術，同時在敘述方式上採取「說話體」敘述模式，文本呈現「擬書場敘述格局」的長、中、短篇小說都可稱為話本小說。這實際上也與胡士瑩《話本小說概論》中把公案、講史、章回分別分章設置的思想是一致的。

按照事物產生、發展、成熟、衰落的基本規律，話本小說也有這樣一個發展過程。就短篇話本小說來說，宋《醉翁談錄》中記載了大量的小說名目，同時有一部分故事情節完整的話本小說，這類小說故事描寫較為簡單，有「說話」套語，但並不固定為一種模式。這些小說文本形制並不統一，語言文白摻雜，篇幅長短不一，而且許多篇類似筆記小說。到《清平山堂話本》，在故事情節、描寫、以及文本套路方面更加完備，如有入話詩詞、頭回，篇中夾雜說話人套

〔註7〕參看胡士瑩《話本小說概論》中華書局 1980 年版。
〔註8〕孟昭連《白話小說生成史》南開大學出版社 2016 年版，第 304～305 頁。

語和詩詞,篇末有結尾詩詞等等。也就是說,到《清平山堂話本》,短篇話本小說的基本文本形式已經非常完備了。明代馮夢龍編創「三言」,嚴格規範了短篇話本小說的寫作套路,使話本小說的「說話體」文體形成了一個固定的模式,並影響了 17 世紀話本小說的創作。也就是說,17 世紀是短篇話本小說發展成熟時期。17 世紀末話本小說的衰落,其原因多種,但主要原因,筆者認為主要是來自清廷的查禁。換句話說,話本小說的衰落原因並非來自話本小說自身,而是外力使然。

話本小說在古代白話小說發展史上的意義在於,確定了古代短篇白話小說的寫作方式,豐富了「說話體」小說的表現力。一種小說類型的成熟不但要靠長篇小說的成熟,同時,還要靠短篇、中篇小說的成熟。也就是說,正因為話本小說確立了古代白話「說話體」小說的文體規範,才使得古代白話小說成為一個具備長、中、短三種形式的成熟的小說類型。

應當指出,17 世紀成熟的話本小說作為古代短篇白話小說的代表性類型,與明清長篇白話小說——章回小說雖同源相生,但章回小說與話本小說應該是同時發展且前者較早成熟。宋代說話藝術的講史就已經是口頭長篇了,《醉翁談錄》記載:「只憑三寸舌,褒貶是非;略傳萬餘言,講論古今。說收拾尋常有百萬套,談話頭動輒是數千回。」〔註9〕所謂「講論古今」即「說史」,而所謂「百萬套」、「數千回」雖屬誇張,但說明是長篇。無論「說三分」還是「水滸故事」,最初都流傳於說話藝人口頭。而相對於長篇,短篇則更多,在《醉翁談錄》中就列舉好多短篇故事。長篇白話小說自《三國演義》形成了成熟的類型,影響了之後長篇章回小說的發展。「回顧小說的發展歷史,以實錄為宗的魏晉六朝志怪志人不過是『粗陳梗概』,唐人傳奇逐漸以豐富的想像、曲折的情節和完整的結構,使小說藝術初具規模。宋元說話藝術的發達,促使一種更為通俗化的白話小說形式——話本小說的產生。在此基礎上,明代又出現了章回體的白話長篇。從此,這種章回體的形式,成為統治明清長篇小說創作領域達數百年之久的唯一形式。」〔註10〕由此可見,古代白話小說長篇與短篇雖同源,其實是各自發展。相對於長篇,短篇白話小說——話本小說則經歷了更長時間。

因此,筆者認為,在古代白話小說發展史上,17 世紀短篇白話小說——

〔註 9〕〔宋〕羅燁《新編醉翁談錄》遼寧教育出版社 1998 年版,第 3 頁。
〔註10〕孟昭連、寧宗一《中國小說藝術史》浙江古籍出版社 2003 年版,第 244 頁。

話本小說的成熟起到了上承宋元的作用，話本小說在發展中逐漸對馮夢龍固定下來的文本形制進行了改造，如去掉入話詩詞、去掉頭回，減少詩詞穿插等等，在故事結構上也改造了線性敘事模式，朝案頭小說的多頭並進發展。同時，在篇幅上逐漸過渡到中篇小說。同時，17世紀短篇話本小說也直接促成了才子佳人小說的成熟，「宋元話本在汲取傳奇營養的基礎上，發展出更通俗、適應俗眾要求的小說形式，並開始把才子佳人從文人、貴族沙龍帶入更廣闊的現實世界。」〔註11〕但宋元話本對才子佳人小說的影響遠不及明清話本小說，在「三言二拍」中出現的才子佳人小說除了具備其故事特徵外，更為重要的是其成熟的藝術形式。但畢竟才子佳人小說作為一個小說類型，其發展並非如此簡單，話本小說的影響顯而易見。因此，王齊洲認為：「才子佳人的婚戀小說由來已久，唐代元稹的《鶯鶯傳》以後，傳奇小說、話本小說和擬話本小說中都不少見，但各篇小說的旨趣並不相同，因此並未形成比較一致的創作風格，更未能形成某種創作範式或小說流派。而明末清初的才子佳人小說與之不同，它們的內容基本一致，旨趣基本相同，篇幅不長不短，採用通俗小說的章回體形式，並在短時間內井噴式爆發，成為明末清初通俗小說的一大類型」〔註12〕也就是說，話本小說在才子佳人小說的形成過程中起到了非常重要的促進作用。17世紀話本小說在藝術上的成熟，使得古代白話小說成為長、中、短兼備的、成熟的藝術類型。

二、話本小說藝術方式及演變軌跡

　　話本小說自馮夢龍《古今小說》開始，其藝術方式形成一種固定的模式，使「擬書場」成為話本小說基本的表達式。其基本程序為：入話詩詞、頭回故事、正話故事、散場詩。這種方式被楊義命名為「葫蘆格」結構。楊義認為：

　　　　話本小說這類強化和規整化了的葫蘆格體制，把說書場上的程序轉化和提升為文學祭壇上的特種儀式。把入話故事作為說書場上等候聽眾的熱場手段，對於書面文學已屬多餘，但參與話本的文人不是刪節它，反而強化它、增補它，這就不能不令人設想，他們是想利用這種儀式激發「看官」的哲理思維。他們借助入話故事及其前置詩、後置詩證，引導讀者建立某種心理定勢，並通過與讀者的

〔註11〕蘇建新《中國才子佳人小說演變史》社會科學文獻出版社2006年版，第38～39頁。

〔註12〕王齊洲《中國通俗小說史》武漢大學出版社2015年版，第448頁。

議論對話，在把入話故事和正話故事進行正反順逆多種方式的牽合中，引發人們對人間生存形態的聯想和哲理反省。〔註13〕

筆者認為，楊義的說法不無道理，但這裡有一個基本問題，即來自口頭藝術的思維定勢或者思維慣性。我們無法還原古代的說話藝術，但從當今的說書藝術即可見出，說書人往往通過故事宣揚傳統倫理思想，這種思想在演唱的過程中被不斷強化，說書人採取不斷介入的方式進行評論，類似話本小說中的「正是」、「有詩為證」等套語。故事的敘述往往是在一種強勢主題下運行。話本小說即接受了說話藝術的這種敘述模式，並加以強化、書面化、規範化。但話本小說的這種文體規範並非一開始就有，而是通過漫長的文本化過程逐步建立起來。也就是說，馮夢龍將話本小說的藝術形制進行規範化有其歷史背景。下面以柳永故事的演變來考查這一規範化過程：

在羅燁《醉翁談錄》卷二「丙集」〔花衢實錄〕條，記錄了柳永的幾則故事，這些故事非常簡單，類似筆記小說，用淺顯文言。從文本形制看，這幾則故事基本不具備話本小說的文體特徵。《醉翁談錄》作為較早記錄說話藝術的筆記，有數量可觀的故事，對於這些故事的用途，不同研究者看法不一，有的認為是較早的說話人底本，有的認為是供案頭閱讀的書面文本。筆者贊同後者，即《醉翁談錄》是供人閱讀的案頭讀物，而不是說話人的底本。

《清平山堂話本》對柳永故事做了進一步改寫與擴充，其第一篇就是該故事，命名為「柳耆卿詩酒玩江樓記」，這篇小說具備了話本小說的一些基本特徵，開頭寫有「入話」，下面是詩，然後直接入正話，寫柳耆卿的故事，中間有說書人套語「卻說」，末尾有兩首散場詩。小說寫柳耆卿設計強姦周月仙一事，把柳永描寫成一個流氓，對之持貶抑態度。

《古今小說》第十二卷「眾名妓春風弔柳七」，故事原形即來自《清平山堂話本》，但內容要詳細許多，在文本形制上更規範。首先小說以孟浩然的一首詩開始，然後是頭回，寫孟浩然與唐明皇之間的故事，寫孟浩然與唐宰相張說交好，一日張說正與孟浩然商量詩句，恰逢唐明皇駕臨，孟浩然躲之不及，被唐明皇看見，命誦詩，孟浩然吟誦後，唐明皇不悅，說：「前朕聞孟浩然有『流星澹河漢，疏雨滴梧桐』之句，何其清新！又聞有『氣蒸雲夢澤，波撼岳陽樓』之句，何其雄壯！昨在朕前，偏述枯槁之辭；又且中懷怨望，非用世之器也。宜聽歸南山，以成其志！」孟浩然終身不被用。很顯然，馮夢龍在改編

〔註13〕楊義《中國古典小說史論》人民出版社 1998 年版，第 247 頁。

時，補充了小說的頭回，把入話詩做了調整，使其與下面的頭回故事聯繫緊密。而且在選取頭回故事的時候也與下面正話柳永的故事在情節上具有相似性。正話故事比《清平山堂話本》更為詳細，且把柳耆卿強姦周月仙的情節改為劉二員外強姦周月仙。在《清平山堂話本》中，小說結尾是以柳耆卿任滿回京與周月仙告別結束，在《古今小說》中則寫到柳永死去，可謂有始有終。同時把《清平山堂話本》以寫男女相思的散場詩，改寫成題寫柳永墓的詩歌。

　　上述對柳永故事流轉改寫的過程進行梳理，發現馮夢龍除了完善故事本身外，對話本小說的文本形制進行的完善，使其成為具有完整書場特徵的小說類型。入話詩詞、頭回、正話、散場詩一應俱全。同時故事旨趣也發生了徹底改變，使得柳永風流才子的形象更純潔，符合文人的追求。

　　柳永故事的改寫、演變不是一個簡單個案，而是代表了話本小說文本形制逐步規範化的過程。這種演變軌跡到馮夢龍止，形成了17世紀話本小說的基本文本程序，成為後來作家的寫作規範，凌濛初的「二拍」以及後來的大量話本小說均遵循此規範。但也有稍許改變，如李漁的小說就不要頭回，小說的詩歌數量也大量減少等等。話本小說文本形制的規範化是文人將口頭藝術的書場形制進行書面化的結果。雖然話本小說採取了說話藝術的書場規範，但由於文人的參與和價值趣味的融入，話本小說是不折不扣的案頭書面讀物。敘述的精緻化，語言是書面化白話，描寫更為細緻、人物刻畫更加生動。同時，話本小說還融入了文言小說的寫作傳統，如採取史傳敘述模式，人物生平有始有終，時間處理更加縝密，是一種編年史式的「無縫化」時間模式。在敘述上採取口頭敘事常用的線性敘事模式，以「卻說」、「話分兩頭」、「話說」等作為轉換線索的標記。也就是說，話本小說是融合了文言、白話和口頭、書面兩種敘述傳統基礎上而形成的一種文學樣式，是古代白話小說在短篇小說上的一種創造。同時，話本小說在發展中逐漸由短篇發展成中篇，敘述方式更為成熟。話本小說文體的成熟，標誌著古代白話小說成為一個完備的小說類型：長篇、中篇和短篇在文本形式上均達到了成熟。

三、話本小說的藝術價值

　　話本小說的藝術價值只有將之放入古代白話小說發展的背景中才能被正確的認識。這就是筆者反覆強調「大話本小說」觀念的核心所在。以往的研究往往將話本小說與世情、章回、才子佳人等進行分開研究，而很少從藝術發展

方面對其藝術性的演化進行分析研究，這樣就很容易忽略話本小說作為白話短篇小說在古代白話小說發展史上的重要作用。「大話本小說」觀念使得我們在研究古代白話小說時，關注白話小說在藝術上的發展嬗變歷程，然後才能確定話本小說在古代白話小說短篇類型中的重要地位。話本小說的藝術價值也正在於此。

首先，話本小說補充了古代白話小說之短篇小說這一小說類型，規範了話本小說的文本形制，確立了話本小說的文體規範。話本小說的文體規範自馮夢龍《古今小說》開始形成固定化程序，確立了敘述的「擬書場敘述格局」，說書人敘述成為話本小說敘述的主要方式。這種敘述方式使話本小說的創造者無須考慮敘述者問題，說話人敘述者成為一種一勞永逸的敘述模式，規範話本小說文體的同時也阻礙了話本小說敘述方式的探索。其影響所及直至清末也沒有完全擺脫。直到「五四」新文化運動，國外小說影響下，才徹底擺脫了這種敘述模式。

其次，話本小說綜合了古代文言小說寫作傳統和口頭藝術的敘述方式，是民間藝術與書面文學傳統的融合，這種融合培養了一種成熟的小說類型：話本小說，同時也培養了一批作家，使得 17 世紀以話本小說為代表的白話小說創作繁榮。話本小說不但從形式上繼承了二者，而且在精神內核上繼承了中國的「文以載道」傳統，使話本小說也成為一種蘊含作者人文精神與淑世情懷的文學作品，而不僅僅是一種娛樂讀物。清初出現的一批具有「易代心態」的話本小說作品既是這種精神追求的外化表現。其實，話本小說自馮夢龍開始，即有「娛目醒心」的勸懲目的。這是話本小說雖在藝術形式上源自民間口頭藝術，而在精神追求方面有其獨特價值的原因所在。

第三，話本小說在保存民間藝術方面功不可沒。馮夢龍、凌濛初的作品，許多來自宋元流傳下來的話本作品，有部分應該來自鮮活的說書藝術。其中有許多篇目因其藝術、精神等價值至今為人樂道，如杜十娘、玉堂春、賣油郎、白娘子、芙蓉屏、十五貫、羅衫記等等。這些故事至今流傳，其原因很大程度上源自話本小說的成功改編。故事不會自動流傳，能夠流傳的原因可能很多，但有兩個核心原因：一是藝術方面的，一是精神方面的。話本小說無疑在這兩個方面滿足了這些小說流轉的條件。

總之，話本小說的藝術價值是多方面的，站在古代白話小說藝術發展的角度認識話本小說的藝術價值，才能對之進行客觀評價。話本小說，乃至所有古

代白話小說對古代文言傳統和口頭傳統的融合依然是古代白話小說研究領域需要繼續深入探討的話題。尤其是將古代白話小說作為一個類型進行綜合研究，而不是目前的割裂式研究，才可能探索出古代白話小說研究的新路，才可能對古代白話小說的藝術性進行總結和評價。

第三節　話本小說思想價值

十七世紀是中國古代文學思想多元化時代，時局動盪，人心思變，文學即傳達了時人的多重思想面貌。話本小說創作主潮自明天啟年間，即17世紀20年代，一直延續到清康熙中葉，伴隨這種歷史進程的是小說內容和形式的雙重演變。這種演變與時代精神、時局變遷和文學自身演變有密切關係。因此，話本小說所呈現的思想價值具有多元性，首先對於話本小說自身發展來說，話本小說所倡導的一些理論思想具有時代進步性，對於通俗小說的地位、創作理念、小說功能等等都有系統性論述。其次，話本小說順應時代思想潮流，肯定人的合理欲望，尤其是對於女性持一種較為寬容的觀念。第三，馮夢龍「情教」思想，對於話本小說有非常大的影響。第四，話本小說的實用性思想也非常突出，但這種實用性往往是一種精神層面的實用，但也有盈利目的。第五，話本小說存在微妙的思想矛盾，這是話本小說作者創作時的無意識流露，這種思想矛盾正反映了時代發展與傳統價值之間的不適應，其調整過程必然伴隨思想的混亂與矛盾。

一、文學思想：通俗小說觀念

話本小說的思想價值不僅僅是指小說本身，而且還包括作為一種文體類型的通俗小說理論思想。之所以強調這一理論思想，是因為話本小說從業者的理論倡導從小說地位、創作方法到價值追求等方面均對以往的小說理論有巨大突破。

首先，馮夢龍延續了中國傳統文學思想的「言志」傳統，《毛詩序》指出詩歌的「經夫婦，成孝敬，美教化，移風俗」，《文心雕龍》指出「道言聖以垂文，聖因文而明道」〔註14〕。馮夢龍將這種「教化」、「明道」傳統擴展到通俗小說上面，指出通俗小說在這些方面所具備的優點。也就是說，馮夢龍將通俗

〔註14〕劉勰《文心雕龍》，嶽麓書社2004年版，第7頁。

小說「諧於里耳」、「感人之捷且深」的優點與「言志」和「文以載道」傳統進行連接，使得通俗小說獲得儒家經典的「教化」功能，而且比佶屈聱牙的文言更加有優勢，這樣就將通俗小說存在的合理性、合法性進行了明確的確認。喻世、警世、醒世「三言」取義「明者，取其可以導愚也。通者取其可以適俗也。恒則習之而不厭，傳之而可久。三刻殊名，其義一耳。」〔註15〕馮夢龍「三言」繼承傳統文學「教化」、「明道」思想是一貫的，這種思想對於話本小說的發展具有示範效應，對其後話本小說的創作影響巨大。同時，也正是由於這種延續傳統的同時又能文體自覺的創作態度，使得話本小說不同於一般的通俗讀物，而是在中國古代小說史上第一次具有了創作思想和創作實踐同時具備，又能夠形成一股創作潮流的文學事件。

其次，在通俗小說的歷史地位方面。中國古代小說的創作長期受制於歷史，一直以來作為「史之補」、「史之餘」存在，沒有自己的地位，而且在創作方法上長期糾結於「史真」思想的束縛。馮夢龍首先提出「史統散而小說興」的口號，並第一次清晰勾勒通俗小說的發展歷史：「始乎周季，盛於唐，而浸淫於宋。韓非、列禦寇諸人，小說之祖也。《吳越春秋》等書，雖出炎漢，然秦火之後，著述猶希。迫開元以降，而文人之筆橫矣。若通俗演義，不知何昉。按南宋供奉局，有說話人，如今說書之流。其文必通俗，其作者莫可考。」〔註16〕這種歷史勾勒實際上將通俗小說的發展列入古代小說的歷史序列，為其正名尋找依據。

第三，在創作方法上，馮夢龍提出「事贋理真」思想，這對於長期統治小說創作的「史真」觀念是一種修正，這種觀念明確了小說創作的所遵循的基本思想：「虛構」，使小說創作擺脫史傳影響，成為一種獨立的文體行為。凌濛初提出「耳目之內、日用起居」之「奇」，拋棄小說創作的「牛鬼蛇神」和「譎詭幻怪」回歸日常生活。這對於小說取材影響非常大，這種思想使得小說作者關注日常生活，關注社會現實，而不是將目光集中在虛幻的事物之上。李漁的戲劇結構思想「立主腦」、「脫窠臼」、「密針線」等等思想對於小說創作也是一種指導。袁于令「傳奇貴幻」思想對於歷史小說的創作思想也是一種突破。所有這些論述看似出自不同的作者散論，但由於十七世紀通俗小說的大規模傳播，以及這些通俗小說作者之間的直接和間接聯繫，這些思想其實已經形成了

〔註15〕丁錫根編著《中國歷代小說序跋集》人民文學出版社 1996 年版，第 779 頁。
〔註16〕丁錫根編著《中國歷代小說序跋集》人民文學出版社 1996 年版，第 773 頁。

通俗小說創作的系統性思想。這些觀念之間具有較為密切的邏輯聯繫。這無疑是十七世紀通俗小說創作方法和創作思想最有價值的部分。

第四，小說與現實生活。話本小說對於「日用起居」的強調，使得小說取材越來越接近十七世紀的現實生活。雖然馮夢龍的「三言」大部分改編自宋元話本，但這種改編絕非個別字句的添油加醋，而是在小說描寫的現實和精神價值等方面，具有脫胎換骨的變化。或者說，馮夢龍的寫作不是一般的改編，而是一種編創。凌濛初則更多的是一種創作，其後作家也多以創作為主了。從話本小說文本可以看出，其所描寫的現實生活多出自明末清初的社會現實。尤其是在易代之際，小說的描寫更是貼近現實。

總之，話本小說無論在理論還是在創作實踐，都表現了出色的文學思想，尤其是小說理論與創作思想方面，更是突破傳統，振聾發聵。這是話本小說文學思想非常具有價值的部分。事實上，對於古代小說理論思想的研究多集中於一些大家，如金聖歎等人的理論成就，而對於話本小說所表現出的系統性的理論思想和創作實踐及二者的互動研究多少是有欠缺的。這些思想對於十七世紀通俗文學思潮的形成的作用需要重新認識。

二、肯定欲望思想：個性解放

晚明縱慾思想是一個不容迴避的話題。在話本小說中表現為對情色的描寫（男女、男風）、對金錢的追逐等。但話本小說與明中期以後的淫邪小說不同的是，在肯定人的情慾、財欲的同時，將其控制在合理範圍，肯定但不放縱。同時在理論層面旗幟鮮明地反對「淫詞」。這對於十七世紀通俗小說的創作產生積極影響。使得話本小說在思想層面能夠獲得較為正面的價值。

首先，對待情色。明中晚期社會風氣浮華奢靡、縱慾成風。「縱慾，更是明中期以後之一普遍風尚，萬曆以後尤甚。納妾、狎妓、養小唱。上自首輔、官吏，下至文士、商人，房中術、春藥、春宮畫，為一時之愛好。此一種之縱慾風尚，亦影響至社會之各個角落，連僧道也有受此影響者。」〔註17〕馮夢龍之前，通俗小說創作一味迎合這種社會風氣，使得通俗小說作品趣味低俗，在兼善堂刻本《警世通言》「識語」中說道這種情況：

> 自昔博洽鴻儒，兼採稗官野史，而通俗演義一種，尤便於下里
> 之耳目；奈射利者而取淫詞，大傷雅道。本坊恥之。茲刻出自平平

〔註17〕羅宗強《明代文學思想史》，中華書局2013年版，第788頁。

　　　　閹主人手授，非警世勸俗之語，不敢濫入，庶幾木鐸老人之遺意，

　　　或亦士君子所不棄也。〔註18〕

　　正因為認識到以「淫詞」射利「大傷雅道」，因此馮夢龍在《古今小說敘》中高舉教化旗幟，「三言」創作嚴肅認真，擯棄低俗內容，一定程度上淨化了話本小說的創作，使得其後的作者延續了馮夢龍的勸懲教化思想，這對於話本小說的思想價值產生巨大影響。凌濛初在《拍案驚奇序》中對於當時創作的不良風氣也進行抨擊，並對馮夢龍極力讚賞：

　　　　近世承平日久，民佚志淫。一二輕薄惡少，初學拈筆，便思污

　　　蔑世界，廣摭誣造，非荒誕不足信，則褻穢不忍聞，得罪名教，種

　　　業來生，莫此為甚！而且紙為之貴，無翼飛，不脛走，有識者為世

　　　道憂之，以功令屬禁，宜其然也。獨龍子猶氏所輯《喻世》等諸言，

　　　頗存雅道，時著良規，一破今時陋習。〔註19〕

　　由凌濛初的序中可見馮夢龍的理論倡導和「三言」影響之大。事實上，馮夢龍與其他話本小說作者，如《石點頭》作者天然癡叟等人關係密切。話本小說的勸懲思想與馮夢龍的倡導有很大關係。吳建國認為：

　　　　萬曆後期，隨著戲劇作家轉向共同娛樂，知識階層不約而同地

　　　湧入通俗小說領域。然而，他們抵制不住書賈們的金錢誘惑，同時

　　　也樂意乘機自我放縱，於是全力迎合世俗社會庸俗的娛樂要求，所

　　　作「非荒誕不足信，則褻穢不忍聞」，一度將通俗小說弄得烏煙瘴氣。

　　　直至馮夢龍、凌濛初在擬話本小說創作中取得「寓教於樂」的成功

　　　經驗，情況才略有好轉。〔註20〕

　　因此，馮夢龍通過其理論倡導和文學創作實踐，樹立了話本小說的基本思想規範。在話本小說中也有對情色的描寫，但均控制在較為乾淨的範圍，而沒有放縱，這是值得稱道和肯定的。也就是說，話本小說之所以取得現在的文學史地位，與馮夢龍、凌濛初，及其他作者對小說情色的淨化有很大關係。話本小說在涉及情色方面所採取的嚴肅態度無疑對其思想價值產生重要影響。

　　其次，在對待財富的態度方面。話本小說對待金錢持正面態度，尤其是把

〔註18〕丁錫根編著《中國歷代小說序跋集》人民文學出版社 1996 年版，第 777～778
　　　頁。

〔註19〕丁錫根編著《中國歷代小說序跋集》人民文學出版社 1996 年版，第 785 頁。

〔註20〕吳建國《雅俗之間的徘徊：16 至 18 世紀文化思潮與通俗文學創作》，嶽麓書
　　　社 1999 年版，第 74 頁。

對財富的追逐與儒家思想結合起來，從而把謀求財富控制在佛教的陰騭積善、儒家的仁義等價值規範之內。如《施潤澤灘闕遇友》頭回兩個故事，其一是裴度拾金還主，「後來果然出將入相，歷事四朝，封為晉國公，年享上壽」；其二是五代竇禹鈞「於延慶寺側，拾得黃金三十兩，白金二百兩」，於是等待，歸還失主，本來他「命中已該絕嗣，壽亦只在明歲」，由於此善舉，「後果連生五子：長儀、次儼、三侃、四偁、五僖，俱仕宋為顯官。竇公壽至八十二，沐浴相別親戚，談笑而卒」。在正話中的施潤澤拾得一包銀子，然後在原地等待歸還失主。施潤澤的善舉在自己遇到困難的時候得到了回報。後施潤澤生意越做越大，與他善於經營、心底善良有很大關係。

再如《照世杯》第四篇小說《掘新坑慳鬼成財主》中的穆太公，雖然小說對穆太公極盡諷刺，但始終控制在對其「慳」的嘲諷之上，而不是對財富本身。事實上，穆太公有頭腦、善經營，使其從窮人變成了財主，對財富是持肯定態度。《照世杯》第三篇「走安南玉馬換猩絨」中的杜景山，由於誠信經營，大家都願意和他做生意，在被胡衕內陷害遠走安南買猩絨過程中，生意人之間相互幫助，最終杜景山不但買到猩絨，而且還賺了一筆。

話本小說寫了大量商人形象，肯定人對金錢的合理欲望，這是古代在對待商人這一群體上非常難得的正面態度。「打開『三言二拍』我們不難發現，商人們再也不是被詛咒、貶斥的承載體，而是作為被關注、歌頌甚至欽羨的正面角色亮相。」〔註21〕正因為商人地位的提高，而成為一種正當職業，因此讀書人從商就不是一種不正常的事。話本小說寫了不少棄儒經商的例子，並肯定了這一行為的正當性。

話本小說在取材上主要集中於士人、商人和女性，士人是歷來關注的對象，而商人和女性在小說中大量出現則是明中期以後，尤其是十七世紀小說創作的重要現象。其本身就說明，話本小說在思想上具有時代的進步性。肯定人的合理欲望本身就是對宋明理學「存天理、滅人慾」的反駁與否定。這是明末個性思潮在小說中的反映。但這種思潮隨著清廷政權的穩固和對思想控制的逐漸嚴格而式微。但文學思想經過十七世紀文人的倡導與實踐，很難回歸從前，在清末鴛鴦蝴蝶派、譴責小說、諷刺小說中依然可以找到十七世紀話本小說創作思想的影子。

〔註21〕張振鈞、毛德富《禁錮與超越——從「三言」、「二拍」看中國市民心態》，國際文化出版公司 1988 年版，第 55 頁。

三、馮夢龍的「情教」思想

馮夢龍倡導「情教」，將之放到萬物之源的哲學高度加以宣揚。在《情史·序》中這樣論述其「情教」思想：

> 天地若無情，不生一切物。一切物無情，不能環相生。生生而不滅，由情不滅故。四大皆幻設，惟情不虛假。有情疏者親，無情親者疏。無情與有情，相去不可量。我欲立情教，教海諸眾生。子有情於父，臣有情於君。推之種種相，俱作如是觀。萬物如散錢，一情為線索。散錢就索穿，天涯成眷屬。若有賊害等，則自傷其情。如睹春花發，齊生歡喜意。盜賊必不作，奸宄必不起。佛亦何慈悲，聖亦何仁義。倒卻情種子，天地亦混沌。無奈我情多，無奈人情少。願得有情人，一齊來演法。〔註22〕

馮夢龍把情作為萬物本源，作為一切人際關係的出發點，並倡導人們「一齊來演法」。可以說，馮夢龍將「情」作為人們的行為準則。馮夢龍受陽明心學、李贄「童心說」影響頗深，王陽明「心學」認為，「心之體，性也，性即理也。故有孝親之心，即有孝之理；無孝親之心，即無孝之理矣。有忠君之心，即有忠之理；無忠君之心，即無忠之理矣。理豈外於吾心邪？」〔註23〕王陽明倡導「心即理」，這是其「知行合一」思想的基礎。陽明心學高揚人性主體，對於宋明理學否定人慾思想是一種糾正，承認人心主體即承認人的合理欲望，而「情」也是人性的一個方面。李贄「童心說」與王陽明「心學」有著直接的承繼關係，「就卓吾之對陽明的情感言，視其為王學後裔並不為過。且就其所用術語與所常討論之哲學範疇言，如明德、親民、誠偽、倫物、為己等，亦均與心學有承繼關係。」〔註24〕馮夢龍的「情教」思想直接來源於王陽明和李贄，「從他（馮夢龍）所接受的思想影響看，較為明顯者是李贄與王陽明所代表的心學思想」〔註25〕，而在「情」方面走得比二者更遠，即把「情」作為天地萬物之本源，即所謂「天地若無情，不生一切物。一切物無情，不能環相生。生生而不滅，由情不滅故。」因此，馮夢龍以「情教」為核心確立的文學思想原則非常深刻地影響了他的小說創作。在《古今小說》敘中，馮夢龍指出：

〔註22〕馮夢龍《情史》序，浙江古籍出版社 2011 年版，第 3 頁。
〔註23〕王陽明《傳習錄》，《王陽明全集》（一），線裝書局 2016 年版，第 69 頁。
〔註24〕左東嶺《李贄與晚明文學思潮》，人民文學出版社 2010 年版，第 119 頁。
〔註25〕左東嶺《明代文學思想研究》，商務印書館 2013 年版，第 448 頁。

試令說話人當場描寫，可喜可愕，可悲可涕，可歌可舞。再欲捉刀，再欲下拜，再欲決脰，再欲捐金。怯者勇，淫者貞，薄者敦，頑鈍者汗下。雖日通《孝經》、《論語》，其感人未必如是之捷且深也。〔註26〕

這裡所謂「感人」者，情也。這與馮夢龍的「情教」思想是一致的。在《警世通言敘》中，繼續高揚這種「情教」思想：「夫能使里中兒有刮骨療毒之勇，推此說孝而孝，說忠而忠，說節義而節義，觸性性通，導情情出。」〔註27〕也就是說，小說可做到示範作用，對於人之性情起到觸類旁通、觸性導情作用。馮夢龍以「情教」為核心的文學倡導影響極大。對於話本小說文學思想的形成有示範效應。如：

今舉物態人情，恣其點染，而不能使人慫歌欲泣於其間。此其奇與非奇，固不待智者而後知之也。——（明）睡鄉居士《二刻拍案驚奇敘》〔註28〕

天下之亂，皆從貪生好利、背君親、負德義所致。變幻如此，焉有兵不訌於內，而刃不橫於外者乎？今人孰不以為師旅當息、凶荒宜拯，究不得一濟焉。悲夫！既無所濟，又何煩余之饒舌也。余策在以此救之。使人睹之，可以理順，可以正情，可以悟真；覺君父師友自有定分，富貴利達自有大義。今者敘說古人，雖屬影響，以之諭俗，實獲我心，孰謂無補於世哉？——（明）夢覺道人《三刻拍案驚奇序》。〔註29〕

墨憨齋所纂《喻世》、《警世》、《醒世》三言，備擬人情世態，悲歡離合，窮工極變。不惟見聞者相與驚愕，且使善知勸，而不善亦知懲，油油然共成風化之美。——（清）苶齋主人《二刻醒世恒言敘》。〔註30〕

這裡，以小說「點染」「物態人情」，使人「正情」、「悟真」，小說「備擬人情世態」而「使善知勸，而不善亦知懲」，等等，小說的「情教」功能與馮夢龍一脈相承。可以說，馮夢龍的「情教說」對於十七世紀通俗小說理論思想

〔註26〕馮夢龍《古今小說敘》，《中國歷代小說序跋集》，第774頁。
〔註27〕馮夢龍《警世通言敘》，《中國歷代小說序跋集》，第777頁。
〔註28〕《中國歷代小說序跋集》，第788頁。
〔註29〕《中國歷代小說序跋集》，第791頁。
〔註30〕《中國歷代小說序跋集》，第782頁。

的內涵影響極大，形成以「情」為核心的教化思想，這是話本小說作者標榜寫作目的或者通俗小說功能的思想基礎。也正是馮夢龍對「情」的倡導，扭轉了明代前期以《金瓶梅》為代表的小說淫穢描寫的低俗局面，使十七世紀通俗小說中思想面貌方面為之一新。也許，我們不能將之無限抬高，畢竟話本小說中也有一些低俗描寫，但相對於以淫穢取悅讀者的通俗讀物來說，已經大大淨化，這就可以理解，在多數話本小說被官府封禁的情況下，三言二拍選本《今古奇觀》依然可以通行於世，其原因是以三言二拍為代表的話本小說無論在思想上還是藝術上，均提供了足以流傳的上乘之作。

在馮夢龍的小說中體現了其「情教」思想。如在《杜十娘怒沉百寶箱》中，杜十娘的癡情與李甲的薄情對比鮮明，小說給予杜十娘極大同情，而負情的李甲則愧悔成疾，終身不痊，對於奪情的孫富則受驚病逝。在《金玉奴棒打薄情郎》中金玉奴在洞房棒打薄情郎君莫稽，給薄情寡義之人以教訓。當然，馮夢龍設計讓金玉奴選擇原諒莫稽情節頗受爭議，聶付生認為：「金玉奴面對一朝發跡就喪盡天良推她入江的丈夫莫稽，只棒打一頓便『夫婦和好比前加倍』，而作者誇耀金玉奴姑息養奸、自喪人格的內容，都使其文學形象由審美意義降低為市民意識的形象表述。」〔註31〕雖然聶付生強調不應對馮夢龍苛求，但筆者認為，這恰恰說明了馮夢龍「情教」思想對其創作的影響。馮夢龍強調立「情教」的目的是「教海諸眾生」，既然教誨，就應該包括知錯就改的人，而莫稽無疑就是這種人，面對莫稽「悔罪」，面對許公夫婦的勸解，金玉奴選擇原諒，給了莫稽一個機會，也給了「情教」一個機會。由此，筆者想到《杜十娘怒沉百寶箱》中，杜十娘被李甲以千金賣於孫富，交割的當天，杜十娘早早起床梳洗打扮，交割之前，杜十娘還「微窺公子」，「微窺」二字極妙，說明杜十娘在此時還對李甲心存一線希望，但看到李甲「欣欣似有喜色」時，已經心灰意冷了，於是「催公子快去回話，及早兌足銀子」。相比莫稽的「悔罪」，李甲顯然冷漠許多。當然，二者的結局也已然不同了。

正因為情之所至，馮夢龍在《白娘子永鎮雷峰塔》中改變了原初故事的走向，使一個鎮妖故事變成了一個淒美的愛情故事；在《賣油郎獨佔花魁》中，辛瑤琴之所以嫁給賣油郎，就是看中了他的忠厚與至誠。見慣了風月場情薄如紙的辛瑤琴，看重的恰恰是賣油郎秦重的癡情。在《玉堂春落難逢夫》中，正因為公子王景隆對蘇三舊情不忘，才免於一場杜十娘式的悲劇。馮夢龍「三言」

〔註31〕聶付生《馮夢龍研究》，學林出版社 2002 年版，第 144 頁。

中的這些愛情名篇為其後作家的創作樹立了典範，正因為馮夢龍強調情的「生生不滅」，強調情真，才某種程度上扭轉了明代愛情小說中的淫亂傾向，淨化了小說中愛情的表達方式。

馮夢龍的「情教」思想不但表現在其愛情小說中，還表現在其他方面，如對親情的宣揚，對友情的歌頌，對豪情的讚揚等等。這極大擴展了「情教」思想的容量，踐行了馮夢龍強調的萬物生於情的泛情思想。強調「情」，也就肯定人的欲望，這是明末人本主義思潮的一種表現形式。

馮夢龍的「情教」思想是話本小說文學思想的重要組成部分，其對真情的強調和把「情」提高到萬物之源的地位，對於理學是一種矯枉過正的反駁，有其不足，但我們更應該看到其價值。馮夢龍的「情教」思想極大地影響了其小說創作，並進而對後來話本小說思想價值的形成具有非常大的影響。使得「情教」思想成為話本小說思想價值的重要組成部分。

四、文學實用思想：抒發塊壘、適俗導愚與批判現實

十七世紀的明末文壇有一股實用主義潮流，這股潮流一直延續到清康熙前一、二十年。梁啟超說：「這些學者雖生長在陽明學派空氣之下，因為時勢突變，他們的思想也像蠶蛾一般，經蛻化而得一新生命。他們對於明朝之亡，認為是學者社會的大恥辱大罪責，於是拋棄明心見性的空談，專講經世致用的實務。」〔註32〕用文學來達到某種目的成為這一時期文壇「經世致用」思想的表現之一。通俗小說思潮就是這種實用主義思潮在小說領域的表現。「重視文的實用功能，是一批憂國憂民的士人的文學思想觀念。他們在明朝經歷二百餘年之後，國將不國，行將覆亡之時，尚望挽狂瀾於既倒。」〔註33〕這種實用主義思潮中通俗小說領域既表現為實現個人人生追求的「立言不朽」，舒塊壘、展抱負；也表現為淑世教化，泄導人情，適俗導愚；還表現為對時局的憂慮與批判。換句話說，十七世紀通俗小說之所以能夠歷史化和經典化，其最關鍵的是其中包含的這些充滿人文情懷的思想。話本小說作家長期受到儒家思想浸染，入世精神、兼濟思想、立功、立德、立言等等，使他們的創作無不體現這些思想，「儒學以倫理為本位的文化建構奠定了中國小說注重道德倫理教化的主體思維圖式。由此促成了中國小說對文學功利性的熱衷和偏

〔註32〕梁啟超《中國近三百年學術史》，浙江古籍出版社2014年版，第15頁。
〔註33〕羅宗強《明代文學思想史》（下），中華書局2013年版，第837頁。

執。」〔註34〕文學的這種「實用」，不是一種簡單的物質功利，因為，通俗小說有不可否認的逐利目的，但更為重要的是，這種「實用」，更多的是一種精神追求，一種超乎個人功利範疇的精神層面的「實用」。

十七世紀通俗文學思潮與明末政局關係密切。明末政局混亂，民不聊生，社會上層腐敗奢靡，下層生存狀況堪憂。正因為世風日下，為通俗小說寄意勸懲，宣揚教化，適俗療俗，同時表達憤懑、舒塊壘提供了一個社會背景。「《水滸》一書，是從傳播的角度，反映了民眾的思想傾向，以此與政局發生關係。又如晚明適俗療俗的文學思想，反映在創作中，如《三言》、《二拍》，其中市民社會的生活情狀，與其宣揚命定、因果報應、勸善懲惡等等思想，從一個側面反映了其時之政治生態。」〔註35〕《三國演義》《水滸傳》《金瓶梅》雖然並非創作於本世紀，但其大量印行則在本世紀，這與本世紀通俗文學思潮有非常大的關係。利用小說表達憂憤、適俗導愚、發洩不滿，並同時獲取一定的生活來源就成為明末亂世下層文人的一種選擇。

對社會的道德責任歷來是接受儒家思想薰陶士人的人生追求，無論身居廟堂還是一生鄉野布衣，這種道德責任是一貫的，范仲淹所謂「居廟堂之高則憂其民；處江湖之遠則憂其君。是進亦憂，退亦憂」，這是歷代士人的處世之道。正如黃仁宇論述海瑞時指出的：「散文作家海瑞的作品表明，他單純的思想不是得之於天賦，而是來自經常的、艱苦的自我修養。既已受到靈感的啟發，他就加重了自我的道德責任；而這種道德責任，又需要更多的靈感才能承擔肩負。如果不是這樣，他堅持不懈的讀書著作就會變得毫無意義。」〔註36〕話本小說作者正因為長期的儒家思想訓練，儘管身處社會底層，但那種「立言不朽」的人生追求、儒家入世承擔的處世哲學都會極大影響他們的文學活動。儘管在這之中有一種賣文謀利成分，但並不純粹是謀利。馮夢龍論及「三言」用意：「明者，取其可以導愚也。通者，取其可以適俗也。恒則習之而不厭，傳之而可久。」「以《明言》、《通言》、《恒言》為六經國史之輔不亦可乎？」〔註37〕

值得注意的是，話本小說的這種「舒塊壘」與「適俗導愚」是相互黏合的。

〔註34〕吳士余《中國文化與小說思維》，上海三聯書店 2000 年版，第 37 頁。
〔註35〕羅宗強《明代文學思想史》（下），中華書局 2013 年版，第 871 頁。
〔註36〕黃仁宇《萬曆十五年》，中華書局 2007 年版，第 143 頁。
〔註37〕《中國歷代小說序跋集》第 779、780 頁。

這些作家面對社會中的種種問題，以小說的形式抒發胸中不平，同時也將「適俗導愚」作為創作的原則。衍慶堂《醒世恒言》「識語」說，「茲三刻為《醒世恒言》，種種曲實，事事奇觀。總取木鐸醒世之意」。〔註38〕即空觀主人《二刻拍案驚奇小引》：「偶戲取古今所聞一二奇局可紀者，演而成說，聊舒胸中磊塊。非日行之可遠，姑以遊戲為快意耳。」〔註39〕這些論述無不包含如下一些思想：娛目醒心、適俗導愚、聊舒塊壘。話本小說作者這些創作思想是一貫的，從而構成話本小說精神價值方面「非功利」的實用思想。

　　但話本小說並非一味如此溫柔敦厚，不溫不火，隨著時局的動盪和明朝的危亡局面的形成，話本小說表現出焦慮、憤怒、懷疑，小說開始出現反諷。明清易代之際，時局更加混亂，士人面臨政治抉擇，儒家倫理崩塌，傳統道德式微，通俗小說表達易代心態，反諷、懷疑、批判、焦躁溢於言表，《雲仙嘯》《清夜鐘》《豆棚閒話》《照世杯》，甚至王夫之也參與俗文學而創作《龍舟會》，藉此抨擊時局、士人，但字裏行間、憤懣之餘，顯示出一種落寞和無可奈何的末世心態。時局的瞬息萬變很難給作者一種安靜的創作環境，加之心態憂憤，一些小說文本粗糙，如《清夜鐘》。雖然這種創作質量低下的作品可能歸因於作者水平，但與時局也不無關聯。如果說馮夢龍時期尚可從容寫作，那麼易代之際命運難測，或者已經目睹「三日人頭如雨落」（李漁《婺城行 弔胡仲淵中翰》）的殘酷，那麼作者如何還能從容淡定？因此，在易代之際和清初的話本小說中所體現的對時局的切近描寫、對忠孝節義的懷疑、對新朝的複雜心態等等都可以看出，通俗小說的娛樂性已經發生了巨大改變：小說成為下層士人表達觀念、發表政見、抒發憤懣的工具。話本小說最終秉承的依然是中國文學的「文以載道」傳統，文學從來不表達自身，文學從來就具有實用性，儘管這種實用性更多是以思想價值和精神價值為依歸的。

五、十七世紀文學思想的多聲部

　　十七世紀前半葉的明末，政局混亂、自然災害頻仍，國家內憂外患，風雨飄搖，社會思潮多元。中國文人存在著普遍的思想矛盾，表現在文學上，則是一種多元並存局面，復古派、性靈派等等，他們希望通過一種方式在眾聲喧嘩的明末社會獲得話語權，至少發出自己的聲音，東林黨人的講學即是一種形

〔註38〕　《中國歷代小說序跋集》，第780頁。
〔註39〕　《中國歷代小說序跋集》，第789頁。

式，而從事通俗小說的作者，其中包括很多下層文人何嘗不如此？表現在文學作品中，則出現了充滿內部矛盾的文本。

這種富於複調色彩的文本表現在多種方面：其一，與歷史文本的互文關係，話本小說很多與歷史文本具有淵源關係；其二，道德倫理矛盾，話本小說常常宣揚傳統價值觀的同時，故事又呈現出其反面；其三，語言雜糅，文言、白話、方言混合一處，表面是語言問題，其實反映了十七世紀通俗文學在民間化過程中的眾聲喧嘩局面；其四，宗教矛盾，話本小說對佛、道二教顯示出矛盾心態，或者顯示其含糊、曖昧的宗教立場，同一文本中，出現相互矛盾的宗教觀念；其五，非正當智慧，即一些人物的言行不符合正當的社會規範，但小說卻將其作為某種智慧進行讚揚；其六，文備眾體，多種文體混合；其七，敘述干預與視角轉換。魯曉鵬論及中國文學的這種多元文本時指出：

> 中國敘事確實是一種由歷史、意識形態和形式因素多元決定的文本。人們會注意到在中國小說中，或多或少都有以下現象：故事框架與故事本身的不協調，幾種不同語言（文言、白話、方言）的並存，情節的章節構成，不同宗教和意識形態說教的雜糅，以及由於對不同歷史時期的編寫、採納和雜交所造成的語言和文學上的不平衡。……內部缺乏和諧性指示出了中國敘事的另一種結構原則，即「對話式」原則。儘管有小說敘述者會介入文本，進行道德說教，小說本身卻充滿了文類的混雜，文本的不確定性，相互競爭的意識形態聲音以及矛盾重重的歷史現實。缺乏風格上的剛性和哲學上的穩定性正好說明了中國敘事話語的「眾聲喧嘩」是由歷史、社會和文學多元決定的。〔註40〕

這種多元文學現象在十七世紀的中國文學中的存在並非是一個偶然，而是一種社會鏡象。在馮夢龍極力為通俗小說辯護，「史統散而小說興。始乎周季，盛於唐，而浸淫於宋。韓非、列禦寇諸人，小說之祖也。」〔註41〕從歷史中尋找話本小說生存的根據，「雖日通《孝經》、《論語》，其感人未必如是之捷且深也。噫，不通俗而能之乎？」〔註42〕從小說的作用入手對通俗小說的合法性存在搖旗吶喊。「如果小說在事物的序列中（order of things）找到自己的位

〔註40〕〔美〕魯曉鵬著，王瑋譯《從史實性到虛構性：中國敘事詩學》，北京大學出版社 2012 年版，第 150 頁。
〔註41〕《中國歷代小說序跋集》，第 773 頁。
〔註42〕《中國歷代小說序跋集》，第 774 頁。

置，它必須被社會性、功能性和制度性地界定。它存在的權利取決於它對社會等級制度的影響。」〔註43〕雖然馮夢龍極力為通俗小說在社會序列中謀求「自己的位置」，但馮夢龍的「三言」充滿多種聲音，一邊是對女性婚姻、人身自由的寬容（如對女性改嫁的贊成態度、對私奔給以幸福結局等等），一邊是對貞潔觀念、從一而終的褒獎；一邊是對官府腐敗的痛斥，一邊卻是對以官謀財的認可甚至欣賞；一邊肯定金錢欲望，一邊宣揚道德節義。凌濛初「二拍」也是如此，「二拍」故事所體現的道德意識矛盾表明這個時期江南的士人階層正在從正統的意識形態中蟬蛻出來，士人的道德觀與市民的道德觀在相互靠攏、相互影響，成為一種新的、城市社會所需要的道德形態。」〔註44〕話本小說從「三言」之「行銷頗捷」〔註45〕，到「二拍」之「賈人一試之而效，謀再試之」〔註46〕，這是一次因成功的商業謀劃而使一個文類得以形成的典範。話本小說的這種誕生模式在中國古代文學史上前無古人。這也為其攜帶更多的功利成分提供了基礎：對於大眾需求的迎合本身也是社會聲音對文學創作施加影響的結果。

　　十七世紀通俗小說的這種多聲部現象的存在有著多種原因，社會、政治、經濟、作家心態、接受大眾等等都會成為這種多聲部現象形成的深層原因。同時，這也是話本小說思想價值的體現之一，它讓我們看到了社會危機、民族危亡、家國傾覆的背景之下，社會思潮的混亂與士人思想的多重性。這種多聲部無疑也是一種時代投射，它表明，文學，即使被認為不登大雅之堂的「小說」，也是一個時代思想歷程的載體，包括話本小說在內的通俗小說的思想價值也許正在於此。

第四節　話本小說的文化價值

　　話本小說的文化價值集中表現在其敘事之中，以器物、觀念、制度構成的文化形態在話本小說中體現在獨特的「器物文化」、「觀念文化」和「制度文化」之中。

〔註43〕《從史實性到虛構性：中國敘事詩學》，第46頁。
〔註44〕高小康《中國古代敘事觀念與意識形態》，北京大學出版社2005年版，第136～137頁。
〔註45〕《中國歷代小說序跋集》，第785頁。
〔註46〕《中國歷代小說序跋集》，第789頁。

一、器物文化

任何人都生活在器物營構的世界之中，因此，器物對於人的生活、精神、心理、時空觀念等具有塑形作用。話本小說中有大量有關器物的描寫，器物文化已經非常深的融入了話本小說的敘事之中，文化用品、生活用品、建築格局、園林格局等構成敘事的空間結構、心理結構、時間結構。中國傳統器物文化對話本小說的深度融入，形成了話本小說獨具特色的文化標誌物敘事形態。同時，這些器物已經遠遠超出器物本身的功能而具有了非常豐富的情感、心理和歷史內涵。下面不妨舉例說明器物的敘述功能，並以此進一步理解話本小說的文化價值。

中國字畫。中國字畫以其獨特的構成和蘊含的精神內涵往往成為文人的喜愛之物。中國字畫獨特的裝裱工藝，內容的詩、書、畫、印等在小說中往往形成獨特的敘述方式。如《顧阿秀喜舍檀那物 崔俊臣巧會芙蓉屏》中，崔俊臣上任時在江中遇盜，差點喪命，其妻歷盡苦難逃脫削髮為尼。水賊顧阿秀將崔俊臣沒有完成的一副芙蓉屏施捨給尼姑庵，被崔俊臣之妻王氏看到，並題詩其上，後被高公所得，以此揭開崔俊臣冤案，在其幫助下，崔俊臣與王氏冤案昭雪，得以上任。這篇小說的線索「芙蓉屏」不是一幅簡單字畫，而是隨著其流轉，內容在增加，或者說這幅畫是在其流轉過程中逐步完成的，畫面信息的增加為小說提供了動力，也是崔俊臣冤案昭雪的重要物證。在《滕大尹鬼斷家私》中，已故太守倪守謙為了不讓品質惡劣的大兒子謀害年齡小的次子，死前將全部家產歸大兒子照管，只留給次子一幅「行樂圖」，同時，把遺囑裝裱在畫中，後被滕大尹識破謎底，將其遺囑中的家產判歸次子。中國畫的裝裱工藝為故事的進展提供了動力。在《沈小霞相會出師表》中，沈煉父子受到嚴嵩陷害，沈煉景仰諸葛亮為人，欣賞諸葛亮《出師表》，並親書前後《出師表》貼在牆上明志。後正是由於這兩副《出師表》才使沈煉後人得以團聚。這裡《出師表》不但是一幅字，更是一種精神的象徵，不但是小說的線索，更是中國人禍福相倚、否極泰來辯證人生哲學的一種詮釋。

建築格局。中國的建築格局在小說中往往有獨特功能。如《合影樓》中的兩個閣樓，中間一水之隔，這為兩個情竇初開的年青人提供了一種獨特的談情說愛的方式：在水中的倒影中互傳愛意。中國家庭建築格局中，小姐的房間往往在樓上，父母則在樓下，在《陸五漢硬留合色鞋》中少年書生張藎從閣樓窗戶偶遇小姐潘壽兒，一見鍾情，潘小姐以合色鞋相贈，張藎以此信物請陸婆說

媒。陸婆之子陸五漢從其母處得到合色鞋，以此為憑與潘小姐私通。後潘小姐
父母感覺不對，就與女兒調換房間，結果陸五漢上樓與潘小姐私會發現床上是
兩個人，以為潘小姐移情別戀，遂動殺心，將潘小姐父母殺害。而潘小姐一直
以為和其私通的人是張藎，張藎因此被官府緝拿。後張藎買通獄中禁子，在其
幫助下冤案昭雪。這篇小說中，中國家庭建築格局與生活習慣成為張藎與潘小
姐認識的主要原因。這種隔窗相會，私定終身的例子中古代小說戲曲中很多。
究其原因，與中國家庭的建築格局和生活習慣密不可分。著名的例子是潘金蓮
與西門慶的認識。

其他如《喻世明言》卷一「珍珠衫」、卷二「金釵鈿」、卷十「卷軸畫行樂
圖」；《警世通言》卷十一「羅衫」、卷十二「鴛鴦寶鏡」、卷二十二「破氈笠」、
卷三十二「百寶箱」；《醒世恒言》卷十五「鴛鴦絛」、卷三十二「十五貫」、卷
三十三「一文錢」；《二刻拍案驚奇》卷三「金鈿盒」、卷九「玉蟾蜍」、卷三十
九「一枝梅」等等。可以說，器物文化已經非常深的融入了話本小說的敘事之
中，這些器物已經遠遠超出其本身功能，而具有更多的精神價值。

二、觀念文化

在中國傳統的觀念中，「和」的觀念、命相觀念、禍福觀念、陰陽觀念、
宗教觀念等在中國人的現實生活中具有非常大的作用，這些觀念對於古代中
國人的生活方式、日常行為、人生觀念等具有非常直接的塑造作用。這些觀念
在話本小說敘事中隨處可見，並融合為話本小說獨特的「觀念敘事」。

「和」的觀念與中國式悲劇。中國古代小說沒有真正的悲劇，總是一種悲
劇後的沖淡模式，減弱了悲劇的力量。「滲入了中和文化精神的悲劇思維中情
節建構中也表現了一種定向選擇：悲劇衝突的對立與均衡。」〔註47〕《簡帖僧
巧騙皇甫妻》中本是婚姻悲劇，皇甫殿直最後又與其妻團圓進行沖淡；《杜十
娘怒沉百寶箱》中，杜十娘的愛情追求因李甲軟弱和孫富從中作梗而失敗，而
最後卻是二人遭到報應結束；《蔣興哥重會珍珠衫》中，蔣興哥休妻再娶，妻
子王三巧再嫁，是一出家庭悲劇，但小說最後卻是吳知縣將王三巧歸還蔣興哥
作結，看似多餘筆墨實際上流露出中國哲學觀念中的「中和」思維。「趙氏孤
兒」悲劇驚心動魄，但最後卻是趙氏孤兒重振趙家、冤案以趙家崛起作結。在
此，筆者並非否定正義力量會最終獲勝，而是思考，在藝術上中國悲劇的這種

〔註47〕吳士余《中國文化與小說思維》上海三聯書店 2000，第 52 頁。

沖淡實際上減低了悲劇的哲學力量。

命相觀念。命相觀念是從古至今流行在中國民間社會一種非「官方」的民間信仰，在國人無法掌握自己命運的時候，命相觀念無疑給普通民眾一種較為合理、較為讓人信服的類似阿 Q 似地精神安慰。命相觀念信奉人的命運、相貌，即人的命運是一種被預先設定的、個人無法左右的東西，人的命運可以通過相貌來顯示。因此，命相富貴的就不會貧窮，而命相貧窮的無論自己怎麼努力都會以倒楣、失敗收場。這種帶有宿命色彩的人生命定觀念在話本小說中往往作為一種推進故事情節、影響故事結構的標誌物而存在。雖然這種標誌物並非是一種看得見的實在的東西，但其功能和器物如出一轍，而且比器物在話本小說敘事中的功能更加強大。比如李漁《十二樓》之「拂雲樓」中，丫鬟能紅為了達到自己做二夫人的目的，買通算命先生張鐵嘴，讓其在為韋小姐算命之際，按照自己所設定的條件為韋小姐量身打造了一套適合能紅目的的「命運」：必須找娶過一房而且頭妻沒了又要求續弦的、而且又不能「獨操箕帚」，因韋小姐是半點夫星，還得讓丈夫「尋一房姬妾，幫助一幫助，才可以白髮相守……」。如此極盡苛刻的命運安排實際上指向了唯一答案，即嫁與裴七郎，然後再娶能紅為二房。故事接下來的進展、情節的安排完全受到韋小姐的「命運」所左右，這種看似合情合理「命運」安排的背後，其實都來源於能紅想改變自己卑微命運的努力，那種人們深信不疑的命運安排，在「拂雲樓」中以一種操控命運的方式使當事人受到愚弄。李漁《連城璧》巳集「遭風遇盜致奇贏讓本還財成巨富」中，秦世良與秦世芳雖相貌一樣卻命運不同，秦世良命裏該富、秦世芳命裏該窮，這種對人的一生的終極判斷，無論人生的過程如何，其結果都會服從命運的安排。

而這種以命運來左右小說敘事格局的情形在話本小說中也極為常見，比如《喻世明言》卷 31「鬧陰司司馬貌斷獄」中這樣寫道：「凡人萬事莫逃乎命，假如命中所有，自然不求而至；若命裏沒有，枉自勞神，只索罷休。」《初刻拍案驚奇》卷一「轉運漢巧遇洞庭紅 波斯胡指破鼉龍殼」中寫道：「真所謂時也，運也，命也。俗語有兩句道得好：『命若窮，掘著黃金化作銅；命若富，拾著白紙變成布。』總來只聽掌命司顛之倒之。」如此等等。在話本小說中「命相」為故事設定了情節、結構、結果的基本模式，小說中不但人物的命運受到「命相」的左右，而且小說的情節安排、結構布局無不受到「命相」的支配，這已然成為話本小說敘事的一種程序，而且這種程序在話本小說中不斷被重

複和花樣翻新。

因果報應。話本小說中的因果報應思想是一種值得關注的現象，對此許多論者都予以揭示並採取批判的態度，對此筆者並未疑義，因為筆者更願意相信，現實比人們的因果報應願望更加殘酷，這種願望只不過給人一種自欺欺人的安慰，一種在殘酷現實面前無所作為的理論依據。但話本小說中的因果報應思想並非如此簡單，換句話說，話本小說中並非對這種思想僅僅是說說而已，而是把這種思想作為一種敘事的動力、或者作為情節形成和發展的組成模具，因果報應思想從藝術層面、思想層面全面參與了話本小說的敘事，成為具有明顯標誌的文化敘事形態。《初刻拍案驚奇》卷30「王大使威行部下李參軍冤報生前」便是以因果報應來結構故事、組織情節的小說。《初刻》卷20「李克讓竟達空函　劉元普雙生貴子」中的劉元普對素不相識的李克讓妻兒的無私救助竟使他本無子嗣的命運改變，結果「壽益三旬，子生雙貴」，不但壽命延長幾十年而且雙生貴子。《二刻》卷15「韓侍郎婢做夫人　顧提控掾居郎署」入話中的徽商代人償還官銀，贖人出獄等等善舉，使其自己及家人免遭牆壓之厄，即所謂善有善報、「與人方便，自己方便」。該篇正話顧吏典把衙門變修行之地，免人刑獄之苦，陰騭積善，後得好報升遷。話本小說寄意勸懲，以因果報應來支撐「酒色才氣」盛行、道德淪喪加劇的明末社會，作家的憂世之情溢於言表。但因果報應作為一種佛教觀念，在中國有一個長期的本土化過程，而在這一過程中，因果報應再不是一種人生的終極狀態，而是成為一種世俗化的道德規範，成為具有中國文化標誌的觀念，儒家的入世觀不能給道德淪喪的社會開藥方，道德底線的守護成為一種底層民眾的本能行為，這種自上而下的道德倡導，反過來成為一種自下而上的守護現狀。因此，話本小說在勸懲的寫作目的下，因果報應成為一種參與故事營造的手段，因果報應不單單是一種觀念，更主要的是一種敘事手段和敘事方法，而這種觀念性的文化敘事具有強烈的交流欲望，獲得接受者的認同無疑是小說觀念性文化敘事最主要的目的。

通過以上論述我們發現，話本小說觀念性文化敘事絕非單純的宣揚某種觀念，而是觀念已經全面參與了故事情節的組織、進程，結構的布局與安排，也就是說，觀念已經作為一種藝術方法在使用，故事宣揚觀念，反過來，觀念又營造故事，故事成為圖解觀念的手段，話本小說的勸懲性和交流性由此可見一斑。

三、制度文化

中國古代傳統的封建社會制度是一種倫理、道德與意識形態的混合體,有時候很難區分何為制度,何為倫理、道德,這是中國幾千年封建人治而非法治社會中極為平常的事情。在話本小說中,制度作為文化標誌物不是一種簡單描述,而是制度已經成為小說構成的一部分,小說的情節設置、進程、分布,小說的結構等等無不受到制度的支配,或者說,小說的敘事模式已經「制度化」了,制度不但是一種敘事對象,而且也是一種藝術方法,這是一種典型的文化敘事。作為通俗小說,話本小說以較低的寫作姿態描述了在各種制度下芸芸眾生的現實生活,並因此使接受者毫無臺階的出入於小說內外,交流從一開始就不存在任何障礙。筆者在下面僅以科舉制度和婚姻制度為例來論述話本小說文化敘事的制度形態。

其一,科舉制度。科舉制從隋唐開始作為統治階級籠絡人才以擴大統治基礎、士人用以改變命運的青雲之梯的基本政治制度,在中國人的現實生活中成為牽動國人神經的重要制度,它從國人的意識層面走入潛意識層面、從封建制度的上層建築走入普通百姓的日常生活。因此,在話本小說中,我們可以看到科舉制和由科舉制衍生出來的各種社會現象是怎樣對小說的文體、情節、結構、人物的思想行為等等構成了決定性影響的。科舉制度的任何環節都可作為小說故事的敘述對象,而且任何環節都可以形成與這種環節的特徵相關的情節模式,這在中國古典小說中是一個極有意思的現象。

科考與中舉是科舉制度的關鍵環節,也是關係士子命運的環節。被認定為馮夢龍原創的《警世通言》卷 18「老門生三世報恩」中的老秀才鮮于同科考蹉跎,不料考官率性而為只管打自己的算盤哪管考生死活。每次認真應考的鮮于同每次都名落孫山,此次因吃了幾杯生酒鬧腹瀉,考試三場均草草收場,而恰恰是草率完卷竟使「不要整齊文字」的考官蒯公點了頭魁。失望的蒯公哪裏知道,就是這個他不喜歡的老門生在中舉之後對蒯公及其子、孫三世提供了極大的幫助。此篇揭露了科考士子的皓首窮經、考官的自私以及中舉之後人生命運的轉折,科考中的人物心態、行為成為推進情節、結構故事的關鍵,此篇明顯以中舉為轉折形成故事情節的分布,而且中舉作為催化事件,在鮮于同線索和蒯公線索的運行方向上起到了關鍵作用。

同樣中舉,在李漁《連城璧》子集「譚楚玉戲裏傳情 劉藐姑曲終死節」中的譚楚玉與劉藐姑的命運轉折衷起到了重要作用,中舉意味著社會地位大幅度

提升和掌握的社會資源的大幅增加，譚楚玉在沒有中舉前只是一個地位低下的戲子，他沒有資本娶戲班主絳仙夫婦的女兒，甚至雖然同臺演戲而在臺下連見面的機會都沒有。因此，譚楚玉和劉藐姑不得已選擇雙雙投水殉情的方式來捍衛自己愛情的權利。而後來譚楚玉發憤苦讀，「讀了三年，出來應試，無論大考小考，總是矢無虛發。進了學，就中舉；中就舉，就中進士；殿試之後，選了福建汀州府節推」，正是中舉帶來的地位、心理優勢才使接下來譚楚玉和劉藐姑的行為有一種合理的解釋，中舉，已經內化為人的行為模式對人的行為起作用。

而有時中舉又和大團圓聯繫在一起，《石點頭》卷一「郭挺之榜前認子」中，郭挺之與其未謀面的兒子在中舉後得以團圓，這是中舉帶來的「副產品」，科考把天下舉子匯聚京城為故事的結局與由父子相認帶來的對兒子及其母親故事的回溯提供了可能；卷二「盧夢仙江上尋妻」的結構明顯以盧夢仙中舉為轉折分為前後兩部分；卷五「莽書生強圖鴛侶」、卷六「乞丐婦重配鸞儔」中科舉對人物的命運與小說的情節有著至關重要的影響。所有這些小說，中舉無不作為具有轉折性意義的事件對故事情節的進程、人物命運的轉折、人物行為的改變起到重要作用。話本小說似乎形成一種約定的程序，即在結尾往往以人物或者其後人中舉登科作為對其德行的最高回報，由此可見，科舉在人們心中佔有多麼重要的地位。

不但中舉，上任也是科舉考試中舉後極為重要、也是最後的環節。《警世通言》卷11「蘇知縣羅衫再合」和《初刻拍案驚奇》卷27「顧阿秀喜舍檀那物 崔俊臣巧會芙蓉屏」就是兩個著名的發生在上任環節的故事。由於我們前面對這兩個故事多有論述，此處不贅。但應當指出，科舉制度的每一個環節都會結構生動的故事，比如遊學、赴考或叫做趕考、考試、中舉、上任等等，科舉制度已經超出小說的描述對象而成為一種敘述方法，小說的情節、結構、人物的行為方式、故事的進程等等無不受控於科舉制度的各個層面。

其二，婚姻制度。中國古代封建社會實行的是一夫一妻多妾婚姻制度，一夫一妻是婚姻制度的主流，只有有一定社會地位、經濟基礎或者官職的人才有能力娶妾，而且一般情況下，娶妾也須符合一定的條件，而且娶妾的人數依據官職的大小也有限制，古代的各個朝代均有規定，比如明朝規定：「親王可娶妾媵十人；世子、郡王可娶妾媵四人；將軍可娶妾媵三人；中尉可娶妾媵二人；庶民四十以上無子者，可娶妾一人」〔註48〕。而且歷代律法規定

〔註48〕陳江《百年好合——圖說古代婚姻文化》，廣陵書社2004，第43頁。

了違反婚姻制度的懲罰措施。因此,嚴格的婚姻制度對於維護封建社會的穩定、倫理道德等起到了很好的作用。中國古代婚姻有著一整套的程序,比如男大當婚女大當嫁、父母之命媒妁之言、命相八字與良辰吉日、采禮、妝奩,娶親、拜堂、洞房花燭等等,而且對於婚姻的解除也有嚴格的規定,雖然這些規定是以男權為中心,比如在《大戴禮記·本命》中就有針對女方的「七出之條」或叫做「七去之條」:「不順父母去,無子去,淫去,妒去,有惡疾去,多言去,盜竊去。」男方可以因女方違反其中任一條休掉妻子,而且女性沒有財產權,即使離婚,其陪嫁的嫁妝也都歸男方。在話本小說中,婚姻制度不但是描述對象,而且婚姻制度的各個層面全面參與了故事的營造,其作用與科舉制度如出一轍。

在《喻世明言》卷一「蔣興哥重會珍珠衫」中蔣興哥之所以休妻,是因為其妻違反「七出」中的「淫」,而蔣興哥的岳父與其妻對此並沒有提出任何異議,一方面因為其妻是過錯方,另一方面蔣興哥的行為符合婚姻制度的要求。而且當其妻王三巧再嫁,蔣興哥將原來陪嫁的 15 箱嫁妝全部給王三巧做陪嫁嫁妝。蔣興哥的行為之所以受到讚揚,是因為其仗義,更是因為按照當時婚姻制度,這些嫁妝的所有權本屬於蔣興哥。由此可以看出婚姻制度對於人物行為制約作用。同樣在李漁《十二樓》之《合影樓》中,媒人路公巧妙地利用婚姻制度中的「父母之命媒妁之言」,使事情按照自己設計的計謀發展,而站在敘述行為的角度來看,正是婚姻制度控制著路公計謀的運作,而計謀的一步步實現也受控於婚姻制度。同樣在《拂雲樓》中,丫鬟能紅也是巧妙的利用了婚姻制度中男女聯姻要測命相八字的習俗,使事情朝著自己設想的發現發展。所有這些都是小說人物利用婚姻制度達到自己目的的;但反過來說,這些人物,之所以有這些行為歸根結底是因為在其行為背後有一個婚姻制度,他們的一切行為無不受婚姻制度的支配。在《警世通言》卷 32「杜十娘怒沉百寶箱」中,杜十娘的悲劇一方面來自李甲的負心,而另一方面,筆者認為也是最核心的一方面就是他與杜十娘的結合不符合婚姻制度的「父母之命媒妁之言」要求,更何況杜十娘的出身與其父的嚴屬更加劇了李甲的恐懼,而孫富正是利用了這一點才說動了李甲之心。在話本小說中,有關婚姻方面的故事很多,而且後來形成的才子佳人小說也無不圍繞婚姻展開,婚姻制度在這些小說中以雙重身份出現:一是小說中的人物往往利用婚姻制度來實現自己的目的;二是這些人物的行為無不受到婚姻制度的支配。而如果站在小說藝術與審美的角度看,婚

姻制度又成為小說情節生成與推進、結構安排等等藝術性形成的核心，而讀者的審美愉悅就來自婚姻制度的這種多重身份帶來的敘事張力。

四、話本小說文化價值多元統一

綜上所述，話本小說以器物、觀念、制度為表現形態的文化標誌物，在敘事中不但是表現對象，而且這些標誌物以自身的特性全面參與了故事情節、結構、人物行為等等藝術性的營造，從而使話本小說表現出鮮明的文化敘事特徵。文化敘事不是一種簡單的小說表現文化的某種性質，而是文化作為一種敘事方法參與到小說敘事中，成為小說敘事藝術的一部分，換句話說，小說敘事表現文化的同時也受文化特性的支配。在通俗文本中，文化敘事佔有決定性影響，因為，通俗文本具有雙重性質，一是為大眾提供娛樂，一是為自己贏得利益。這種雙重性決定了通俗小說必須和讀者達成和諧的交流關係，維持他們的興趣和普遍的道德訴求，話本小說文化敘事即如此。

通過對器物、觀念、制度等文化形態在話本小說中的存在方式的考查，可以發現文化是如何以不同的表現形態運行於話本小說的故事進程之中。文化並非是一個形而上的概念，而是具象為各種事物參與了小說故事的運行。反過來講，話本小說的文化價值正在於其所包含的文化元素，及這些元素所具有的內涵與外延意義。通過小說中各種文化形態，我們可以觸摸古人的生存狀態。

正因為話本小說包含了多元的文化形態，因此，話本小說的文化價值就是這些文化元素多元統一格局下所呈現的意義。話本小說中的這些不同文化形態往往同時存在於一個文本之中，故事的運行是這些文化元素綜合作用的結果。話本小說的文化價值即在這些文化元素對敘述的全面融入中獲得存在感。

結　語

　　話本小說從理論倡導、創作實踐、作家隊伍、讀者群體等各方面，全面建構了 17 世紀通俗文學思潮。以通俗小說——話本小說為代表的 17 世紀通俗文學思潮的形成不是一種偶然現象，而是集合多方面因素綜合形成的一種文學潮流。這一文學潮流具有如下特點：

　　第一，明確的通俗小說理論思想。以馮夢龍、凌濛初、李漁等作家為代表，以序跋的形式對通俗小說從正名、創作定位、取材定位、讀者定位等方面進行了持續性、承繼性論述，其論述包含了話本小說理論思想的多種方面，已經形成了邏輯統一的通俗小說理論思想。這種系統性通俗小說理論思想的形成具有多人、累積特點，正因為出自不同作家，當今的古代小說理論研究對這種理論系統缺乏足夠的認識。對此，筆者在第二章進行了探討。正是由於這些明確的理論思想為話本小說的創作提供了系統性指導。17 世紀通俗小說——話本小說創作潮流的形成與這種理論思想密不可分。在古代小說史上，這種明確的理論倡導、不同作家持續性跟進並將之與小說創作實踐緊密相連尚屬首次。換句話說，17 世紀通俗小說思潮是一種自覺的文學創作潮流。

　　第二，通俗小說作家隊伍的形成。穩定的創作隊伍是一種文學思潮形成的關鍵，沒有創作隊伍就不會有文學潮流。在江浙地區，以蘇州和杭州為中心，形成了以著名作家為中心的作家群體，構成了明清之際通俗文學場的創作隊伍，有的學者甚至認為已經形成了小說流派：「蘇州作家，筆者以為已形成了一個以馮夢龍為核心的小說流派——蘇州作家群。這個群體主要成員有馮夢龍、凌濛初、席浪仙、抱甕老人等。……就是上述三位作家（即馮夢龍、凌濛初、席浪仙），創作了明代乃至整個話本小說史上最優秀的小說。他們有明確

的創作主張，並自覺地以之指導創作實踐，形成了鮮明的創作風格」〔註1〕。
陳大康認為：「以擬話本為形式的短篇小說的出現，打破了長期以來長篇小說
在通俗小說創作中占絕對壟斷地位的格局，而馮夢龍有意識的積極推動，又使
得擬話本迅速地發展成為一個重要的小說流派」〔註2〕。這是一群創作力旺盛、
水平較高的文人創作團體，他們之間交往互動，形成了 17 世紀通俗小說創作
的主體部分。在這些人的影響之下，通俗小說作者眾多，構成了規模可觀的通
俗小說創作隊伍。

　　第三，市場化運作。17 世紀的通俗小說創作在中國古代小說史上，第一
次採取大規模市場化運作模式，由作家、坊刻主（出版商）、讀者所形成的文
學市場是話本小說流通的基本形式。這打破了傳統文學的傳播方式，也改變了
作家的生存方式和讀者的閱讀方式。文學進入市場有利於作家改善自身生存
條件，讀者獲取文學作品變得更加容易，17 世紀文學市場的運作是多元的，
出售、租賃等方式使得文學的流通更加順暢。17 世紀通俗文學思潮的形成與
這種市場化運作有很大關係。

　　第四，文學表現的時代性。17 世紀通俗小說的另一特點是小說表現內容
的時代性。通過統計分析發現，話本小說中取材方面主要有三類占比最大：女
性、商人和士人。在對待女性方面，話本小說表現出了時代的進步性，肯定女
性合理願望、肯定女性的人身自主權等方面走在時代的前列。這一方面源於時
代觀念的變化，一方面源於這些來自社會底層的作家的人生經驗。表現商人生
活的作品佔了很大比例，這是明中期至清初，在東南沿海一帶出現的資本主義
因素在小說領域的反映。話本小說貼近時代，表現普通人的喜怒哀樂，改變了
歷來小說取材的方向，使小說更接近時代，更具有時代價值。

　　第五，城市小說。17 世紀通俗小說的另一成就是「城市小說」的形成。
以「東京小說」與「杭州小說」為代表的城市小說的形成，是 17 世紀地域文
學的重要收穫。由「東京小說」到「杭州小說」，不是一種簡單的地域變化，
而是自宋代至清初，中國歷史文化變遷的縮影，其意義已經遠遠超出城市小說
的範疇而具有更加宏觀的文化意義。

　　第六，易代心態。17 世紀是一個不平凡的百年，明清易代是本世紀的大
事。易代之際的話本小說表現了一種獨特的「易代心態」，這是 17 世紀通俗小

〔註 1〕傅承洲：《明清文人小話本研究》人民文學出版社 2009 年版，第 52～53 頁。
〔註 2〕陳大康《明代小說史》人民文學出版社 2007 年版，第 556 頁。

說在時代心態方面的獨特表達方式。是構成本世紀通俗文學思潮思想價值的重要部分。易代之際，世人心態是一個映照世相的窗口，話本小說抓住這個窗口，表達了憤懣、憂慮、焦躁、游移、懷疑、批判等多重思想，這種心態時間短暫，而正是這種短暫表達，可以窺見通俗小說不一般的識見。

　　第七，通俗小說的價值。話本小說在器物、觀念、制度方面的文化表現構成了 17 世紀通俗小說文化價值的核心部分。以今天的眼光來看，話本小說所保留的這些文化敘述極其可貴，文化的不同形式非常深入地融進小說的敘事進程之中，或者說，文化元素對小說故事具有塑造作用。話本小說的文化價值是一種多元統一格局，這也是 17 世紀通俗小說文化價值的主要表現方式。

　　總之，話本小說是 17 世紀通俗文學思潮的主要表現形式，是構成這一思潮的主體部分。話本小說自產生、成熟、衰落的過程也是 17 世紀通俗文學思潮運行的基本過程。